KB111712

5월에 눈이 내리면

5월에 눈이 내리면

초판 1쇄 인쇄일 2014년 12월 18일
초판 1쇄 발행일 2014년 12월 22일

지은이 | 정원
펴낸이 | 김기선
편집장 | 김은지

펴낸곳 | 와이엠북스(YMBOOKS)
출판등록 | 2012년 7월 17일 (제382-2012-000021호)
주소 | 서울시 도봉구 노해로 379, 1005호(창동, 대성빌딩)
전화 | 02)906-7768 / **팩스** | 02)906-7769
E-mail | ymbooks@nate.com

ISBN 979-11-322-0731-3 03810

값 9,000원

Seojin & Yuhwan

5월에 눈이 내리면

정원 지음

YMBOOKS ROMANCE STORY

Ym BOOKS

목차

프롤로그

달빛 환한 조용한 한밤중에 아무도 없는 빈 학교 운동장을 달리고 있는 사람이 있었다. 푸르스름한 달빛에 비친 그 모습이 멀리서 보면 사람인 듯 유령인 듯 모호했다. 남자는 운동장 트랙을 따라 아까부터 줄곧 뛰고 있었다.

"헉헉헉."

벌써 몇 바퀴째인지 세는 것조차 포기했을 정도로 오랫동안 그렇게 뛰고 있었다.

하지만 거칠게 내뱉는 숨소리와는 달리 얼굴 표정은 더없이 신나 보였다. 두 팔을 벌려 바람을 느껴 보기도 하고 만세를 하며 뛰어오르기도 하는 등 어린아이처럼 마냥 즐겁고 행복한 표정이었다.

환한 달빛과 별빛만이 그런 그의 모습을 말없이 지켜보고 있었다.

지친 몸이 비틀거리더니 드디어 흙바닥 위로 사정없이 나가떨어졌다. 하지만 그는 바닥을 나뒹굴면서도 미친 사람처럼 웃고 있었다.

"크큭큭큭."

그러다 문득 코끝으로 실려 오는 땅에 있는 흙냄새조차도 향기로운지 그는 흠뻑 들이마셨다.

까만 밤하늘도 아련한 달과 보석 같은 별빛도 모두 다 처음 보는 것처럼 신비롭고 경이롭게 느껴졌다.

바닥에 누워서 멍하니 한참 동안 밤하늘을 바라보던 그는 바닥에 있는 흙을 한 줌 손에 쥐어 공중에 뿌리면서 외쳤다.

"드디어 돌아왔다. 야호!"

그렇게 외치는 그의 두 눈가에는 투명한 물기가 어려 있었다.

차가운 운동장 바닥에 드러누워 밤하늘의 별빛을 아련히 보고 있던 그는 정겨운 흙내음을 맡으며 지그시 두 눈을 감았다.

살아 있는 심장이 쿵쿵쿵 소리를 내며 그의 가슴 속에서 팔딱팔딱 뛰고 있었다.

그 터질 듯한 기분 좋은 심장의 두근거림을 느끼며 그는 누군가에게 하는지 모를 말을 나직이 중얼거렸다.

"고맙습니다."

한참을 그렇게 누워 있던 그는 갑자기 뭔가가 떠오른 듯 자리에서 벌떡 일어나더니 어둠 속에서 두리번거리며 무언가를 찾기 시작했다.

잘 보이지도 않는 어둠 속에서 미친 사람처럼 고개를 쉼 없이 휘저으며 나무 하나하나를 살피며 다니던 그는 마침내 어느 한 나무 앞에서 걸음을 멈추고 우두커니 섰다.

눈이 내린 듯 새하얀 꽃이 아롱아롱 매달려 있는 이팝나무를 발견한 그의 얼굴엔 함지박만 한 웃음이 걸렸다.

그의 손은 조심스럽게 나무를 어루만졌다. 마치 귀한 보물이라도 만지듯 소중한 손길이었다. 기특하고 대견스러워하는 다정한 손길이었다.

"잘 있었어?"

그는 나무를 껴안으며 두 눈을 감고 조용히 속삭였다.

"보고 싶었다. 아주 많이."

이팝나무는 대답이라도 하듯 싱그러운 나뭇잎을 흔들어 댔다.

1장. 교생실습

“그만 마셔. 내일 교생실습 첫날이라며. 너무 무리하는 거 아냐?”

은은한 오렌지빛 조명과 블루 톤의 모던한 인테리어, 감미롭게 귀를 사로잡는 재즈 음악.

그가 좋아하는 바에서 우린 나란히 앉아 몇 시간째 술잔을 기울이고 있었다.

“지금 내 걱정해 주는 거야? 쿡, 걱정 마. 그깟 교생실습이 뭐가 대수라고.”

투명한 크리스털 잔 안에 가득 담긴 말간 호박빛 액체를 가만히 출렁거리던 나는 단숨에 입안에 들이부었다.

“말은 그렇게 해도 실습 망치면 나한테 화풀이할 거 뻔하니까 하는 말이지.”

"화풀이하면 받아 주면 되잖아. 언제나 그랬듯이."

나는 내 옆에 앉아 술잔을 기울이는 그의 목에 갑자기 두 팔을 두르고 싱긋 웃으며 주정을 부리듯 말했다.

"우리 찐하게 뽀뽀나 한번 할까? 지훈 씨."

입술을 내밀며 달라붙는 나를 가까스로 떼어 놓던 그는 난처한 표정으로 말했다.

"얘가 왜 이래? 여기서 이러면 곤란해."

그는 주위의 시선을 의식하며 나를 달래듯 말했다.

"사람들이 쳐다보잖아."

우리 앞에 서 있던 웨이터는 못 본 척 묵묵히 유리잔을 닦는 일에만 집중하고 있었다.

"피, 시시해."

머리끝까지 어지러움이 올라온 나는 눈을 감고 차가움이 느껴지는 테이블 위에 얼굴을 기대고 이 말만을 중얼거렸다.

"시시해, 강지훈. 정말 왕시시해."

"오늘 정말 얘가 왜 이래? 천하의 주당 은서진이 벌써 취한 거야?"

그랬으면 좋겠다. 취해 버렸으면 좋겠다.

몸은 늘어지고 혀는 꼬여 가는데 갈수록 정신은 또렷해져만 가. 이놈의 정신만은 아무리 마셔 대도 멀쩡하단 말이야.

빌어먹을, 얼마나 더 마셔야만 정신을 잃을 수 있을까.

교사로 입성하기 위한 중요한 관문 중의 하나인 교생실습 전날 술에 취해 정신을 잃길 바라는 사람은 아마 온 사범대를 통틀어 나 하나뿐일 것이다.

"우욱~ 욱욱~"

갑자기 구역질이 치밀어 오른 나는 비틀거리며 황급하게 화장실을 향해 뛰어갔다.

변기 하나를 붙잡고 토악질을 해 대고 있는데 어느새 뒤에서 내 등을 두들겨 주는 손길이 느껴졌다.

"거봐, 내가 뭐랬어. 작작 좀 마시라고 했잖아."

내 등을 토닥거려 주며 그는 또 잔소리를 늘어놓았다.

그는 모르겠지만 그의 이런 엄마 같은 잔소리가 좋아서 그와 사귀게 되었는지도 모르겠다.

"하아, 기운 빠져."

속을 모조리 비운 나는 다리가 풀려 차디찬 시멘트 바닥에 스르르 주저앉고 말았다. 입고 있는 옷이 화장실 바닥에 더럽혀지든 말든 아무래도 상관없었다.

"쯧쯧, 안 되겠다. 업혀."

널브러져 앉아 있는 나를 한심하다는 듯이 바라보던 그는 무릎을 꿇고 앉아 내게 커다란 등짝을 내밀었다. 하얀 와이셔츠를 입은 그의 넓디넓은 등짝을 바라보고 있던 나는 냉큼 그의 목을 끌어안고 등에 올라탔다.

"아, 편하다. 등짝 하나는 정말 맘에 든다니깐."

나의 너스레에 그가 피식 웃었다.

"왜 그래? 오늘 무슨 일 있었어?"

"아니, 아무 일도."

지독하게도 심심한 하루였어. 미치도록 취하고 싶을 만큼.

무슨 일이라도 생겨 주길 바랐지만 아무 일도 생기지 않았어.

항상 내가 바라는 일은 절대로 일어나지 않아.

"너 이러는 거 처음 본다."

"앞으론 자주 보게 될지도 몰라."

교생실습을 하는 한 달 동안은 아마도 매일 이럴지도 몰라.

나는 그의 넓은 등에 얼굴을 묻고서 들릴 듯 말 듯 작은 목소리로 중얼거렸다.

나는 그의 등에 업혀서 편하게 집까지 왔다. 그는 무겁다는 한마디 불평도 없이 나를 집까지 안전하게 데려다주었다.

"자고 가."

나를 집 안으로 밀어 넣고 돌아가려는 그를 붙잡으며 나는 말했다.

"너 정말 많이 취했구나."

그는 내 입에서 나온 뜻밖의 말에 놀란 듯 나를 쳐다보며 말했다.

"진짜야. 그냥 자고 가."

"내일 아침에 후회할 말은 하는 게 아니에요, 은서진 교생 선생님."

그는 두 손가락으로 내 코를 살짝 잡아당기며 놀리듯 말했다.

"거실에서 자면 되잖아. 난 내 방에서 자고."

그러자 그는 한숨을 내쉬며 그럴 줄 알았다는 듯 말했다.

"그게 말이 된다고 생각해? 너랑 한집에서 그것도 따로 자자고? 같이 자는 거면 몰라도 그렇게는 못한다."

"피이, 난 지훈 씨랑 얼굴에 팩도 하고 밤새도록 수다 떨다가 잠들고 싶은데."

"그런 건 여자 친구랑 하는 거지 남자 친구랑 하는 게 아니야."

나는 입술을 뾰루퉁하게 내밀며 그런 지훈 씨를 흘겨보았다.

"피곤할 텐데 빨리 쉬어. 내일은 중요한 날이잖아. 아침에 모닝콜 해 줄게."

지훈 씨는 부풀어 오른 내 볼이 귀엽다는 듯 살짝 볼에 키스해 주고는 현관문을 닫고 가 버렸다.

매너 좋고 사람 좋은 그는 나의 이런 억지스러움과 말도 안 되는 투정까지도 잘 받아 주는 사람이다. 또 엄마 같은 잔소리로 다정다감하고 세심하게 나를 잘 챙겨 주는 사람이다. 그래서 이렇게 오랜 기간 동안 사귀게 되었는지도 모른다.

남자와는 고작 한 달을 못 가던 나였는데 그와는 꽤 오랜 기간 동안 사귀고 있었다. 도통 어느 남자를 만나도 마음을 못 열고 갈팡질팡하던 내게 나타난 사람. 마음이 열리기도 전에 성급하게 가까워지길 원하던 다른 남자들과는 달리 그는 내게 아무런 요구도 없이 그저 내가 원하는 선을 지키며 날 속 깊게 이해해 주는 사람이다. 내 지난날의 상처까지도.

첫사랑에게 데인 상처 때문에 트라우마가 생겨 남자에게 온전히 마음을 열 수 없는 나의 철벽같은 기질을 알고도 질려 하지 않고 도망가지 않는다. 처음부터 지금까지 쭉 한결같은 모습으로 나를 바라봐 주고 챙겨 주고 있다.

그런 그의 다정함에도 왜 내 마음은 전부 열리지 않는 건지. 왜 그의 전부를 받아들일 수가 없는 건지.

그 빌어먹을 첫사랑 이후, 나는 누구도 사랑할 수 없게 되었다.

그 빌어먹게도 가슴 아팠던 첫사랑이 떠나간 이후…….

-널 잃고 싶지 않아…….

다른 여자애의 어깨를 감싸 안고 걸어가고 있는 그의 교복 재킷 뒷자락을 붙잡고 나는 울먹이며 말했다.

-이러지 마……. 너 이런 애 아니잖아…….

나 충분히 아팠으니까 이젠 그만해. 제발 그만해.

모든 자존심은 다 내던지고 모두가 보는 앞에서 난 울음 섞인 목소리로 애원했다.

제발 다시 돌아와 달라고. 이런 미치광이 연극은 그만하고 원래의 너로 제발 돌아오라고.

-짜증 나게도 징징대네.

혐오감이 잔뜩 묻어나는 인상을 가득 쓴 낯선 그의 표정. 한 번도 나에겐 보여 준 적 없는 그의 무서운 얼굴에 그만 난 얼어 버렸다.

-지겨워.

그는 차가운 눈빛으로 나를 노려보며 말했다.

-네가 우는 것도, 네가 말하는 것도 다 지겨우니까 그만 좀 꺼지라고.

음의 높낮이 없는 지독하게도 차갑고 건조한 그의 잔인한 말에 울음마저 멈춰 버렸다.

추운 날의 눈사람처럼 하얗게 굳어 버렸다.

-풋.

그의 옆에서 팔짱을 끼고 있는 여자애는 멍청히 서 있는 나를 보고 비웃었다.

-불쌍해서 한번 데리고 놀아 줬더니 더럽게 들러붙네. 이럴 줄

알았으면 너 같은 건 상대해 주지도 않았어.

그때 나에게 거침없이 못된 말을 내뱉고 돌아서는 그의 뺨을 때릴 수도 없을 만큼 나는 그를 사랑했는데…….

차갑게 나를 스쳐 지나가는 그를 보며 서럽게 울면서도 모두 다 꿈이기만을 바랐다.

도저히 나에게 했던 그의 말들이 믿어지지 않아서 그렇게 꼼짝없이 하루가 갈 때까지 서 있었다.

마침 하늘에서는 그토록 기다리던 첫눈이 굵은 솜뭉치처럼 쏟아져 내리고 있었다. 같이 첫눈을 맞고 싶었던 사람에게서 첫눈이 오는 날 비참하게 버림받은 나는 손발에 동상이 걸릴 때까지 그렇게 서서 한없이 울고만 있었다.

하얗게 굳어 버린 슬픈 눈사람처럼…….

그가 다시 돌아와 주기만을 바라며…….

"으음……."

꿈결 속에서 익숙한 멜로디가 끊임없이 들려오고 있었다.

내가 좋아하는 멜로디, 그래서 휴대폰 벨소리로 저장해 놓은 그 멜로디였다.

실눈을 뜨고 얼핏 쳐다보니 휴대폰이 울리고 있었다.

나는 한 손을 뻗어 가까스로 휴대폰을 잡고 귀에 댔다.

[……서진아, 일어나.]

수화기 저편에서 지훈 씨의 목소리가 들려왔다.

"으음…… 싫어……. 더 자고 싶단 말이야……."

나는 몸을 뒤척이며 잠이 덜 깬 목소리로 중얼거렸다.

[너 늦었어. 오늘부터 교생실습 가야 한다며. 빨리 일어나, 은서진!]

강하게 호통치는 그 목소리에 눈을 게슴츠레 뜨고 탁상시계를 쳐다보니 이미 시계의 시침과 분침은 7시를 훌쩍 넘겨 가리키고 있었다.

"으악!"

나는 침대에서 벌떡 일어나 두 손으로 머리카락 사이를 헤집으며 외마디 비명을 질렀다.

8시까지 학교로 가야 하는데 정말이지 이건 너무나 늦어 버렸잖아.

[자학하지 말고 얼른 가서 씻어. 택시 타고 가면 많이 늦진 않을 거야.]

안 봐도 상황을 뻔히 짐작한다는 듯 지훈 씨의 혀를 차는 목소리가 들려왔다.

첫날부터 지각이라니, 교생실습 점수 따윈 관심도 없지만 첫날부터 찍혀 버리는 건 곤란해.

두통이 느껴지는 머리를 양손으로 부여잡고 전날의 일을 떠올려 보니 저절로 한숨이 나왔다. 정말 한심해, 은서진.

[잘하고 와.]

수화기 너머로 나를 격려해 주는 따뜻한 지훈 씨의 목소리가 들려왔다.

"잘할 수 있을까……."

나의 낮은 중얼거림에 그는 놀리듯 물었다.

[은서진답지 않게 웬 자신감 없는 말투?]

나는 대답 대신 조용한 미소를 지으며 말했다.

"지훈 씨도 얼른 출근준비 해."

[난 걱정 말고 빨리 씻기나 하세요, 은 선생님.]

그제야 나는 부랴부랴 일어나 샤워실로 들어가서 몸을 씻고 대충 화장을 하고 정장을 챙겨 입었다. 졸업사진 찍을 때 입으려고 백화점 가서 큰맘 먹고 구입한 심플한 검정색 투피스 정장이었다. 은색 하이힐을 신고 밖으로 나간 나는 마침 지나가는 택시를 잡아 탔다.

"어디로 뫼실까요?"

구수한 목소리의 아저씨가 백미러를 통해 나를 힐끔 쳐다보며 물었다.

"……태한고등학교로 가 주세요."

'태한고등학교'라고 내뱉은 내 입가에 잠시 쓸쓸함이 머물다 지나갔다.

창밖을 바라보는 우울한 시선 속에는 섬광처럼 스쳐 지나가는 장면들이 있었다. 그렇게 잊으려고 발버둥을 치며 살았는데도 절대 잊히지 않는 기억들.

4년이나 지났는데 아직까지도 이러는 내가 우습다. 충분히 강해졌다고 생각했는데 아직도 멀었나 보다. 그 상처를 잊는다는 건 내겐 지독하게도 힘든 일인가 보다.

드디어 태한고등학교 정문 앞에 도착했다.

졸업한 지 4년 만에 다시 찾아온 모교였다. 벚꽃나무, 주목나무, 철쭉꽃, 푸르른 사철 소나무로 둘러싸인 교정과 넓은 운동장. 그때와 변함없는 교정을 바라보니 감회가 새로웠다. 추억과 상처가 공존하는 곳, 그래서 꿈속에서도 늘 잊지 못했던 곳이다.

교무실로 들어가니 지각을 한 교생은 나밖에 없었다. 모두들 일찍 온 듯 정갈한 복장을 한 채 단정하게 앉아 있었다. 선생님들의 따가운 눈총을 받으며 나는 슬그머니 빈 의자에 앉았다.

"오, 이게 누구야? 은서진 아닌가?"

"안녕하셨어요? 선생님."

"그래그래. 이게 대체 몇 해 만이야?"

"그동안 찾아뵙지 못해서 죄송해요. 건강하시죠?"

3학년 때 담임선생님이셨던 은사님은 4년이나 지났지만 나를 한눈에 알아보시고 악수를 청하며 반겨 주셨다. 어느새 승진을 하여 교감 선생님이 되셨는데 모습은 예전과 다름없으셨다. 그동안 찾아뵙지도 못했는데 여전히 날 기억해 주시니 너무나 감사하고 죄송스러울 따름이었다.

"잘 왔어, 서진아. 잘 왔어."

나의 어깨를 두드려 주시며 유난히 반가워하시는 은사님과 인사를 마치고 몇몇 안면 있는 선생님들과의 짧은 인사를 나누고 나자 교장실에서의 교장 선생님과의 만남이 기다리고 있었다.

교장실로 이동해서 지루한 교장 선생님의 말씀을 듣다가 조회가 있다는 방송을 듣고 우린 운동장 조회대로 나갔다. 질서 정연하게 서 있는 아이들 앞에 우리는 나란히 서서 각자 소개를 마쳤다.

시대가 변해도 가장 변하지 않는 곳이 있다면 학교가 아닐까. 느림의 미학을 사랑하는 학교에서 빠르게 성장하는 아이들을 상대하며 청춘을 바치는 선생님들이 문득 존경스러워진다.

"아함!"

지루하고도 긴 교장 선생님의 훈화에 나는 커다랗게 입을 벌려 하품을 하다가 그만 교장 선생님과 눈이 마주쳐 버리고 말았다.

제길, 첫날부터 단단히 찍혔군.

조회를 마치고 교생들에게 배정된 담당선생님과의 짧은 만남을 가졌다. 나에겐 3학년 5반 담임선생님이 배정되었는데 푸근하고 소탈해 보이는 인상의 50대 중반쯤으로 보이는 아저씨 선생님이었다. 학생 지도 전반에 대한 사항과 실습 일지 제출에 관한 지도 사항을 전달받았다.

1교시에는 첫 참관수업을 들어갔다. 오랜만에 들어가 보는 교실은 참 낯설면서도 친숙했다. 나의 청춘 3년을 바친 곳이라 생각하니 의미가 남달라서인지도 모른다. 호기심 어린 녀석들의 시선과 질문 공세를 받긴 했지만 깨끗이 무시한 채 나는 뒤에 앉아 열심히 수업을 참관했다. 그렇게 오전 내내 참관수업을 하며 돌아다녔다. 여러 가지 배울 점들도 많고 학교 분위기에 적응하기도 좋았다.

그런데 점심시간이 되니 온몸에 힘이 풀렸다. 어제 대책 없던 과음의 탓인지 오전 내내 뒤에 앉아서 참관만 했는데도 벌써 에너지가 몽땅 떨어져 버리고 말았다.

같은 학교에서 실습을 나온 음악과 동료 교생 지윤과 함께 급식실로 가서 점심을 먹었다.

급식실의 풍경은 여전했다. 여기저기서 와글와글 떠들며 맛있게 밥을 먹는 아이들. 그 활기찬 분위기 속에서 나의 위만 적응하지 못하고 있었다. 시원하고 칼칼한 국물만 당기는 나는 다른 반찬들은 고스란히 남겨 둔 채 얼큰한 육개장만 연거푸 들이켰다.

역시 해장엔 육개장만 한 것이 없어.

과음의 끝은 항상 이런 고통스러운 숙취만 기다리고 있는데, 술 마실 때는 정작 그런 생각이 안 드니 문제란 말이다.

"……그래서 내가 그랬는데, 호호호. 애들이 안 믿는 거 있지? 암튼 요즘 애들 많이 영악해졌다니까. 우리 때랑은 달라. 벌써 격세지감을 느낀다니까. 호호호."

수다스러운 지윤은 도대체 밥을 언제 다 먹을 생각인지 급식실에 들어온 그 순간부터 좀처럼 입이 쉴 생각을 안 했다.

"참, 너 아직 그 반 안 들어갔지? 3학년 5반!"

갑자기 지윤은 뭔가 생각났다는 듯 두 눈을 반짝이며 물었다.

"5반이라면 5교시에 들어갈 차례야. 왜?"

나는 국을 한 입 떠먹으며 시큰둥하게 대답했다.

그러자 지윤은 들고 있던 숟가락까지 식판 위에 내려놓은 채 본격적으로 수다를 떨기 시작했다.

"내가 아까 1교시에 그 반 수업에 들어갔는데 정말이지 깜짝 놀랐지 뭐니. 우리랑 나이가 같은 고등학생이 있는 거야. 크크큭. 겉으로 보기엔 19살인지 23살인지는 모르겠지만 말이야. 애들한테 꼬치꼬치 물어보니까 뭐 외국에서 몇 년 살다 와서 지금 고3이래. 어찌나 모델처럼 키 크고 잘생겼는지 정말 한 시간 내내 그 녀석 얼굴만 쳐다보다 왔지 뭐야. 큭큭. 교생실습 끝나면 그 녀석한테 친구 하자고 할까? 어때? 좋다고 할까?"

아서라. 내 밥에 밥풀 튀기니까 그만 얘기하고 밥이나 먹자.

목구멍까지 올라온 그 말을 참느라 나는 밥 한 숟가락을 크게 떠서 입안으로 꾸역꾸역 집어넣을 수밖에 없었다.

"내가 원래 남자 얼굴 따지는 스타일이 아니잖아. 근데 그 애는 뭐랄까? 왠지 묘한 매력이 있는 거 있지. 시선을 잡아끄는 카리스마가 있다고나 할까? 아, 한 달 동안 교생실습이 즐거워질 것 같아."

그녀의 밑도 끝도 없는 수다 덕분에 급식실에서 점심시간을 꽉꽉 채운 나머지 커피 마실 시간도 없이 점심시간은 끝나 버리고 말았다. 화장실에서 부랴부랴 양치를 마친 나는 곧바로 수업에 들어갈 준비를 할 수밖에 없었다.

기필코 그녀와는 다시 밥을 먹지 않으리라고 굳은 다짐을 하며 교생실에 들러 짐을 챙겨 다음 교실로 이동하려고 하는데 3학년 5반 담임선생님이 나를 교무실로 호출했다.

"은 선생, 식사는 다 하셨나?"

"네."

"어때? 급식실 밥은 여전히 맛없지?"

"그래도 국물은 괜찮던데요?"

5교시 수업 시간 시작이 임박해 왔음에도 불구하고 3학년 5반 담임선생님은 책상 앞에 불룩한 배를 내밀고 앉은 채 이쑤시개로 이만 쑤시고 있었다.

"아까 교감 선생님이 하시는 말씀 들으니까 은 선생이 그렇게 야무지다면서?"

"네?"

나는 두 눈을 동그랗게 뜨고 물었다.

"아, 아까 급식실에서 말이야. 교감 선생님이랑 같이 식사하는데 은 선생이 제자였는데 그렇게 야무지고 똘똘했다고 입에 침이

마르게 칭찬을 많이 하시더라고."

언제 또 나에 대해서 그런 과찬을 하셨는지 쑥스럽기만 했다.

"아니에요, 그 정도는. 잘못해서 혼도 많이 났는걸요."

3학년 5반 담임선생님은 음흉한 미소를 지으며 나를 물끄러미 바라보더니 한마디 하셨다.

"내가 봐도 말이야, 수업을 아주 야무지게 잘할 것 같아."

선생님은 수상쩍게 '허허허'거리더니 말을 이었다.

"학교 현장에서 직접 수업을 해 보는 경험은 그 무엇과도 바꿀 수 없는 가치 있는 귀중한 경험이지. 그런데 교생실습 와서는 겨우 2주밖에 수업을 못하잖아. 그래도 적어도 한 달은 해 봐야 나중에 현장에서 쓸 수 있다고 생각하는데 안 그런가, 은 선생?"

"그게 무슨 말씀이신지?"

불길한 예감이 엄습한 나는 두 눈을 동그랗게 뜨고 물었다.

"우리 반은 오늘부터 당장 수업해 봐. 은 선생이라면 잘 해낼 거야."

청천벽력 같은 말에 나는 혼이 빠진 것처럼 맥없이 선생님을 바라보았다.

"선생님, 아직 수업 준비가……."

"아, 첫 시간이니 부담 갖지 말고 그냥 출석이나 부르면서 애들 얼굴도 익히고 아이들하고 친해져 봐요. 어차피 첫 시간은 다들 농땡이 까는 시간 아닌가?"

배불뚝이 3학년 5반 담임선생님은 새끼손가락으로 자신의 귀를 후벼 파며 말했다.

"어이구, 벌써 종 쳤네. 그럼 들어가 봐요. 나는 낮잠이나 자 볼까?"

3학년 5반 담임선생님, 아니 그 배불뚝이한테서 건네받은 출석부를 들고 나는 이를 부득부득 갈며 3학년 5반 교실로 향했다.

푸근해 보이는 소탈한 인상에 속은 내가 바보였다. 근무태만에 불성실한 선생의 표본이었던 것이다. 갓 실습 나온 교생에게 자신의 수업을 맡겨 버리고 낮잠이나 자 버리다니. 확 교장 선생님께 달려가 고자질하고 싶지만 참기로 했다. 귀찮은 일을 벌이는 건 절대 내 취향이 아니었기 때문이다. 또 어차피 할 수업 미리 당겨서 하는 것도 그리 나쁘진 않다고 생각했다. 대학에 다니면서 틈틈이 아르바이트로 학원 강사나 과외 강사 등을 하면서 쌓아 온 스킬이 있기 때문에 나름 수업에 자신감도 있었다.

3학년 5반 교실 앞문을 열고 들어가자 반 아이들의 두 눈이 휘둥그레졌다. 그도 그럴 것이 배불뚝이 선생이 와서 수업할 거라고 예상했는데 내 입으로 이런 말 하기는 부끄럽지만 젊은 미모의 교생이 등장하니 그럴 수밖에.

교실 안은 금세 광란의 도가니가 되었다. 한 시간 놀 수 있을 거라는 기대감에 취한 아이들의 기뻐하는 속마음이 느껴졌다. 하지만 어림 반 푼어치도 없는 소리! 나 은서진은 절대 그런 말랑말랑한 교생이 아니란 말이다.

한 시간 동안 수학 삼매경에 빠지게 해 주마.

나는 교탁 앞에 차분히 서서 입을 열기 시작했다.

"안녕하세요? 저는 오늘부터 한 달 동안 여러분의 수학 교생을 맡은 은서진이라고 합니다. 수업 내용에 관해서 모르는 게 있으면 언제든지 질문해도 좋지만, 사적인 질문은 받지 않겠습니다. 저는 여러분과 놀러 온 것이 아니라 가르치는 실습을 통해 귀중한 밑거름을 쌓기 위해 이곳에 왔습니다. 부디 한 달 동안 좋은 수업이 되었으면 합니다."

딱딱한 나의 첫인사에 '우우우' 하는 원성이 들려왔다.

하지만 나는 개의치 않고 출석부를 들고 출석을 부르기 시작했다.

"그럼 먼저 출석을 부를게요. 강남기."

"네."

"강대원"

"네."

출석을 부르는 일이란 여간 짜증 나는 일이 아니다.

35명이나 되는 많은 아이들의 이름을 입 아프게 일일이 불러야 한다니 수업을 시작도 하기 전에 진이 빠지는 기분이 들었다.

게다가 개중에는 한눈을 팔다가 한 번에 대답하지 않는 아이들도 있어서 몇 번이나 같은 이름을 불러야 하기도 했다.

하지만 첫 시간이니만큼 출석을 부르며 아이들의 얼굴을 익히는 일은 필수 코스이기 때문에 참자고 생각하며 빠르게 아이들의 이름을 불렀다. 그러던 중 나는 출석부의 다음 이름에서 말을 멈추고 말았다.

"신……."

나는 몇 초 동안이나 말을 잃고 정지한 상태로 있었다.

아이들이 의아하다는 듯이 웅성대는 소리가 들리자 다시 정신을 차린 나는 아직도 이름만 봐도 숨이 막히는, 4년 동안 잊고 있었던 그 이름을 다시 불렀다.

"신…… 유환."

나도 모르게 출석부에서 시선을 떼고 고개를 들었다.

어떤 녀석일까. 4년 전 그 애와 같은 이름을 가진 녀석은 대체 어떻게 생겨 먹은 녀석일까.

왜 그런 게 궁금한 건지 나도 모르겠지만 그저 이상한 우연에 호기심이 생겼다.

그런데 교실 어디에서도 대답이 나오지 않았다.

"신유환."

다시 한 번 내가 그 이름을 부르자 아이들은 웅성거리며 어느 한 곳으로 시선을 모았다. 나의 시선도 아이들의 시선을 따라 자연스레 그쪽으로 갔다.

창가 맨 뒷자리, 반 아이들의 시선을 일제히 받으며 나를 뚫어져라 바라보고 있는 녀석은…….

나처럼 할 말을 잃은 그 녀석은…….

믿을 수 없게도 4년 동안 꿈속에서도 매일 나를 괴롭히던 그 녀석이었다.

-내가 아까 1교시에 그 반 수업에 들어갔는데 정말이지 깜짝 놀랐지 뭐니. 우리랑 나이가 같은 고등학생이 있는 거야. 크크큭. 겉으로 보기엔 19살인지 23살인지는 모르겠지만 말이야. 애들한테 꼬치꼬치 물어보니까 뭐 외국에서 몇 년 살다 와서 지금 고3이래. 어찌나 모델처럼 키 크고 잘생겼는지 정말 한 시간 내내 그 녀석 얼굴만 쳐다보다 왔지 뭐야. 큭큭. 교생실습 끝나면 그 녀석한테 친구 하자고 할까? 어때? 좋다고 할까?

아까 점심시간에 급식실에서 들었던 지윤의 말이 퍼뜩 생각나 버렸다. 그게 이 녀석을 두고 한 말이었단 말인가? 아무래도 그런 것 같다.

나는 더 이상 출석을 부를 수가 없었다.

"선생님? 교생 선생님?"

반 아이들이 넋을 놓고 서 있는 나를 부를 때까지도 나는 그 녀석만 바라보며 서 있을 수밖에 없었다.

어떻게 꿈속에서도 상상 못 한 일이 일어날 수 있는지.

다시 이 학교에서 저 녀석을 만나다니.

타임머신을 타고 4년 전으로 돌아온 것만 같았다.

그렇게 나는 첫사랑을 다시 만났다. 같은 장소에서 같은 모습으로 있는 첫사랑을 다시 만나고 말았다.

2장. 상처

"뭐야? 수학도 뻑 간 거야? 아까 음악도 그러더니만."

"참 나, 교생들이 단체로 남자 꼬시러 왔나? 아주 침 떨어지겠다."

"샘~ 거기만 쳐다보지 말고 여기도 좀 봐 주세요! 쌤~"

"요즘 교생들은 남학생을 존내 밝히나 봐. 이거 원, 무서워서 학교 다니겠냐? 안 그래? 큭큭."

어느새 교실 안은 난장판이 되어 가고 있었고, 이 와중에 조용한 사람은 우리 두 사람뿐이었다.

어떻게 네가 거기 있는 거지? 어째서 여기서 같은 모습의 널 다시 마주쳐야 하는 건지.

세상에 어떻게 이런 운명의 장난이 있을 수 있는지…….

"선생님, 수업 안 하세요?"

맨 앞줄에 앉은 안경 쓴 여학생의 날카로운 질문에 정신이 돌아온 나는 서둘러 교과서를 펼쳐 봤지만 머릿속이 복잡하고 혼란스러워서 더 이상 수업을 진행할 수가 없었다.

할 수 없이 '오늘 수업은 자습'이라는 말을 남겨 놓고 교실에서 도망치듯 나가 버렸다.

빠르게 복도를 걸어가고 있는 내 등 뒤로 더 큰 웅성거림이 들려왔다. 간혹 수업이 끝났다는 데서 오는 해방감의 환호성이 들려오기도 했다.

무작정 한참을 걷다가 정신을 차려 보니 내가 서 있는 곳은 건물 옥상이었다.

옥상 위에 서서 넓은 운동장을 내려다보니 지독하게도 춥던 4년 전의 환상이 보였다.

운동장에는 교복을 입은 내가 덩그러니 혼자 서 있었다. 어깨를 들썩이며 서럽게 울고 있는 내가 보였다.

-거짓말이지? 유환아……. 네가 했던 말 모두 거짓말이지? 사랑한다고 했잖아……. 울리지 않겠다고 했잖아……. 헤어지지 말자고 했잖아……. 영원히 헤어지지 말자고 했잖아…….

펑펑 울고 있는 내 머리 위로 하얀 눈이 내렸다. 까만 구두코 위로 하얀 눈이 쌓였다. 들썩거리는 어깨 위에도 하얀 눈이 쌓여 갔다. 뜨거웠던 심장에도 하얀 눈이 쌓여 갔다.

날이 저물고 운동장에 있던 아이들도 하나둘씩 사라지고 마침내 밤이 되어 별빛이 내려앉을 때까지도 나는 그 자리에서 떠날 줄을 몰랐다.

그렇게 쌓여 가는 하얀 눈 속에서 뜨거웠던 심장은 점차 식어 버려 결국은 얼어붙고 말았다. 다시는 온기를 느끼지 못하도록 그렇게 새하얗게 얼어붙어 버렸다.

세상에 많고 많은 이별 중에서 내가 처음으로 했던 이별이란 상대방에 대한 배려라고는 눈곱만큼도 없는 일방적이고도 잔인한 이별이었다.

사랑했는데, 그렇게 많이 사랑했는데 왜 넌 내게 그리도 모진 상처를 주고 떠나갔을까.

내게 지울 수 없는 상처를 남겨 주고 뻔뻔스럽게도 아직도 그 자리에 있는 너를 어떻게 받아들여야 할지.

내가 아팠던 만큼 너도 아프라며 이제라도 속 시원하게 한 대 패 주고 돌아서야 할까. 너 같은 건 이미 잊었다고 깨끗이 무시하며 모르는 척을 해야 하는 걸까. 아니면 아무렇지도 않은 척 쿨하고 멋진 어른처럼 가벼운 인사라도 건네야 하는 것일까.

하지만 벌써 들켜 버린 나의 당황하는 모습에서 내가 아직 너를 잊지 못했다는 증거를 선명히 남기고 말았으니…….

"휴우."

쉬는 시간을 알리는 종소리가 들려왔다.

커다랗게 한숨을 내쉬며 뒤돌아서자 내 뒤에 누군가 서 있었다는 것을 알아차렸다.

신유환, 그 녀석이 거기 서 있었다. 언제부터 거기 서 있었는지는 모르겠지만, 나를 뒤따라온 건지 말없이 내 뒤에서 서 있었던 녀석.

세상에서 내가 가장 사랑했던 사람…….

세상에서 나를 가장 아프게 했던 사람…….

세상에서 내가 가장 원망했던 사람…….

"오랜만이다."

녀석은 그때와 변함없는 중저음의 목소리로 또 그때와 조금도 달라진 게 없는 얼굴로 나를 쳐다보고 있었다.

모델처럼 큰 키에 군더더기 없는 날렵한 몸매, 오만할 정도로 잘생긴 작은 얼굴. 귀밑까지 내려오는 까만 머리카락과 잡티 하나 없는 깨끗한 흰 피부.

눈앞에 서 있는데도 여전히 믿을 수 없었다. 네가 내 앞에 서 있다니, 하필 너를 여기서 다시 만나다니.

하도 어이가 없어서 말조차 나오지 않았다.

"어떻게 된 거야?"

나는 갈라진 목 틈 사이로 겨우 이 말 한마디를 내뱉을 수 있었다.

세월이 4년이나 흘렀음에도 불구하고 그때와 똑같은 모습으로 유령처럼 서 있는 녀석의 모습을 보고 이 말 외에 달리 다른 말이 떠오르지 않았다.

"벌써 그런 나이가 됐구나. 교생이라니. 세월 참 빠르군."

녀석은 마치 우리가 어제도 만났던 사이인 것처럼 스스럼없이 자연스럽게 말을 걸고 있었다.

난데없이 내 앞에 등장한 이 녀석으로 인해 머릿속 회로가 올 스톱된 나는 당황스러워하는 모습을 그대로 드러낸 채 격앙된 어조로 물었다.

"어떻게 된 거야. 왜 아직도 여기 있냐고. 그때 졸업하지 않았어?"

왜, 왜 다시 내 앞에 나타난 거냐고.

길거리에서 우연히라도 절대 마주치고 싶지 않았는데 하필이면 또다시 이곳에서 만나 버리다니, 어떻게 이런 일이 가능한지 모르겠다.

녀석의 예고 없는 등장으로 인해 모든 것이 혼란스러웠다.

시간이 멈추고 공기의 흐름마저도 정지해 버린 것 같은 기분이 들었다.

"이래서 여자의 변신은 무죄라고 하나? 화장을 해서 그런지 이름을 듣기 전까지는 못 알아봤잖아. 하마터면 다른 사람인 줄 알았다고."

이 자식이?

복잡하고 혼란스러운 나와는 달리 유들유들하고 여유 있게 농담까지 하는 녀석을 보니 부아가 치밀었다.

"네가 무슨 자격으로 이제 와서 이런 말을 하는데? 이렇게 쉽게 아무렇지도 않게 말걸 만한 사이야, 우리가?"

제길, 목소리가 갈라져 나오잖아.

나도 녀석처럼 유들유들하고 여유 있게 맞받아치고 싶었지만 분한 감정이 끓어올라 죽어도 그렇게 안 된다는 사실에 더욱 화가 났다.

"은서진……."

"내 이름 함부로 부르지 마. 네 머릿속에 내 이름이 있다는 것 자체도 끔찍하니까."

그러자 녀석은 나를 보고 조용히 피식 웃으며 말했다.

"넌 여전히 변한 게 없구나."

그렇게 웃지 마.

예전에 내가 설레던 그 표정으로 다시 내 앞에서 그렇게 웃지 말란 말이야, 이 나쁜 자식아!

"변한 게 없다고? 그렇게 보여? 나 변했어. 그때의 은서진이 아니야. 그때 그 철없고 멍청하고 한심한 은서진이 아니라고."

"내가 보기엔 그대로야."

"멋대로 아는 척하지 마. 넌 그때나 지금이나 나에 대해서 아는 게 하나도 없으니까. 앞으로 다신 아는 척하지 마. 우린 서로 모르는 사이니까."

나는 그 녀석을 어깨로 힘껏 밀치고 옥상 계단을 빠르게 뛰어 내려갔다.

더 이상 거기서 서 있다간, 더 이상 그 녀석과 얘기하다간 예전의 은서진으로 돌아갈 것만 같아서. 그 녀석의 앞에서 힘없이 울기만 하던 바보 같은 은서진으로 돌아갈 것만 같아서.

아직도 한참 먼 거야? 은서진.

강해지려고 쿨해지려고 발버둥 쳐 오면서 살아왔잖아.

다른 남자들 앞에서는 그게 되는데 왜 저 녀석 앞에서만큼은 이렇게 되어 버리는 걸까? 케케묵은 오래된 감정에 휘말려 평정심을 잃고 무너져 버리고 마는 걸까?

정말 이딴 학교로 다시 돌아오는 게 아니었는데…….

교생실습 따위 하는 게 아니었는데…….

실습 일지를 제출하고 교생실로 돌아온 나는 시계만 바라보고 있다가 정각 4시 30분이 되자마자 황급히 퇴근할 준비를 했다.

교생실에 모여 하루 소감을 말하며 흥분하여 떠드는 열댓 명의 무리들을 뒤로한 채 가방을 챙겨 메고 나오려는 찰나였다.

"서진아, 벌써 가게?"

"응, 먼저 갈게."

나는 아쉬운 듯 붙잡는 지윤을 뒤로하고 어서 빨리 악몽 같은 이 학교를 벗어나고 싶었다.

하지만 지윤은 절대 쉽게 날 놔줄 애가 아니었다는 걸 미처 잊고 있었다.

"왜? 우리 이따 같이 모임하기로 했는데. 한 학교에서 이렇게 교생실습을 한 것도 인연이고 해서 말이야. 정보 교류도 할 겸."

떠들고 있던 몇 명이 내게 아는 척 눈인사를 했다. 첫날이니 서로 친해질 겸 해서 모임을 하려나 보다. 하지만 그런 건 이미 내 관심 밖이었다.

"난 빼 줘. 일이 있어서."

"그래? 아쉽다. 참, 너 아까 3학년 5반에 들어갔다고 했지? 봤어? 봤어? 내가 말한 애. 우리랑 동갑인 신유환이라는 애 말이야."

지윤은 진드기처럼 끈덕지게 나를 붙잡고 말을 걸고 있었다. 그것도 내가 절대 입에 올리고 싶지 않은 주제를 화두로 삼으며 흥분하여 제멋대로 떠들기 시작했다.

"봤지? 죽이지? 내가 아까 하도 궁금해서 여러 선생님들한테 물어봤는데 말이야. 신유환 걔네 집이 엄청 부자래. 아버지가 기업을 운영하시는데 이름만 대면 다 알 정도로 업계에서 알아주는 탄탄한 회사래. 아마 준재벌쯤 되는 집안이라나 봐. 더 특종인 건 신유환이 그 집안에 외아들이래. 그 얼굴에 그 몸매에 또 든든한 집안 배경까지. 고등학교 몇 년 꿇은 것쯤은 흠도 아닌 거 있지? 나 이거 한 달 동안 교생실습은 제쳐 두고 신유환이나 따라다녀야 하는 거 아닌지 몰라. 도서관에 처박혀서 빡세게 임용고시 준비하느니 신유환 하나 잡아 취집하는 게 낫지 않을까? 어떻게 생각해?"

"그만!"

난 나도 모르게 소리를 지르며 지윤의 입을 막고 말았다. 그 바람에 교생실 안에 모인 열댓 명의 교생들은 모두 떠들기를 멈추고 어리둥절하게 나를 쳐다보았다.

"나 그만 간다고."

난 내가 던진 말을 수습하듯 대충 얼버무리며 말하고는 교생실을 빠져나왔다.

"어, 그래. 잘 가, 서진아. 내일 다시 얘기하자!"

당최 내 속도 모르는 지윤은 무슨 할 말이 더 남은 건지 그렇게 말하며 손을 흔들며 날 배웅했다.

난 하이힐을 신고 거의 뛰다시피 해서 황급히 학교를 빠져나갔다.

누가 뒤에서 쫓아오지도 않는데 마치 누군가에게 쫓기는 것처럼 그렇게 학교에서 멀리 벗어나고자 정신없이 뛰던 나는 학교가 코빼기도 보이지 않을 쯤에야 비로소 한숨을 내쉬며 걸음 속도를 늦추었다.

하지만 그런 안도감도 잠깐, 이제 겨우 교생실습의 하루가 지났을 뿐이라는 사실이 다시 내 발걸음을 무겁게 만들었다.

그 녀석과의 4년만의 재회는 정신마저 잠시 혼미해질 만큼 충격적인 일이었다. 그 녀석이 학교에 없었어도 충분히 그 녀석과의 상처뿐인 추억으로 인해 괴로웠을 텐데 원수는 외나무다리에서 만난다는 속담처럼 그 상처를 준 장본인과 떡 마주쳐 버렸으니 앞으로 남은 교생실습 기간을 어떻게 견뎌야 할지 모르겠다.

보기 싫어도 앞으로 남은 한 달 동안 그 녀석과 마주칠 수밖에 없다니.

먹고 나면 순식간에 한 달 후로 이동해 버리는 그런 약이라도 있었으면 좋겠다. 아니면 자고 일어나면 바로 한 달 뒤에 깨어나거나.

쓸데없는 망상에 젖어 있던 나는 오늘도 도저히 맨 정신으로는 집에 들어갈 자신이 없어 지훈 씨와 자주 가던 술집으로 향했다.

"왜 혼자 마셨어? 나 부르지. 근처에 있었는데."

바에서 혼자 술을 마시고 있던 난 어느 정도 취하자 지훈 씨에게 전화를 했다.

그는 내가 전화를 한 지 10분도 안 되어 나를 데리러 와 주었다. 그는 정말이지 성실하고 자상한 남자 친구의 표본이었다.

그는 나 대신 카운터에서 그의 카드로 계산을 해 주고 비틀거리는 나를 부축해서 그의 차에 태웠다.

그의 이런 친절한 배려에 익숙한 난 조수석에 앉아 말없이 차창문을 열었다.

그런 나의 기분을 배려하는 듯 그는 더 이상 아무것도 묻지 않았다.

"그냥 아무하고도 얘기하기 싫어서. 그래서 오늘은 혼자 마셨어."

신선한 밤공기를 맡으니 그래도 조금쯤은 기분이 나아지는 것 같았다. 그래서 나는 미루고 있던 그의 질문에 대한 대답을 이제야 했다.

"지금도 그래? 입 꾹 다물어 줄까?"

억지로 입을 꾹 다문 표정의 지훈 씨를 보고 나는 '피식' 창밖을 내다보며 웃었다.

밤의 도시는 화려하다. 어지러운 네온사인이 현란하게 움직인다. 화려한 도시에 사는 사람들은 밤이 외롭다. 그래서 술에 취하고 음악에 취하고 사랑에 취한다. 해가 뜨면 사라지고 마는 신기루 같은 밤이다. 내게도 신기루만 같던 하루였다.

"나 오늘 첫사랑을 만났어."

나는 창밖을 바라보며 아주 천천히 말을 꺼냈다.

"그래?"

지훈 씨의 얼굴은 잠시 어두워졌지만 이내 내색을 지우고 물었다.

"예전에 네가 말했던 그 첫사랑?"

나는 대답 대신 고개를 끄덕였다.

언젠가 난 술에 취해서 내 첫사랑의 상처를 지훈 씨 앞에서 솔직히 털어놓은 적이 있었다. 그땐 왜 그랬는지 모르겠지만 지훈 씨도 다른 남자들과 똑같을 거라는 생각에서 미리 진을 치고 단념시키려고 그랬는지도 모른다. 그 상처 때문에 다시 남자에게 온전히 마음을 열 수 없는 나라고.

하지만 지훈 씨는 그런 나의 상처를 이해해 주고 배려해 줬다. 연인 사이지만 일정한 거리를 유지하길 원하는 나에게 맞춰 주며 내가 원하지 않는 이상 더 이상 선 안에 들어오지 않았다.

날 참 많이 생각해 주고 편하게 배려해 주는 사람이라 내가 이런 말도 서슴없이 할 수 있는지도 모른다.

"느낌이 어땠어?"

지훈 씨의 질문에 난 가시를 내뱉듯 고통스럽게 얼굴을 찡그리며 말했다.

"여전히 아프더라."

이젠 좀 괜찮을 줄 알았는데…… 아직도 아프더라…….

"아직도 아파? 그 상처는 언제쯤 아물려나?"

그렇게 묻는 지훈 씨의 목소리는 어딘가 쓸쓸하게 들려왔다.

하지만 이미 취한 난 그런 것보다 내 가슴속 상처가 중요했다.

"응. 그 상처가 아직도 아물지 않았나 봐. 4년이나 지났는데도."

나는 깊은 한숨을 지으며 창밖을 내다보았다.

"그런데 어떻게 만난 거야?"

"그게 참 웃기게도 교생실습을 간 학교에서 만났어. 교생과 학생으로……."

"정말?"

"응."

"그거 참 신기하다."

"그러게. 이렇게 재회하게 될 줄은 꿈에도 몰랐어."

나는 한 팔을 차창 밖으로 내밀어 시원한 바람을 느꼈다. 이런 나의 행동을 보고 어린애 같은 행동이라고 종종 지훈 씨가 나무랐지만 나는 오래된 습관처럼 고칠 수가 없었다.

"나를 그렇게 아프게 해 놓고 아무렇지도 않은 척 아직도 그 자리에 변함없는 모습으로 뻔뻔하게도 있더라고. 최소한 미안하다는 말은 한마디 할 줄 알았는데."

"그런 말 안 했어?"

난 낮에 들었던 녀석의 말을 떠올리다가 다시 한 번 울화가 치밀어 올랐다.

"여자의 변신은 무죄라는 둥, 화장발이 어떻다는 둥……. 내가 이름을 말하기 전까지 날 차마 못 알아봤다나? 어떻게 아무렇지도 않게 그런 말을 꺼낼 수 있는 거야?"

말을 하면서 나는 나도 모르게 두 주먹에 힘이 들어가는 게 느껴졌다. 그때 한 대 쳤어야 했는데, 옛날에 미처 못 때렸던 거 다 몰아서 후려쳤어야 했는데 타이밍을 놓쳤다는 게 마냥 아쉬웠다.

"쿡. 아, 미안."

나는 웃음을 터트린 지훈 씨를 잠시 흘겨보다가 시트에 몸을 기대고 눈을 감으며 쓸쓸히 중얼거렸다.

"교생실습 따위 빨리 끝나 버렸으면 좋겠어."

아무래도 교생실습 첫날부터 첫 단추가 잘못 끼워진 느낌이 들었다. 갑작스레 다시 나타나 날 당황시키고 혼동 속에 빠트린 반갑지 않은 얼굴, 신유환 그 녀석 때문에.

어김없이 다음 날은 찾아왔다.

나는 도살장에 끌려가는 소처럼 힘없이 출근을 했다. 다시는 오고 싶지 않은 곳인데 교생실습 때문에 한 달이나 매일같이 와야 한다니 정말 죽을 맛이었다.

더군다나 나는 교무실에 불려가 3학년 5반 담임선생님에게 어제 일에 대한 한마디 주의를 들었다.

"은 선생, 애들이 그러는데 어제 수업 시간에 수업도 안 하고 그냥 나가 버렸다면서?"

"죄송합니다."

"첫 수업이라 많이 떨렸나?"

"그런 게 아니라……."

달리 마땅히 핑계 댈 말을 궁리하던 나는 가장 무난한 쪽을 선택하기로 했다.

"갑자기 배가 아파서요."

'그러게 당신이 수업했으면 됐잖아. 첫 실습 나온 교생에게 자신의 수업을 맡겨 버리는 무책임한 인간 같으니.'라는 말이 목 끝까지 차오르는 걸 인내심으로 꾹꾹 눌러 내렸다.

"생리 현상이면 뭐 어쩔 수 없긴 하지만, 그래도 앞으로는 조심하도록 하세요. 이런 얘기가 학부모님들 귀에 들어가서 좋을 건 없으니까. 이 학교가 워낙 학부모 입김이 센 학교라서 말이지."

"네, 앞으로는 그럴 일 없도록 하겠습니다."

느물스러운 배불뚝이 3학년 5반 담임선생님에게 한마디 주의를 듣고 교무실을 나왔다.

한심했던 어제의 내 행동에 화가 치밀어 올랐다. 그딴 자식이 뭐라고 내가 그렇게 흔들렸을까. 이미 지나간 철부지 시절의 과거 때문에 수업도 하지 못할 만큼 냉정을 잃은 내가 너무나 한심하다.

아직도 이 정도였니, 은서진. 강해지려면 아직 멀었구나.

기분이 상해 잔뜩 찌푸린 얼굴로 복도를 힘차게 걷고 있을 때,

어디선가 흘러나온 어떤 가녀린 목소리가 내 발목을 붙잡았다.

"……좋아해."

설렘이 가득한 투명한 그 목소리를 들었을 때 나도 모르게 발걸음이 멈춰졌다. 나는 무언가에 사로잡힌 것처럼 그 목소리의 행방을 찾아 주위를 두리번거렸다. 그러다 살짝 열려 있는 음악실 문 앞에서 시선이 멈춰졌다.

"처음 봤을 때부터 좋아했어."

음악실에서 흘러나오는 그 목소리에 내 발걸음은 저절로 그곳으로 향했다. 끌린 듯 음악실 문 가까이로 다가간 나는 조금 열린 음악실 문틈 사이로 얼굴을 가까이 대고 안을 지켜봤다.

한 여학생이 두 손을 가지런히 모으고 서서 남학생에게 고백을 하고 있었다. 나는 호기심에 얼굴을 바짝 대고 안을 들여다보며 귀를 기울였다. 다행히도 복도에는 아무도 지나가는 사람이 없어 마음 놓고 숨죽여 지켜볼 수 있었다.

커다란 그랜드 피아노에 얼굴이 가려 보이지 않는 남학생은 피아노 앞에 앉아서 손가락으로 까딱까딱 건반을 간간이 제멋대로 두드리고 있었다. 그 탓에 듣기 싫은 불협화음이 음악실 안에 가득 울려 퍼지고 있다.

이런 중요한 고백을 들으며 저런 불량한 자세라니, 도대체 어떻게 생겨 먹은 녀석일까.

괜한 호기심에 조금 열려 있는 음악실 문 쪽에 바짝 붙어 본격적으로 그들을 엿보았다.

"내가 그렇게도 마음에 안 들어?"

여학생은 이젠 거의 울먹이고 있었다.

가늘게 떨고 있는 여학생의 옆모습이 어찌나 안타까운지 나와는 상관없는 일이지만 음악실 안으로 뛰어 들어가 남학생의 머리를 한 대 쥐어박아 주고 싶었다. 얼마나 콧대 높고 잘난 녀석이기에 저런 글러먹은 태도인지 얼굴이나 한번 구경해 보고 싶은데 이 각도에선 도무지 보이지가 않아 답답했다.

"나 좀 봐 줘. 부탁이야. 한 번만 나 좀 봐 달라고."

여학생의 애원이 애처롭게 계속되고 있었다.

피아노를 불량스럽게 건드리고 있던 남학생은 '꽝-' 하고 피아노 건반을 두 손으로 거칠게 누르고는 일어섰다.

기다랗게 일어선 녀석의 얼굴을 보는 순간 나는 싸늘하게 얼어붙어 버렸다.

"유환 오빠……."

여학생은 일어선 신유환의 팔을 붙잡고 늘어지며 울고 있었다.

"난 너 같은 얼라들은 상대 안 한다고 했잖아."

그런 여학생의 손을 차갑게 뿌리치며 말하는 녀석의 미끈한 옆모습은 얼음처럼 차가웠다. 마치 4년 전 그날의 녀석처럼…….

"나랑 놀고 싶으면 좀 더 큰 다음에 와라. 알았어?"

그러자 여학생은 울먹이더니 갑자기 뒤돌아 문 쪽을 향해 달려왔다.

깜짝 놀란 내가 문에서 막 비키려는 그 순간, 녀석의 날카로운 눈과 딱 마주쳤다.

나는 마치 도둑질을 하다가 들킨 사람처럼 흠칫 놀라서 녀석의 시선을 황급히 피해 몸을 돌려 빠른 걸음으로 복도를 걸어가기 시작했다.

곧 뒤에서 문이 벌컥 열리는 소리가 들리더니 여학생이 복도 반대쪽으로 뛰어가는 걸 돌아보지 않아도 알 수 있었다.

잠시 후, 그 녀석의 목소리가 등 뒤에서 들려왔다.

"엿보는 게 취미야? 아니면 나한테 아직도 미련이 남은 건가?"

뭐가 어쩌고 저째?

기가 막힌 나는 걸음을 멈추고 등을 홱 돌렸다.

"하하, 아직도 그 몹쓸 왕자병은 못 버렸나 봐? 지나가다가 무슨 소리가 들려서 그냥 한번 힐끔 쳐다본 것뿐이야. 4년이 지난 지금까지 너에게 미련 따위가 남아 있을 리가 없잖아. 더군다나 난 교생이고 넌 아직까지도 별 볼 일 없는 학생인데 말이야."

고개를 홱 돌려 녀석을 노려본 나는 '별 볼 일'이라는 글자에 최대한 힘을 주어 말했다.

"그리고 그게 네 전공인가 봐. 좋아하는 사람 마음 짓밟는 거. 나이를 먹으면 좀 달라질 줄도 알았는데 사람 인성이란 건 역시 변하기가 참 쉽지 않은 건가 봐."

나는 그 녀석을 향해 비꼬는 말투로 신랄하게 퍼붓고 나서 뒤돌아섰다.

이러면 가슴이 조금은 후련해질 줄 알았더니 이상하게도 마음이 무겁다.

자존심이 강한 녀석인데 성질도 내지 않고 내 말에 맞받아치지도 않고 아무 말 없이 가만히 듣기만 하는 녀석. 물끄러미 나를 응시하기만 하는 까만 눈동자와 도무지 속을 알 수 없는 깊은 우물 같은 표정이 마음에 걸렸다.

도대체 왜 그런 표정으로 나를 보는 거야?

왜 그런 눈으로 나를 쳐다보는 거야? 신경 쓰이게.

아니야, 신경 쓰지 말자. 저딴 녀석이 뭐라고 신경 쓰는 건데? 은서진, 잊었어? 저딴 녀석한테 네가 얼마나 비참하게 버림받았는지.

내가 몇 발자국 걸음을 옮겼을 때 뒤에서 녀석이 갑자기 내 팔을 붙잡았다.

"왜 이래? 이거 안 놔?"

갑자기 팔이 잡혀 버린 나는 놀래서 소리쳤다. 그러다 혹시 누가 볼까 봐 주위를 둘러보다 다행히 아무도 없는 걸 확인하고는 그 녀석을 노려보았다.

"궁금하지 않아? 내가 왜 아직도 여기 있는지?"

내 팔을 붙잡은 유환은 낮고 침착한 목소리로 물었다.

나와 가까이 선 녀석의 낮게 가라앉은 눈동자와 내 눈동자가 부딪혔다. 녀석의 까만 눈동자가 서늘한 빛을 띠며 나를 내려다보고 있었다. 난 두 눈에서 스파크가 튈 정도로 눈을 부릅뜨고 녀석을 노려보며 소리쳤다.

"하나도 안 궁금하니까 이거 놔!"

나는 내 팔을 붙잡고 있는 녀석의 손을 거칠게 뿌리쳤다.

"아직도 내가 교복을 입고 있는 이유가 뭔지, 그간 어떤 사정이 있었던 건지 듣고 싶지 않아?"

"네가 고등학교를 졸업했든 못했든, 무슨 사정이 있어서 아직도 여기에 있든 그건 내 알 바 아냐. 너 따윈 나한테 아무런 상관도 없는 사람이니까. 그따위 이제 와서 알고 싶지도 않아!"

녀석은 내 거친 말투에 상처받은 눈빛으로 나를 바라보았다. 어울리지도 않게 왜 그딴 표정으로 날 보는 건지, 차라리 그때처럼 오만하게 날 쳐다봤더라면 그때 못한 따귀라도 한 대 날릴 수 있을 텐데.

난 복잡한 심경을 숨기며 녀석을 쏘아보았다.

"그래, 4년이나 지났으니까. 그때 내가 준 상처가 너무 컸을 테니까."

녀석의 쓸쓸한 중얼거림에 내 눈동자가 허공 속에서 잠시 멈춰 버렸다.

갑자기 숨이 턱 막히고 목이 아파 온다. 내 안에서 그때의 상처가 치열하게 되살아나고 있었다.

아마도 나는 평생 불치병처럼 이 녀석이 준 상처로 아파할 것 같다. 그게 너무나 억울하고 분해서 나는 미칠 것만 같다.

난 다시 그 녀석을 노려보며 이를 악물고 이 말을 내뱉었다.

"네까짓 게 뭔데, 아직까지도 나한테 뭐라도 되는 줄 알아? 웃기지 마. 너 따윈 나한테 이제 아무것도 아냐. 그러니까 그 어느 것도 궁금하지 않다고!"

나는 녀석에게서 차갑게 등을 돌려 복도를 뛰듯이 걸어갔다.

과거의 상처로부터 멀리멀리 벗어나려고 하는 것처럼.

언젠가 저 녀석을 길에서 우연히 마주치기라도 한다면 어떨까 상상했었다. 너 따윈 다 잊었다고, 모른 척 쿨하게 지나쳐 버리는 게 최고의 복수라 생각했었는데 전혀 예상치 못한 장소에 갑작스럽게 등장한 저 녀석 때문에 모든 게 엉망진창이 되어 버리고 만 것이다.

잊으려고 노력했던 4년은 물거품처럼 사라지고 녀석에게서 버림받던 소녀로 다시 돌아온 것만 같아서 비참한 기분이 들었다.
나에게 다시 이런 더러운 기분을 안겨 준 녀석이 미웠다.
아직도 나는 저 녀석이 너무나 밉다.

3장. 다 잊게 해 줘

"자, 이번에 새로 교생 선생님들도 오셨고 하니 회식이 있겠습니다. 장소는 학교 앞 사거리에 있는 명빈관으로 했으니 한 분도 빠짐없이 참석해 주시길 바랍니다."

친목 담당 부장 선생님의 말씀을 끝으로 길고 길었던 교무 회의가 마쳐졌다.

이런 젠장, 오늘은 집에 일찍 들어가고 싶었는데.

요 며칠 과도한 음주로 인해 몸이 피곤한 나는 빨리 집으로 돌아가 쉬고 싶은 마음이 간절했다. 하지만 어쩔 수 없이 참석해야만 하는 행사니 빠질 수도 없고 우거지상을 하고 멍하니 서 있는데 옆에서 생기발랄한 목소리가 들려왔다.

"서진아, 같이 가자."

정말 피하고 싶었던 인물, 지윤의 레이더망에 딱 걸려 버린 것이다.

그녀는 내 팔에 팔짱을 끼고 끝없는 수다와 함께 나를 명빈관으로 인도했다. 명빈관은 학교 근처에 위치한 회식하기 좋은 분위기를 가지고 있는 넓은 한우 식당이었다.

그녀의 등장으로 인해 아까보다 두 배는 더 피곤해진 나는 퀭한 눈으로 고기를 뒤집고 있었다. 다크서클이 점점 턱 끝까지 맹렬히 내려오고 있는 게 느껴졌다.

"선생님, 제 술도 한 잔 받으세요. 호호호."

지윤의 간드러진 목소리와 함께 탁자 위로는 술병이 부지런히 오고 가고 있었다. 최대한 자제해서 몇 잔밖에 마시지 않았지만 고작 그 정도에도 벌써 취한 건지 어지러웠다. 피곤하면 더 빨리 취한다더니 정말 그 말이 맞나 보다. 아무리 젊은 혈기의 나지만 이대로 계속 음주 습관을 들이다간 몸이 망가질 것 같았다. 오늘은 되도록 자제해야겠다고 생각하며 나한테 술잔이 올 틈이 없도록 고기만 부지런히 구워 댔다.

"은 선생, 애들하고 지내기는 힘들지 않나요?"

취기와 불의 화기에 어지러워 고개를 이리저리 돌리고 있는데 앞에 앉아 계신 교장 선생님이 인자한 모습으로 내게 말을 건네왔다.

"아뇨, 특별히 힘든 건 없어요."

한 녀석만 빼면요.

그 녀석이 전교생을 다 합친 것보다 더 힘들게 해서 문제이긴 하지만요.

하필 우리가 앉은 맞은편에 교장 선생님이 앉으셨다.

그래서 중간에 도망갈 수도 없고 참 여러모로 불편하고 곤란한 처지가 되었다.

"그런가요? 허허허허. 내가 처음 교생 했을 때, 그때가 벌써 몇 년 전인가. 그때로 거슬러 올라가 보면……."

교장 선생님은 갑자기 내 앞에서 아련한 눈빛으로 옛일을 회상하기 시작하셨다.

교장 선생님의 서두 부분을 듣자마자 옆에 앉아 계시던 선생님들은 어색한 헛기침을 내뱉기 시작했다. 단체로 사레가 들렸나 하고 의아해하던 나는 그 이유를 4시간이 지나서야 알게 되었다.

교장 선생님의 교생 시절부터 지금까지 30년간 교직 생활에서 겪었던 수많은 이야기들을 1분도 쉬지 않고 4시간 동안 줄줄이 이야기하셨기 때문이다.

나중에 들은 이야기지만 옆에 앉아 계시던 선생님들은 벌써 이미 수십 번이나 들은 이야기였다고 한다.

다리가 저리도록 4시간 동안이나 앉아서 교장 선생님의 말씀에 귀를 기울이는 척 연기해야 했던 나는 거의 기절하기 일보 직전이 되었다. 방청객 같은 리액션을 마구 해 대며 생기발랄하게 듣고 있던 내 옆에 지윤이마저도 2시간이 지날 무렵부터 눈에 띄게 말수를 잃고 상 밑에서 다리를 배배 꼬고 있었다. 수다 하면 어디 가서 빠지지 않는 그녀 인생에 있어서도 이런 강적은 흔치 않았으리라.

"허허허, 내가 젊은 선생님들을 너무 오래 잡아 두고 있었네. 이제 늦었는데 선생님들 집에 들어가 푹 쉬셔야죠."

"먼저 가 보겠습니다."

교장 선생님의 그 말씀이 끝나자마자 나는 핸드백을 집어 들고 벌떡 일어나 꾸벅 인사하고는 명빈관을 빠져나왔다. 뒤이어 지윤이 허겁지겁 따라 나오는 소리가 들려왔지만 집에 가는 길마저 그녀와 마주쳐 그녀의 수다의 제물이 되고 싶지 않았던 나는 어두운 골목 속으로 쏙 들어가 몸을 숨겼다.

벌써 어두워진 깊은 밤의 차가운 밤공기를 마시니 좀 살 것 같았다. 취기가 오르고 스트레스에 쌓여 있던 나는 숨을 크게 들이켜며 골목길을 걸었다. 어차피 늦은 이 시간에 버스를 타긴 글렀고 술도 깰 겸 좀 걷다가 큰길이 나오면 택시를 탈 요량으로 천천히 걸어가고 있었다.

달빛 아래 한적한 골목길을 걷는 것도 그리 나쁘진 않았다. 호젓하고 한가로운 기분이 느껴졌다. 나에게 지금 필요한 건 휴식과 고요라서 그런가 보다. 가끔 담벼락이나 쓰레기봉투 위에 올라선 도둑고양이들과 마주치긴 했지만 머릿속이 복잡해서 그런지 무섭다는 생각도 들지 않았다.

그렇게 얼마쯤 걸었을까. 어두운 골목길 한쪽 구석에서 한 남학생을 둘러싼 불량한 무리들이 눈에 띄었다.

껄렁한 사복 차림의 네댓 명이 되는 무리들은 한 남학생을 가운데 몰아 놓고 머리를 툭툭 치며 위협적으로 무슨 말인가를 하고 있었다. 그 남학생은 궁지에 몰린 가련한 사냥감처럼 고개를 잔뜩 숙인 채 한껏 움츠러들어 있었다. 누가 보기에도 영락없이 삥을 뜯는 불량배들로 보였다.

'여전히 골목길엔 불량배들이 설치는구나.' 하는 생각을 하며 얼굴을 찌푸린 채 그냥 지나치려는데 그 남학생이 입은 교복이 태한고등학교 교복이라는 것을 알아차리고 멈칫했다.

'우리 학교 학생?'

그래도 교생이라고 그냥 모른 척 지나치려니 찝찝했다. 고작 한 달짜리 교생일 뿐이지만 그래도 선생은 선생인가 보다. 갑자기 어디선가 난데없이 어울리지도 않는 정의감이 샘솟는 걸 보니 말이다.

나는 걸음을 멈추고 그들을 노려보았다. 그리고 술기운에서인지 몰라도 평소보다 오버를 해서 그들에게 소리쳤다.

"야, 니네들 뭐야?"

내 목소리가 생각보다 컸는지 그들은 일제히 뒤를 돌아 나를 바라보았다. 한밤중에 으슥한 골목길에서 만난 불량한 차림의 청소년들이 한꺼번에 나를 돌아보는 건 정말이지 기분 오싹한 경험이었다.

나는 뒤늦게 내가 왜 그랬을까 하는 후회를 했지만 이미 엎질러진 물이었다.

"씹, 저건 또 뭐야?"

"아줌마는 상관 말고 가던 길이나 가시지?"

이씨, 이것들이! 스물세 살밖에 안 된 꽃처녀인 나를 보고 아줌마라고?

"아줌마? 어딜 봐서 내가 아줌마로 보여?"

순간 그들의 험악한 인상에 쫄 뻔했으나 아줌마라는 말을 듣자마자 발끈하여 겁도 없이 그들에게 다가가 소리를 질렀다.

"아, 진짜 이 아줌마가 죽고 싶나?"

"겁대가리를 아주 상실했네?"

그들은 나를 노려보며 무섭게 말했지만 나는 쫄지 않은 척 담담히 어른스럽게 말했다.

"니들 이 학생 삥 뜯고 있었지? 경찰에 신고하기 전에 얼른 가라. 응?"

나는 용감하게 걸어가 그들에게 삿대질까지 하며 그들 가운데 둘러싸여 있던 남학생의 손을 붙잡아 끌었다.

"학생, 빨리 가자."

내가 힘차게 움켜쥔 남학생의 손은 부들부들 떨리고 있었다.

"어딜 가시려구? 아줌마."

그놈들 중에 한 놈이 내 팔을 붙잡으며 말했다.

"어쭈? 내 팔 안 놔?"

깡패들을 상대로 이렇게 개깡을 부리다니, 정녕 내가 잦은 알코올 섭취로 인해 간댕이가 평소보다 5배는 부었나 보다. 귀찮은 일에 끼어드는 건 딱 질색인 성격인데 정의감에 불타올라 이런 불의에 끼어들다니 말이다. 내일부턴 정말이지 술을 끊어야지. 이러다 명 짧아지겠다 싶었다.

"응, 안 놔."

당당한 그놈의 말에 나는 갑자기 울고 싶어졌다.

이를 어쩐담. 이게 아닌데. 난 싸움 같은 건 전혀 할 줄도 모르는데……. 이 상황을 어떻게 극복해야 할까? 술기운에 오버해서 너무 대책 없이 뛰어들었다 싶었다.

고개를 돌려 옆을 바라보니 내가 손을 움켜쥐고 있는 남학생은 눈에 띌 만큼 새하얘진 얼굴로 심하게 벌벌 떨고 있었다. 전투력이라고는 전혀 없어 보이는 순하고 착해 빠진 얼굴이었다. 저렇게 심성이 약해서 이 험한 세상을 앞으로 어찌 살려고…….

그러나 지금 그 남학생을 걱정할 처지가 아니었다. 내가 지금 위험에 빠져 있었다. 어떻게 해서든 이 위기를 모면해야 하는데…….

"니들 내가 누군지 알아?"

"니가 누군데요? 아줌마?"

내 팔을 잡고 있는 놈은 재미가 들렸는지 끝까지 아줌마라는 말을 빼먹지 않았다.

나는 이를 악물고 부들부들 분노에 떨며 말했다.

"난 저 태한고등학교 교생이야."

"그래서?"

"그러니까 니들이 이러면 안 된다고."

"왜?"

"교생이라니까. 내가 아직 선생은 아니어도 미래에 선생이 될 나한테 이러면 안 되는 거야."

"왜 안 되는데?"

"니들 아직 고딩들 맞지?"

"그렇다면 어쩔 건데?"

이놈들이 아주 나를 가지고 놀고 있었다.

벌게진 내 표정을 구경하면서 지들끼리 키득키득 웃었다.

"야, 이 아줌마 되게 재밌지 않냐?"

"그러게 말이야. 어두워서 그런 건지는 몰라도 얼굴이랑 몸매도 꽤 괜찮아 보이는데?"

그놈들은 갑자기 나를 빙 둘러싸더니 한가운데로 몰아세우기 시작했다.

이놈들이 무섭게 왜 이래? 나는 등골이 오싹해졌다.

"꺄아아~ 읍~"

내 유일한 무기인 소리 지르기를 시도하려고 하자 눈치 빠른 그놈들은 순식간에 내 입을 틀어막아 버렸다.

"이러면 재미없어."

"확 쑤셔 버리기 전에 입 다물어."

한 녀석이 조그만 칼을 꺼내 내 눈앞에서 휘두르며 위협하듯 말했다.

나는 놀라서 커다래진 눈으로 고개를 끄덕거렸다. 무서웠다. 바보같이 나보다 한참은 어린 이 녀석들이 무서워서 눈물까지 고였다.

생각보다 더 질이 안 좋은 녀석들인 것 같았다. 말이 통할 거라 생각한 건 내 오산이었다.

차라리 경찰에 신고를 할걸. 이게 무슨 꼴이람.

겁이 나서 술기운이 확 깨 버린 나는 뒤늦게 상황 판단력이 생겼지만 이미 늦은 후였다.

그때였다.

"거기까지만 해라."

어둠 속에서 누군가의 목소리가 들렸다.

규칙적인 발걸음 소리와 함께 골목 깊은 곳에서 작고 빨간불이 피어올랐다가 다시 사라지며 가까워지고 있었다.

느긋하게 담배를 빨아 당기며 성큼성큼 이쪽으로 걸어오고 있는 녀석은 바로, 신유환이었다.

왜, 하필이면 또 저 녀석인지…….

위급한 상황에서 기적처럼 구원자가 나타났지만 어이없게도 난 그 생각 먼저 들었다.

다른 사람이라면 구세주가 나타난 양 반가워하겠지만 저 녀석은 아니었다.

창피하게도 제자 같은 녀석들에게 당하고 있는 내 모습을 들켜버렸잖아.

부딪히기 껄끄럽고 불편하기만 한 사람을 왜 자꾸 부딪히게 되는지 모르겠다.

"아, 좀 조용하게 살려고 했더니만 오늘은 웬 잡파리들이 이렇게 자꾸 꼬이냐?"

녀석들은 내게서 손을 떼고 신유환 쪽을 향해 껄렁하게 걸어가기 시작했다.

덕분에 녀석들의 손아귀에서 벗어나 자유로워진 나는 한숨을 돌렸다. 그리고 별다른 걱정 없이 눈살을 찌푸리고 신유환을 노려보았다. 그런 나를 슬쩍 쳐다보던 신유환은 입꼬리를 살짝 들어 올리며 그 녀석들에게 말했다.

"머리에 피도 안 마른 새파란 새끼들이 아줌마를 희롱하면 쓰나?"

아니, 저 녀석이!

녀석의 말에 나처럼 발끈한 놈들이 저마다 욕지거리를 하며 우르르 신유환을 에워싸고 공격하기 시작했다.

하지만 신유환은 가볍게 몸을 피하며 녀석들을 한 놈씩 처치하고 있었다.

고등학교 시절부터 유명하던 녀석의 솜씨를 알고 있기 때문에 나는 별다른 걱정 없이 그런 녀석을 지켜보고만 있었다.

부잣집 외아들로 태어난 녀석은 어려서부터 안 배운 무술이 없었다. 그의 부모는 하나뿐인 아들 녀석을 누구보다 튼튼하고 씩씩하게 키우고자 유치원 시절부터 각종 도장에 보내곤 했었다. 유명한 사범 밑에서 각종 무술을 두루 섭렵한 녀석은 웬만한 싸움에서 결코 지지 않는 실력을 갖추게 되었다. 상대가 누구든 상대가 몇이든 간에 녀석은 언제나 강한 승리자가 되었다.

어려서부터 갈고닦은 그 실력은 아직 녹슬지 않은 것 같았다. 따라서 내가 경찰을 불러야 한다거나 하는 귀찮은 상황은 발생하지 않을 것 같았다.

유환이 녀석들과 싸우고 있는 틈을 타서 내 옆에 서 있던 남학생은 꽁무니를 빼고 줄행랑을 쳤다.

의리도 없는 녀석. 고맙다는 말 한마디도 없이 혼란을 틈타 싹 돌아서서 도망가는 남학생의 뒷모습을 보니 기가 막혀 헛웃음이 나왔다.

내가 뭐하러 저런 녀석 때문에 목숨을 걸고 뛰어들었을까?

하지만 저 녀석이 무사히 집으로 돌아가는 모습을 보니 된 거라고 생각했다. 못 본 척 그냥 지나쳤더라면 내 마음이 결코 편하지 않았을 것이다. 언제까지고 찝찝했을 것이다.

내가 이런저런 생각을 하고 있는 사이 벌써 신유환은 녀석들을 하나씩 정리해 가고 있었다. 상대는 많았지만 결국 시시하게 끝나 버리고 말았다. 어차피 이런 골목에서 쪽수만 믿고 약한 아이들을 상대로 삥이나 뜯는 풋내 나는 불량배 녀석들은 처음부터 신유환의 상대가 되지 않았던 것이다.

"무릎 꿇어라."

바닥을 뒹굴며 널브러져 있던 녀석들은 유환의 한마디에 모두 신속하게 일어나 바닥에 무릎을 꿇고 앉았다.

"어린 새끼들이 벌써부터 삥이나 뜯고 다니고, 나중에 뭐 될래?"

유환은 자신의 앞에서 무릎을 꿇고 앉아 있는 불량배들을 둘러보며 한심스럽다는 듯이 말했다.

불량배의 인생 따위에는 관심도 없던 예전과는 달리 이젠 제법 어른스러운 훈계도 하고 있었다. 아직도 4년 전 그 자리에 여전히 머물러 있지만 4년이라는 시간만큼 녀석도 철이 들고 어른이 된 것일까. 그의 4년은 어땠는지 갑자기 궁금해지기도 했다.

"나중에 후회하지 말고 정신 차리고 살아라. 나도 너희들만 했을 땐 이딴 말 흘려들었는데, 인생은 너희들 생각보다 짧으니까……."

그 말을 하는 유환의 옆모습은 왠지 모르게 쓸쓸해 보였다.

"다시 한 번만 나한테 걸리면 니들은 다 내 손에 죽는 거야. 알았어?"

유환은 무릎을 꿇고 앉아 있는 불량배들을 향해서 매섭게 말했다.

"네, 형님."

날더러 아줌마라고 부르며 놀려 대던 노랑머리의 남자아이가 제일 씩씩하게 대답했다.

"나를 언제 봤다고 형님이야?"

"기회가 되면 꼭 모시고 싶습니다."

노랑머리의 남자아이는 유환을 보고 눈빛을 초롱초롱 빛내며 말했다.

"뭐?"

"정말 감탄했습니다. 머리털 나고 그런 싸움 실력은 처음 봤습니다. 존경합니다."

노랑머리의 남자아이는 어이가 없게도 감격스러운 표정까지 지으며 이렇게 말했다. 형편없이 얻어터지면서도 유환의 솜씨가 퍽이나 인상 깊었나 보다.

그러나 유환은 짜증스럽다는 듯 인상을 구기며 간결하게 말했다.

"까불지 말고 꺼져라. 더 얻어터지기 싫으면."

"네, 형님."

유환의 한마디에 노랑머리와 불량배들은 서둘러 일어나서 순식간에 꽁무니를 빼고 달아났다.

역시 어린애들이라는 생각이 들었다. 자신들보다 약한 사람들 앞에서는 왕처럼 군림하다가도 강자 앞에 서면 한없이 약해지고 마는.

그놈들이 사라지고 골목에 우리 둘만 남게 되자 순간 분위기가 어색해졌다.

낮에 내가 했던 심한 말도 기억나고 해서 그 녀석을 보기가 너무나 불편하고 어색해져 버렸다.

그래도 고맙다는 말은 해야 하나? 하지만 하기 싫은데…….

내가 이런 고민을 하며 망설이고 있는데 그 녀석이 담배에 불을 붙이며 먼저 말을 꺼냈다.

"아직까지도 별 볼 일 없는 학생이라서 이 시간까지 이 근처에 있었던 걸 다행으로 알아."

그 녀석은 내가 낮에 했던 것처럼 '별 볼 일'이라는 단어에 힘을 주며 말했다.

"아, 그리고 사람 인성이라는 게 쉽게 변하는 게 아니어서 저런 녀석들을 보면 못 참는 것뿐이니까 굳이 너를 구해 줬다는 착각 따위는 하지 말고."

그 녀석은 내가 했던 말을 고대로 인용해서 다시 말하며 나에게 통쾌하게 복수했다.

저런 녀석이라니까. 지는 거 싫어하고 언제나 자기 멋대로고.

나한테 낮에 그 말을 듣고 치졸하게도 복수할 기회만 노렸음이 분명해.

"학교 앞 치안 유지까지 힘써 줘서 고맙네."

나는 냉랭하게 말하며 차갑게 홱 뒤돌아섰다.

아무래도 내가 또 한 방 맞은 것 같은 느낌. 이상하게도 저 녀석과 말을 섞다 보면 항상 이렇다니깐.

못마땅해 얼굴을 찌푸리며 걸어가고 있는데 뒤에서 녀석의 목소리가 나직하게 들렸다.

"은서진……."

내 이름을 낮게 부르는 녀석의 나지막한 목소리에 속이 갑자기 멀미가 난 것처럼 울렁거렸다. 머리가 인식하기도 전에 몸이 먼저 반응하고 있었다. 예전에 이렇게 내 이름을 참 달콤한 목소리로 자주 불러 줬었던 이 녀석의 목소리를 기억하고 있기라도 하듯이.

"왜?"

나는 속마음을 들키지 않으려고 애쓰며 일부러 차갑게 뒤돌아서서 퉁명스럽게 대답했다.

"그냥, 잘 가라고……."

나를 바라보는 그 녀석의 표정이 왠지 애잔해 보인다. 잠시 나를 붙잡고 싶어 하는 것같이 보이는 건 나만의 착각일까. 나만의 한심한 착각일까…….

"남이사."

나는 나만의 이런 한심한 생각을 끊어 내듯 일부러 모질게 대답했다.

그러자 녀석은 가벼운 한숨과 함께 어울리지도 않게 잔소리를 했다.

"밤에 위험하게 이런 골목길로 다니지 말고 사람 많은 큰길로 다녀. 오늘은 날 만나서 운이 좋았던 거지, 하마터면 끝일 날 뻔했잖아."

"어울리지 않게 웬 오지랖? 남이야 큰일을 당하든 말든 너랑은 상관없잖아. 그리고 너야말로 그 알량한 싸움 실력 하나 믿고 밤늦게 돌아다니다간 큰일 날 수 있어. 요즘 애들이 얼마나 무서운데. 원숭이도 나무에서 떨어질 수가 있다고."

"지금 내 걱정해 주는 거야?"

녀석이 슬며시 미소를 지으며 말하자 나는 황당한 표정으로 혀를 차며 말했다.

"웃겨, 무슨."

역시나 뻔뻔스럽고 능글맞은 녀석.

나는 저런 녀석과 더는 말 섞고 싶지 않아서 다시 홱 뒤돌아서 걸어갔다.

그래도 생명의 위기에서 구해 줬는데 고맙다는 인사 정도는 할 걸 그랬나? 하는 생각이 뒤늦게 들었지만 이미 늦어 버린 후였다. 지금이라도 뒤돌아서 말할까 하고 잠시 생각했지만 막상 녀석의 뻔뻔스러운 얼굴을 보면 절대로 고맙다는 인사 따위가 나올 수 있을 것 같지도 않았다.

하긴 나를 구해 준 게 아니라 불의를 보면 못 참는 성격이라서 한 일이라니까 굳이 고맙다는 인사를 할 필요도 없는 거겠지 뭐.

나는 그렇게 자기합리화를 하며 뚜벅뚜벅 걸었다. 얼른 이 불길한 골목길을 빠져나가 택시를 타고 집에 들어가 쉬고 싶었다. 불쾌했던 오늘 하루 일은 다 잊고 빨리 쉬고 싶었다.

그런데 마음 한구석에선 모래 한 줌이 남아 있는 것처럼 찝찝하고 불편했다.

왜 그런 건지는 몰라도 저 녀석을 마주치기만 하면 늘 이런 개운치 않은 기분이 든다.

녀석을 다시 만나기 전까지 난 녀석을 원망만 하고 살아왔다. 원망과 증오, 그 이상의 감정은 없었다. 그런데 막상 녀석을 다시 만나고 나니 이런 기분이 드는 건 또 뭔지…….

왜 나를 바라보는 녀석의 시선에서 다른 묘한 어떤 것이 느껴지는 건지…….

아무런 이유도 없이 어느 날 갑자기 내게 그렇게 못된 말만 하고 떠나가 버린 녀석…….

그때 내게 왜 그랬냐고 이유를 물어볼 걸 그랬나?
왜 아직도 거기 남아 있냐고 이유나 물어볼 걸 그랬나?

어둠을 뚫고 달려온 택시에서 내려 내가 혼자 사는 아파트 앞에 선 나는 적막함에 휩싸인 아파트 건물을 한 번 물끄러미 올려다보고 건물 안으로 들어섰다.

엘리베이터를 타고 10층에서 내려 1004호의 번호 키 8자리를 누르자 경쾌한 소리가 나며 현관문이 열렸다.

안으로 들어가자 훈훈한 사람의 온기 대신 썰렁하고 적막한 공기만이 나를 반겼다.

혼자라는 걸 온몸으로 뼈저리게 느끼는 시간, 나는 알 수 없는 허전함과 고독감을 느꼈다.

그때 마침 지훈 씨에게서 전화가 걸려 왔다.

[집에 왔어?]

"응."

지훈 씨의 다정한 목소리를 들으니 방금 전에 느꼈던 그 기분이 조금이나마 사라지는 것 같았다.

[왜 이렇게 늦었어?]

"회식이 있었어. 지훈 씨는? 저녁은 먹었어?"

나는 의례적으로 물으며 거실 테이블 위에 가방을 내려놓고는 다리를 쭉 펴고 푹신한 가죽 소파에 길게 드러누웠다. 집에 오니 비로소 너무 길었던 하루의 고단함이 느껴졌다.

[그럼, 지금 시간이 몇 신데.]

"으응."

지훈 씨는 힘없는 내 목소리를 듣더니 말했다.

[피곤한가 보구나.]

나는 스르르 눈을 감았다. 이대로 그냥 잠들어 버리고 싶었다.

"응."

[술 많이 마셨어?]

"응."

[술을 하루도 안 거르네? 그 학교에 가고부터.]

"내가 그랬나?"

맞아. 내가 요즘 그랬지.

씁쓸한 미소가 입가에 조금 머물다 사라졌다.

[그래. 너 정말 이상해.]

"나 원래 이상했어."

피식 웃다가 머리가 아파 얼굴을 찡그렸다. 지긋지긋한 고질병인 편두통이 시작되려나 보다. 피곤하다거나 신경을 많이 쓰면 어김없이 한쪽 머리로 찾아오는 예리한 통증. 한번 시작되면 몇 시간에서 길게는 이틀까지 가게 되는데 이번엔 끔찍한 두통의 시간이 몇 시간이나 지속될지 막연한 두려움이 몰려왔다.

"아, 머리 아프다."

[머리 아프면 꿀물 좀 타 먹어.]

"응."

친절한 지훈 씨의 말마따라 나는 소파에서 일어나 꿀물을 타러 주방으로 걸어갔다.

일어서서 걸으니 머리가 흔들렸다. 나는 한 손으로 아픈 머리를 부여잡고 무거운 눈꺼풀을 지그시 감았다.

하긴 그런 큰일을 겪었으니 편두통이 재발할 만도 하다. 더군다나 계속 나를 신경 쓰이게 하던 그 녀석을 몇 번이나 마주쳤으니 말이다.

-은서진…… 그냥, 잘 가라고…….

아무것도 생각하고 싶지 않을 만큼 피곤한데 이상하게도 내 이름을 불러 주던, 잘 가라고 말해 주던 그 낮은 목소리가 자꾸 머릿속을 맴돈다.

머리가 고장 났나? 미쳤나 봐, 은서진. 요즘 술을 너무 많이 마셔서 머릿속이 어떻게 됐나 봐.

나는 그 생각을 날려 버리기 위해서 머리를 세차게 휘저었다. 그 탓에 편두통이 더 심해져 얼굴을 와락 찡그려야 했다.

나는 주방에서 타 온 달콤한 꿀물을 한 잔 가져와 소파에 앉아 한 모금 마시며 말했다.

"아, 맛있다. 꿀물."

[그래, 잘했어.]

나는 문득 수화기 너머로 들려오는 이 친절한 목소리의 남자를 물끄러미 떠올려 보았다.

번듯하고 준수한 외모, 명문대를 졸업한 대기업 엘리트 사원에 남 잘 챙겨 주는 다정다감한 성격까지, 뭐 하나 빠질 것 없는 남자였다. 이런 남자를 곁에 두고 나는 왜 철없던 애송이 시절의 상처만 주고 떠난 첫사랑을 생각하는지. 그런 내가 정말 어이없고 한심하기까지 했다.

"지훈 씨."

[왜?]

나는 농담하듯 가볍게 피식 웃으며 말했다.
"나 그냥 지훈 씨랑 확 결혼해 버릴까?"
[누구 맘대로?]
"내 맘대로."
나는 개구쟁이처럼 웃으며 컵을 탁자 위에 내려놓고, 그 친절한 목소리를 가진 남자에게 또다시 어린애 같은 투정을 부렸다.
"노래 불러 줘."
[피곤하다며. 머리 안 아파? 빨리 씻고 자야지.]
"몰라. 그냥 빨리 불러 줘."
나는 아이처럼 졸랐다.
[하여간, 못 말린다니까.]
이윽고 지훈 씨의 낮고 따뜻한 목소리가 수화기를 타고 우렁차게 들려왔다.
[넓고 넓은 바닷가에 오막살이 집 한 채~]
"그게 뭐야? 옛날 노래 말고 요즘 노래 없어?"
[난 이거밖에 몰라. 듣기 싫음 말고.]
"아니야. 그냥 계속 불러 줘."
[다시 흠흠. 넓고 넓은 바닷가에 오막살이 집 한 채, 고기 잡는 아버지와 철모르는 딸 있네. 내 사랑아 내 사랑아 나의 사랑 은서진~]
"그게 뭐야? 하하하."
나는 괜스레 깔깔대고 웃으며 노래가 끝나면 계속 다시 불러 달라고 지훈 씨를 귀찮게 졸라 댔다.
다 잊게 해 줘, 지훈 씨가.

가슴속 아픈 상처도, 머릿속을 떠다니는 목소리도.
모두 다 잊게 해 줘. 부탁이야.

4장. 내 첫사랑은……

또다시 하루가 시작되었다.

만원 버스에 온몸을 맡긴 나는 이리저리 흔들리는 버스 안에서 하이힐을 신고 넘어지지 않으려고 안간힘을 쓰며 버티고 있었다.

빨리 돈 벌어서 차를 뽑든가 해야지 오늘도 별수 없이 집어 입은 하나뿐인 검정색 투피스 정장이 밀려드는 인파에 눌려 마구 구겨지고 있었다.

나는 문득 버스 유리창에 비친 내 모습을 물끄러미 들여다보았다.

아무리 그래도 그렇지. 3일 내내 같은 옷이라니. 아무리 내 우중충한 마음과 같아서 마음에 드는 검정색 옷이라지만 이 화사한 봄날에 어울리지 않게 장례식복 같은 칙칙한 검정색 옷을 3일 내내 입고 다녔다는 것에 눈살이 찌푸려졌다.

모교에 와서 교생실습을 하다가 우연히 신유환을 만나고부터 감정의 늪에 빠져 허우적대는 초라한 내 모습을 증명해 주는 것 같아서 문득 씁쓸해졌다. 주말엔 백화점에 가서 밝은 색상의 화사한 정장 한 벌을 구입해야겠다고 마음먹으며 나는 버스에서 내렸다.

"서진아, 은서진!"

태한고등학교 앞 버스 정류장에 내리자마자 나를 반갑게 부르며 뛰어오는 사람이 있었으니, 그건 바로 지윤이었다.

"헉헉, 잘 만났다."

나는 그렇게 생각하지 않지만 애써 미소를 보여 주었다.

"어젠 잘 들어갔어?"

"야, 말도 마. 대박. 교장 샘이 그렇게 말씀이 많을 줄 내 꿈에도 몰랐잖아. 어제 네 시간 동안 앉아서 얘기 듣는데 발 저려서 죽는 줄 알았다고. 오죽하면 오늘 아침까지 다리가 저리더라니까."

"다신 교장 샘 근처엔 앉지 않을 거야."

"나도 나도. 근데 너 오늘 3학년 5반 수업 있어?"

"응, 젠장할."

나도 모르게 육두문자가 튀어나왔다. 가장 들어가고 싶지 않은 반이라 그런지 생각만 해도 스트레스를 받았다.

"어머, 얘, 나는 부러워 죽겠는데 왜 그래? 그 반에 가면 신유환을 볼 수 있잖아. 뭐, 수업을 해야 한다는 게 부담스럽긴 하겠지만 그 잘생긴 얼굴 하나 보면서 위안받는 거지 뭐."

내가 지금 신유환 때문에 얼마나 스트레스를 받는지 죽었다 깨어나도 모를 지윤은 계속해서 혼자만의 환상 속에 빠져 말을 이었다.

"도대체 외국에서 몇 년 동안 뭐 하다 돌아왔을까? 혹시 경영 후계자 수업? 근데 왜 다시 고등학교로 돌아온 거지? 이런 경우

대부분 검정고시를 보거나 하잖아. 나이 어린 학생들과 함께 학교 생활 하는 거 쉽지 않은 선택이었을 텐데 말이야. 안 그래?"

"난 관심이 없어서."

이제 신유환에 대한 이야기는 그만 좀 했으면 좋겠는데 지윤은 도저히 끝내지 않을 기세였다.

"어머, 얘 좀 봐. 우리 여자 교생들 다 난리 났어, 신유환 때문에. 그 얼굴에 집안에 게다가 얼마 전에 S대 경영학과에 수시로 당당히 합격했다지 뭐니? 뭐, 사회생활 몇 년 늦은 것쯤 뭔 상관이야? 물려받을 아버지 회사가 있는데. 요즘 졸업 후 백수 되는 애들이 수두룩한데 그야말로 탄탄대로 인생길이 보장된 거지. 그리고 우리랑 동갑이니 더 친밀하게 느껴지는 거 있지? 나 말고도 어떻게 해 보려는 애들이 수두룩하다고. 근데 넌 관심이 없어? 웬일이니."

지윤은 내 남자 보는 안목을 의심하며 호들갑을 떨어 댔다.

덕분에 전혀 알고 싶지도 않은 녀석에 대한 최신 정보까지 생생하게 전해 들을 수가 있었다.

예전에도 그랬다. 어딜 가든 그 녀석은 언제나 여자들의 뜨거운 관심과 유혹을 받았다. 그랬기에 그 녀석과 사귀고 있던 난 언제나 불안했다. 녀석이 보잘것없는 나 같은 건 언제든 버리고 떠날까 봐.

하지만 그 녀석은 다른 여자들에겐 일절 눈길조차 주지 않으며 나에게만 온통 관심과 사랑을 쏟았다. 풋풋하고 싱그러운 마음으로 눈물 날 만큼 순수하게.

그래서 믿었다. 온 마음을 다해 믿었다. 이 녀석만큼은 날 버리지 않을 거라고. 부모님이 날 버리고 배신한다 하더라도 유환은 절대 날 버리지 않을 거라고. 낳아 주고 키워 준 부모님보다 믿고 의지했다. 한데 그 어리석은 믿음만큼 돌아온 배신의 상처는 나를 좀먹고 갉아먹었다.

다시는 아무도 믿지 못하도록. 아무도 사랑하지 못하도록.

복도를 걷다가 교장실에서 나오는 교감 선생님과 마주쳤다. 예전 은사님이신 교감 선생님은 날 보자마자 반갑게 말을 건네셨다.

"여어, 은서진. 아니지. 이젠 은 선생이라고 불러야겠지? 시간 있으면 우리 커피나 한잔할까? 어때?"

"네. 좋아요, 선생님."

커피 자판기에서 커피 두 잔을 뽑은 난 한 잔을 벤치에 앉아 계신 교감 선생님께 드리고 다른 한 잔은 두 손으로 모아 쥐었다. 따뜻하게 느껴지는 커피의 온도가 좋았다.

"어때? 교생 생활은 할 만한가? 특별히 어려운 건 없고?"

"네. 그럭저럭 할 만해요."

"혹시라도 어려운 일 있으면 나한테 얘기해. 내가 할 수 있는 건 모두 도와주지. 나 이제 교감이라고. 허허허."

"말씀만이라도 고맙습니다, 교감 선생님."

이참에 나한테 첫날부터 강제로 수업을 떠맡겼던 3학년 5반 담임선생님이나 고자질할까, 하고 생각하던 차에 교감 선생님이 느닷없이 물으셨다.

"혹시 신유환은 만났나?"

난데없이 나온 그 이름에 나도 모르게 표정이 굳어져 버렸다.

하긴 그 녀석에게도 교감 선생님은 은사님이었지.

"표정을 보니 벌써 만난 게로군."

이 학교에 오니 누굴 만나도 온통 그 녀석에 대한 이야기뿐이었다. 아무리 귀를 막고 애써 피하려 해도 결국 들려오고 만다.

"네, 만났어요."

나는 씁쓸한 표정을 애써 지우려고 노력하며 고개를 끄덕이며 대답했다.

"그 녀석이 아마 지금 3학년 5반이던가? 복학했다고 찾아와서 인사하는 그 녀석을 보고 어찌나 깜짝 놀랐던지."

그러더니 교감 선생님은 애써 담담한 척 듣고 있던 나를 넌지시 쳐다보며 물으셨다.

"어떻든가? 교생과 학생으로 예전 친구를 다시 만나는 기분이 말이야."

나는 갑작스러운 질문에 난처함을 느꼈지만 이왕 이렇게 된 거 솔직히 말씀드리기로 했다.

"솔직히 당황스럽더라고요. 불편하기도 하고요."

"둘이 평범한 친구가 아니었지? 아마도 내 기억엔."

교감 선생님은 알고 계셨던 것이다. 유난스럽게 사랑하던 우리의 철없던 시절을 아직 기억하고 계신 것이다.

"다 예전 일이죠. 그땐 어렸으니까요."

"그래. 벌써 4년이나 흘렀군. 그때 너희들 참 보기 좋았는데 말이야."

교감 선생님은 먼 하늘을 바라보며 우리의 그 시절을 떠올리듯 말씀하셨다.

"이젠 다 지난 일이에요."

나는 씁쓸히 대답하며 커피를 한 모금 마셨다. 달달했던 자판기 커피가 유독 쓰게 느껴졌다.

"안녕하세요? 선생님."

"응, 안녕."

아이들의 인사를 받으며 복도를 지나가는 나는 최대한 상냥한 미소를 띠기 위해 노력했다.

하지만 속으로는 빨리 이 빌어먹을 교생 생활이 끝났으면 좋겠다는 생각뿐이었다.

빨리 이 학교를 떠나 버려야 내 예전의 생활로 온전히 돌아갈 수 있을 것 같았다. 감정에 빠져 허우적대는 건 내 스타일이 아니었다. 쿨하고 이성적으로 모든 일에 대처하며 바쁜 일상에 빠져 추억이나 과거 같은 건 뒤로 제쳐 둔 채 미래만 보며 하루하루를 사는 게 내 생활 방식이었던 것이다.

다시 신유환을 만나기 전의 일상으로 되돌아가고 싶다는 마음이 간절했다.

그런 생각에 빠져 한숨을 내쉬며 복도를 걷고 있는데 뒤에서 나를 보고 쑥덕거리는 목소리들이 들려왔다.

"야, 수학 교생 봐. 뒤태가 죽이는데?"

"병신 새끼야, 잘 봐 봐. 힙이 처졌잖아."

"어? 자세히 보니 그런 것도 같네. 그래도 다리는 죽이잖아?"

"다리만 죽이면 뭐해? 여자의 생명은 힙인데."

빠지직! 또 한 번 나의 인내심을 시험하는 종소리가 머릿속에서 울려 왔다.

뒤에서 아주 날 보고 들으란 듯이 짓궂게 말하는 아이들의 목소리를 듣고 뚜껑이 열린 나는 매섭게 고개를 돌려 그들을 노려보았다.

내가 뒤를 돌아 노려보자 그들은 매우 온순한 표정을 지으며 나에게 깍듯이 인사를 하고 지나갔다.

으아아, 참자! 참어! 참을 인 자가 세 개면 살인도 면한다는데 참아야지.

가만, 오늘부터 휘트니스 센터에 가서 운동이나 해 볼까. 아니면 요가 학원에 등록할까? 힙 올리는 데 좋은 운동이 뭐가 있을까? 으악! 내가 지금 무슨 생각을 하는 거야. 정말 돌겠다, 돌겠어.

혼자 씩씩대며 가던 길을 가고 있는데 반대편에서 어떤 남학생과 여학생이 다정하게 손을 잡고 걸어오고 있는 게 보였다.

그 애들은 나를 보고 해맑게 웃으며 인사를 하고 지나갔다.

두 손을 마주 잡고 웃으며 지나가는 그 애들의 뒷모습에서 난 좀처럼 눈을 뗄 수가 없었다.

바보같이 한참을 그 자리에 멍하니 서서 그 애들의 뒷모습을 바라보는 내 눈시울은 어느새 붉어지고 있었다.

무엇을 떠올리는 거야?

왜 또 생각하니?

생각해 봤자 가슴 아프기만 한 지난 추억을 왜 또 떠올리고 있는 거니?

바보 같은 은서진……. 구제 불능 은서진…….

-꺄아아! 천천히 가, 유환아~

-하하하, 싫어. 빨리 따라와~

교복을 입은 나는 유환의 손에 붙잡혀 복도를 달려가고 있었다.

어딜 가자는 것인지 말도 안 해 주고 무작정 나의 손을 끌고 어디론가로 데려가고 있는 유환의 표정은 개구쟁이처럼 밝고 유쾌하다. 봄날의 햇빛처럼 눈부시다. 보고만 있어도 기분이 좋아져서 나도 모르게 함박웃음을 짓게 만든다.

-이놈들! 거기 안 서?

그렇게 우리 둘은 복도를 뛰다가 무서운 학생주임 선생님 앞에서 딱 걸려 버렸다.

내가 원망스러운 눈으로 옆에 있는 유환을 흘겨보며 손을 빼내려 하자 더욱 힘주어 내 손을 꽉 쥐는 유환이었다.

-학교가 뭐 니들 연애하러 다니는 덴 줄 알아? 니들 빨리 손 안 놓냐?

우리들 눈앞에서 막대기를 휘둘러 대며 무섭게 호통 치는 호랑이 같은 학생주임 선생님의 얼굴에 겁먹은 난 잔뜩 움츠러들었다.

-못 놔요.

그러나 유환은 당당하게 내 손을 붙잡고 말했다.

-뭐? 이놈의 자식이!

-제 마누라 손은 무슨 일이 있어도 절대로 못 놔요.

유환은 내 손을 더욱 힘주어 잡으며 무서운 학생주임 선생님 앞에서도 전혀 기죽지 않았다.

그러자 호랑이 같은 얼굴이 벌겋게 달아올랐다. 학생주임 선생님은 막대기를 높이 치켜들며 말했다.

-이놈의 자식 말하는 거 봐라? 그래, 어디 한번 맞아 보자. 손을 놓나 안 놓나.

-전 때리셔도 되는데 아악! 우리 마누라는 절대 손끝 하나 대시면 안 돼요. 제가 다 맞을게요. 아악! 근데 조금만 살살 때려 주시면 안 될까요? 아얏!

그렇게 유환은 내 몫까지 두 배로 엉덩이를 다 맞을 때까지도 결코 내 손을 놓지 않았다. 아프다고 온갖 엄살과 호들갑을 떨면서도 말이다.

-지독한 놈. 끝까지 안 놓네. 금맥이라도 잡았냐? 쯧쯧. 다음에 또 뛰다 걸리면 그땐 지금보다 열 배로 맞을 줄 알아.

-네. 죄송합니다. 다음부턴 절대로 안 뛰겠습니다.

-으이그, 하여간 대답은 잘해요.

그렇게 학생주임 선생님이 우리 눈앞에서 사라지자 나는 속상해서 유환을 노려보며 등짝을 찰싹 때리며 말했다.

-그러게 내가 천천히 가쟀잖아. 이게 뭐야? 그리고 선생님 앞에선 잠깐 손 놓으면 되지, 이게 뭐라고 안 놔서 맞아? 많이 아프지?

나는 유환이 맞은 게 너무나 속상해서 눈물까지 글썽이면서 말했다.

그러자 유환이 푸근한 미소를 지으며 아련한 눈빛으로 나를 바라보며 말했다.

-내가 어떻게 놓냐? 이 손을. 우리 마누라 손인데.

4년이라는 시간을 거슬러 들려온 유환의 환청 같은 목소리가 내 귓가에 생생하게 들리더니, 그 애들이 사라져 간 복도 속으로 이내 흩어져 버렸다.

왜 그랬어? 차갑게 손 놓을 거면서 그땐 왜 그랬어?

왜 그랬어? 왜 그렇게 눈부시게 웃었어?

평생 동안 눈물 나게 할 거면서. 이렇게 평생 동안 아프게 할 거면서.

나한테 왜 그랬니, 응? 왜 그랬냐고, 이 나쁜 자식아.

그래서, 그래서 난 널 절대로 용서 못 해.

3학년 5반이라고 쓰여 있는 푯말 아래에 선 나는 한참 동안 그 푯말을 노려보고 서 있었다. 그 푯말은 아무런 잘못도 없지만 그 푯말을 보면 떠오르는 얼굴 하나 때문에 나의 이런 모진 시선을 고스란히 받아야만 했다.

한참 동안 노려보다가 제 풀에 지친 나는 결국 고개를 떨구며 한숨을 내쉬었다.

첫사랑 앞에서 수업을 한다는 건, 정말이지 힘든 일이다. 무심한 척하려 해도 온몸의 신경이 모두 쓰인다. 이런 경험은 정말이지 희귀하겠지만 누구에게든 별로 권하고 싶지 않다. 그나마 다행인 건 이번 한 달이면 끝이 난다는 것. 그나마 그것을 작은 위안으로 삼고 있었다.

시작을 알리는 종이 친 지 꽤 오래되었다고 느낄 때쯤 나는 마음을 가다듬고 교실 문을 열고 안으로 들어갔다.

내가 교실로 들어가자 떠들며 돌아다니던 아이들이 빠르게 제자리에 앉으며 나를 바라봤다. 그러지 않으려고 해도 어김없이 나의 시선은 신유환 그 녀석을 제일 먼저 찾았다.

녀석은 맨 뒷자리 창가 자리에 앉아서 주머니에 손을 찔러 넣고 창밖을 바라보고 있다가 내가 들어오는 것을 보고는 고개를 돌려 나를 바라보았다.

예전에도 그 자리는 늘 녀석의 차지였었지.

창가의 따뜻한 햇살을 받으며 앉아 있던 녀석의 빛나는 머릿결을 좋아했었는데…….

햇살 속에서 투명하게 반짝이던 미소에 설레었는데…….

나는 녀석의 시선을 피하며 교탁 앞에 꼿꼿이 서서 딱딱하게 수업을 시작했다. 최대한 감정이 들어가 있지 않은 단조로운 목소리와 표정으로 무장하고 교재를 펼쳤다.

"자, 오늘은 4단원을 배울 차례지? 45페이지 펴고-"

"선생님, 첫사랑 얘기 해 주세요~"

용기 있는 누군가의 말을 시작으로 아이들은 환호성을 지르며 떠들기 시작했다.

"첫 키스 얘기도 해 주세요~ 찐하게~"

"와아아~~ 원츄~~"

"제발요, 샘~"

아이들은 급기야 책상을 두드리며 휘파람까지 불어 대고 있었다.

"조용!"

출석부로 교탁을 탁탁 내리치며 소리를 질렀지만 이미 엎질러진 물처럼 왁자지껄 떠들고 있는 아이들을 진정시킬 수는 없었다.

나는 아직 녀석들을 한마디로 통제하기엔 벅찬 새파란 교생이기에.

나는 교재를 손에서 내려놓고 망연자실한 표정으로 소란스러운 교실 안을 둘러보다가 그 녀석과 눈이 마주쳐 버렸다.

여전히 내게서 시선을 떼지 않고 뚫어질 듯 나를 쳐다보고 있는 신유환, 그 녀석과.

-유환이?

비가 내리는 어느 날 밤이었다.

우리 집 앞 외등 아래에서 비를 맞고 서 있는 유환을 발견하고 나는 놀래서 가까이 다가가며 물었다.

-왜 여기서 비를 맞고 서 있어?

나는 녀석의 젖은 머리 위로 내 노란 우산을 씌워 주며 말했다.

-안 추워? 어떡해. 옷이 다 젖었잖아.

부산스럽게 소란을 떠는 내 귀에 나직한 녀석의 목소리가 조용히 흘러들어 왔다.

-나 왜 이러냐?

-응?

가만히 나를 바라보고 있던 비에 젖은 까만 눈동자.

-왜 이렇게 네가 보고 싶냐?

숨이 막힐 것 같던 비에 젖은 그 목소리.

-정신 차려 보니 여기까지 와 버렸네.

-유환아…….

-은서진, 내가 널 많이 좋아하나 보다.

빗방울에 젖은 얼굴로 그렇게 웃으며 그 녀석이 처음으로 내게 한 고백.

우산 속에서 내 머리카락을 잠시 만져 주던 유환은 곧 빗속으로 사라져 버렸다.

그거 모르지? 그날 밤 나는 한숨도 잠을 잘 수가 없었다는 걸.

가슴이 떨리고 설레어서…… 미치도록 좋아서…….

두근거리는 심장이 도저히 진정이 되지 않아서…….

두 눈 동그랗게 뜨고 밤을 꼬박 새웠다는 걸.

그날 이후로 우리는 사귀게 되었고, 난 정말 행복했다.

세상에 태어나 가장 행복했던 때가 바로 그때였다.

-은서진, 내가 지금 무슨 맛 사탕 먹고 있게?

-사탕? 사탕 먹어?

-아, 맛있다.

유환은 한쪽 볼에 가득 사탕을 물고 우물대며 나를 놀리고 있었다.

-뭐야! 치사하게 혼자만 먹지 말고 나도 줘!

심술이 난 나는 유환의 팔에 매달려 떼를 썼다.

-너도 줄까?

의미심장한 미소를 지으며 나를 쳐다보며 묻는 유환의 말에 나는 별생각 없이 고개를 끄덕이며 대답했다.

-응.

내 대답이 끝나자마자 그 녀석의 입속에 있던 달콤한 딸기 향의 사탕이 내 입속으로 들어왔다.

놀래서 크게 부릅뜬 내 두 눈은 서서히 감기고, 그 녀석의 숨결과 향기와 부드러운 입술의 감촉을 느끼며 난 그렇게 숨 막히도록 달콤한 딸기 맛의 첫 키스를 했다.

그렇게 녀석은 어디선가 딸기 향만 맡으면 저절로 첫 키스가 떠오르도록 영원히 잊지 못할 첫 키스의 추억을 내 머릿속에 각인시켜 주었다.

난 그게 다 사랑인 줄 알았어. 너도 나처럼 진심이라고 생각했어.

그래서 태어나 처음으로 온 마음을 다해서 매 순간 진심으로 그렇게 널 사랑했던 거야.

그렇게 쉽게 떠나 버릴 거였으면서, 그렇게 쉽게 날 버릴 거였으면서 나한테 왜 그랬니?

결국 잔인하게 날 버릴 거였으면 차라리 처음부터 나에게 다가오지 말지. 널 사랑하게 만들지 말지. 아직도 난 네가 너무 밉다.

과거의 회상 속에서 빠져나온 나는 신유환의 눈을 똑바로 쳐다보며 천천히 입을 열었다.

"내 첫사랑은……."

내가 말을 꺼내자 제각기 떠들고 있던 아이들이 입을 다물고 모두 나에게 집중했다.

순식간에 조용해진 가운데 나는 녀석을 노려보며 차가운 목소리로 말을 이었다.

"내 첫사랑은…… 죽었어. 4년 전에."

그날, 그 눈 내리던 하얀 날 내 가슴속에서 얼어 죽어 버렸어. 하얗게 차갑게 죽어 버렸어.

다만, 내가 이러는 건…… 그 시절의 추억 때문이야. 이 학교에 온 이후로 환영처럼 불현듯 나타나 나를 시시때때로 괴롭히는 그 시절의 추억을 그리워하고 있는 거라고.

내 앞에 앉아 있는 네가 아니라, 오직 그 시절을 그리워하는 거야.

그렇게 쉽게 깨질 줄도 모르고, 그렇게 초라하고 비참하게 끝나 버릴 줄도 모르고 영원히 계속될 줄만 알았던 철없고 바보 같은 내가 있었던 그 시절을.

다시는 오지 않을 내 순수한 마음과 열정, 그리고 청춘을 그리워하고 있는 것뿐이라고.

"그래서 말하기 싫어."

그 말 한마디로 교실에는 정적이 흘렀다. 얼음물을 끼얹은 것처럼 조용해졌다. 아이들은 더 이상 내 첫사랑이나 첫 키스에 대해 묻지 않고 입을 다물었다. 간혹 감수성 풍부한 여학생들은 나를 동정하는 눈빛으로 쳐다보기도 했다.

'앞으로 이럴 땐 이런 방법을 쓰는 것도 괜찮겠는데?'라는 엉뚱한 생각이 잠시 머릿속을 스치고 지나갔다.

"자, 이제 수업하자."

나는 준비해 온 대로 수업을 진행할 수 있었고, 아이들도 포기한 듯 수업에 집중하기 시작했다.

아마 아이들에게도 이런 교생은 처음이겠지. 이렇게 재미없고 딱딱하게 수업만 진행하는 교생은 내가 처음이겠지.

하지만 난 녀석이 쳐다보고 있는 앞에서 가볍게 웃음을 흘리기도 싫고 실없는 농담이나 얘기를 하기도 싫었다. 최대한 내 마음이 드러나지 않도록 딱딱한 표정과 말투로 무장한 채 수업을 진행하는 게 지금 내가 할 수 있는 최선이었다.

"45쪽의 1번 문제를 보면……."

내가 교재를 들고 수업하는 모습을 물끄러미 지켜보고 있던 신유환은 갑자기 자리를 박차고 일어나더니 교실 밖으로 나가 버렸다.

그 모습에 아이들은 잠시 웅성거렸다. 무슨 일인지 궁금해하며 그의 빈자리를 쳐다보며 자기들끼리 쑥덕거렸다.

하지만 나는 아랑곳하지 않고 계속 수업을 진행했다.

그렇게 신경 쓰지 않는 척 계속 수업을 진행했지만 그 녀석의 빈자리에 자꾸만 시선이 갔다.

너도 나처럼 조금은 괴롭니? 날 보고 있기가 조금은 괴로웠니? 그렇다면 조금은 다행이네. 나만 이렇게 아픈 건 너무나 억울했는데.

그렇게 수업은 무사히 끝났고, 수업이 끝날 때까지도 녀석은 교실로 돌아오지 않았다.

오후부터 몸 상태가 안 좋아지기 시작하더니 기어이 탈이 나고 말았다.

요 며칠 동안 나답지 않게 감정의 늪에 빠져 허우적거리다가 모든 에너지를 소진한 듯 집에 돌아오자마자 힘없이 축 늘어져 침대 위에 드러눕고 말았다.

그렇게 몇 시간 동안 죽은 듯이 잠을 자던 내가 깨어났을 때 머리는 불가마처럼 펄펄 끓고 있었고 뼈마디가 욱신욱신 쑤시며 으슬으슬 추웠다. 아무래도 감기몸살이 단단히 난 것 같았다. 병원에 가야 할 것 같은데 시계를 쳐다보니 이미 모든 병원이 문을 닫은 시간이었다.

내일 제대로 일어나 출근하려면 약국에 가서 약이라도 사 먹어야 할 것 같은데 몸을 움직일 기운조차 없었다.

때마침 지훈 씨에게서 전화가 걸려 왔다.

"응, 지훈 씨."

[목소리가 왜 그래? 어디 아파?]

"나 감기몸살에 걸렸나 봐."

혼자 산다는 건 홀가분하고 자유로워서 좋지만 아플 땐 참 외롭고 서럽다는 걸 느낀다. 대학 입학과 동시에 독립한 나지만 이럴 때만큼은 곁에서 챙겨 주는 누군가의 손길이 무척 그립다.

[조금만 기다려 봐. 내가 퇴근하면서 약 사 가지고 갈게.]

"오늘도 야근이야?"

[응. 요즘 일이 많아서.]

"피곤한데 그럴 것 없어. 내가 나가서 사 먹으면 돼."

[아니야. 조금만 있으면 금방 퇴근이야. 기다려.]

"응, 알았어."

지훈 씨라도 내 곁에 있어 줘서 다행이라고 생각했다. 그마저 없었으면 난 요즘의 이런 힘든 시간들을 어떻게 버텼을지 까마득하기만 하다.

내가 운 좋게도 좋은 사람을 만나고 있다는 생각이 들었다. 하지만 난 그에게 왜 온전히 마음을 열 수가 없는 것인지. 우리의 연애는 처음 만났을 때부터 지금까지 쭉 평행선을 그리고 있었다. 적당한 간격을 유지한 채 관계를 지속하는 친근한 관계. 그러나 난 그게 참 편했다.

땀으로 인해 축축해진 온몸을 느끼며 힘겹게 일어나 샤워를 하고 나와서 머리를 말리고 있을 때였다. 퇴근한 지훈 씨가 약과 죽을 사 가지고 집에 왔다.

"빈속이지? 어서 죽부터 한술 뜨고 약 먹어."

지훈 씨는 비닐봉지 안에서 죽을 꺼내서 식탁 위에 차려 놓으며 말했다.

"입맛 없어."

"그래도 빈속에 약 먹는 것보단 낫잖아. 어서."

지훈 씨는 싫다고 도리질 치는 내 손을 기어이 잡아끌고 와 나를 식탁 앞에 앉혔다.

식탁 위에는 새하얀 김이 모락모락 나고 있는 전복죽이 차려져 있었다.

"지훈 씨가 우리 엄마 해라."

지훈 씨가 억지로 쥐여 주는 일회용 숟가락을 들고서 죽을 한 숟가락 뜨려던 나는 문득 말했다.

"무슨 엉뚱한 소리야?"

"난 그랬으면 참 좋겠다. 지훈 씨가 해 주는 잔소리도 지훈 씨가 차려 주는 밥도 난 참 좋거든."

난 따뜻한 전복죽을 한 숟가락 떠서 입에 넣으며 말했다.

"우리 엄마보다 지훈 씨가 더 내 엄마 될 자격 있어."

아빠와 이혼한 후 자기 인생 찾아 재혼해서 거의 남처럼 지내는 엄마보다 필요할 때마다 곁에서 챙겨 주는 지훈 씨가 훨씬 더 내 엄마처럼 느껴졌다.

모락모락 김이 나는 따뜻한 죽이 속에 들어가니 갑자기 눈물이 왈칵 쏟아질 것 같았다. 그게 일찌감치 이혼해 버린 원망스러운 부모님 때문인지, 아니면 불현듯 내 앞에 다시 나타나 내 마음을 괴롭히는 신유환 때문인지 이유를 알 수조차 없었다.

"왜 그래? 요즘 많이 힘들어?"

그런 나를 지켜보던 지훈 씨가 걱정스러운 목소리로 물었다.

"어."

죽을 뜨려던 일회용 숟가락 위로 눈물이 한 방울 뚝 떨어졌다.

몸이 아프니 마음이 아픈 걸 감추기가 힘들었다.

"왜 이렇게 힘든지 모르겠어."

아직도 내가 신유환 앞에서 이토록 속수무책일 줄은 꿈에도 몰랐다. 이젠 그때 일은 다 잊었다고 생각했는데 돌이켜 보니 지난 4년 동안 난 하나도 잊지 못했던 것이다. 내가 많이 변했다고 생각했는데 난 사실 하나도 변하지 못한 것이다.

"교생실습이 많이 힘든가 보구나."

지훈 씨는 한 손으로 내 머리를 부드럽게 쓰다듬으며 위로해 주었다.

강한 척하지만 사실 보기보다 많이 여린 성격인 내가, 바람 같은 추억도 평생을 끌어안고 사는 내가, 작은 상처 하나도 쉽게 잊지 못하는 내가, 하나도 변하지 못하고 그 자리에 머물러만 있는 내가 너무나 싫었다.

"힘내. 이제 한 3주 정도 남았나? 금방 지나갈 거야."

"그랬으면 좋겠다."

정말 그랬으면 좋겠다. 시간이 후딱 지나가 버려서 다시는 그 학교 근처도 가지 않았으면 좋겠다. 다시는 신유환의 얼굴 따위 보지 않았으면 좋겠다. 목소리 따위 듣지 않았으면 좋겠다. 그 녀석에 대한 생각 같은 건 영영 안 했으면 정말 좋겠다.

죽을 채 몇 숟가락도 뜨지 않고 숟가락을 내려놓은 나는 약을 먹고 내 방으로 들어가 침대 위로 올라갔다.

지훈 씨가 찬 물수건을 가지고 옆으로 와 내 이마 위에 올려 주며 말했다.

"어서 자. 밤새도록 옆에서 간호해 줄 테니 안심하고."

"싫어. 나 지훈 씨한테까지 옮기기 싫어."

나는 힘없는 한 손으로 지훈 씨를 밀어내며 말했다.

"가. 피곤할 텐데 얼른 가서 쉬어."

"왜? 나 못 믿는 거야? 설마 내가 아픈 사람 어떻게 할까 봐? 나 그런 사람 아니야."

"알지. 지훈 씨 그런 사람 아닌 거 누구보다 잘 알지. 그게 아니라 내가 불편해서 그러는 거야."

"서진아."

"약 먹으니까 이젠 좀 괜찮아졌어. 지훈 씨한테 폐 끼치기 싫어서 그래. 야근까지 해서 피곤할 텐데 어서 가."

싫다는 지훈 씨를 난 억지로 집으로 돌려보냈다. 내 고집과 투정에는 못 당하는 착한 지훈 씨인지라 떨어지지 않는 발걸음으로 억지로 갔다. 그는 가기 전 아침에도 죽과 약은 꼭 챙겨 먹으라는 당부를 잊지 않았다.

그날 밤 나는 혼자서 끙끙 앓았다. 앓으면서 잠결에 잠꼬대로 누군가의 이름을 몇 번이나 불렀던 것 같다.

5장. 다시는 마주치지 말자

다음 날 아침 일어나 거울을 보니 내 얼굴은 눈에 띄게 수척해져 있었다. 여전히 몸살 기운은 남아 있었지만 간밤에 크게 앓아서인지 조금 개운해지긴 했다.

약을 챙겨 먹은 난 어김없이 태한고등학교로 교생실습을 나갔다. 오늘부터는 교문 지도를 해야 해서 평소보다 30분은 더 일찍 나가야 했다.

교문 지도는 정문 앞에서 30분간 생활 지도, 즉 명찰, 넥타이, 교복, 치마 길이, 화장 단속 등을 하며 아이들에게 밝게 인사해 주는 것이었다.

일찍 온 교생들은 처음 해 보는 교문 지도에 설레는 표정으로 서 있었다. 마지못해 끌려온 것 같은 심드렁한 표정을 짓고 있는 건 나 하나뿐이었다.

아이들에게 밝게 인사하는 것은 거의 지윤의 몫이었고 단속에 걸린 아이들에게 벌점 카드를 주는 것은 거의 내 몫이었다. 이런 게 더 내 취향에 맞는다고나 할까. 난 교생답지 않게 규정에 걸린 아이들에게 가차 없이 벌점 카드를 날렸다.

교생실습이 끝나고 만약 아이들이 교생들 인기투표를 한다면 내가 꼴찌를 차지할 것이 분명했다.

"어머, 저기 신유환이다."

아이들에게 밝게 인사를 하면서 이런저런 말을 건네며 까르르 웃던 지윤은 갑자기 내게 그렇게 외쳤다.

나는 일부러 못 들은 척하며 지나가는 학생 한 명을 붙잡고 엄격히 단속을 하기 시작했다.

"학생, 명찰 어디 있지? 그리고 치마가 짧은 것 같은데?"

"엥? 이게 뭐가 짧아요?"

지윤은 신이 나서 유환이 쪽으로 쪼르르 다가가며 반갑게 말을 걸었다.

"안녕? 3학년 5반의 신유환 맞지? 난 음악 교생. 내 얼굴 알지?"

오늘따라 유달리 화사한 원피스를 입고 멋을 잔뜩 부리고 온 지윤은 교문 지도의 목적이 저거였나 싶을 정도로 유환에게 살가운 미소를 띠며 친근하게 다가갔다.

"동갑으로 알고 있는데 앞으로 친하게 지내보자."

하지만 그런 지윤에게 시선조차 제대로 주지 않고서는 지윤의 말이 채 끝나기도 전에 주머니에 두 손을 집어넣은 채 그대로 쌩하고 가 버리는 녀석이었다.

지윤은 벙한 얼굴로 나를 돌아보며 어버버 말했다.

"나 지금 까인 거니?"

예쁜 얼굴과 글래머러스한 몸매, 또한 애교 있는 표정과 발랄한 성격으로 인해 음악교육과 퀸으로 알려진 지윤은 고작 학생일 뿐인 저 녀석의 무시에 상당히 충격을 받은 듯한 얼굴이었다.

"신경 꺼, 저런 녀석은."

내가 지금 누구한테 하는 말인지 모르겠다.

학생 하나를 붙잡고 단속을 하는 내 신경은 모두 그 녀석에게로 잔뜩 쏠려 있었던 것이다.

"시크한 게 점점 더 내 스타일인데?"

그러나 지윤은 절대로 굴하지 않는 여자였다. 오히려 자극을 받은 듯 활활 불타올랐다.

"도전욕도 생기고 좋아. 내일도 말 걸어야지. 아자 아자, 박지윤!"

나는 고개를 절레절레 흔들다 운동장을 가로질러 걸어가는 녀석의 뒷모습을 한동안 물끄러미 바라보았다.

저 녀석이 다시 내 앞에 나타난 이유는 무엇일까. 악연일 뿐인 우린 왜 다시 이곳에서 만나게 되었을까. 심술궂은 신의 장난일까? 아니면 그저 우연일까?

아무려면 어때? 저 녀석은 이제 내게 아무것도 아닌데.

나는 고개를 도리도리 휘젓고는 쓸데없는 생각을 날려 버렸다.

아침의 교문 지도와 함께 상담 지도도 오늘부터 시작되었다.

아침 조회 시간이나 점심시간, 방과 후 시간 등을 이용하여 틈틈이 학생들과 상담을 해서 상담 후기를 써야 했다. 형식은 일대일 상담이나 4명씩 조를 짠 그룹 상담이다. 장소는 주로 학교 테라스에서 이루어졌다.

내가 예전에 학교를 다닐 때는 스탠드가 있었던 자리에 지금은 테라스가 만들어졌다. 큼직한 나무 테이블과 기다란 벤치 같은 의자, 곳곳에 장식된 색색의 꽃과 화분들은 마치 분위기 좋은 카페에 온 것 같은 착각이 들 정도였다. 그간 굉장히 많이 좋아진 학교 시설에 나는 새삼 감탄하며 격세지감을 느꼈다.

맨 처음엔 4명씩 조를 짠 남자아이들 그룹이 상담에 참여했다.

난 그들과 테라스에 어울려 앉아 뭔가 일지에 적을 만한 그럴듯한 상담 내용을 기대했다. 하지만 녀석들의 입에서 나온 건 전혀 엉뚱한 말들뿐이었다.

"선생님, 남자 친구 있어요?"

"있어."

그러자 녀석들은 저희들끼리 짓궂은 눈빛을 교환하며 질문 공세를 시작했다.

"오우, 어떤 스타일이에요?"

"얼마나 사귀었어요?"

"진도는 어디까지 나갔어요?"

나는 한숨을 내쉬며 일지를 '탁' 하고 덮고서는 말했다.

"야, 이 녀석들아, 지금 내 연애 상담 하자고 모인 게 아니잖아?"

다음은 혼자 상담하러 온 여학생이었다. 안경을 끼고 동그란 얼굴을 가지고 있는 여학생은 조금 주저하다가 내게 물어 왔다.

"선생님 Y대 수학교육과시죠?"

"응, 그런데?"

"저도 수학 선생님이 꿈이라서요. 선생님, 대학 생활은 어때요?"

"직접 들어와 보면 알아. 각자의 경험은 다르니까."

이러쿵저러쿵 말해서 대학에 대한 헛된 환상을 심어 주기도 싫고, 또 반대로 편견을 심어 주기도 싫었다. 그냥 직접 와서 몸소 체험하며 느꼈으면 좋겠다는 게 솔직한 내 생각이었다.

"하지만 성적이……. 지난번에 치른 첫 중간고사도 망쳤단 말이에요. 전 못 들어갈 것 같아요."

여학생은 어두워진 표정으로 울상을 지으며 말했다.

"겨우 중간고사 하나 망친 건데 뭐? 아직 남은 시험이 더 많잖아."

나는 여학생을 똑바로 쳐다보며 말했다.

"나도 학교 다닐 때 모든 시험을 다 잘 보진 않았어. 하지만 다음엔 더 잘해야지, 다음엔 더 잘할 수 있어, 하면서 나를 격려하고 채찍질했어. 그러다 보니 목표했던 바를 이룰 수 있었던 거야."

사실 학교 다닐 때 공부는 나보다 유환이 훨씬 더 잘했었다. 그는 얄밉게도 많은 노력을 기울이지 않아도 공부를 잘하는 학생이었다. 타고난 우수한 두뇌 덕도 있었지만 공부하는 방법을 정확히 알고서 중요하고 핵심적인 내용을 잘 파악했다. 그래서 많은 시간을 들이지 않아도 누구보다 공부를 잘했던 것이다. 지금은 내가 교생, 그는 학생이라는 아이러니한 상황이 되었지만 내가 공부를 잘할 수 있게 이끌어 준 건 유환이었다.

"하지만 자신이 없어요. 난 못할 거예요. 언제나 중요한 시험은 늘 망쳤거든요."

"인생은 네 생각보다 길어. 요즘 평균 수명을 100살이라고 한다면 넌 고작 18년쯤 산 것뿐이잖아. 벌써부터 좌절하긴 너무 이르지 않을까?"

내 말을 진지하게 곱씹어 듣던 여학생의 표정이 눈에 띄게 밝아졌다.

"선생님 수업은 이해가 잘돼요. 머리에 쏙쏙 들어와요."

갑자기 여학생은 눈을 반짝이며 말했다.

"선생님, 아이들이 놀자고 떠들며 졸라대도 무시하고 충실히 수업만 해 줘서 고마워요. 앞으로 쭉 그렇게 부탁드릴게요."

"그래, 걱정 마."

여학생은 내게 인사를 꾸벅하고는 힘차게 뛰어갔다.

그런 여학생의 뒷모습을 보며 나는 이 학교에 교생실습을 와서 처음으로 환하게 방긋 웃었다.

식당에서 점심 식사를 마친 나는 커피 한 잔을 뽑아 들고 조금은 조용한 곳을 찾아 이동 중이다. 하루 종일 아이들에게 시달렸더니 안 그래도 감기몸살에 걸린 몸이 더욱 지쳤다. 아무도 없는 곳으로 가서 혼자만의 휴식을 갖고 싶었다.

하지만 어디를 둘러봐도 시끄러운 녀석들뿐이다. 소음이 들리지 않는 조용한 곳에서 좀 쉬고 싶은 기분에 나는 학교를 빙 둘러

걷다가 건물 뒷벽까지 걸어갔다.

코너를 돌자 으슥한 건물 벽에 비스듬히 기대어 담배를 피우고 있는 신유환이 보였다.

아차 싶은 마음에 그 녀석이 날 보기 전에 얼른 발걸음을 돌려 다시 되돌아가려고 할 때였다.

뒤에서 그 녀석의 목소리가 날 붙들었다.

"어딜 가?"

나는 하는 수 없이 한숨을 내쉬고 뒤돌아서, 느긋하게 담배를 피우고 있는 신유환의 검은색 눈동자를 쏘아보았다.

"죄지었어? 왜 날 피해?"

날 내려다보는 시선, 낮게 깔린 목소리, 그리고 짙은 담배 향. 녀석의 모든 게 나의 신경을 참을 수 없이 건드렸다.

"피하긴 누가 피했다고 그래? 그냥 갑자기 할 일이 생각났을 뿐이야."

내가 생각해 봐도 참 말도 안 되는 변명이었다. 고작 이런 말밖에 못할까 생각하며 자책하고 있는데 녀석이 말했다.

"하긴 멀쩡히 살아 있는 사람을 망자(亡者)로 만들었으니 죄를 짓긴 지은 셈인가?"

유들유들한 녀석의 말에 발끈한 나는 진저리치며 말했다.

"아무렴 너에 비할까."

내 앞에서 감히 지금 죄의식 따위를 들먹이는 녀석에게 부아가 치밀었다.

"어떻게 그런 아무렇지도 않은 얼굴로 뻔뻔하게 말 걸 수 있는 거지? 나라면 죽어도 못 그럴 텐데 넌 참 대단하다. 잘났다, 신유환."

나는 그 뻔뻔하게 잘생긴 얼굴에 대고 신랄하게 퍼부었다.

"나 솔직히 말해서 너랑 일분일초도 얼굴 마주하고 싶지 않아. 말도 섞고 싶지 않아. 이 빌어먹을 교생실습이 빨리 끝나기만을 기다리고 있다고. 그러니까 제발 앞으로는 나 좀 모른 척해 줄래?"

내가 인상을 찌푸리고 다시 '홱' 하고 돌아서려는데 녀석의 움직임이 더 빨랐다.

녀석은 다시 걸어가려는 내 앞에 와서 섰다. 키 큰 녀석이 좁은 길목 앞을 가로막자 빠져나갈 틈이 없었다.

"비켜."

나는 녀석을 쏘아보며 이를 앙다물고 단호하게 말했다.

하지만 녀석은 전혀 비켜 줄 생각 따윈 없는 것 같았다. 내 앞에 길게 우뚝 서서 나를 물끄러미 내려다보고 있었다.

"도대체 왜 이래? 뭐 하자는 거야?"

까만 눈동자로 나를 뚫어져라 응시하고 있던 녀석이 천천히 입술을 열었다.

"미안하다고 사과하면…… 나 다시 받아 줄래?"

"뭐?"

난 어이없는 표정으로 녀석을 올려다보았다.

"지난 일은 다 잊고, 우리 다시 시작할까?"

속까지 꿰뚫어 보는 것 같은 깊은 눈동자로 나를 쳐다보며 지금 무슨 생각을 하고 있는 거야? 신유환.

"잊어? 어떻게 잊어? 넌 쉽게 잊을 수 있을는지 몰라도 난 못 잊어. 죽어도 못 잊어. 어떻게 그런 말이 그렇게 쉽게 나와? 내가 그렇게 우습니?"

나도 모르게 흥분을 해서 소리를 지르고 말았다.

그 번드르르한 얼굴로 또다시 나를 우롱하고 있다는 생각밖에는 들지 않았다.

"사람이 사귀다 보면 헤어질 수도 있고, 또 다시 시작할 수도 있고 그런 거잖아. 안 그래?"

짝-

결국 난 가볍게 말하는 녀석의 말에 분노해 그 녀석의 뺨을 때리고 말았다.

녀석의 뺨을 때린 내 오른손이 부들부들 떨려 왔다.

"너한텐 그게 장난이었니? 나는, 나는 진심이었어. 진심에 상처입는다는 게 어떤 건지 알아? 그게 어떤 건지 알아?"

제길, 목이 메어서 목소리가 제대로 나오지 않았다. 울컥울컥 뜨거운 무언가가 목울대까지 넘어오는 것 같아서 더 이상 말을 이을 수가 없는데 뜨거워진 두 눈에서는 쓸데없이 눈물이 흘러나오고 있었다.

이 녀석 앞에서만큼은 절대로 다시 울 일은 없을 거라고 생각했는데 나도 모르는 울음이 터져 나와서, 주체할 수 없을 만큼 터져 나와서, 하고 싶은 말이 너무 많은데 울음부터 나와서 두 손으로 입을 틀어막고 녀석 앞에서 우는 모습을 보이고 말았다.

바보같이, 또 한심하게 내 상처를 들켜 버리고 말았다.

"장난 아니었어."

울고 있는 나를 쳐다보는 깊은 눈동자가 눈물로 인해 흐릿하게 보였다.

"나도 진심이었다고."

그 깊은 눈동자가 잠시 슬프게 흔들린다고 느낀 건 나만의 착각이겠지.

"거짓말하지 마!"

울음 섞인 내 목소리가 마치 비명처럼 느껴졌다.

"거짓말이 아니라면?"

"도대체 나한테 왜 이래?"

나는 두 주먹을 불끈 쥐고 앞에 서 있는 녀석의 넓은 가슴을 향해 쿵쿵 세게 치기 시작했다.

무슨 수작이야. 나를 갖고 장난치는 거야? 장난은 그때 한 번이면 충분해.

다신 너 따위에 놀아나지 않는다고.

"그러니까 그때 내가 왜 그랬는지 이유를 말해 주면 되잖아."

그의 가슴을 때리고 있던 내 두 주먹을 가볍게 움켜잡으며 그 녀석은 말했다.

그러나 나는 나를 바라보고 있던 그 시린 눈빛을 외면하며 차갑게 말했다.

"듣고 싶지 않아. 이제 와서 이유를 듣는다 한들 무슨 소용이 있겠어. 이미 지난 일이잖아. 달라지는 건 없어. 너 없이도 난 잘 살아왔고, 사랑하는 사람도 생겼어. 너 따윈 이제 내 인생에서 아무것도 아니야. 그러니까 제발 내 앞에서 사라져 줘. 부탁이야."

힘들게 잊고 있던 내 앞에 나타나서 다시 날 흔들지 말란 말이야, 이 나쁜 자식아.

나는 그 녀석을 있는 힘껏 밀쳐 내고 달렸다.

달리고 있는 난 마치 교복을 입은 그 옛날의 나로 되돌아간 것만 같은 착각이 들었다.

그 녀석으로 인해 웃고, 그 녀석으로 인해 울고, 그 녀석이 내 세상의 전부였던 시절…….

이제는 충분히 멀리 왔다고 생각했는데, 아직까지도 이런 감정이 남아 있었다니.

도대체 우리는 왜 다시 만나게 된 것일까.

나는 힘들어. 아직까지도 네가 너무 미워서 나는 너무 힘들어.

그러니까 제발 다시는 마주치지 말자.

드디어 기다리고 기다리던 퇴근 시간이 되었다. 4시 30분은 내가 하루 중 가장 목 빠지게 기다리는 시간이었다. 퇴근 시간이 되자 막혔던 숨통이 탁 트이는 것 같았다.

나는 한시라도 빨리 이 학교에서 벗어나고자 황급히 가방을 챙겨 들고 부랴부랴 교생실을 빠져나왔다. 동료 교생들과 수다 삼매경에 빠진 다른 교생들은 급하게 나가는 나를 의아하게 쳐다보았지만 그런 건 안중에도 없었다.

오늘도 역시 힘든 하루였다. 이 학교에 교생실습을 와서 힘들지 않은 날은 단 하루도 없었다.

몸보다 마음이 힘든 게 더 고통스러운 일이라는 것을 다시 한번 깨달을 수 있었다.

운동장을 벗어나 교문을 나오자 조금은 홀가분해지는 마음에 한숨을 내쉬는데, 곧 교문 앞에 기대서 있던 누군가를 발견하고 나는 다시 온몸이 굳어 버렸다.

나와 눈이 마주친 녀석은 마치 기다리고 있었다는 듯 나를 보자마자 등을 떼고 한 걸음 가까이 다가왔다.

이곳에 서서 나를 줄곧 기다리고 있기라도 했단 말인가? 무슨 할 말이 더 남아 있어서?

녀석과 더 이상 할 말이 없는 나는 그런 녀석을 차갑게 외면하고 지나쳤다. 모르는 사람처럼 무시하는 게 상책이라는 생각이 들었다. 그러면 녀석도 자연히 포기하고 돌아서겠지.

하지만 녀석은 내가 가는 방향을 따라 나를 뒤쫓아 오고 있었다.

저만치 떨어져서 내가 가는 방향으로 줄곧 걸어오고 있는 그 녀석이 무척이나 신경 쓰였다. 신경 쓰지 않고 내 길을 가려고 해도 자꾸만 신경이 쓰이는 건 어쩔 수 없었다.

스토커처럼 왜 자꾸 내 뒤를 졸졸 쫓고 있는지 이해할 수 없었다. 이런다고 뭐가 달라진단 말인가.

어느새 내가 버스를 타는 버스 정류장을 지나쳐 아무 곳이나 발 닿는 대로 무작정 걷고 있던 나는 도저히 참지 못하고 발걸음을 멈추며 뒤를 돌아보고 그를 쏘아보며 말했다.

"도대체 왜 자꾸 이래?"

"……"

"너 말귀 못 알아들어? 너랑 할 얘기 없다고 했잖아."

"……"

"서로 모르는 척하자고 몇 번이나 말해? 내 눈에 보이지 말라고."

화가 나서 소리치는 나를 말없이 물끄러미 바라보고 있던 그 녀석은 드디어 천천히 입을 열었다.
"집에 가는 길인데?"
"뭐?"
"나도 이 길로 지나간다고."
나는 순간 뒤통수를 징으로 맞은 것처럼 잠시 멍해졌다. 그러니까 지금 내가 착각을 하고 있다는 건가? 얼굴이 화르륵 달아올랐다.
"하지만 아까 나를 보자마자 따라왔잖아."
"아닌데? 그때 마침 가야겠다고 생각했을 뿐."
녀석은 이런 나의 반응을 즐기듯 나를 보고 빙그레 웃으며 말하고 있었다.
도무지 진심을 알 수 없는 빙글빙글 웃는 뺀지르르한 얼굴.
나를 놀리는 건지 아니면 진짜 그런 건지는 모르겠지만, 아무튼 이 녀석에게 휘말리지 말아야겠다는 생각이 들었다.
"그럼 먼저 지나가. 뒤에서 누가 따라오는 거 싫으니까."
나는 녀석을 노려보며 옆으로 서서 길을 터 주었다.
그러자 녀석은 느긋하게 걸어오더니 갑자기 내 옆에 멈춰 서서 능청스럽게 말했다.
"아, 배고프다. 약속 없으면 어디 가서 밥이나 먹을래?"
입은 웃고 있지만 두 눈은 진지하게 날 쳐다보고 있었다. 지나가는 투의 가벼운 말이었지만 그렇게 들리지 않았다. 도무지 속을 알 수 없는 녀석이었다.
"내가 우습게 보여?"
"은서진."

"나 갖고 다시 장난칠 생각이면 그만두는 게 좋아."

녀석은 작게 한숨을 내뱉으며 낮은 목소리로 말했다.

"우리 이런 얘기밖에 할 수 없는 거냐? 젠장, 난 너한테 할 말이 참 많은데."

"여전히 이기적이구나, 넌. 그때도 그렇고 지금도 네 생각만 하고 있어. 난 너한테 아무것도 듣고 싶지 않다고!"

나는 피곤한 듯 소리치고는 다시 등을 돌려 걸어갔다.

더 이상 그와 할 얘기가 없었고 들을 얘기도 없었다. 이제 와서 우리가 도대체 무슨 얘기를 한단 말인가. 이미 과거에 명확하게 끝난 사이인데 말이다. 그것도 내 의지와는 전혀 상관없이 그의 의지로 끝나 버린 사이란 말이다. 그런데 이제 와서 뻔뻔하게 말 걸고 있는 그가 너무나 가증스러웠다. 사랑을 인연을 너무 쉽게 생각하는 그 오만함에 화가 났다.

그러나 그는 전혀 끝낼 기미를 보이지 않았다. 작정한 듯 계속 내 뒤를 좇아왔다. 어디까지 따라올 작정인지. 뻔뻔한 핑계를 대며 계속 나에게 말 걸 기회만을 노리고 있음이 분명했다. 그가 내 집까지 따라오게 놔둘 수는 없었다.

나는 고민 끝에 지훈 씨의 회사로 찾아가기로 결심했다. 내 현재 애인과 잘 지내고 있는 모습을 보여 준다면 그도 포기하겠지, 하는 생각으로.

지훈 씨의 회사 앞에 도착한 나는 그에게 휴대폰으로 전화를 걸어 잠깐 나와 달라고 부탁했다. 그는 회사 앞까지 찾아온 내가 반가웠는지 사원증을 목에 건 채로 부랴부랴 밖으로 뛰쳐나왔다.

나는 여기까지 내 뒤를 따라와 멀찌감치 서 있는 신유환더러 일부러 보란 듯이 지훈 씨를 보자마자 반갑게 웃으며 그에게 달려가 팔짱을 끼었다.

"웬일이야? 이 시간에. 나야 반가워서 좋지만."

"그냥. 갑자기 지훈 씨 얼굴이 보고 싶어져서."

"잘 왔어. 20분 정도 시간 있는데 근처에서 차나 한잔 마실까?"

"응, 좋아. 근데 내가 바쁜데 찾아온 거 아냐?"

"아니야. 너라면 언제나 환영이야."

우리는 나란히 팔짱을 끼고 회사 옆에 있는 커피숍으로 걸음을 옮겼다. 누가 봐도 다정한 연인 사이인 것처럼 나는 그의 팔짱을 낀 것도 모자라 그의 팔에 기대어 행복한 듯 웃었다. 다분히 신유환의 시선을 의식한 행동이었다. 이제 내 인생에서 너는 아무것도 아니라는 의미와 함께 더 이상 다가오지 말라는 경고의 의미도 담겨 있었다.

그러다 지훈 씨의 눈에도 유환이 띄었나 보다. 하긴 누구에게든 시선을 잡아끌게 하는 마력이 있는 녀석이니 무리도 아니었다.

"근데 저 잘생긴 남학생은 누구야? 너희 학교 교복 아냐?"

지훈 씨는 나무 밑에 서서 우리를 주시하고 있는 유환을 보고 의아한 듯 물었다.

"아니, 모르는 애야."

난 그렇게 말하고 지훈 씨의 팔짱을 낀 채로 유환을 등지고 지훈 씨와 함께 커피숍에 들어갔다.

계산대 앞에 선 우리는 잠시 동안 메뉴판을 들여다보며 음료를 골랐다.

"뭐 마실래?"

"음, 나는 아이스티."

주문을 마치고 문득 창밖을 쳐다보니 신유환은 어디론가 사라지고 없었다.

그 녀석이 서 있었던 자리는 처음부터 아무것도 없었던 것처럼 흔적조차 없었다.

6장. 늑대의 유혹

어느새 금요일이 되었다. 어느덧 교생실습 일주일이 흘러간 것이다.

내 인생에서 이토록 길었던 일주일은 없었다. 앞으로 남은 3주를 생각하면 그저 막막하기만 하다. 타임머신이라는 게 있으면 더도 말도 덜도 말고 딱 3주 후로 갔으면 좋겠다. 그러면 정말 좋을 텐데.

급식실에서 급식 지도와 함께 점심 식사를 마친 나는 지윤과 함께 장미꽃이 만발하여 핀 교정을 산책하듯 걷고 있었다. 코끝을 통해 스며들어 오는 향긋한 장미 향이 그마나 나의 이런 마음에 위로가 되어 주었다.

"벌써 일주일이 지났네. 너무 아쉽다. 이제 3주밖에 안 남은 거잖아."

옆에서 걷던 지윤이 종알거렸다. 어쩌면 그녀의 마음은 이렇게 내 마음과 정반대인 건지.

"난 이 학교로 교생실습 오길 정말 잘한 것 같아. 하루하루가 정말 즐겁고 신 나는 거 있지? 그래서 시간 가는 게 너무 아까워."

지윤은 마치 내 마음을 읽고 있는 것처럼 내 마음과는 정반대되는 말만을 골라서 하고 있었다. 모든 게 악몽 같은 나와는 달리 지윤에겐 잊지 못할 교생실습의 아름다운 추억의 한 페이지에 와 있는 것 같았다. 그런 그녀의 꿈꾸는 듯한 표정을 보고 뭐라 딱히 할 말이 없던 나는 한숨을 지으며 고개를 절레절레 흔들었다.

하늘은 파랗고 날씨는 정말 미치도록 좋았다. 따스한 바람과 싱그러운 햇살이 가득한 이런 아름다운 계절에 왜 하필 그 녀석을 다시 만나게 되어 하루하루가 이토록 지옥 같은 건지. 이게 무슨 운명의 장난인지 모르겠다.

점심을 먹고 나른한 기운에 하품을 하던 나는 절대 마주치고 싶지 않았던 녀석의 얼굴을 또다시 발견하고 순식간에 얼굴이 굳어 버렸다.

"앗! 저기 신유환이다."

옆에 선 지윤도 마침 녀석을 발견했는지 밝은 목소리로 반갑게 외쳤다.

녀석은 한 손을 바지 주머니에 찔러 넣고 어딘가를 향해 걸어가고 있었다. 키가 크고 비율이 좋은 녀석이라 멀리서도 유독 눈에 띄었다. 하얗고 작은 얼굴에 담긴 뚜렷하고 선 강한 이목구비는 녀석의 존재감을 확실히 빛나게 했다. 어디에 있건 어떤 무리에 섞여 있건 간에 확연한 존재감을 드러내는 녀석이라 그런지 이렇게 내 눈에도 자주 띄나 보다.

"어머? 근데 손에 웬 붕대?"

지윤의 말에 녀석의 손을 주의 깊게 쳐다보니 한 손에 새하얀 붕대를 감고 있었다. 어제까지만 해도 멀쩡했던 손에 하루 만에 무슨 일이 일어난 건지. 그러고 보니 입술도 살짝 터진 것 같았다. 어디서 싸움이라도 했는지 하루 사이에 몰골이 영 말이 아니었다.

"어머머, 다쳤나 봐. 싸움이라도 했나? 어쩜 좋아? 나 마음이 아파지려고 그래."

옆에서 지윤이 호들갑을 떠는 소리를 듣고 있던 나는 눈살을 찌푸리며 생각했다.

그러게 원숭이도 나무에서 떨어질 때가 있다고 내가 경고했지?

또 아무 데나 껴들다가 큰코다쳤나 보지.

"많이 다친 건 아니겠지? 궁금한데 무슨 일인지 우리 한번 가서 물어보자."

무심한 표정으로 붕대를 한 손에 감은 채 어슬렁어슬렁 걸어오고 있는 녀석을 바라보던 지윤은 걱정스러운 눈빛으로 내게 그렇게 말했다. 말 걸 구실을 하나 발견했다는 표정이었다.

그런 녀석을 멍하니 바라보고 있던 나는 녀석과 눈이 마주쳐 버리기 전에 시선을 재빠르게 돌리며 지윤에게 말했다.

"아! 나는 갑자기 할 일이 생각나서."

"할 일? 그게 뭔데?"

"지도안 제출을 깜빡했지 뭐야? 먼저 가 볼게."

나는 대충 핑계를 둘러대며 지윤을 등 뒤에 남겨 놓고 황급히 뒤돌아갔다. 녀석을 보자마자 죄지은 사람처럼 피하는 내 자신이 마음에 들지 않았지만, 마주쳐 봤자 좋을 것 하나 없는데 피할 수 있는 상황이라면 피해야지 별수 있는가.

그리고 녀석이 싸움을 했건 말건, 다쳤건 말건 나와는 아무 상관없는 일이었다. 괜히 호들갑 떠는 지윤의 옆에 서 있다가는 걱정하는 것처럼 오해받을 수도 있다.

걱정은커녕 오히려 쌤통이라고 생각하면 생각했지 말이다.

그런 생각을 하며 걷는 나의 발걸음은 어느덧 빨라지고 있었다. 누가 뒤에서 쫓아오는 것도 아닌데 어느새 거의 뛰듯이 걷고 있었다. 한참을 그렇게 걷던 나는 갑자기 시멘트 바닥 사이 움푹 들어간 곳에 하이힐이 끼어서 버둥거리다가 그만 넘어져 버리고 말았다.

"꺅!"

하필 학생들이 많이 지나다니는 길에서 보기 좋게 자빠진 꼴이라니. 나는 시멘트 바닥에 거의 대자로 엎어져 버리고 말았던 것이다.

항상 다른 생각에 집중하고 있노라면 나도 모르게 실수를 많이 한다.

여기저기서 킥킥대고 웃으며 넘어진 나를 비웃는 소리가 들려왔다. 아이들 눈에는 재밌겠지. 낙엽 굴러가는 것만 봐도 배꼽을 잡고 웃는 아이들인데, 하물며 교생이 보기 좋게 자빠진 꼴을 목격했으니 이보다 더 재밌는 일이 어디 있으랴. 하지만 나는 창피해서 죽을 맛이었다.

부디 생각보다 적은 수의 사람들이 내 이런 추한 모습을 목격했길 바라며, 얼굴이 화끈거리는 창피함에 한 손으로 얼굴을 가리며 조심스레 일어서려고 할 때였다.

누군가가 내 앞에서 무릎을 꿇고 내게 손을 내밀며 말했다.

"괜찮으세요? 선생님."

나는 붉어진 얼굴로 고개를 들고 친절한 목소리의 주인공을 확인했다.

이름은 알 수 없지만 안면이 있는 녀석이었다. 내 수업 시간마다 생글생글 잘 웃으며 수업에 집중하던 녀석. 호기심 어린 얼굴로 내내 나를 뚫어지게 바라보던 남학생이라 기억이 났다.

수업을 잘 듣는 녀석들은 기특해서 저절로 얼굴을 기억하게 된다.

"어…… 괜찮아."

붉어진 얼굴로 얼버무리는 내게 손을 내밀며 재촉하는 녀석.

"제 손 잡고 일어나세요, 선생님."

어린애답지 않은 제법 크고 남자다운 손이다.

"괜찮은데."

"어서요."

민망함에 한번 거절했던 나는 녀석의 성의가 기특하고 갸륵해서 그 녀석의 손을 잡고 벌떡 일어났다. 일어서자 삭신이 아려 왔다. 두 손으로 허리를 짚으며 곧게 펴던 나는 벗겨진 하이힐 한쪽을 찾아 다시 신었다.

그래도 웃으면서 지나가는 학생들 속에서 개중 이런 기특한 녀석도 있구나 하는 생각에 뿌듯해하며 녀석을 바라보고 있는데,

"이렇게 뾰족한 걸 신고 다니니까 넘어지죠."

녀석은 나의 높은 하이힐을 가리키며 나를 나무랐다.

내가 가르치는 학생에게서 꾸중을 들은 나는 조금 전의 창피함은 잊고 '피식' 하고 웃음이 나왔다.

"고마워. 참, 너 이름이 뭐였더라?"

"제 이름도 모르셨어요? 이거 서운한걸요. 태형이에요. 김태형."

여자애들이 꽤나 따를 것같이 호감 있게 잘생긴 얼굴이었다. 게다가 살결이 뽀얗고 깔끔한 게 귀공자 분위기가 풍기는 제법 부티 나는 녀석이었다.

넉살 좋은 말투와 생글생글 웃는 표정이 방금 전의 창피한 실수까지도 잠시 잊게 만들었다.

"그래, 기억할게. 김태형."

"잊으시면 안 돼요. 꼭이요."

태형이라는 녀석은 크고 선한 눈망울로 나의 얼굴을 자세히 들여다보며 다짐을 받듯 말했다.

"그래. 그럼 수업 시간에 보자."

나는 피식 웃으며 다시 교무실을 향해 걸어가기 시작했다. 무릎과 손바닥 등에 작은 흠집이 났는지 조금 쓰라림이 느껴졌지만 약 바를 정도까지는 아닌 것 같았다.

휴, 정신 차리자, 은서진. 이게 무슨 추한 꼴이냐?

한심함에 나를 질책하며 걸어가고 있는데 뒤에서 누군가가 다급하게 뛰어오는 발소리가 들렸다.

뒤를 돌아보니 그건 바로 태형이었다. 의아하게 쳐다보고 있는데 태형은 내게로 뛰어와서 주위를 살피더니 내 귀에 대고 작게 속삭였다.

"저기, 선생님, 스타킹이 나갔는데요?"

태형의 속삭임에 나는 크게 놀라 고개를 뒤로 돌려 다리를 살짝 들어 보였다.

아니나 다를까, 다리 중앙에는 커다란 구멍과 함께 길게 올이 나가 있었다.

아까 넘어졌을 때 까칠한 시멘트 바닥에 스타킹이 나가 버렸나 보다.

젠장할. 저절로 튀어나오는 욕을 학생 앞이라는 걸 깨닫고 간신히 참고 있는데 태형이 내게 조심스럽게 말했다.

"제가 나가서 사 올까요?"

"아니야, 됐어."

"교문만 나가면 바로 슈퍼인데요 뭐. 제가 빨리 가서 사 올 테니까 교직원 화장실 앞에서 기다리세요."

"그러지 않아도 돼. 난 괜찮아."

"그걸 신고 수업하면 볼만하겠는데요? 살색 맞죠? 제가 나가서 빨리 사 올 테니까 기다리고 계세요."

태형은 내게 눈을 찡긋하더니 내 대답을 듣기도 전에 길고 유연한 다리로 교문을 향해 뛰기 시작했다.

"아니, 저기……."

그러지 않아도 되는데. 아아, 이걸 어쩌나. 참, 돈도 안 줬는데…….

그러나 태형은 벌써 달려가 교문을 벗어나기 시작했다. 참 빠르기도 하지. 녀석의 무시무시한 달리기 속도에 감탄하던 나는 하는 수 없이 교직원 화장실을 향해 서둘러 걸어갔다.

갑자기 나타나 내게 친절을 베푸는 태형이라는 녀석 때문에 정신이 없었다. 그래도 기분이 과히 나쁘진 않았다. 어두운 마음에 잠시나마 환한 햇살을 받은 기분, 그런 기분을 주는 녀석이었다.

내가 교직원 화장실 앞에서 기다리고 있은 지 몇 분도 안 되어 태형이 숨을 가쁘게 몰아쉬며 나타났다.

얼마나 빨리 뛰어 갔다 왔는지 그 녀석은 내 앞에서 한참 동안 허리를 굽히고 숨을 거칠게 몰아쉬다, 마침내 웃으며 말했다.

"자, 여기요, 선생님."

그 녀석은 교복 재킷 속에 손을 넣어 숨겨진 검정색 봉지를 꺼내 내게 은밀하게 내밀었다.

그리고 주위를 둘러보더니 내게 귓속말로 작게 속삭이듯 물었다.

"저기, 팬티스타킹으로 사 왔는데 괜찮아요?"

민망해진 나는 '훗' 하고 작게 웃음을 터트리며 녀석을 곱게 흘겨보며 말했다.

"그래, 이 녀석아."

"아, 다행이다. 종류가 하도 많아서 뭘 골라야 할지 곤란했지 뭐예요."

"고마워. 돈은 이따가 수업 시간에 줄게."

괜히 미안해진 나는 검정색 봉지를 받아 들며 말했다.

"돈은 필요 없고요, 이따가 맛있는 거나 사 주세요."

"응?"

"선생님한테 맛난 거 얻어먹고 싶어요. 그래도 되죠?"

태형은 두 눈을 반짝이며 기대에 찬 눈빛으로 물었다. 그런 녀석의 눈빛에 도저히 거절을 할 수가 없게 된 나는 작게 고개를 끄덕이며 '응'이라고 짧게 대답했다.

"그럼 이따가 퇴근 시간에 맞춰서 교문 앞에서 기다릴게요, 선생님."

태형은 멋대로 그렇게 말해 버리고는 손을 흔들며 계단 위를 뛰어 올라갔다.

오후 내내 정신없이 여러 가지 실습을 하다 보니 태형에 대한 생각은 까맣게 잊어 버렸다.

한 주를 마무리하는 금요일 오후라 그런지 시간은 평소보다 빠르게 지나갔고 주말을 준비하는 어수선한 분위기 속에서 내게 새 스타킹을 사다 준 태형의 말과 약속 같은 건 머릿속에서 지워지고 말았다.

"서진아, 나 먼저 갈게. 주말 잘 보내."

평소와 달리 먼저 퇴근 준비를 부리나케 마친 지윤은 약속이 있는지 들뜬 표정으로 날아가듯 먼저 가 버렸다. 그런 지윤에게 잘 가라는 인사를 한 나는 다른 교생들과도 인사를 나누고 가방을 든 채 교생실을 나왔다.

노을이 짙게 깔린 운동장을 혼자서 터덜터덜 걸으니 예의 그 몹쓸 병이 도지듯 유환과의 추억이 또 나를 괴롭혀 왔다.

-유환아! 하하하!

-은서진! 너 거기 안 서?

-꺄아~ 하하하~ 그만~ 하하하~

나는 교복을 입은 채 뒤엉켜 장난치며 해맑게 웃고 있는 소년과 소녀의 환영(幻影)을 물끄러미 바라보았다. 아무런 걱정 없이 투명하고 밝게 웃으며 장난치고 있는 그들의 모습이 영상처럼 눈앞에서 재생되었다.

이 학교에 오니 어디를 둘러봐도 실시간 영화 감상이군.

학교 곳곳마다 깊게 박혀 있는 기억의 편린들을 없애고자 나는 머리를 세차게 흔들었지만 운동장에서 뛰놀며 밝은 목소리로 웃어 대는 환영과 환청은 쉽게 사라지지 않았다.

생각하지 않으려 해도 시시때때로 떠올라 나를 괴롭히는 추억으로 인해 우울해하며 무기력하게 혼자 터덜터덜 걸으며 퇴근을 하고 있는데 교문 앞에서 그 녀석이 나타났다.

한참 동안 나를 기다리고 있었던 듯 환한 미소로 나에게 다가오는 태형이었다.

"선생님!"

태형을 보고 나서야 비로소 그 녀석이 제멋대로 내게 기다린다고 말한 일이 생각났다.

"정말 기다린 거야?"

"그럼요. 정말 기다렸죠. 빨리 맛있는 거 사 주세요."

태형은 스스럼없이 다가와 손을 잡아끌며 재촉했다.

정말 붙임성이 좋은 아이였다. 오늘 낮에 잠깐 처음으로 얘기한 사이인데 이렇게 친근하게 달라붙다니.

하지만 이상하게 거부감이 들지 않았다. 나도 이런 미소년에게 은근히 약한 타입이었나.

"알았어. 뭐 먹고 싶은데?"

"비싼 거 말해도 돼요?"

"그래, 뭐든 말해 봐. 내가 신세졌으니까 갚아야지."

"오예!"

좋아하는 그 녀석을 보자 나까지 기분이 좋아졌다.

그런데 녀석의 옷차림이 바뀌어 있었다. 어느새 교복을 벗고 사복으로 갈아입고 온 녀석이었다. 그래서인지 아까 교복을 입었을 때보다 훨씬 성숙하고 의젓해 보였다. 나와 나이 차이가 거의 안 나 보일 정도로. 이래서 옷이 날개라는 말이 괜히 있는 게 아니었다.

"제가 가자는 대로 가기에요. 알았죠?"

"그래, 알았어."

나는 대답하며 슬그머니 녀석의 손에서 손을 빼내려 하는데 더욱 힘주어 잡으며 나를 어디론가로 이끄는 태형이었다.

이거 원, 힘주어 뿌리치자니 제자일 뿐인데 괜히 혼자 오버하는 것 같고, 안 빼고 그냥 이대로 가자니 남들 눈에 이상하게 보이는 건 아닌지 걱정이 되고.

속으로 이런저런 생각을 하고 있는데 태형의 밝은 목소리가 들렸다.

"선생님, 우리 저기 가서 피자 먹어요."

나는 태형이 가리키는 피자집 간판을 보고 미소를 지으며 흔쾌히 고개를 끄덕였다.

이건 뭐 배보다 배꼽이 더 큰 경우지만 생각지도 않은 도움을 준 기특한 제자를 위해 피자 한 판 정도는 거뜬히 쏠 수 있었다.

태형과 들어간 피자집에서 우리 둘은 밖이 잘 보이는 창가에 앉아 피자와 샐러드, 콜라를 시켜 놓고 먹기 시작했다.

태형은 참 맛있게도 잘 먹었다. 먹성 좋게 잘 먹는 녀석의 모습을 보고만 있어도 저절로 흐뭇해졌다.

"선생님이 사 주시는 거라서 그런지 맛이 죽여요."

태형은 물끄러미 자신을 쳐다보고 있는 내 시선을 느꼈는지 환하게 미소 지으며 말했다.

"그래, 많이 먹어."

나는 태형의 접시에 피자를 덜어 주며 말했다.

태형은 내가 덜어 준 피자 조각을 한 손에 들고 돌돌 말더니 순식간에 먹어치웠다.

한창 크는 나이 때라 그런가. 저렇게 맛있게 먹는 태형의 모습을 보니 어쩔 수 없이 누군가의 모습이 떠올랐다.

유환이도 저렇게 먹곤 했는데. 내 앞에서 저렇게 맛있게 먹곤 했는데.

그 모습이 보기 좋으면서도 난 먹깨비 같다며 놀려 댔지.

놀려 대며 웃다가 장난치고 다시 먹고, 난 또 웃고…….

"선생님은 왜 안 드세요? 무슨 생각 하세요?"

나를 빤히 쳐다보며 묻는 태형의 말에 난 또다시 현실로 돌아왔다.

그 시절은 이미 빠르게 지나갔고, 스물세 살의 교생이 되어 버린 난 지금 이렇게 아픈 추억이나 회상하고 있다는 현실에 씁쓸해하며 말했다.

"난 벌써 배부르다. 마저 다 먹어."

"벌써요? 그렇게 조금 먹고 배가 불러요? 그러니까 그렇게 손목이 가늘죠."

태형의 말에 나는 탁자 위에 올려져 있던 손목을 감싸고 피식 웃어 버렸다.

그렇게 간간이 대화를 나누는 시간 동안 태형은 남은 피자를 남김없이 먹어치웠다.

그 녀석과 피자집을 나오자 벌써 날은 어둑어둑해져 있었다.

이제 헤어지는 인사를 하려고 말을 꺼내려던 찰나에 태형이 먼저 내게 말했다.

"선생님, 상담 신청해도 되나요?"

"지금?"

"네. 지금 꼭 상담받고 싶어요. 사실 아까부터 쭉 선생님한테 상담받고 싶다고 생각했거든요."

태형의 진지한 눈빛을 마주 보던 나는 머뭇거리며 손목시계를 들여다보고 잠시 생각에 잠겼다. 이 시간에 학교도 아닌 밖에서 상담이라니, 어떻게 해야 하는 것일까?

다음에 학교에서 상담하자고 거절할 수도 있겠지만 제 딴엔 어렵게 꺼낸 얘기 같은데 그러기엔 미안했다.

더군다나 학교에서는 못하는 그런 중요한 이야기가 있는 건 아닐까 하는 생각이 불쑥 들었다.

교생들은 학생들과 나이 차이가 별로 나지 않기 때문에 누나나 언니처럼 친근함을 느끼는 학생들이 학교 선생님한테는 차마 못하는 이야기들도 스스럼없이 하는 경향이 있었다.

뭐, 크게 상관없긴 하겠지. 그리고 오늘은 금요일이라 다행히 내일 출근할 걱정 따윈 없었기에 귀가 시간이 조금 지체되어도 크게 상관없는 나는 쿨하게 승낙했다.

"그래, 알았어. 그럼 어디로 가지?"

"제가 아는 데가 있는데 거기로 가실래요?"

"그래."

난 태형이 이끄는 방향으로 걸어갔다.

좋아하는 태형의 얼굴을 보니 거절하지 않길 잘했다는 생각이 든다. 그리고 나에게 도움을 바라는 사람에게 내가 피곤하다고 해서 어떻게 거절할 수 있을까? 더군다나 내가 잠시나마 가르치는 학생의 일인데 말이다.

이미 어둠이 내려앉은 거리엔 네온사인의 불빛이 화려하게 번쩍이기 시작했다.

"선생님, 여기예요."

태형은 지하 1층에 위치한 '아몰리'라는 간판 입구에 서서 나를 불렀다. 간판 분위기나 건물 외관을 보아하니 커피숍이나 카페 같았다.

"난 신선한 공기가 있는 밖이 좋은데……."

왠지 이 밤에 지하까지 내려가자니 꺼림칙한 기분이 들었다.

"아는 형이 하는 카페인데 분위기 좋아요. 제가 가면 서비스 잘해 줄 거예요. 들어오세요, 선생님."

조금 머뭇거리던 나는 하는 수 없이 태형을 따라 들어갔다. 상담을 빨리 끝내고 나와야겠다고 생각하며.

"어서 와, 태형아. 오랜만이네? 근데 이분은 누구?"

유리문을 열고 들어가자 카운터에 있던 주인으로 보이는 젊은 남자가 태형을 보고 아는 체하며 우리에게 다가왔다.

"우리 교생 선생님이셔. 나 상담해 주신다고 해서 모시고 온 거야."

"그래? 미인이시네요. 어서 앉으세요. 제가 서비스 많이 드릴게요."

"감사합니다. 근데 그러지 않으셔도 돼요. 상담만 하고 금방 갈 거거든요."

"그래요? 그럼 좋은 자리로 안내해 드려야겠네요. 이리 오세요. 저쪽 구석 자리면 상담하기 좋을 거예요."

우리는 친절한 카페 사장의 안내로 다른 손님들이 잘 보이지 않는 구석진 곳에 자리를 잡고 앉았다.

"어때요? 여기 분위기 좋죠?"

"응, 그러네."

지하인데도 의외로 어두침침하지 않고 깨끗하고 모던해 보이는 실내를 둘러보다 나는 안심한 듯 대답했다.

"가끔 친구들이랑 시험 때 공부도 하러 오고 그러는 데예요."

"세상 많이 좋아졌다. 우리 땐 도서관밖에 몰랐는데."

"요즘은 초등학생들도 커피숍에서 공부 많이 하고 그러는데요?"

"그래? 정말 격세지감이다."

"뭐 시키실래요? 여긴 제가 낼 테니 부담 갖지 말고 비싼 걸로 시키세요."

"무슨 학생이 돈이 있다고? 내가 낼 테니까 걱정 마."

"아니에요. 저 집에서 용돈 빵빵히 받는다 말이에요. 달리 쓸데도 없는데 제가 사게 해 주세요. 네? 아까도 너무 비싼 거 얻어먹어서 죄송했는데 음료수 한 잔쯤은 괜찮잖아요?"

태형의 애교 섞인 적극적인 설득에 진 나는 할 수 없다는 듯 피식 웃었다.

"여기 모히카라는 음료가 맛이 제일 죽이는데 이걸로 하실래요?"

"그래?"

"네, 여기만의 베스트 메뉴예요."

"그래. 그럼 그걸로 할게."

나는 태형의 추천대로 메뉴판도 보지 않고 선뜻 그것을 골랐다.

"형, 여기 모히카 두 잔이요."

태형은 주인에게 주문을 하고는 내 얼굴을 바라보며 의미심장한 미소로 생글생글 웃었다.

"그래, 무엇에 대해 상담하고 싶은데?"

"그게 얘기하기가 좀 곤란한 거라서. 이따 음료수 나오면 한잔 마시고 하면 안 될까요?"

"그래, 마음대로 해."

학교 밖에서 이 시간에 상담하자고 했을 때부터 짐작했듯이 태형은 뭔가 쉽게 얘기하기 힘든 고민거리가 있는 것 같았다. 그게 내가 도와줄 수 있는 것인지 아닌지 짐작조차 가지 않아 문득 두려워졌다.

곧 우리 앞에는 노란 빛깔의 액체가 가득 담긴 긴 유리잔 두 잔이 놓여졌다. 갖가지 과일들이 예쁘게 담긴 유리 접시도 서비스로 함께 나왔다.

마침 갈증이 나던 나는 생전 처음 보는 종류의 음료를 한 모금 입에 대었다.

"이거 음료수 맞니?"

"네, 맞아요."

태형도 한 입 들이켜며 씨익 웃는 게 보였다.

"어때요? 맛있죠?"

"그래. 달콤하면서도 어딘가 씁쓸한 게 맛이 특이하다."

고개를 갸웃하던 나는 맛있어서 홀짝홀짝 먹다가 반 이상이나 마셨다. 어떤 중독성이 있는 독특한 맛이었다. 이 집만의 베스트 메뉴라고 하니 과연 그럴 만한 가치가 있다고 생각했다.

"저 잠깐 화장실 좀 갔다 올게요."

"그래."

화장실에 간 태형을 기다리는 동안 나는 음료수를 홀짝홀짝 마시다가 거의 다 마셔 버렸다.

어느새 눈치채고 온 주인은 서비스라며 빈 잔을 가져가고 새로운 잔을 또 놓고 갔다.

나는 중독된 것처럼 새로운 잔을 들고 다시 야금야금 마시기 시작했다. 그러는 사이 화장실에 갔던 태형이 돌아왔다.

"이젠 얘기해 봐. 무슨 말이 하고 싶은 거야?"

그때 갑자기 뒷머리가 묵직해지면서 머리가 어지러워지기 시작했다. 그게 난 일주일의 피로가 한꺼번에 몰려오는 탓이라고만 생각하며 어서 이 녀석과 얘기를 끝내고 집으로 돌아가 쉬어야겠다는 생각을 했다.

"그런데 선생님, 애들 사이에서 선생님 별명이 뭔지 알아요?"

"내 별명? 그런 것도 있어? 뭔데?"

"얼음 교생이요."

태형의 입에서 나온 뜻밖의 말에 나는 멍하니 그 녀석을 쳐다보았다.

"다른 교생 샘들과는 달리 잘 웃지도 않고 농담도 안 한다고 해서 붙여진 별명이에요."

나는 씁쓸했다. 어쩌다 그런 별명까지 붙는 신세가 되었을까? 4년 전까지만 하더라도 나는 누구보다 잘 웃고 해맑았던 사람이었는데. 아니, 이 학교에 교생실습을 오기 전까지만 하더라도 이 정도까지는 아니었다. 이게 다 그 녀석 때문이다. 나쁜 그 녀석이 다시 나타나는 바람에.

"원래 그런 성격인 거예요? 아니면 뭔가 다른 일이라도 있어서 그런 거예요?"

나는 대답 대신 모히카를 마저 다 들이켰다. 갑자기 목이 타서 한 방울도 남김없이 모조리 마셔 버리고 말았다.

"이거 맛있다."

"더 시켜 드릴까요?"

"아니, 됐어. 벌써 두 잔이나 마셨는걸."

"그래도 그거 아세요? 애들 사이에서 선생님 은근히 인기 많아요."

"내가?"

태형은 확신을 주듯 고개를 힘차게 끄덕거렸다.

"왜 그럴까? 잘 웃지도 않는 재미없는 교생인데. 수업 시간엔 딱딱 수업만 하고 말이야. 농담도 잘 안 받아 주고."

"그게 바로 선생님 매력이에요. 뭔가 분위기 있고 특이하니까. 그리고 얼굴이랑 몸매도 죽이니까."

"뭐?"

"아니에요. 방금 뒤에 건 못 들은 걸로 해 주세요."

머리가 심하게 어지러워진 나는 소파에 등을 깊숙이 묻고는 나른한 숨결을 내뱉었다. 내가 왜 이러지? 라는 생각이 잠깐 들었지만 몽롱해지는 기분이 좋았다. 마치 술에 취한 것처럼 말이다. 술을 안 마셨어도 술에 취한 것처럼 느껴지다니 이게 무슨 조화인지 모르겠다.

"근데 이거 정말 그냥 음료수 맞니? 왜 이렇게 취하는 기분이 들지?"

"사실 알코올이 조금 섞이긴 했어요."

"뭐? 그걸 왜 이제 말해?"

"사실대로 말하면 선생님이 안 드신다고 할까 봐서요. 난 이미 주민등록증도 나와서 괜찮은데 괜히 걱정한다고 맛있는 거 안 드실까 봐서 그랬어요. 걱정 마세요. 독한 건 아니니까 금방 깨실 거예요."

태형의 말들은 머릿속에서 흩어져 버리고 나는 정신을 차리기 위해 한 손으로 머리를 짚었지만 몽롱함과 현기증은 점점 더 심해져만 갔다. 알코올에 약한 체질도 아닌데 왜 이러는지 모르겠다. 음료수인 줄로만 알고 너무 빨리 마셔서 그런가?

아무튼 술인지 음료수인지 구분도 못 하다니 내 상태가 영 말이 아니었다. 일주일 동안의 피로가 쌓여서 그럴 수도 있겠고 감기몸살기가 아직 남아 있어서 그럴 수도 있겠다는 생각이 들었다.

그렇게 시간이 얼마나 흘러갔는지도 모르겠다. 눈앞이 어지러워서 손목시계를 보려고 해도 여러 개로 겹쳐 보여 제대로 쳐다볼 수조차 없었다.

어느새 나는 술에 취한 듯 꼬인 혀로 태형이 앞에서 주절주절 무슨 얘긴가를 늘어놓고 있었다.

"이제 일주일밖에 안 지났어. 고작 일주일이야. 제길, 빨리 끝내

버려야 하는데. 그래야 내 맘이 편해질 텐데. 쓸데없는 생각 같은 거 안 하고, 예전 생활로 돌아가서 내 방식대로 살 텐데."

"왜요? 난 선생님이 오래 계셨으면 좋겠는데……."

어라? 언제 이 녀석이 내 옆자리로 왔지? 아까는 분명 내 맞은 편에 앉아서 술을 마시고 있었는데.

에이, 모르겠다. 아무래도 상관없잖아.

"그 자식 때문에…… 그 나쁜 자식 때문에…… 난 빨리 떠나고 싶단 말이야……."

"누군데요? 그 자식이?"

"있어. 그런 자식이……. 내가 옛날에 엄청 엄청 좋아했던 자식……. 그랬는데 나를 엄청 엄청 울리고 떠나간 자식……."

내가 왜 이러지? 주책 맞게 왜 눈물까지 나오려고 하는지 모르겠다.

"나를 괴롭히는 아이들이 있으면 나 대신 싸워 주던 자식. 칠칠맞지 못한 내가 숙제나 준비물을 빠트리고 안 가져왔을 때 자기 거 주면서 선생님한테 대신 맞던 자식. 비오는 날 가슴 떨리게 고백하고, 딸기 맛 첫 키스를 선물한 자식. 그리고…… 눈 오는 날 운동장에서 나를 버리고 떠난 자식……. 그런 나쁜 자식……."

어라? 내 눈이 이상해졌나 봐. 얼핏 그 자식의 얼굴이 보였던 것도 같은데…….

이젠 학교 안에서뿐만 아니라 학교 밖에서도 헛것이 보이는구나.

눈물이 나올 것 같은 빨개진 눈을 비비던 나는 시원한 물을 한 잔 들이켰다.

"그런데 네 고민은 뭐라고? 아직 안 들은 것 같은데."

내가 지금 이 녀석 앞에서 무슨 얘기를 하고 있는 건지. 이 녀석의 고민을 들어 주러 왔는데 왜 내 이야기만 솔솔 불어 대고 있는 건지.

"선생님, 제가 그 자식 잊게 해 주면 안 돼요?"

"응?"

"저 선생님 좋아해요."

뜨거운 시선으로 나를 쳐다보며 내 허리를 감는 태형의 손길이 느껴졌다.

"태형아……."

나는 깜짝 놀라서 그 손길을 뿌리치려 하는데 갑자기 태형의 얼굴이 내 얼굴을 향해 비스듬히 다가오는 게 느껴졌다.

내가 고개를 돌리며 거부하자 태형은 한 손으로 내 얼굴을 다시 돌리며 자신을 바라보게 만들었다.

"너 왜 이래? 저리 안 비켜?"

나는 태형의 몸을 밀어내려 애썼지만 강하게 나를 붙잡고 있는 녀석의 힘 때문에 꼼짝도 못 하는 처지가 되고 말았다.

녀석의 입술은 내 입술을 향해 천천히 다가오고 있었다.

7장. 사라져 줘

갑자기 태형이 내 몸에서 떨어져 나가더니 바닥에 나뒹굴었다.

바닥을 구르던 태형이 일어설 틈도 없이 누군가의 발이 태형이의 몸을 사정없이 짓밟았다. 태형은 자신을 때리고 있는 사람이 누구인지 고개를 들어 확인해 볼 겨를도 없이 비명을 지르며 속수무책으로 당하고 있었다.

"헉! 태, 태형아!"

난 갑작스러운 상황에 놀라 비명을 질렀다.

내 비명 소리에 태형을 짓밟고 있던 남자가 고개를 돌려 나를 바라보았다.

차갑고 서늘한 눈빛으로 나를 질책하듯 쳐다보고 있는 남자는, 바로 신유환이었다.

아까 전에 내가 잘못 본 게 아니었나 보다.

"신유환?"

교복을 입은 채 한 손에는 붕대를 감고 있어서인지 몰라도 그의 모습은 타락한 불량 청소년처럼 어딘지 모를 위험함이 가득 풍겨왔다.

그는 극도로 화난 얼굴로 나를 쳐다보며 으르렁거리듯 말했다.

"너 겨우 이런 애송이한테 휘둘릴 정도로 바보야?"

"뭐?"

"도대체 정신을 어디다 두고 다니는 거냐고?"

유환은 거친 숨을 몰아쉬며 나에게 화난 얼굴로 윽박질렀다.

"신유환! 네가 뭔데 함부로 그런 말을 해?"

갑자기 정신이 확 든 나는 그 녀석을 노려보며 소리쳤다.

어디서 갑자기 나타나서 왜 나한테 화를 내는데? 뭐, 나더러 바보라고? 갑작스런 상황에 당황하긴 했지만 신유환, 이건 네가 참견할 일이 아니잖아!

나는 씩씩거리는 얼굴로 신유환을 노려보았다.

"너 대체 이 녀석의 뭘 믿고 여기까지 따라온 거야?"

"우리 학교 학생이니까. 상담해 달라고 해서 온 거야."

"상담? 지금 이 시간에? 그딴 얘기를 믿은 거야?"

난 지금 나를 향해 무섭게 화를 내는 신유환이 이해되지 않았다. 그저 당황스럽고 머릿속이 혼란스럽기만 했다.

"아 씹, 넌 뭔데 지랄이야?"

퍽-

불량스럽게 중얼거리는 태형은 또다시 유환의 발에 의해 인정사정없이 짓밟혔다.

난 아까와는 180도 다른 태형의 말투에 적잖이 충격을 받았다.

난데없는 소동에 놀란 카페 손님들은 다들 우리 쪽을 쳐다보고 있었고 카페 사장도 놀라서 다급하게 달려왔다.

다시 자신의 몸 위로 떨어지는 유환의 발을 간신히 붙잡고 태형이 말했다.

"아 씹, 그만 좀 때려. 우리 아버지가 누군지 알아?"

"너희 아버지가 누군데?"

태형의 다급한 말에 유환은 가소롭다는 듯 음산한 목소리로 물었다.

"우리 아버지가 태한재단 이사장인 거 모르는 사람도 있었나? 보아하니 우리 학교 학생인 것 같은데 무사히 졸업하고 싶으면 이쯤에서 그만두지?"

"이 새끼 이거 아직도 정신을 못 차렸네."

태형의 건방진 말투에 이젠 두 눈에서 살기마저 내뿜고 있는 유환이 섬뜩하게 웃으며 태형의 멱살을 잡아 일으켰을 때, 나는 그를 강하게 저지하며 말했다.

"그만해! 이건 내 일이야."

나는 아랫입술을 아프도록 깨물며 유환의 손아귀에서 벗어난 태형을 노려보았다.

"너 처음부터 이럴 목적이었어?"

도저히 믿기지 않는 배신감에 치를 떨며 물었다.

"처음부터 나한테 상담 신청한 것도, 여기로 데려온 것도, 나한테 음료수라고 속이고 술을 마시게 한 것도 일부러 그랬냐고?"

"왜요? 그게 뭐 어때서요? 선생님 좋아서 그랬어요. 짧은 교생

생활 중에 나 같은 영계랑 좋은 추억 하나 남기고 떠나는 것도 꽤 괜찮잖아요?"

태형의 빈정거리는 목소리를 들은 나는 크나큰 배신감에 휩싸여 부들부들 떨리는 손으로 녀석의 머리통을 힘껏 때리기 시작했다.

"뭐가 어쩌고 어째? 추억? 그건 추억이 아니라 성추행이라고, 이 자식아. 상대방 마음은 생각지도 않은 채 너만 좋으면 되는 게 아니라고. 아무리 어리고 철이 없어도 그렇지, 어떻게 그런 생각을 할 수가 있어? 응?"

내게 얻어맞은 머리가 무척 아팠는지 태형은 머리통을 감싸 안고 비명을 질러 댔다.

"아악! 아파요! 그만 때려요! 결국 키스 한 번 하지도 못했는데 뭘 그렇게 오버해요?"

"너도 내가 그렇게 우습게 보였니? 만만해 보여? 나한테 장난쳐도 되는 줄 알았어? 너희 아버지가 학교 이사장님이라고? 그럼 네가 이런 짓 하고 다니는 것도 아셔? 니네 담임선생님도 알고 계시니? 네가 이렇게 쓰레기인 거 알고 계시냐구!"

분노를 억누르지 못하고 정신없이 휘두르는 내 팔을 유환이 강한 힘으로 붙잡고 말렸다.

"그만해. 그러다 애 잡겠다."

나는 씩씩거리는 숨을 몰아쉬며 유환을 노려보았다.

"너도 애랑 똑같아. 똑같은 쓰레기야. 앞으로 내가 무슨 일을 당하든 상관하지 말고 그냥 지나가. 너의 도움 같은 건 하나도 고맙지 않으니까."

나는 이렇게 내뱉고는 소파 위에 놓여 있던 가방을 집어 들고 후다닥 카페를 빠져나왔다.

밖을 나와 찬바람을 맞자 참고 있던 눈물이 흘러나왔다.

창피하기도 하고 황당하기도 하고 화가 나기도 하고 여러 감정이 뒤섞여서 참을 수가 없었다.

정말 요즘 난 왜 이렇게 되는 일이 없을까?

새파랗게 어린 고등학생에게마저도 우습게 보이다니.

이젠 호의를 갖고 다가오는 제자도 쉽게 믿지 못하겠구나.

좋은 녀석이라고 믿었는데 아직도 이렇게 사람 보는 눈이 없다니 바보 같아.

분하고 억울해서 눈물이 자꾸만 쏟아져 내렸다.

"은서진."

어느새 날 따라 나왔는지 뒤에서 날 부르는 유환의 화난 듯한 거친 음성이 들려왔다.

"젠장, 그러니까 똑바로 하고 다니란 말이야. 몇 살 차이도 나지 않는 저런 시커먼 녀석의 속마음이 대체 뭔지 알고 여기까지 따라와? 상황 파악이 그렇게 안 돼?"

"네가 뭔데 내 일에 자꾸 상관해?"

나는 고개를 홱 돌려 유환을 노려보며 소리쳤다.

모든 원망의 화살이 모두 그에게로 향해졌다. 그의 탓이 아니었지만 생각해 보면 다 그의 탓인 것 같았다. 녀석 때문에 스트레스가 심했던 나머지 분별력을 잃고 이렇게 되어 버린 것이다. 나는 분노와 창피함, 원망이 가득 담긴 두 눈으로 녀석을 노려보았다.

"그러니까 네가 똑바로 하고 다녔으면 내가 상관할 일도 없잖아."

녀석은 성난 눈빛으로 나를 마주 보며 말했다.

저렇게 지독하게 화를 내는 모습도 처음 보는 것 같았다.

네가 뭔데 그렇게 화를 내는 거야? 내 일이라고. 네가 화낼 이유는 전혀 없는 거라고.

"상관하지 말라고. 잔인하게 버릴 땐 언제고 이제 와서 생각해주는 척 따라다니지 마. 역겨우니까. 네가 내 일에 도대체 무슨 상관이야? 내가 어떻게 되든 말든 너랑은 상관없잖아. 우린 이제 아무 사이도 아니니까. 내가 어떤 모욕적인 일을 당하든 네가 나설 일이 아니라고. 어떻게 돼도 못 본 척 그냥 지나치란 말이야."

나는 입술을 깨물며 독하게 소리쳤다.

"어떻게 그래?"

기이할 정도로 얼굴을 심하게 일그러뜨린 유환은 분노를 주체 못하는 듯 내 앞으로 다가와 어깨를 잡고 흔들며 무섭게 소리쳤다.

"은서진 너라면 그럴 수 있어? 그래. 네 말대로 우린 지금 아무 사이도 아니지만 그래도 한땐 누구보다 서로를 가장 잘 알았고, 누구보다 마음이 가까웠던 사이였어. 근데 어떻게 그냥 지나쳐? 그게 말이 된다고 생각해?"

"왜 못 그래? 나라면 네가 죽든 말든 상관 안 할 거야. 남이니까. 그것도 세상에서 가장 꼴도 보기 싫은 남이니까."

나의 독한 말에 녀석은 허탈한 표정으로 잠시 날 바라보았다. 그리고 잠시 후 나직한 한숨을 내뱉듯 중얼거렸다.

"은서진, 너 변했구나."

그를 노려보던 나는 내 어깨를 잡은 그의 손을 거칠게 뿌리치며 이를 악물고 악을 쓰듯 외쳤다.

"그래, 나 변했어!"

난 원망 가득한 눈빛으로 그 녀석을 쏘아보았다. 그리고 아랫입술을 아프게 깨물며 소리쳤다.

"너 때문에 난 변했어. 너랑 헤어지고 나서 나 많이 변했어. 예전에 네가 알던 맑고 순수하기만 한 은서진이 아니야. 너한테 그렇게 잔인하게 버림받은 뒤에 난 다시는 사랑을 믿지 못하게 됐어. 너 때문에 난 심장이 고장 난 불구자처럼 사랑을 다신 못하게 됐다고."

나의 아픈 비명 같은 외침에 녀석의 눈빛이 잠시 흔들렸다.

"애인이 있다고 하지 않았던가?"

녀석은 멍해진 얼굴로 내게 물었다.

"그래. 있지, 애인. 널 잊으려고 만난 수많은 남자 중의 한 사람. 다신 사랑을 할 수 없게 된 내가 얼마나 외로웠을지 짐작이 가니? 철저히 혼자였던 난 외롭지 않으려고 끊임없이 누군가를 만날 수밖에 없었어. 사랑하지도 않으면서 말이야. 결국 나한테 상처 주고 상대방에게도 상처 주면서 끊임없이 그런 피상적인 관계를 반복할 수밖에 없었어. 나 그렇게 살다 보니까 뭐가 옳은 건지, 어떻게 살아야 할지 하나도 모르겠어. 이게 모두 다 너 때문이라고."

두 눈에 고여 있던 쓰디쓴 눈물이 밤바람에 차가워진 뺨을 타고 흘러내렸다.

나도 내가 지금 무슨 말을 하고 있는지 모르겠다. 그저 모든 원망과 서러움을 모두 그 녀석에게로 쏟아 버렸다.

이런 말을 한다고 해서 녀석이 내게 책임을 느낀다거나 잘못을 뉘우칠 리 없겠지만 내가 느꼈던 아픔의 일만분의 일이라도 느껴 보라고 그렇게 불현듯 터져 나온 말이었다.

하지만 알고 있니? 넌 내게 그런 존재였어. 넌 내게 그런 존재였다고.

내 세상이고, 내 미래였어. 내 전부였어.

너무 지독한 첫사랑이었어.

"병신 같은 은서진. 나 따위 놈 때문에 고작 그렇게 살았어?"

슬프게 웃으며 말하는 유환의 시린 두 눈동자가 내 심장을 아프게 찌른다. 웃고 있지만 마치 울고 있는 것 같은 유환의 표정이 피에로의 얼굴보다 더 기이하게 보였다.

우리 두 사람의 아픈 시선이 허공 속에서 서로 얽히고설켰다.

선연해진 심장에선 붉은 피가 흐르고 있는 것 같았다. 4년 전 그날부터 쭉 멈추지 않고 아직도 붉은 피가 흐르고 있는 것 같았다.

"그래. 너밖에 모르던 병신이라서 그랬어. 네가 준 상처가 너무 커서 내 가치관, 내 인생까지도 모두 다 송두리째 흔들려 버렸다고. 너 때문이야. 내가 이렇게 된 건 다 너 때문이라고. 그러니까 제발 다신 내 앞에 나타나지 마! 내가 무슨 일을 당하든, 설령 내가 죽을 위기에 처해도 상관하지 말라고!"

입술을 깨물며 독하게 소리치는 나를 유환은 한참을 말없이 바라보았다.

주위의 모든 소음이 사라지고 공기의 흐름마저 멈춰 버린 것 같은 시간이었다. 이 세상엔 오직 우리 두 사람만 남은 것 같았다.

서로의 시선이 공중에서 아프게 얽혀들었다.

그렇게 얼마나 시간이 흘렀을까. 잠시 후 그 녀석의 것 같지 않은 느릿느릿하고 슬픈 목소리가 들려왔다.

"늦었지만 지금이라도 사과하면 안 되겠냐? 그때 내가 그랬던 이유를 설명하고 용서를 빌면……."

나는 녀석의 뒤늦은 사과에 입술에 엷은 비웃음을 머금고 대답했다.

"훗, 이미 끝난 일이야. 지난 일 가지고 이제 와서 사과할 필요도 없고, 그런다고 해서 내 마음은 달라지지 않아. 이미 다 지난 일이니까."

"내가 그럼 어떻게 하면 좋을까?"

"네가 진짜 미안하다면 다신 내 앞에 나타나지 않으면 돼. 그게 네가 진심으로 용서를 비는 일이니까."

"은서진……."

녀석은 뭐라 형언할 수 없는 표정으로 날 바라보며 슬픈 목소리로 날 불렀다.

"그런 식으로 내 이름 부르지 마. 네 얼굴 다신 보고 싶지 않아. 널 보면 끔찍해. 영원히 내 눈앞에서 사라져 줬으면 좋겠어. 제발 사라져 줘!"

나는 녀석을 쳐다보며 넌덜머리난다는 듯이 외쳤다. 얼음장보다도 더 차가운 목소리로 지독하게 소리쳤다.

사라져 줘.

그게 내가 현재 녀석에게 바라는 유일한 것이었다.

처음부터 만났던 적 없는 것처럼 내 눈앞에서 사라져 버렸으면 좋겠다.

다시는 괴롭지 않게, 다시는 아픈 생각에 마음 휩쓸리지 않게.

녀석의 까만 두 눈동자가 짙게 물들어 갔다. 고요한 심연 속에서 슬프게 빛나고 있는 시선이 나를 한동안 쳐다보더니 마침내 녀석의 입술 사이에서 탁한 음성이 흘러나왔다.

"그게 정말 네가 원하는 거야?"

"그래. 그게 내 소원이야."

나의 대답을 들은 녀석의 눈빛이 산산이 흩어져 버렸다. 밤하늘에 부서지는 별빛처럼 아스라한 빛만 남기고 온통 까만 어둠 속으로 사라져 버렸다.

혼백이 빠져나가 버린 얼굴로 나를 말없이 한참 쳐다보던 그는 마침내 힘없이 중얼거렸다.

"알았어. 노력은 해 볼게."

쓸쓸히 그 말을 마친 녀석은 내게서 천천히 등을 돌려 걷기 시작했다.

녀석의 넓은 등이 흔들리고 있다고 느끼는 건 나만의 바보 같은 착각일까.

이렇게까지 말했는데 다시 내 앞에서 얼쩡거리진 않겠지. 내 주위를 맴돌진 않겠지.

하지만 마지막으로 마주친 녀석의 서늘한 눈빛이 떠오르자 왠지 기분이 이상했다. 하고 싶은 말을 다 했지만 마음 한구석에서는 찜찜하고 개운치 않은 기분이 들었다.

내가 마치 커다란 실수나 잘못을 저지른 것처럼 마음이 무거웠다.

아니야, 아니야. 기분 탓이겠지. 오늘 정말 나쁜 일을 겪었으니까 그런 거야.

이걸로 끝난 거면 된 거야. 내 소원대로 모두 끝난 거야.

나는 밤거리를 터덜터덜 걷다가 편의점으로 들어갔다.

손님이 아무도 없는 편의점에 들어간 나는 생수 한 병과 담배

한 갑을 샀다. 편의점을 나오면서 무심결에 한쪽 손에 들려 있는 담배를 보고 나는 혼자서 중얼거렸다.

"피우지도 못하는 담배는 왜 샀지?"

지훈 씨나 갖다 줘야겠다고 생각하고 있던 나는 잠시 후 버스 정류장에 앉아 담뱃갑을 뜯었다. 담뱃갑에서 담배 한 대를 꺼낸 나는 막대 사탕처럼 입에 물었다.

옆에 서 있던 사람들이 힐끔거리며 나를 쳐다보았다. 그러나 나는 누가 쳐다보거나 말거나 신경 쓰지 않고 그렇게 담배 개비를 입에 물고 버스를 기다렸다.

담배 개비에서 나는 맛이 씁쓰름하면서도 달다. 이걸 피우면 어떤 맛이 날까? 이참에 지훈 씨한테 담배나 배워 볼까?

아니야. 이쯤은 나 혼자서도 배울 수 있다고.

나는 옆에 있는 남자에게서 라이터를 빌려 담배에 불을 붙이고 한 모금 빨아 당겼다.

하지만 잠시 후 매운 연기가 콧속으로 들어가자 콜록콜록 기침을 하며 눈물을 흘렸다.

생각지도 못한 많은 눈물을 흘렸다.

아니야. 나는 지금 울고 있는 게 아니야. 매운 연기 때문에 눈물을 흘리고 있는 것뿐이야.

그래. 사라져 버려, 이 나쁜 자식아. 내 기억도 모두 다 가지고 사라져 줘.

그 후, 유환은 내 말대로 했다. 내 눈앞에 다시 나타나지 말라는 나의 부탁을 들어주는 듯 내 수업 시간에는 들어오지 않았고, 학교 안에 있는 다른 장소에서도 결코 마주치는 일 따윈 없었다.

그 녀석의 얼굴을 못 본 지도 벌써 사흘이 훌쩍 넘어갔고, 녀석의 빈자리를 쳐다보면서 수업하는데도 제법 익숙해졌다.

이제 된 건가? 모든 게 원래대로 된 건가?

속이 시원할 줄만 알았는데 정체를 알 수 없는 이 허전함은 도대체 뭔지…….

신경 쓰이게 했던 그 녀석이 막상 내 눈 앞에서 없어지자 나는 나사 하나가 풀린 사람처럼 모든 일에 의욕을 잃었다.

이것도 곧 지나갈 거야. 열병을 앓았던 흔적처럼 후유증에 시달리는 것일 뿐이야.

나는 수업을 끝내고 복도를 힘없이 걷고 있는데 복도에서 얼굴이 익숙한 한 녀석을 마주쳤다.

녀석은 나를 보자마자 기겁을 해서 뒤를 돌아 쥐새끼처럼 줄행랑을 치려고 했다. 하지만 나는 그보다 더 빨리 달려가 녀석의 목덜미를 잡아챘다.

"김태형, 너 나 좀 보자."

"아씨, 이거 놔요. 아파요."

나는 엄살을 피우며 도망갈 궁리만 하고 있는 녀석의 목덜미를 힘주어 붙잡고 아무도 없는 빈 상담실로 끌고 갔다.

"아씨, 뭐예요? 나 바쁘단 말이에요."

그 후 정신이 없어 미처 괘씸한 이 녀석에 대한 처리를 까맣게 잊고 있었다. 하지만 이제라도 내 눈에 띄었으니 그냥 넘어갈 수는 없었다.

녀석을 무섭게 노려보던 나는 A4종이 한 장과 볼펜을 찾아서 녀석의 앞에 내밀며 말했다.

"여기에 다 적어."

"뭘요?"

"반성문. 앞뒤로 빽빽이 써서 제출해."

"아, 정말 미치겠네."

"빨리 안 적어? 그럼 교무실로 끌려가서 적을래? 아니다. 너희 아버지가 이사장님이라고 했지. 그럼 당장 이사장실로 가자. 너희 담임선생님도 불러오고. 어때?"

"이러지 마세요. 벌써 죗값 달게 다 받았다고요."

"뭐?"

그러자 태형은 자신의 교복 상의와 하의를 뒤집어 여기저기 멍든 자국을 보여 주며 말했다.

"여기 보여요? 여기 멍든 거. 부러지지만 않았지 반은 죽도록 맞았다고요. 얻어맞을 거 다 맞고 손이 발이 되도록 싹싹 빌었다고요. 다신 그러지 않겠다는 약속도 했고요."

"그러니까 대체 누구한테?"

"그때 그분이요."

"뭐?"

나는 멍한 얼굴로 되물었다.

"싸움 되게 잘하는 그분 말이에요. 우리 학교 학생인데 우리보다 나이는 많고, 암튼 그분한테 다 벌 받았다고요."

신유환이 나보다 한발 빨랐구나.

당사자인 나조차 잊고 있었던 뒷일을 그가 수습해 주었다니 나는 조금 씁쓸해졌다.

"그래도 너 당사자인 나한테 사과도 안 하고 어딜 그냥 넘어가려고 그래?"

"나도 사과하려고 했는데 그분이 다신 샘 앞에 나타나지 말라고 경고했어요. 샘 앞에서 얼쩡거리면 그땐 정말 죽여 버린다고 그래서 피했던 거예요."

나는 갑자기 머리가 지끈 아파 와 한 손으로 머리를 붙잡으며 정리하듯 말했다.

"암튼 그럼 충분히 반성한 거 맞지?"

"그럼요. 그렇게 얻어맞았는데."

"그래, 알았어. 가 봐."

나는 녀석에게 문 쪽으로 빠르게 손짓하며 말했다.

갑자기 피곤해져서 이 녀석을 빨리 내보내고 혼자 있고 싶은 마음뿐이었다.

"근데 샘, 그분하고는 무슨 사이예요?"

녀석은 나가려다 말고 갑자기 쓸데없는 호기심이 생긴 듯 뒤를 돌아보며 물었다.

"그때 보니까 서로 반말하는 거 같던데. 친구예요? 아님 연인 사이?"

"그딴 거 아니야."

"에이, 분위기 되게 묘하던데요? 혹시 샘이 빨리 교생실습 끝내고 싶은 이유가 그분 때문이에요? 옛날에 사귀었는데 차였다는……."

나는 태형의 몹쓸 호기심에 더 이상은 참지 못하고 테이블 위에 놓인 볼펜과 종이를 마구 집어 던지며 입에 거품을 물 정도로 광분하여 소리쳤다.

"나가! 쓸데없는 얘기 하지 말고 나가라고! 너희 아버지한테 당장 달려가서 모든 사실을 말하기 전에!"

"워워, 죄송해요. 쓸데없는 말 안 할게요. 진정하세요. 저 이만 갑니다. 다신 마주치지 않게 조심할게요."

태형이 문을 닫고 나가자 빈 상담실 안은 고요한 정적에 휩싸였다.

나는 쓰러지듯 테이블 위에 엎드려 얼굴을 기대고는 두 눈을 감았다.

아무 생각 없이 쉬고 싶었지만 눈을 감자마자 떠오르는 얼굴. 지우려 해 봐도 자꾸만 떠오르는 그 얼굴 때문에 미칠 것만 같았다.

미운 얼굴, 원망스러운 얼굴, 얄미운 얼굴. 한때는 내가 정말 사랑했던 그 얼굴.

네가 뭔데 아직까지 내 일에 상관해? 내 일은 내가 알아서 해. 나를 도와주지도 나를 위해 주지도 마. 뒤늦게 미안함 때문에 그러는 거면 너의 그런 알량한 도움 따윈 더더욱 필요 없어. 더 이상 너를 생각하게 하지 말라고, 이 나쁜 자식아.

나는 고개를 흔들며 달처럼 환히 떠오른 그 얼굴을 지우려고 애썼다.

모든 하루 일과가 끝나고 교생실에 앉아 퇴근 준비를 하고 있는데 지훈 씨에게서 막 전화가 걸려 왔다.

"어, 지훈 씨. 오늘? 그래, 좋아. 응, 거기서 봐."

전화를 끊고 한숨을 돌리는 내 옆으로 지윤이 다가왔다. 호기심이 가득한 얼굴이었다.

"애인이야? 데이트?"

내가 피식 웃으며 고개를 끄덕이자 지윤이 부러운 듯 속사포처럼 말을 쏟아 내었다.

"좋겠다. 이 좋은 봄날에 애인이랑 데이트도 하고. 난 이게 뭐냐고. 신유환 그 자식은 아무리 앞에서 꼬리치고 살랑거려도 날 쳐다보기를 돌같이 하고. 친구가 되기는커녕 인간 대접도 못 받는다고, 이 박지윤이."

지윤은 속이 터진다는 듯이 가슴을 쾅쾅 내리치더니 나를 바라보며 넌지시 물었다.

"이번에 만나는 상대는 어때? 결혼까지 갈 만한 사이야?"

남의 연애사에 지대하게 관심이 많은 지윤이 은근슬쩍 물어 왔다.

"결혼? 난 그런 거 흥미 없어."

"그럼 연애나 하면서 평생 독신?"

요즘 평균 수명을 100세로 치면 그렇게 살기까지 얼마나 많은 남자를 만나야 하는 것일까. 생각만 해도 지긋지긋해졌다.

"딱히 그런 것도 아니고. 모르겠다. 어떻게 사는 게 맞는 건지."

나는 자신 없다는 듯 한숨을 내쉬고는 말끝을 흐리며 중얼거렸다.

나이를 먹을수록 사는 게 점점 쉬워질 줄 알았는데 그게 아니었다. 점점 삶의 무게는 무거워지고 삶은 복잡해지고 어려워졌다. 어릴 땐 인생에 대한 확신이 있었는데 요즘엔 모든 게 막막하기만 하다. 왜 이렇게 된 걸까?

-너 때문이야. 내가 이렇게 된 건 다 너 때문이라고.

그 녀석에게 그렇게 말하며 모든 원망의 화살을 돌리긴 했지만 사실 그건 나약한 핑계에 불과했다.

상처를 주었다는 이유로 녀석에게 내 인생의 모든 책임을 전가할 수는 없는 일이다. 내 선택대로 이루어진 내 인생이었으니까 결국 모두 나의 몫이었다.

하지만 그땐 그렇게라도 원망을 쏟아 내지 않으면 안 될 것 같아서, 그래서 그랬다.

-병신 같은 은서진. 나 따위 놈 때문에 고작 그렇게 살았어?

문득 머릿속에 떠오른 유환의 음성에 가슴이 답답해진 나는 잊어버리려는 듯 머리를 세차게 휘저었다. 그리고 가방을 들고 자리에서 일어나며 말했다.

"그럼 나 먼저 가 볼게. 내일 보자."

며칠 동안 해외 출장을 다녀온 지훈 씨는 입국하자마자 공항에서 내게 전화를 걸어 나를 데리러 와 줬다. 계획보다 일정이 앞당겨져 입국이 빨라진 덕에 여유가 생긴 것이다.

나는 지훈 씨의 은색 승용차에 올라타 기분이 좋아 보이는 지훈 씨의 옆모습을 감상하듯 천천히 바라보았다.

"어때? 오랜만에 내 얼굴 보니까 더 반갑지?"

"응, 그러네. 외국물 먹으니 더 잘생겨진 것도 같고?"

지난번 내가 지훈 씨의 회사로 찾아가 짧은 만남을 가졌던 이후로 오랜만에 보는 지훈 씨였다.

요즈음 우리의 관계는 소원해져 있었다. 만남의 횟수는 물론이

거니와 문자나 통화의 횟수도 점점 줄어들어 갔다. 내가 교생실습이 바쁘고 피곤하다는 이유로 지훈 씨를 멀리했기 때문이다. 하지만 지훈 씨는 하루나 이틀에 한 번씩 꾸준히 내게 문자를 보내거나 통화를 하며 나를 챙겨 주었다. 출장 간 해외에서도 마찬가지였다. 처음과 한결같이 세심하고 다정한 사람이었다. 그래서 새삼 미안한 마음이 들게 했다.

"참, 뒤에 선물 있는데 풀러 봐."

운전하는 지훈 씨의 말에 나는 뒷좌석을 돌아보았다. 거기엔 고급스럽게 포장된 선물 꾸러미 하나가 보였다.

"이거 내 거야?"

"응. 지나가다 하나 샀어."

"뭘 이런 걸 샀어?"

나는 손에 들린 선물 꾸러미를 조심스럽게 만지작거리다가 예쁜 리본이 묶여진 끈을 천천히 풀어 보았다.

포장지를 뜯어 보니 네모난 고급스러운 케이스가 나왔다. 조심스레 뚜껑을 열어 보니 눈이 부시도록 아름다운 목걸이가 담겨 있었다. 명품을 잘 모르는 나도 금방 알 수 있는 유명한 브랜드의 마크가 새겨진 아름다운 보석으로 장식된 값비싼 목걸이였다.

"이거 무지 비싼 거잖아."

그 아름다운 목걸이를 홀린 듯 바라보던 나는 운전하는 지훈 씨의 옆모습을 바라보며 놀란 목소리로 탄성을 내뱉으며 말했다.

"별로 비싼 거 아니야. 부담 갖지 마."

"하지만 이건……."

모르긴 몰라도 이건 대기업 사원인 지훈 씨의 한 달 월급 전부를 통째로 줘야 살 수 있는 그런 목걸이일 것이다. 사랑하는 사람에게 프러포즈할 때나 선물할 만한 그런 고가의 목걸이.

나는 일말의 망설임도 없이 단호히 케이스를 덮으며 말했다.

“받을 수 없어, 지훈 씨.”

그 말을 하는 내 말투는 스스로 듣기에도 정나미가 떨어질 정도로 딱딱하고 간결했다.

미안하지만 이런 일일수록 상대방을 배려한다는 명목하에 애매모호하게 구는 것보다 확실한 태도를 유지하는 게 좋다. 그게 상대방을 나중에 덜 다치게 하는 일이라는 걸 나는 몇 번의 경험을 통해 깨달았다.

“아직도 거기까지야? 우린 조금 더 가까워질 수 없나?”

지훈 씨는 입가에 옅게 쓸쓸한 미소를 지은 채 내게 물었다.

“미안해, 지훈 씨. 난 어디 하나가 고장 났나 봐. 아마 평생 이럴 것 같아.”

지훈 씨는 피식 웃으며 물었다.

“동정해야 하는 건가?”

“맞아. 멀쩡하고 멋진 지훈 씨가 그냥 날 동정해 줘. 평생 한심하게 살 바보라고 말이야.”

난 지훈 씨를 바라보며 아련하게 웃었다.

가슴이 텅 빈 것 같았다. 차창 문을 내리고 쏟아지는 바람을 온몸으로 맞았다. 시린 바람이 불어 내 가슴 안을 흔들어 놓고 지나갔다. 코끝이 시큰해질 정도로 시리고 차가운 바람이 불었다.

“자, 이제 연습 문제를 한번 풀어 볼까?”

퇴근 시간이 얼마 남지 않은 오후에 그날의 마지막 수업을 하고 있는데 갑자기 비가 내리기 시작했다. 우르르 쾅쾅, 요란하게 천둥까지 치더니 빗줄기는 굵게 쏟아져 내리며 창문에 세차게 부딪쳐 댔다.

"헐, 비 온다."

"어떡해? 우산도 안 가져왔는데."

"이런 구라청, 오늘 분명 비 온다는 예보 없었잖아?"

아이들은 비오는 창밖을 바라보며 저마다 한마디씩 떠들고 있었다.

커다란 빗소리와 아이들이 내는 웅성거리는 소리들이 섞여 교실 안은 소음으로 가득 찼다.

갑자기 웬 비야?

나도 잠시 수업을 멈추고 시원스레 쏟아지는 빗줄기를 잠자코 바라보고 있었다. 어디선가 젖은 흙내음이 밀려와 콧속으로 스며드는 것 같았다. 어두운 하늘에서 내리는 투명한 물줄기와 땅을 때리는 커다란 빗소리를 듣고 있자니 마음 한구석에도 물웅덩이가 하나 고이는 것 같았다.

비를 좋아했다. 비오는 날 가슴 떨리는 고백을 받은 이후부터 나는 비가 내리는 날을 좋아했다. 그리고 비가 내리기만을 기다렸다.

하지만 지금은 그저 먹먹하고 슬프기만 하다. 예고도 없이 갑자기 찾아온 비는 난데없이 찾아온 내 이별과 닮아 있어서 더욱 슬프고 아프기만 했다.

하지만 그 녀석에게 이 비는 그냥 지나가는 소나기일 테지. 변덕스러운 하늘의 심술궂은 장난일 테지.

왜 너를 사랑하게 했니? 왜 나에게 고백을 해서 그렇게 지독한 첫사랑에 빠지게 했니?

나는 지금 비 오는 이 하늘도 너무나 원망스럽기만 하다.

"선생님, 비도 오는데 무서운 얘기 해 주세요."

"맞아요, 샘."

갑자기 그렇게 외치는 아이들로 인해 교실 안은 소란스러워졌다. 난데없는 비로 아이들의 마음이 들뜬 걸 알 수 있었다.

어떻게든 이 소란을 진정시켜야 남은 시간 무사히 수업할 수 있을 텐데 어쩌지?

"그래. 내가 정말 무서운 얘기 해 줄까?"

"네."

아이들은 기대에 찬 눈빛을 반짝거리며 하나같이 입을 모아 대답했다. 남은 시간 농땡이치고 싶어 하는 아이들의 간절한 마음이 전해졌다.

나는 그런 아이들을 쭉 둘러보다가 야비한 미소를 지으며 입을 열었다.

"너희들 수능이 며칠 남았는지 아니?"

그러자 아이들은 야유를 쏟아 내기 시작했다.

"어우~ 샘."

"너무해요."

"미워요, 샘."

나는 놀고 싶어 하는 아이들의 마음에 찬물을 끼얹고는 다시 교재를 들여다보며 마저 수업을 진행했다. 그런 나를 원망하는 아이들의 야유가 고스란히 들려왔지만 이런 교생인 걸 어쩌란 말인가. 나는 마음속으로 싱긋 웃으며 다시 열심히 수업을 하기 시작했다.

드디어 마지막 교시가 끝나는 종이 울리고 아이들에게 인사를 받으며 교실을 빠져나온 나는 여전히 맹렬히 쏟아지는 빗줄기를 복도 창문을 통해 바라보며 교생실을 향해 걸어갔다.

그제야 나에게도 우산이 없다는 사실을 깨달았다.

예고도 없는 갑작스러운 비에 우산을 준비해 온 사람은 그리 많지 않을 것이다.

하는 수 없이 비를 맞고 가게 생겼구나, 하고 체념하듯 교생실 문을 열고 자리로 돌아온 나는 순간 뜻하지 않은 물건을 보고 두 눈이 커다래졌다.

내 책상 위에는 웬 노란 우산이 놓여 있었던 것이다.

그것도 막 편의점에서 사 온 듯 라벨도 떼지 않은 새 우산이었다.

누가 갖다 놓은 거지?

나는 주위를 두리번거리며 생각에 잠겼다.

그때 수업을 마치고 돌아온 지윤이 그런 나를 보고 반색을 하며 말했다.

"어머, 우산이네? 잘됐다. 나 우산 안 가져와서 걱정했는데 이따 같이 쓰고 가자."

"그런데 이게 내 우산이 아냐. 누가 내 책상에 갖다 놓은 것 같은데 누구지?"

"애들이 갖다 놨나 보지 뭐. 비 맞고 가지 말라고. 참, 누군지 기특하다. 안 그래? 이런 대견한 생각을 다 하고 말이야. 근데 왜 나한텐 그런 녀석이 없냐고. 애들한테 그렇게 잘해 줬는데."

난 노란 우산을 손에 들고 살펴보며 과연 누가 갖다 놨을지 곰곰이 생각에 잠겼다. 그러다 문득 떠오른 얼굴이 있었다.

노란 우산 하면 어쩔 수 없이 떠오르는 얼굴 하나.

내가 씌워 주던 우산 아래 비에 젖은 하얀 얼굴, 물 먹은 까만 눈동자.

-나 왜 이러냐? 왜 이렇게 네가 자꾸 보고 싶냐?

그때도 내 손엔 이런 노란색 우산이 들려져 있었다.

아니겠지. 아닐 거야.

나는 쓸데없는 망상을 지워 내려는 듯 세차게 머리를 흔들며 창밖으로 시선을 돌렸다.

창밖을 바라보니 하교를 하고 있는 아이들은 대부분 비를 맞으며 운동장을 빠르게 뛰어가고 있었다.

주룩주룩, 비는 도무지 멈출 생각을 하지 않고 계속해서 내리고 있었다.

8장. 아무 데도 가지 마

이 좁은 학교 안에서 우연히라도 한 번쯤은 마주칠 법도 한데, 열흘이 다 되어 가도록 녀석의 모습은 어디에서도 찾아볼 수가 없었다.

작정한 듯 나를 피해 다니는 녀석으로 인해 나의 교생실습 생활은 안정을 찾았지만 알 수 없는 허전함과 원인 모를 무기력함으로 나는 하루하루 시든 풀잎처럼 축 늘어져 있었다.

이제 여름이 오려나 보다. 날씨는 벌써 반팔을 입어도 될 만큼 무더웠다. 지구온난화의 영향 탓인지 여름은 점점 금방 찾아왔고 아주 길게 머무르다 갔다.

교생실습 3주차로 접어드니 이제 학교생활도 제법 익숙해져 갔다. 덕분에 여유가 생겨 교생실습이 끝나면 해야 할 일들이 떠올랐다.

대학교로 돌아가서 우선 논문 준비랑 졸업 시험 준비를 해야겠지. 그리고 아르바이트를 하면서 임용고시를 준비하고. 다가올 미래를 생각하고 있는데 뭔가 중요한 게 빠진 것 같은 이 허전한 기분은 뭔지.

수업이 없는 시간이라 자판기에서 믹스 커피 한 잔을 뽑아 들고 한가로운 벤치를 찾아 앉아서 따사로운 햇살을 느끼며 여유를 부리고 있는 중이었다. 졸음이 밀려올 정도로 지루하고 한가로운 오후였다. 누워서 낮잠이나 실컷 잤으면 좋겠다고 생각하고 있는데 갑자기 어디선가 소란이 들려왔다.

"불이야! 불!"

누군가의 외침에 깜짝 놀란 나는 벤치에서 벌떡 일어났다.

아니나 다를까, 별관 건물에서 시커먼 연기가 뭉게뭉게 솟아오르고 있었다.

나는 걱정스러운 마음에 그쪽을 향해 한달음에 달려갔다.

별관 앞으로 달려가 보니 많은 아이들이 기침을 토해 내며 1층 과학실에서 빠져나오고 있었다.

"얘들아, 괜찮니?"

아이들을 부축해 주며 묻는 내 눈에는 나처럼 어디선가 달려온 하얗게 질린 3학년 5반 선생님의 얼굴이 보였다.

그러고 보니 과학실에서 빠져나온 아이들은 모두 3학년 5반 학생들이었다.

저 멀리서 교장 선생님과 교감 선생님이 함께 크게 놀란 얼굴을 하고 이쪽으로 힘겹게 뛰어오고 계시는 모습이 보였다. 본관에서 수업을 받던 아이들도 놀라서 모두 창문 밖으로 고개를 내밀고 있었다.
"이게 무슨 일이야? 갑자기 이게 무슨?"
3학년 5반 선생님은 공황 상태인 듯 하얗게 질려서 애들을 향해 말을 더듬으며 물었다.
"과학실에서 실험을 하고 있었는데 갑자기 어디선가 펑 소리가 나더니 순식간에 불이 붙었어요."
기침을 콜록이며 대답하는 남학생을 바라보니 이상하게도 내 심장은 두근두근 방망이질을 치기 시작했다. 입이 마르고 갑자기 초조해지기 시작했다.
"자, 다들 나왔지? 안 나온 사람 없지?"
3학년 5반 선생님이 다급한 목소리로 건물 앞에 모여 기침을 하고 있는 아이들을 향해 물었다.
그때 갑자기 과학실에서 커다란 폭발음이 들리더니 창문이 깨지고 시뻘건 불길이 활활 타올랐다.
"꺄아아악!"
학생들은 소리를 꽥 지르며 귀를 감싸 안고 주저앉았다. 놀래서 울부짖는 여자아이들도 있었다. 가까이서 이렇게 큰불을 보는 건 처음인지라 모두가 놀라서 어안이 벙벙해 어쩔 줄을 몰라 하고 있었다.
누가 벌써 신고했는지 멀리서 소방차의 사이렌 소리가 들리기 시작했다.
그제야 정신을 차린 3학년 5반 선생님은 반장을 향해 다급하게 말했다.
"반장! 빨리 애들 다 있나 확인해 봐!"

"네."

급박하게 돌아가는 상황 속에서 내 눈은 어느새 유환을 찾고 있었다. 많은 아이들 속에서 유환의 얼굴만을 찾고 있었다.

하지만 어디를 둘러봐도 유환의 모습은 보이지 않았다.

애가 타는 마음으로 빠르게 눈을 돌려 유환을 찾고 있는데 내 귀에 반장의 목소리가 들렸다.

"선생님, 한 명이 없는데요."

"누구? 누가 안 나왔어?"

3학년 5반 선생님이 금방이라도 기절할 듯한 떨리는 목소리로 반장을 향해 물었다.

"21번 신유환이요."

가슴이 철렁하고 내려앉았다.

반장의 말을 듣고 한 여학생이 울먹이면서 다가오며 말했다.

"어떡해요, 선생님. 유환 오빠 어떡해요, 흑. 유환 오빠가 끝까지 남아 있었어요. 애들 다 무사히 내보내고 자기는 빠져나오지 못했나 봐요, 흑."

그 말을 들은 3학년 5반 담임선생님이 하얗게 질린 얼굴로 바닥에 풀썩 주저앉아 버렸다.

"김 선생님, 괜찮아요?"

"이게 대체 무슨 일이래? 대체 무슨 일이야!"

어느새 몰려온 선생님들이 주저앉아 버린 3학년 5반 선생님을 부축해 주며 걱정스럽게 묻고 있었다.

나는 창문을 뚫고 시뻘겋게 치솟아 오르는 불길을 멍하니 바라보았다.

그 무시무시한 불길에 누구 하나 들어갈 엄두를 내지 못하고 있었다.

신유환…… 뭐 해? 빨리 나오지 않고…….

마지막까지 거기 남아서 도대체 뭐 하는 거야?

영웅이라도 되고 싶었던 거니? 바보야, 그런 건 너한테 어울리지 않는다고. 너같이 이기적이고 나쁜 자식한테 그런 건 전혀 어울리지 않는단 말이야…….

나는 온몸에 피가 빠져나간 듯 하얗게 질린 얼굴로 멍하니 시뻘건 화염에 휩싸인 과학실을 바라보고 있었다.

아니야…… 아니야. 넌 그런 녀석이었지. 예전에도 넌 그런 녀석이었지…….

약한 사람 괴롭히는 불량배들 혼내 주고, 길 가다가 무거운 짐을 지고 가는 할머니를 보면 얼른 가서 도와주고. 겨울에 맨발로 떨고 있는 노숙자한테 자기 신발 벗어 주고 자긴 맨발로 가고.

또 우리 반 왕따였던 병우, 가난해서 급식비도 못 내고 집에는 병든 할머니와 굶고 있는 동생들을 가진 불쌍한 병우. 네 용돈 모아서 몰래 도와줬잖아. 아무도 모르게 그렇게 도와줬었지.

잊고 있었는데, 그런 건 모두 다 까맣게 잊고 있었는데, 이제야 생각이 나 버렸네.

넌 그렇게 착하고 정의로운 녀석이었지. 널 원망하고 미워하느라 그런 건 모두 까맣게 잊어버리고 말았었네.

-영원히 내 눈앞에서 사라져 줬으면 좋겠어.

지금 나한테 복수하려는 거야? 내가 그런 모진 말 했다고 해서 이런 식으로 복수하는 거냐고?

왜 끝까지 나한테는 나쁜 사람으로만 기억되려고 하니?

다른 사람들한테는 다 착한데 왜 나한테만 이렇게 모질게 굴어? 왜 끝까지 날 괴롭히냐고.

누가 이런 식으로 사라지랬어? 응? 이 나쁜 자식아.

-나라면 네가 죽든 말든 상관 안 할 거야. 남이니까. 그것도 세상에서 가장 꼴도 보기 싫은 남이니까.

그래. 내가 그렇게 말했었지. 내가 받았던 상처의 일만분의 일이라도 너도 상처를 받으라며 그렇게 독하게 소리쳤었지.

그런데 내가 왜 이러지? 왜 이렇게 가만있으면 도저히 못 견딜 것 같지?

두 발이 움직이기 시작했다. 머리보다 빠른 두 발이 거침없이 앞으로 나아가기 시작했다.

"은 선생, 어디 가요? 은 선생! 위험해요!"

등 뒤로 나를 부르고 있는 교장 선생님의 목소리가 들렸다.

하지만 나는 어느새 불길 속으로 뛰어들고 있었다. 활활 타오르고 있는 시뻘건 불길 속으로 거침없이 뛰어들고 있었다.

난 이렇게 용감한 사람이 아닌데, 불같은 거 뜨거운 거 정말 많이 싫어하는데, 자신을 희생하면서까지 누굴 구해야겠다는 의협심 따위는 조금도 없는 이기적인 사람인데.

내가 왜 지금 이 불길 속을 뛰어들어 헤매고 있을까?

하지만, 하지만 널 그냥 이렇게 보내 버리면 내 가슴이 다 타 버릴 것 같아.

이 뜨거운 불길보다도 더 견딜 수 없을 것 같아.

언제 나를 덮칠지 모르는 뜨거운 불길을 피해 가며 겨우 들어간 과학실 안은 시커먼 유독가스로 가득해서 앞이 잘 보이질 않았다.

매운 연기에 눈물을 흘리면서도 입으로는 기침을 하면서도 내 눈은 유환을 찾고 있었다.

유환아…… 유환아…… 도대체 어디 있는 거야……?

너를 다시 만나서 나는 너를 원망하고 미워하기만 했었는데 이제 와 생각해 보니 내가 왜 그렇게 지독하게 굴었는지 모르겠어. 내가 네게 했던 모진 말들이 생각나 가슴이 아프다.

-너도 얘랑 똑같아. 똑같은 쓰레기야. 앞으로 내가 무슨 일을 당하든 상관하지 말고 그냥 지나가. 너의 도움 같은 건 하나도 고맙지 않으니까.

-그런 식으로 내 이름 부르지 마. 네 얼굴 다신 보고 싶지 않아. 널 보면 끔찍해. 영원히 내 눈앞에서 사라져 줬으면 좋겠어. 제발 사라져 줘!

어쩌면 언젠가 했던 유환의 말처럼 사람이 사귀다 보면 헤어질 수도 있고 그런 건데.

뜨겁게 사랑하다가도 갑자기 아무런 이유 없이 상대방이 싫어질 수도 있고, 헤어짐에 서투르다 보면 상대방에게 상처를 줄 수도 있고 그런 건데.

어른답지 못하게 네 앞에서 아직도 철없는 어린 소녀처럼 굴었던 내가 후회돼.

그래, 후회한다고. 그러니까 이제 심술은 그만 부리란 말이야.

신유환, 어디 있는 거야? 제발 내 앞에 다시 나타나 줘.

마치 내 마음속 간절한 외침을 들은 것처럼 잠시 후 눈물로 뿌예진 시야 안에 한 사람이 들어왔다.

매운 눈을 억지로 뜨며 쳐다보니 그건 바로 내가 그토록 애타게 찾던 유환이었다. 연기에 휩싸인 그의 몸은 마치 유령처럼 보였다.

"유, 유환아……."

"바보야, 너 여기가 어디라고 들어와? 죽고 싶어 환장했어?"

나를 보자마자 사납게 고함을 지르는 유환의 우렁찬 목소리가 들렸다.

그 목소리를 듣고 난 너무나 안심이 돼서 다리가 풀려 버렸다.

쓰러지려는 내 허리를 단단하게 감는 유환의 든든한 팔, 너무나 안심이 돼서 눈물이 나왔다.

아직도 뜨겁고 시커먼 불구덩이 속인데 왜 이렇게 안심이 되는지.

"정신 똑바로 차리고 나만 따라와."

유환은 어디서 난 건지 수건으로 내 입을 가리며 나를 데리고 불길 속을 헤쳐 나갔다.

능숙하게 불길 속을 헤쳐 나가던 유환은 건물 뒤편에 있는 유리창을 깨더니 나를 안고 밖으로 몸을 던져 굴렀다.

차가운 바닥을 몇 번이나 뒹굴던 우리가 드디어 멈췄을 때, 나는 유환의 몸 위에서 질끈 감았던 두 눈을 떴다.

내 얼굴 밑으로 불에 그을려 시커메진 유환의 얼굴이 보였다.

나를 보호하느라 애쓰며 뒹굴면서 많이 다쳤는지 고통스러운 얼굴을 찡그리며 두 눈을 뜨고 있는 유환의 목을 나는 천천히 감싸 안으며 말했다.

"다행이다. 정말 다행이다."

그 순간은 아무 생각도 들지 않았다. 그저 유환이 살아 있어서 다행이라는 생각만으로 머릿속이 가득 차서 기쁘고 안심이 되었다.

유환은 자신의 몸 위에서 울고 있는 나를 두 팔로 따뜻하게 감싸 안아 주었다.

가스에 중독이 되었는지 나는 점점 졸음이 밀려오기 시작했다.

멀리서 구급차가 오는 소리가 들리는 것 같기도 하고, 내 이름을 부르는 소리가 들리는 것 같기도 하다.

나는 유환의 몸 위에 엎드린 채 점점 몽롱해지며 의식에서 멀어져 가고 있는데 유환의 나지막한 목소리가 한 줄기 바람을 타고 귓가에 흘러들어 왔다.

"이제 다신 널 두고 떠나지 않아……."

-아파.

-어디가 아픈데?

내 앞자리에 앉아서 물끄러미 나를 바라보고 있던 유환에게 나는 투정을 부리듯 느릿한 말투로 말했다.

-마음이 아파.

그날은 부모님이 이혼하던 날로 기억된다. 몇 년을 지겹게 싸우던 부모님은 결국 법원행을 택했다.

아이들이 떠드는 소음과 희뿌연 먼지로 가득한 교실 안에서 내 손을 가만히 잡아 주던 유환이 말했다.

-양호실 가자. 가서 푹 자고 나면 나을 거야.

-응.

말도 안 되는 엉터리 처방이지만 명의에게서 들은 신뢰할 만한 처방인 양 굳게 믿고 고개를 끄덕인 나는 유환의 손을 잡고 교실을 나왔다.

우리 둘이 수업 시작을 알리는 종이 널리 울려 퍼지는 복도를 천천히 걷고 있는데 저 멀리서 영어 선생님이 걸어오셨다.

-너희들 수업 시작했는데 어딜 가는 거야?

-우리 마누라가 많이 아파서요. 양호실 데려다주러 가요.

유환의 당당하고 거리낌 없는 말에 나는 정말로 아픈 척 얼굴을 찡그리며 영어 선생님을 바라보았다.

-뭐? 마누라? 쪼그만 것들이 어이없다 정말. 유환이 넌 빨리 데려다주고 와서 수업 들어.

말세야, 말세를 중얼거리며 걸어가는 노처녀 영어 선생님을 지나 우리는 다정하게 손을 잡고 양호실로 갔다.

아무도 없는 양호실에서 빈 침대 위에 나를 눕힌 유환은 침대맡 쪽으로 의자를 하나 끌어다 앉았다. 그러고는 한 손으로 턱을 괴고 부드러운 눈동자로 나를 푸근하게 쳐다보며 말했다.

-자. 내가 여기 있을 테니까 안심하고 푹 자.

유환의 말에 고개를 끄덕이며 스르르 눈을 감으려던 나는 뭐가 불안한지 다시 눈을 뜨고 말했다.

-아무 데도 가지 마.

-응.

-수업도 들으러 가지 마.

-응.

-화장실도 가지 마.

-응.

-계속 내 옆에 있어 줘야 해.

부모님은 날 떠났지만 너는 날 떠나면 안 돼. 부모님은 날 버렸지만 너는 날 버리면 안 돼.

이제 나는 네가 전부야. 너를 잃는다는 건 상상조차 할 수 없을 정도로 무서워.

나의 투정을 가만히 받아 주던 유환은 온몸이 녹아내릴 정도로 따스한 미소를 지어 주며 말했다.

-그래. 네가 싫다고 가라고 하기 전까진 나 절대로 안 가. 그러니까 안심하고 어서 자.

그 말에 나는 안심을 하고 정말로 푹 잠이 들어 버렸다.

나를 바라보고 있는 유환을 앞에 두고 아주 깊은 잠에 빠져들었다.

그렇게 내 곁을 따스히 지켜 주던 유환이로 인해서 아프고 상처 난 마음의 조각들이 꿈의 저편 너머로 조금씩 조금씩 사라져 버렸다.

내가 다시 깨어난 건 조용한 병실 안에서였다.

삭막한 하얀색 천장과 손등에 꽂혀져 있는 주삿바늘을 물끄러미 바라보던 나는 내가 왜 여기 누워 있는지 차분히 기억을 더듬어 봤다.

과학실의 화재! 그리고…… 신유환!

거기까지 생각이 미친 나는 벌떡 일어나 주위를 둘러보았다. 그러나 이 4인용 병실엔 나 말고는 아무도 없었다.

침대 위에서 일어서려는데 병실 문이 열리더니 지윤이 휴대폰을 귀에 대고 통화를 하며 들어왔다.

"어? 깼네? 괜찮아?"

병실 안을 들어오던 지윤은 벌떡 일어난 나를 발견하고 통화를 잠시 멈추고 말을 건넸다.

"유환이는?"

"응? 뭐라고?"

통화를 하느라 못 들었는지 되묻는 지윤을 향해 나는 답답하다는 듯이 큰 소리로 다시 외쳤다.

"유환이는 어디 있냐고! 나랑 같이 불 속에서 나왔잖아! 걔도 이 병원에 입원했어?"

지윤이 통화 중이라는 것도 무시한 채 나는 애타게 유환의 행방을 물었다.

하지만 지윤은 내 말을 도저히 이해할 수 없는지 전화를 끊고는 나를 멀뚱히 쳐다보며 말했다.

"지금 무슨 말 하는 거야? 누굴 찾는 건데?"

"유환이 말이야. 너 신유환 몰라? 3학년 5반 신유환! 걔 지금 어디 있어? 나보다 훨씬 더 많이 다쳤을 텐데 다른 병실에 입원한 거야?"

답답해서 재차 소리치는 나를 가만히 바라보고 있던 지윤이 말했다.

"왜 그래? 너 혼자 나왔어. 유령이라도 본 거야?"

"뭐?"

심장이 철렁하고 내려앉았다. 몸속에 핏기가 싹 다 빠져나가는 느낌이 들었다.

내가 불구덩이 속에서 본 거, 혹시 그게 신유환의 환영이었단 말인가?

하지만 내가 느꼈던 감촉, 내가 들었던 그 목소리는 아직도 생생한데, 그건 뭐지?

그때 지윤이 갑자기 깔깔깔 웃으며 말했다.

"농담이야, 농담. 유환이 걔는 부모님이 오셔서 다른 병원으로 데려갔어."

"야, 박지윤! 너 죽을래?"

난 손등에 꽂힌 주삿바늘이 튀어나갈 듯 두 주먹을 꽉 쥐고 냅다 소리를 질렀다.

농담할 게 따로 있지 정말 간담이 다 서늘해졌잖아. 난 놀란 심장을 추스르며 깊게 심호흡을 했다.

"신유환한테 관심 없다더니 그렇게 열성적으로 찾는 걸 보니 뭔가 놀려 주고 싶다는 생각이 들어서 말이야. 뭐야, 은서진? 너도 신유환한테 관심 있었지? 그치? 그러니까 구하러 들어갔지. 사실대로 말해 봐, 어서."

나는 지윤이 가재미눈을 뜨고 쳐다보든 말든 멋대로 생각하게 내버려 뒀다. 그런 것까지 신경 쓸 정신이 없었다. 나의 관심사는 오직 신유환의 안위뿐이니까.

"신유환은 어때? 많이 다쳤대? 상태는 어떻대?"

"글쎄, 그건 잘 모르겠고, 부모님이 오셔서 데려갔어. S대 병원 특실에 입원시켰다는데 역시 왕자님은 클래스가 달라도 달라. 그렇지? 우리 같은 평민들은 어디 그런 특실 구경이나 해 보겠냐고. 안 그래? 더군다나 S대 병원이라면 우리나라 최고의 의료진들로만 구성되어 있어서 전국에서 몰려드는 탓에 진료 예약하기도 힘든 곳이잖아."

지윤의 말에 나는 걱정스러운 한숨을 크게 내쉬었다.

괜찮은 걸까? 부모님이 오셨다니 괜찮겠지?

"그나저나 너 참 대단하다. 그 불길 속으로 어떻게 뛰어들 생각을 했어? 소방관들도 들어가기 겁내던데, 어떻게 그런 용기가 났니? 그 불길 속에서 별로 다치지도 않고 무사히 빠져나온 게 정말 신기하다. 참, 넌 못 봤지? 학교에 소방차 오고 경찰차 오고 아주 난리도 아니었어. 학부모들한테 항의 전화가 빗발치고 우리 교장 교감 선생님 진땀 좀 빼셨을 거야. 그때 어땠냐 하면……."

지윤의 수다가 또 시작되려 하고 있었다. 살면서 결코 흔치 않은 일을 겪은 지윤은 평소보다 몇 배는 흥분해서 그때 당시의 상황을 장황하게 떠들기 시작했다.

유독가스를 많이 마신 탓인지 아직도 속이 울렁거리고 머리가 어지럽다.

나도 이 정도인데 그곳에 더 오래 있었던 유환은 어떨까? 몰라, 알아서 잘 있겠지.

나는 지윤의 수다가 듣기 싫어서 베개에 얼굴을 파묻고 엎드려 버렸다.

나쁜 자식. 왜 좀 더 빨리 빠져나오지 못해서 사람 속을 애태우게 만드냐고.

멀쩡한 사람을 불길 속에 뛰어들게 만드냐고…….

무모했다. 정말 무모했다, 은서진.

'으~' 나는 베개 속에서 신음을 흘리다, 정신을 잃기 전 그에게 했던 마지막 말이 떠올라 머릿속을 스쳤다.

-다행이다. 정말 다행이다.

나도 참 어이없다. 그동안 미워했던 건 모두 거짓말 같잖아.
미움과 원망은 모두 불 속에 녹아 버렸나…….
지금 내 가슴에 남은 건 오로지 유환에 대한 걱정뿐이다.
잘 있겠지? 괜찮겠지?
그런데 마지막에 유환에게 무슨 말인가를 들었던 것 같은데 그게 뭐였는지는 기억이 안 난다. 유환이 무슨 말인가를 했던 것 같은데…….
"야, 은서진! 너 내 말 듣고 있는 거야? 뭐야? 응?"
"난 지금 안정을 취해야 하는 환자라고!"
난 이불을 뒤집어쓰며 외쳤다.

며칠 더 병원에 입원해 안정을 취하라는 의사의 권유를 뿌리치고 나는 다음 날 바로 퇴원을 해 버렸다.
달리 크게 다친 것도 아닌데 병원에 갇혀 있기 답답하고 지루해서였다.
어둡고 조용한 빈집에 들어온 후 불도 켜지 않고 침실로 걸어가 침대 위에서 아직도 어지러운 머리를 붙잡고 누워 있는데 휴대폰이 울렸다.
받기가 귀찮아서 꺼 버리려고 했지만 '엄마'라고 떠오른 그 두 글자에 괜히 마음이 약해져서 받아 버렸다.
"어."
언제나 그랬듯이 무뚝뚝하고 성의 없는 간결한 내 첫마디였다.
[기집애야, 왜 이제야 전화를 받아? 어제부터 전화했는데 왜 계속 전화 안 받았어?]

엄마의 역정에 안 그래도 어지러운 머리가 더 어지러워 눈살을 찌푸리며 대충 둘러댔다.

"깜빡하고 휴대폰을 꺼 놓고 있었어."

[그럼 나중에라도 전화를 해 줘야지. 엄마가 걱정하는 거 뻔히 알면서 기집애가 대체 왜 그렇게 못됐어? 누구를 닮았는지, 원. 어제는 꿈자리가 영 뒤숭숭해서 전화했더니 전화도 안 받고 말이야.]

4년 전에 아빠랑 이혼한 엄마는 이미 다른 남자와 재혼해 가정을 꾸리고 잘 살고 있었다. 하지만 혼자 사는 딸내미가 안타까워 수시로 전화를 하고 반찬을 해다 나르고 빈집에 와서 청소를 해 주고, 그렇게 신경을 써 주고 있었다.

나는 그런 엄마가 귀찮기도 하고 반항심에 늘 짜증만 내 왔었는데, 오늘따라 왠지 엄마의 목소리가 많이 늙은 것 같았다.

[밥은 잘 챙겨 먹었어? 학교에서는 잘하고 있는 거야?]

늘 해 대는 엄마의 어김없는 잔소리를 잠자코 듣고 있던 나는 왠지 모르게 울컥하는 마음에 작은 목소리로 말했다.

"그럼, 잘하고 있지."

[근데 너 목소리가 왜 그래? 어디 아프냐?]

"아니야. 그냥 미안해서……."

[뭐가 미안해?]

"그냥 다 미안해. 나 너무 못된 딸인 것 같아."

[그걸 이제 알았어? 내 속으로 낳았지만 너 정말 못됐어.]

"알아. 나 못됐어. 엄마한테 짜증만 부리고, 삐딱하게만 굴고. 나도 나 같은 딸 싫을 거야. 근데 엄만 참 대단한 것 같아. 대단해, 우리 엄마."

비록 지금은 아빠가 아닌 다른 남자의 아내가 된 엄마였지만 날 사랑하는 마음은 예전과 변함없다는 걸 잘 아는데, 나만 상처받은 것처럼 나만 불행한 것처럼 늘 투정만 부리고 못되게 굴어서 미안해.

받기만 해서 미안해. 지금껏 엄마한테 난 아무것도 해 준 게 없어서 미안해.

[얘가 오늘따라 이상하네. 평소에 안 하던 말을 다 하고.]

"엄마 딸이 이제야 철드나 보지 뭐."

[뭐 먹고 싶은 거 없어? 다음에 갈 때 해다 주게.]

"음, 장조림. 엄마표 장조림은 정말 맛있어."

[그래. 다음에 해서 갖다 줄게. 먹고 싶은 거 있으면 언제든 말하고.]

"응."

엄마와의 통화를 마친 나는 마음속이 따뜻해지는 걸 느꼈다.

마음이 순해진다. 어디선가 따뜻한 바람이 불어와 얼어 있던 심장을 조금씩 녹이기 시작하고 있었다.

나는 S대 병원 특실 문 앞에서 한참 동안 서성이고 있었다.

걱정이 되는 마음에 집에서만 얌전히 있을 수 없어 무작정 지윤에게 들었던 이곳으로 달려오긴 했는데 막상 대놓고 병문안을 왔다며 문을 열고 들어가 볼 용기가 없었다.

그렇다고 여기까지 와서 그냥 되돌아가는 것도 아쉽고 해서 문틈으로나마 잘 있는 모습을 확인하려고 한참을 병실 문 앞에서 안절부절못하며 왔다 갔다 하고 있는데, 갑자기 특실 문이 열리더니 간호사 둘이 밖으로 나왔다.
깜짝 놀란 나는 복도를 지나가는 척하며 고개를 돌렸다.
그 젊은 간호사 두 명은 의아한 얼굴로 살짝 날 보다가 다시 시선을 돌려 홍조 띤 얼굴로 서로를 쳐다보며 말을 주고받았다.
"어쩜 저렇게 잘생겼지?"
"연예인 저리 가라다, 얘."
"완전 내 스타일인 거 있지?"
아마도 유환의 얘기를 하는 듯했다. 그들은 목소리를 한껏 죽여 속닥속닥 얘기했지만 뒤에서 귀를 쫑긋 세우고 있는 내게는 선명히 들려왔다.
"그런데 저 환자 가벼운 외상 환자라며? 왜 홍 교수님이 저기 계신 거지?"
"홍 교수님은 신경외과 교수님이시잖아? 글쎄, 보호자랑 친분이 있는 걸 수도 있지 뭐."
"암튼 환자복이 저렇게 섹시하게 잘 어울리는 남자는 처음이야."
"어머머, 엉큼해라. 너 아까 주사 놓으면서 무슨 생각했어? 응?"
"나 완전 떨려 죽는 줄 알았어. 눈을 지그시 내리깔면서 날 쳐다보는데 심장이 두근두근해서. 꺄아~"
"앞으로 주사는 내가 놔 주면 안 될까? 응?"
"호호호, 특실은 앞으로도 쭉 내 담당이니까 넘보지 마."
그들은 한창 수다를 떨며 사라졌다.
환자복을 입고서도 페로몬을 발사하여 간호사들까지 홀릴 정도니 상태는 안 봐도 괜찮은 게 확실했다. 더군다나 간호사들의 대화

중에 '가벼운 외상 환자'라는 말에 마음을 놓을 수가 있었다.

그런데 아직도 저 녀석은, 아니 몇 년 전보다 훨씬 더 근사해진 저 녀석은 여전히 여자들에게 선망의 대상이구나.

아무튼 나는 안심하며 가볍게 발길을 돌릴 수 있었다.

9장. 세상에서 가장 나쁜 놈

환자복을 입은 유환은 침대 위에 무기력하게 누워 링거병 아래 투명한 호스 안으로 미끄러지듯 떨어지는 작은 물방울들을 세기라도 하듯이 무감각한 표정으로 계속해서 바라보고 있었다.

생기를 잃어버린 창백한 표정과 텅 빈 시선은 지난 몇 년간의 고통스러운 기억을 고스란히 떠올리고 있었다.

지긋지긋한 병원 냄새, 지겨운 환자복, 넌덜머리가 나는 병원.

당장이라도 손등 위에 있는 주삿바늘을 빼 버리고 이 병원에서 벗어나고 싶지만 유환은 그럴 수가 없었다. 한동안 감옥 속에 갇혀 지내던 죄수처럼 오랫동안 병원에서 길들여진 탓인지 무기력한 식물처럼 그렇게 자신을 속박시킬 수밖에 없었다.

“선생님, 우리 유환이는 괜찮은 건가요?”

단정하고 정갈하게 매만진 머리, 기품 있고 단아한 몸가짐의 고급스러운 투피스 정장을 입고 있는 유환의 모친은 맞은편에 서 있는 홍 박사를 향해 걱정스럽게 물었다.

"정밀 검사를 마쳤는데 다행히도 아무 지장 없습니다."

"휴……."

유환의 모친은 옆에 있던 유환의 부친 품에 안겨 가슴을 쓸어내리며 안도의 한숨을 내쉬었다. 점잖게 정장을 입고 있는 유환의 부친 역시 한시름 놓았다는 표정이었다.

"그러게 고등학교 같은 거 다니지 말라고 했잖아. 하마터면 큰일 날 뻔했어. 네가 어떻게 살아남은 목숨인데."

"유환아, 당장 모두 다 관두고 미국으로 돌아가자. 거기라면 안심할 수 있어."

유환의 부모님은 자신들의 하나뿐인 아들을 쳐다보며 겁에 질린 표정으로 한마디씩 했다.

유환은 그런 부모님들을 애잔하게 쳐다보았다. 누구보다 강하신 분들인데 자신 때문에 겁쟁이로 만든 것만 같아서 죄스러운 마음이 들었다.

"걱정 마세요. 재발 확률 없다는 거 잘 아시잖아요."

"그래도 어떻게 걱정이 안 돼? 네 건강보다 중요한 게 대체 뭐라고? 왜 그 고등학교 따위에 집착하는지 이해할 수 없구나."

유환의 모친은 유환을 향해 답답하다는 듯 외치더니 옆에 있는 남편을 향해 말했다.

"여보, 재 좀 말려 봐요. 하루하루가 불안해서 살 수가 없어요."

"당신도 못 말리는 걸 내가 무슨 수로 말리나?"

자라 보고 놀란 가슴 솥뚜껑 보고 놀란다고 하더니, 유환의 부모님이 딱 그 짝이었다. 유환의 사고 소식에 또다시 심장이 덜컥 내려앉은 듯 애꿎은 학교만 그만둬라 성화였다.

유환은 그런 부모님의 심정을 백분 이해하지만 또다시 학교를 관둔다는 건 있을 수 없는 일이었다.

"이번엔 졸업해야 돼요. 제가 얼마나 다니고 싶었던 학교였는데요."

유환의 서늘한 미소를 본 부모님은 차마 더 이상 말을 꺼내지 못했다.

유환은 아픈 꿈을 꾸는 것처럼 두 눈을 가늘게 뜨고 회상에 젖어들었다.

-서진아, 학교 가자! 은서진!

여느 날처럼 유환은 교복을 입고 서진의 집 대문 앞에서 서진을 불렀다. 서진과 함께 하루를 시작하는 이 시간이 유환에게 있어선 가장 행복하고 설레었다.

잠시 후 퉁퉁 부은 얼굴의 서진이 대문 밖으로 뛰쳐나오듯 나왔다.

-오늘도 무슨 일 있었어?

그녀는 화가 나서 퉁퉁 부은 얼굴로 고개를 끄덕였다.

서진은 부모님의 이혼 후 양육권을 얻은 아버지와 함께 살게 되었다. 그런데 서진의 아버지는 이혼한 지 얼마 되지 않아 이혼에 결정적인 계기를 제공했던 젊은 여자와 재혼을 했다. 안 그래도 부모님의 이혼으로 힘들어했던 서진에게 그 여자는 핵폭탄 급이었던 것이다. 매일 같은 집 안에서 부딪히고 싸우고 울고, 그게 어느새 서진의 일상이 되어 버렸다.

유환은 그런 서진의 얼굴을 안쓰럽게 바라보다가 서진의 가녀린 어깨에 메어져 있는 가방을 내려 자신의 한쪽 어깨 위에 걸쳤다.

-아빠가 그 여자더러 자꾸 새엄마라고 부르라잖아. 그게 말이 돼? 직장에서 유부남 상사한테 꼬리쳐서 이혼시키고 재혼까지 한 그 여자더러 어떻게 엄마라고 불러?

-그래서 뭐라고 했는데?

-저 아줌마한테 죽어도 엄마라고 부를 생각 없다고, 인간으로 보이지도 않는다고, 불여우라고 소리치며 화냈지.

-잘했어, 우리 마누라.

-그런데 그 여자한테 미안하다는 듯이 쳐다보는 아빠의 눈빛을 보니까 화가 나는 거야. 나는 너무 화가 나서.

서진은 유환의 앞에서 눈물을 보이지 않으려고 억지로 울음을 참고 있었다. 그걸 보고 있자니 유환의 가슴에서 더 열이 나는 것 같았다.

-우리 그 여자한테 복수해 줄까?

-복수? 어떻게?

유환은 사악하게 눈빛을 빛내며 대문 건너편에 주차되어 있는 빨간색 승용차를 턱짓으로 가리키며 물었다.

-저기 서 있는 차, 그 여자 거 맞지?

영문을 모르겠다는 듯 고개를 끄덕이는 서진을 바라보며 유환은 악동처럼 씨익 하고 웃었다.

잠시 후 유환은 어디선가 못과 돌멩이를 가져와 서진과 함께 자동차 타이어에 박고 있었다. 돌멩이로 힘껏 내리쳐 못을 박자 타이어에서 바람 빠지는 소리가 나더니 타이어가 주저앉았다. 그 모습에 퉁퉁 부어 있던 서진의 얼굴은 점점 환해지고 있었다.

두 사람은 악동들처럼 서로의 얼굴을 쳐다보며 키득거리고는 타이어 4개를 모두 펑크 냈다. 그러고는 골목에 숨어 그 여자가 출근을 하려고 밖으로 나오는 모습을 지켜보았다. 정장에 하이힐을 신고 한껏 꾸미고 나온 모습이었다.

자동차에 타 시동을 걸고 급하게 출발하려던 여자는 뭔가 이상한지 시동을 끄고 밖으로 나왔다. 그러더니 4개의 타이어가 펑크 난 걸 발견하고는 발을 동동 구르며 소리쳤다.

-뭐야? 누가 대체 이래 놨어? 바퀴 4개가 다 나갔잖아! 아악, 짜증 나!

그 모습을 지켜보던 유환과 서진은 서로의 얼굴을 쳐다보며 숨죽여 웃다가 골목 밖으로 멀리 빠져나갔을 때쯤 비로소 배꼽을 잡고 깔깔 웃었다.

-정말 통쾌하다! 하하하!

-어때? 그동안 묵은 체증이 싹 다 사라지는 것 같지?

-응. 이제 저 여자 얼굴을 보면 빵꾸 난 타이어가 생각나서 정말 웃길 것 같아. 큭큭.

서진은 웃다가 눈물까지 나왔는지 손등으로 눈가를 닦으며 웃음 띤 목소리로 대답했다.

두 사람은 손을 잡고 천천히 걸었다. 이렇게 서로의 손을 마주 잡고 걷고 있을 때면 세상을 다 가진 것 같은 기분이 들었다.

서진은 유환의 손을 잡고 유치원 아이처럼 위아래로 흔들더니 아련하게 미소 지으며 말했다.

-유환이 네가 없었으면 난 어떻게 살았을까? 내가 부모 복은 없어도 남자 복은 좀 있는 것 같다. 헤헤.

그때 갑자기 어두워지는 유환의 얼굴을 서진은 좀처럼 눈치채지 못했다.

유환은 해맑기만 한 서진의 옆모습을 말없이 바라보다 서진의 여린 손을 힘주어 꽉 쥐었다.

작고 어린 새처럼 온전히 의지해 오는 이 손을 어떻게 놓을 수 있을까. 난 아직도 방법을 모르겠다.

다만 꽉 잡고 영원히 놓고 싶지 않을 뿐이었다.

학교로 가는 버스를 탄 두 사람은 버스 뒷자리에 가서 나란히 앉았다. 환한 아침 햇살을 받으며 졸린 듯 눈을 감는 서진의 옆모습을 바라보던 유환은 언제나처럼 서진의 머리를 자신의 어깨 위에 올려 주었다.

흔들리는 버스에 몸을 싣자 어김없이 두통이 시작되었다.

간밤에도 잠 한숨 못 자게 만들었던 이 빌어먹을 두통. 머리가 산산이 깨질 것 같은 통증과 밤새도록 이어진 구토와 어지럼증. 지옥이 이런 건가 싶었다.

이제 조금만 더 가면 내리는데, 조금만 더 버텨 줘라. 제발.

유환은 서진 앞에서 내색 안 하려고 이를 악물고 고통을 참았다.

-유환아, 어디 아파?

어느새 찡그린 유환의 얼굴을 눈치챈 서진이 고개를 들고 걱정스럽게 물었다.

-머리가 조금 아파서.

-어디 봐. 열은 안 나는데? 이 식은땀 좀 봐. 많이 아픈 거 아냐?

작은 손으로 유환의 이마를 가만히 짚어 보던 서진은 걱정스러운 얼굴로 유환을 조심스레 살피며 물었다.

-편두통인가 봐. 걱정 마. 금방 괜찮아질 거야.

애써 웃으며 말하는 유환의 말에도 여전히 못 미더운 기색을 하던 서진은 유환의 머리를 두 손으로 가만히 잡더니 호호 입김을 불어 넣기 시작했다. 조그만 입술을 잔뜩 오므리고 통통한 두 볼을 잔뜩 부풀려 따뜻한 입김을 불어 넣어 주던 서진은 마지막으로 '아프지 마.'라고 작은 새 같은 입술로 조그맣게 속삭이더니, 유환의 머리에 '쪽' 하고 키스를 해 줬다.

유환은 순간 두통이 말끔히 사라진 것만 같은 기분을 느끼며 양쪽 입꼬리를 한껏 들고 기분 좋은 미소를 지으며 중얼거렸다.

-다 나은 것 같다. 이제는 하나도 안 아프다.

유환의 말에 서진은 배시시 미소를 지으며 다시 유환의 어깨 위로 작은 머리를 살포시 얹었다.

서진이 못 보는 유환의 얼굴은 다시 또 점점 더 어두워지고 있었다. 서진 덕분에 두통이 말끔히 사라진 것 같았던 잠시나마의 착각을 비웃기라도 하듯 빌어먹을 두통은 다시 시작되고 있었던 것이다.

유환은 어금니를 꽉 깨물며 며칠 전 병원에서 들었던 청천벽력 같던 의사의 말을 떠올렸다.

-뇌종양입니다. 악성이 아닌 양성이긴 하지만 이 경우에는 머리 뒤쪽 깊은 곳에 위치해 있으면서 주위의 조직을 압박해 뇌압을 상

승시키고 있어 희귀하게도 악성보다 더욱 안 좋은 상황입니다.

유환은 집에서 샤워를 하다가 갑자기 쓰러졌다. 병원으로 옮겨진 유환이 눈을 떴을 때 이미 모든 정밀 검사는 마친 상태였다. 의사와 부모님은 심각한 얼굴로 뇌 촬영 MRI와 CT 촬영 사진을 들여다보고 있었다.

-선생님, 그럼 수술하면 되나요? 수술하면 우리 유환이 괜찮은 거죠?

-가능한 한 빨리 수술해야 합니다. 하지만 안타깝게도 수술 성공 확률이 20퍼센트밖에 안 됩니다. 수술이 성공만 한다면 재발도 없고 완치가 가능하지만 워낙 위험한 수술이라 수술 도중 환자 80퍼센트가 사망합니다. 아마 국내 의료진 중에서 이런 희박한 확률을 떠안고 수술할 의사는 없어 보입니다. 죄송합니다.

-선생님, 우리 유환이 이제 겨우 19살이에요. 죄송하다니요? 그런 말이 어디 있나요? 살려 주세요. 우리 유환이 꼭 살려 주세요. 수술시켜 주세요.

눈앞에 보이던 어지러운 뇌 사진과 의사를 붙잡고 울부짖던 부모님의 절규.

갑자기 눈 떠 보니 지옥의 한가운데 와 있는 것 같았다.

그 혼란의 도가니 속에서 유환이 가장 먼저 든 생각은 '내가 죽으면 서진이는 어떡하지?'였다. 그 바보, 많이 울 텐데. 따라 죽는다고 하면 어떡하지?

사귄 지 이제 겨우 1년도 안 된 사이지만 어느새 은서진은 그의 인생에서 전부가 되어 버렸나 보다. 이 빌어먹을 엿 같은 상황에서 가장 먼저 떠오르고 가장 먼저 걱정되는 걸 보니 말이다. 사랑엔 시간 따위가 중요하지 않다는 걸 깨달았다.

그는 부모님이 눈앞에서 무너져 우는 모습을 무기력한 시선으로 바라보고 있었다.

하루아침에 별안간 사형선고를 받은 사형수가 된 기분이었다. 어릴 적부터 간간이 두통이 있어 오긴 했지만 대수롭지 않게 생각하고 약을 먹고 넘겨 왔는데 뇌종양이라니. 그것도 수술 성공 확률 20퍼센트, 아니 사망 확률 80퍼센트의 무서운 병이라니 눈앞이 캄캄하고 암담해져 왔다.

살다가 이런 날이 올 줄은 몰랐다. 그것도 이렇게 일찍. 마치 깊이를 알 수 없는 막막한 낭떠러지 앞에 서 있는 기분이었다.

나는 아직 어린데, 나는 아직 할 일이 많은데. 못해 본 것도 많고 가고 싶은 곳도 많고 알고 싶은 것도 많은데. 고등학교도 졸업해야 하고 대학도 가야 하고 제길, 은서진이랑 결혼도 해야 하는데! 내가 무슨 죄를 지었다고 이런 병에 걸려? 고작 19살에 말이다.

화가 났지만 화를 낼 수도 없고, 울고 싶지만 울 수도 없었다. 그 대신 화를 내고 우는 부모님 때문에 그는 그저 조용히 부모님을 위로해 드릴 수밖에 없었다.

-나 안 죽어요. 걱정 말아요. 나 절대로 안 죽으니까.

영원할 것만 같던 세상이 끝나 버릴 수도 있다니. 이런 건 꿈에도 상상조차 못했던 일이었다.

-내가 만약에 죽으면 넌 어떻게 할 거야?

서진과 손을 잡고 걸어가던 유환은 농담인 듯 진담인 듯 그렇게 물었다.

-네가 죽어? 왜?

-만약에 말이야. 사람이 살다 보면 앞일을 모르는 거잖아. 갑자기 교통사고가 난다든가 병에 걸렸든가 해서 죽을 수도 있잖아.

-윽, 끔찍하게 왜 그런 상상을 해? 상상하기도 싫다, 정말.

-그러니까 만약에, 만약에 말이야.

그러자 잔뜩 얼굴을 찌푸리고 있던 서진이 곰곰이 생각에 잠기더니 말을 꺼냈다.

-음, 네가 죽으면 말이지. 한 이틀쯤 실컷 울다가…….

-한 이틀쯤 실컷 울다가, 딴 남자 사귄다고?

-한 이틀쯤 실컷 울다가…… 나도 따라가야지.

유환은 걸음을 멈추고 한참을 말없이 서진의 얼굴을 들여다보았다.

-왜? 내 말 안 믿겨? 진짜야. 너 죽으면 나도 죽을 거야. 약국에서 수면제 한 100알쯤 사서 네 무덤 앞에서 먹고 나도 죽어 버릴 거야.

-바보야, 그런다고 우리가 다시 만나지냐? 네가 뭐 줄리엣이야?

-그렇진 않지만 네가 죽었다고 생각하면 말이야, 그 이상은 살아갈 수가 없을 것 같아. 너무 가슴 아파서…….

-생각보다 더 바보였구나, 우리 마누라.

-치잇, 그럼 너는? 너는 내가 죽으면 어떻게 할 건데?

-나는…….

서진의 물음에 잠시 생각에 잠기던 유환은 씁쓸한 미소를 지으며 속으로 생각했다.

나도 그러겠지. 나도 죽고 싶겠지. 아마 진짜 죽을지도 모르겠지.

-나는 아마도 잘 살 거야. 다른 여자 만나서.

하지만 유환은 일부러 마음과는 반대되는 말을 했다.

-뭐야? 신유환, 너 정말 그럴 거야? 일루 와. 좀 맞자.

유환의 장난스러운 대답에 잔뜩 뿔이 난 서진은 자리에서 방방 뛰어오르면서 소리쳤다.

유환은 그런 서진의 얼굴을 의미심장한 얼굴로 바라보며 속으로 생각했다.

하지만 네가 다른 남자가 생겨서 날 떠난다면 살아갈 수는 있겠지. 평생을 널 증오하면서 살아가긴 하겠지.

그래서 이 손을 놓아야 했다.

드디어 결정했다.

세상에서 가장 나쁜 놈이 되기로 했다.

-도련님, 차에 타시죠.

등교를 하려고 책가방을 메고 교복을 갖춰 입고 나온 유환은 대문 앞에서 차를 세워 놓고 자신을 기다리고 있는 김 기사와 마주쳤다.

-유환아, 얼른 타거라. 너 병원에 입원해야 돼. 병실 예약해 놨으니까 어서 타.

차창 문이 열리더니 뒷좌석에 탄 유환의 모친이 유환을 바라보며 재촉했다.

-너 어제도 밤새도록 머리 아파서 잠도 못 잤잖아. 불안해서 못 견디겠다. 어디 가서 쓰러지기라도 할까 봐.

-지금은 괜찮으니까 걱정 마세요.

-지금은 괜찮아도 학교에서 만약 쓰러지기라도 하면 어떡하니?

-아프면 조퇴하고 올게요, 어머니.

유환은 씨익 웃으며 어머니께 꾸벅 인사하며 단호히 돌아섰다.

-지금 이 상황에서 학교를 다니는 게 대체 무슨 의미가 있니?

등 뒤로 어머니의 날카로운 음성이 들려왔다.

유환은 천천히 등을 돌려 자신 따라 한숨도 못 주무신 것 같은 어머니의 얼굴을 서글프게 가만히 바라보았다.

-저한텐 의미 있어요. 어쩌면 이게 제 인생에서 마지막이 될지도 모르니까.

하나뿐인 아들에게 어려서부터 유난히 약했던 어머니는 유환의 그 말에 포기한 듯 한숨을 깊게 내쉬더니 이윽고 나직하게 말했다.

-수술 날짜 잡혔다. 다음 주면 미국으로 건너갈 거야. 그때까진 제발 몸조심하거라.

-네, 어머니.

부모님은 수소문한 끝에 신경외과 분야에서 세계 최고로 꼽히는 미국 캘리포니아 주립대학교 샌프란시스코 캠퍼스(UCSF) 병원에 수술을 예약했다. 유환과 비슷한 사례에서 성공 경험이 있는 명망 있는 의사가 집도하기로 결정한 것이다. 하지만 그도 성공을 자신하지 못했다. 20 대 80. 유환의 인생을 건 도박이 드디어 카운트다운을 시작하고 있었다.

하루만, 오늘 하루만 더. 차일피일 미루다 여기까지 왔다.

유환은 죽을힘을 다해 학교에 가서 서진과의 마지막 시간을 함께 보냈다. 평상시와 다를 바 없는 평범하고 똑같은 하루하루지만 그에겐 사소한 것 하나하나가 색다르고 소중하게 느껴졌다.

집중해서 공부할 때면 입을 오므리며 연필을 돌리는 서진의 버릇. 긴 머리카락을 찰랑거리며 다니다가도 거추장스러울 때면 하나로 질끈 묶는 모습. 그를 바라보고 웃는 반달처럼 휘는 눈매 안에 담긴 햇살 같은 눈동자, 천사 같은 목소리, 사뿐한 걸음걸이, 달콤한 숨결 하나하나까지도 모두 사랑스럽고 특별했다. 그는 서진의 모든 것을 처음 보는 사람처럼 쳐다보고 또 쳐다보았다. 절대 잊지 않으려고 보물처럼 기억 속 깊숙한 곳에 고이 담아 간직하고 또 간직했다.

하지만 이제 여기까지였다. 그의 욕심 때문에 더 이상 이별을 미룰 수가 없었다. 이제는 끝내야 했다.

그래도 행복한 마지막 날의 추억은 남기고 싶었다. 뭔가 특별한 선물을 해 주고 싶었다.

방과 후 서진과 손을 잡고 백화점 앞을 걷던 유환은 문득 말했다.

-가장 가지고 싶은 게 뭐야? 사 줄게.

-왜? 오늘 내 생일도 아닌데?

-그냥, 사 주고 싶어서 그래. 말해 봐.

-음.

잠시 고민하는 서진을 바라보던 유환은 서둘러 서진의 손을 잡고 백화점 입구 쪽으로 이끌며 말했다.

-가방? 목걸이? 아니면 시계? 뭐든지 괜찮아. 내가 다 사 줄게.

-지금 부잣집 도련님 행세하는 거야?

-그래. 오늘은 부잣집 도련님 행세 좀 해 보자.

곰곰이 생각하던 서진은 마침내 결정했는지 두 눈을 동그랗게 뜨며 말했다.

-음, 생각났다!

-뭔데?

-저기, 솜사탕!

서진은 도로 옆에서 파는 솜사탕을 손가락으로 가리키며 아이처럼 밝은 목소리로 말했다.

어이없어하는 유환의 손을 잡아끌고 간 서진은 솜사탕을 파는 아저씨한테 분홍색 솜사탕 하나를 주문했다.

-겨우 이거야?

잠시 후 그녀의 손에는 분홍색 구름 같은 솜사탕이 들려 있었다. 솜사탕을 손에 쥔 순간 그녀의 얼굴엔 아이같이 해맑고 천진난만한 함박웃음이 가득 걸렸다.

-응, 난 이거면 됐어.

서진은 마지막인지도 모르고 너무나 해맑게 웃는다. 제 얼굴만 한 솜사탕을 들고 달콤한 웃음을 짓고 있는 서진이 무척이나 사랑스러워서 더욱 미칠 것같이 안타까웠다.

-바보야, 이건 너무 금방 사라져 버리잖아.

서진의 얼굴을 바라보는 그는 가슴이 너무 아파서 심장이 녹아내릴 것 같았다.

평생 간직할 만한 그런 값지고 비싼 선물을 해 주고 싶었는데, 욕심 없고 소탈하기만 한 서진은 솜사탕 하나에 만족해하고 있었다.

-그래도 맛있잖아. 헤헤.

서진은 솜사탕을 한 입 베어 먹었다. 달콤한지 얼굴 가득 달콤한 표정이 번졌다. 보고 있는 사람까지도 입안 가득 달달한 맛이 느껴질 정도이다.

앞으로 상처 줄 일만 남았는데, 상처만 줘야 하는데…… 마냥 행복해 보이기만 한 서진의 표정 때문에 가슴이 아프다.

이 얼굴, 이 미소 이제 마지막인데…… 아무것도 모르고 웃고 있는 서진 때문에 유환은 심장이 찢어지는 듯한 고통을 느꼈다.

-시간이 영원히 멈춰 버렸으면 좋겠다.

유환은 솜사탕을 먹고 있던 서진에게 마지막 키스를 했다.

서진의 입술에선 달콤한 딸기 향 솜사탕 맛이 느껴졌다. 의도한 건 아니지만 첫 키스처럼 마지막 키스도 딸기 향이 났다. 그의 첫사랑은 딸기 향과 함께 기억될 것 같다는 생각이 들었다.

이대로 영원히 시간이 멈춰 버렸으면 좋겠다고 그는 마음속으로 간절히 바라고 또 바랐다.

다음 날부터 유환은 서진을 의도적으로 피했다. 휴대폰을 다른 번호로 바꿔 버리고 아침에 데리러 가지 않는 것은 물론이거니와 반에서도 서진을 최대한 피해 다녔다.

쉬는 시간마다 밖으로 나가 버리거나 다른 아이들과 어울리며 서진의 접근을 차단했다.

그런 유환의 변해 버린 행동에 놀라고 당황스러운 서진은 쉬는 시간마다 빈번히 그를 찾으며 말을 걸어왔지만 그는 바쁘다는 핑계를 대며 매몰차게 외면했다. 그러면서 그는 평소 친하게 지내지 않던 여자애들과 일부러 말을 섞고 보란 듯이 어울려 다녔다.

주위에선 그런 유환을 보고 수군대기 시작했다. 바람이 났다는 소문과 함께 나쁜 놈이라는 평판이 따라붙기 시작했다. 그의 의도대로 되고 있었다.

증세는 점점 악화되어 머리가 아파서 조퇴와 결석을 수시로 하게 되었지만 부모님께 학교에는 그의 병을 알리지 말아 달라고 부탁했다. 학교에서 알게 되면 서진이 알게 되는 건 시간문제였기 때문에 유환은 부모님 앞에서 무릎까지 꿇고 부탁드렸다. 병에 걸린 불쌍한 애로 아이들에게 그의 마지막 모습을 기억시키기 싫다는 간곡한 부탁을 부모님은 어렵게 들어주셨다. 큰 수술을 앞둔 하나뿐인 귀한 아들의 간절한 부탁을 외면할 수가 없으셨던 탓도 있고, 이 와중에 학교까지 신경 쓸 여력이 없으셨던 것이다.

무단결석이나 조퇴를 자주한 탓에 그는 교무실에 자주 불려갔고 문제아로 점점 낙인찍혀 갔다.

-신유환, 너 요즘 도대체 왜 그러냐? 수능 잘 봤다고 금방 풀어져서 그러는 거야? 이렇게 계속 빠지다가 출석 일수 모자라면 인마, 졸업도 못해. 대학에 붙어도 못 들어간다고. 똑똑한 놈이 왜 이래, 요새?

-죄송해요, 선생님. 지금은 그냥 집안 사정이라는 것밖에는 말씀 못 드려요.

-그러니까 그 집안 사정이라는 게 대체 뭔데? 부모님께 전화를 걸어 봐도 똑같이 말씀하시고 말이야. 지금이 얼마나 중요한 시기인데.

-이유는 나중에 제가 말씀드릴 수 있게 되면, 그때 말씀드릴게요.

-이유고 뭐건 간에 지금 고3한테 대학보다 중요한 게 뭐가 있어?

-그게 있더라고요, 저한텐.

유환은 씁쓸한 미소를 지으며 선생님께 죄송한 마음을 담아 인사를 꾸벅했다.

교무실 밖으로 나와 보니 서진이 복도에 서서 그를 기다리고 있었다. 초조하고 불안한 듯 손으로 아랫입술을 매만지며 벌 받는 사람처럼 고개를 잔뜩 숙이고 서 있던 서진은 그를 보자마자 단번에 그의 앞으로 뛰어왔다.

-유환아, 오늘도 조퇴야? 너 요즘 무슨 일 있어? 선생님께 혼난 거야?

불안하게 흔들리는 커다란 눈동자는 금방이라도 눈물이 배어 나올 듯했다.

영문도 모른 채 그에게서 외면당하는 일이 전혀 익숙지 않을 텐데도 서진은 원망과 서운함을 드러내는 대신 그의 걱정부터 하고 있었다.

-유환아…….

가만히 그런 서진의 얼굴을 바라보던 유환은 마음을 독하게 다잡았다.

그가 갑자기 의도적으로 외면하고 피하면 서진이 이별을 직감적으로 알아차리고 저절로 포기해 주길 바랐지만 그녀는 전혀 그럴 생각이 없어 보였다. 그녀에게 나쁜 말까지 해야 하는 상황이 절대로 오지 않길 바랐지만 이젠 할 수 없이 그래야 할 때인 것 같았다.

-내가 왜 일일이 너한테 다 보고해야 하지? 마누라 마누라 하니까 진짜 내 마누라 행세라도 하는 거야?

유환은 일부러 차가운 얼굴을 하고, 자신의 팔을 잡고 있는 서진의 손을 야멸치게 뿌리치며 말했다.

-유환아, 너 왜 그래? 갑자기 연락도 안 되고 얼굴 보기도 힘들고. 무슨 일인데 그래? 집에 무슨 안 좋은 일이라도 있는 거야? 그래서 화나서 이래? 내가 도움이 하나도 안 되겠지만 그래도 나한테 말해 줄 수는 없겠어? 너무 걱정된단 말이야.

이별은 꿈에도 모르는 얼굴로 그를 걱정스럽게 들여다보는 순수하고 맑은 눈동자.

지금이라도 사실대로 말할까? 나 죽을지도 모르는데, 아니 의사들이 말하길 죽을 확률이 80퍼센트라는데 그래도 실낱같은 희망을 걸고 날 기다려 달라고. 네 삶이 고통으로 바뀌고 죽음 같은 기다림 끝에 결국 참담한 절망만을 맛볼 수 있는데, 기다려 달라고. 그런 이기적인 부탁을 내가 할 수 있을까?

이 사랑스러운 얼굴에 대고 그런 고통을 견뎌 달라고 말할 수 있을까?

아니, 그러면 난 죽어서도 편히 눈감을 수 없을 거다.

이 사랑스러운 눈동자를 외면해 버리는 게 그녀에겐 차라리 나은 일일 것이다. 나를 미워하고 욕하고 그렇게 나를 잊고 사는 게 그녀를 위해 더 잘된 일일 것이다.

-귀찮으니까 말 걸지 마. 이제 너 보는 것도 지겹다. 우리 이제 끝낼 때가 된 것 같다.

유환은 정이 뚝 떨어질 정도로 차갑고 무심하게 말했다. 그리고 멍하니 서 있는 서진을 등 뒤에 남겨 놓고 홀로 걸어갔다.

다음 날은 아침부터 날씨가 잔뜩 흐렸다. 금방 뭐라도 쏟아질 것 같은 회색빛 하늘이 꼭 그의 마음과도 같아서 하루 종일 무기력하게 숨만 쉬며 보냈다.

지금 보내고 있는 이 시간이 어쩌면 그가 세상에서 보내는 마지막 시간들이라고 생각하면 뭔가 바쁘고 중요한 할 일이 많을 거라 생각했지만, 막상 달리 할 일이 없었다. 그저 은서진의 얼굴만 하루 종일 보고 싶을 뿐이었다.

종례를 마치고도 한참 동안을 책상 앞에 앉아서 두 주머니에 손을 깊숙이 찔러 넣고 창밖의 희뿌연 하늘만 바라보던 그는 문득 아이들이 모두 가고 난 후 빈 교실의 쓸쓸함을 느끼며 가방을 챙겨 들고 천천히 교실 밖으로 나갔다.

그런데 유환의 교실 앞에서 서진이 기다리고 있었다. 얼마나 그렇게 오래 서 있었는지는 모르겠지만 빈 복도에 홀로 서 있던 그녀는 유환을 보고 환하게 웃으며 걸어왔다.

며칠 사이 많이 수척해진 얼굴이었다. 밤새 울었는지 눈이 퉁퉁 부었지만 그녀는 아무렇지도 않은 척 웃으며 걸어와 밝게 말을 건넸다.

-유환아, 기분 풀렸어? 아직 안 풀렸으면 우리 노래방이라도 갈까? 내가 쏠게. 우리 신 나게 놀자. 응?

서진은 바보같이 아직도 그를 믿는다. 올곧은 성품으로, 한결같은 마음으로 그를 바라보고 있었다. 누군가를 한번 믿으면 의심 없이 끝까지 믿는 그런 성격을 가졌다. 다른 사람이 다 아니라고 말해도 그는 이제 변했다고 말해도 혼자만 부정하며 그를 기다리고 있었다. 예전의 그로 다시 돌아오기만을.

유환은 금방이라도 눈이 쏟아져 내릴 것 같은 찌푸린 하늘을 복도 창문 너머로 잠시 바라보다가 고개를 돌려 서진을 똑바로 쳐다보며 무심한 목소리로 말했다.

-은서진, 우리 헤어지자.

밝은 미소가 한순간에 사라진 서진은 믿을 수 없다는 표정으로 그를 쳐다보았다.

-왜? 혹시 내가 너한테 무슨 잘못한 거 있어?

그렇게 묻는 서진의 목소리가 가늘게 떨려 오고 있었다.

-아니, 넌 잘못한 거 없어.

유환은 자신이 듣기에도 얼음이 뚝뚝 떨어져 나올 것 같은 냉정한 목소리로 대답했다.

-그런데 왜? 왜 갑자기?

-그냥 네가 싫어져서.

유환의 간결하고 단호한 대답에 서진은 커다란 두 눈에 눈물이 글썽글썽 고였다. 금방이라도 눈물이 터져 나올 것 같은 서진은 울음을 간신히 참아 내며 유환의 잔인한 얼굴을 똑바로 마주 보며 말했다.

-노력할게. 네 마음에 들도록 내가 노력할게. 잘못한 게 있으면 고치고 사과할게. 내가 미안해, 유환아. 다신 안 그럴게. 그러니까 다시 생각해 줘. 나 너랑 헤어지기 싫어. 응?

서진은 작은 두 주먹을 꼭 쥐고서 유환을 간절히 쳐다보며 애원하듯 말했다.

그 모습이 유환을 더 미치게 만들었다. 자존심도 센 서진이 그것마저 버리고 자신에게 매달리는 게 너무 가슴이 아팠다. 이렇게 나쁜 말을 듣고서도 물러서지 않고 끈질기게 매달리는 서진의 애달픈 마음에 더욱 가슴이 찢어질 것 같았다.

-은서진, 너 이렇게 자존심도 없는 바보였냐? 싫다는데 왜 매달려? 가! 싫다는데 가라고! 꺼지란 말이야!

유환은 사납게 고함을 쳤다. 여리디여린 서진의 얼굴이 쓰러질 듯 안타까워 보였지만 유환은 서진을 밀어내기 위해 죽을힘을 다해 외쳤다.

서진의 충격 받은 얼굴이 위아래로 흔들리며 두 개로 겹쳐 보였다. 밀려오는 두통에 유환은 이를 악물고 돌아섰다.

서진을 그렇게 홀로 뒤에 남겨 놓고 걸어오는데 그래도 믿기지 않는 서진은 운동장까지 종종걸음으로 따라왔다. 모든 걸 되돌리고 싶은 서진은 그가 돌아와 줄 거라는 부질없는 희망을 품고 있었다.

운동장을 성큼성큼 걷고 있던 유환은 뒤에 따라오고 있는 서진이 보란 듯 앞서 걷고 있던 한 여학생의 어깨에 팔을 올리며 말했다.

-우리 잠깐만 같이 걸을까?

-어머, 신유환?

여학생은 다행히 싫다고 뿌리치지 않았다. 그저 그의 얼굴을 알아보고는 얼굴을 붉히며 고개를 끄덕일 뿐이었다.

-집이 어디야?

-우리 집? 정문에서 나가면 오른쪽으로 걸어가서 사거리에서…….

유환은 관심도 없는 여학생의 집 따위를 물으며 걸어가고 있었다. 서진이 돌아서 주길 바라며 그렇게 둘이 걷고 있는데 뒤에서 서진의 인기척이 느껴졌다.

-널 잃고 싶지 않아…….

다른 여자애의 어깨를 감싸 안고 걸어가고 있는 그의 교복 재킷 뒷자락을 붙잡으며 서진은 울먹이며 말했다.

-이러지 마……. 너 이런 애 아니잖아…….

돌아보니 서진은 서글프게 울면서 애원하고 있었다.

운동장을 지나가고 있던 몇몇 아이들은 걸음을 멈추고 호기심 어린 표정으로 그들의 이런 상황을 지켜보고 있었다.

-짜증 나게도 징징대네.

짜증스러움이 잔뜩 묻어나는 음성으로 인상을 가득 쓰고 서진을 바라보았다. 한 번도 보여 준 적 없는 그의 무서운 얼굴에 그녀는 그만 얼어 버렸다.

-지겨워.

그는 차가운 눈빛으로 그녀를 노려보며 말했다.

-네가 우는 것도, 네가 말하는 것도 다 지겨우니까 그만 좀 꺼지라고.

음의 높낮이 없는 지독하게도 차갑고 건조한 그의 말에 서진은 울음마저 멈춰 버렸다.

추운 날의 눈사람처럼 하얗게 굳어 버렸다.

-풋.

그의 옆에서 서 있던 여자애는 그런 그녀를 보고 비웃었다.

-불쌍해서 한번 데리고 놀아 줬더니 더럽게 들러붙네. 이럴 줄

알았으면 너 같은 건 상대해 주지도 않았어.

비정하고 잔인한 그의 말에 차라리 뺨이라도 세게 때리고 돌아섰으면 좋으련만 서진은 바보같이 꼼짝도 못 하고 서 있기만 할 뿐이었다.

그녀의 슬픈 눈동자에 고여 있던 투명한 눈물이 봇물처럼 흘러나왔다. 창백해진 하얀 뺨을 타고 쉴 새 없이 그렇게 흘러내렸다. 그녀는 믿어지지 않는 입술로 서럽게 흐느끼고 있었다.

유환은 그렇게 서럽게 울면서 서 있는 그녀 곁을 차갑게 스쳐 지나갔다. 하얗게 굳어 버린 슬픈 눈사람처럼 서 있는 서진의 곁을 다른 여자애의 어깨를 감싸 안고 그렇게 스쳐 지나갔다.

-이제 됐어. 그만 가 봐.

-뭐? 벌써?

정문 앞까지 걸어간 유환은 여자애의 어깨에 올려져 있던 자신의 팔을 미련 없이 거두며 차갑게 말했다.

-넌 집이 어느 방향인데? 같은 방향이면 같이 더 걷자.

여자애는 아쉬운 듯 유환의 팔에 매달리며 애교 있게 말했다.

그러자 유환은 뭔가 더러운 것에라도 닿은 듯 소스라치며 여자애의 손길을 뿌리치며 말했다.

-가라고 할 때 곱게 가. 나 지금 기분 더럽게 안 좋으니까.

그러자 여자애는 빈정 상한 듯 홱 돌아서서 가 버렸다.

유환은 교문 뒤 으슥한 곳에 길게 몸을 숨기고 운동장 한가운데서 우두커니 서서 울고 있는 서진의 뒷모습을 가슴 아픈 눈으로 지켜보았다.

저 바보가 얼른 나 같은 거 잊고 잘 살아야 할 텐데. 얼른 정 떼어 버리고 잘 살아야 할 텐데.

마지막까지도 유환의 걱정은 그거 한 가지였다.

하지만 운동장에 서 있는 서진은 돌아갈 생각을 안 하고 꼼짝 않고 서 있었다. 마치 유환이 돌아와 주길 기다리기라도 하는 것처럼.

때마침 하늘에선 하얀 눈이 천천히 내려오고 있었다. 하얀 솜뭉치 같은 굵은 눈송이들이었다. 아침부터 하늘이 잔뜩 찌푸려 있더니 빌어먹을 첫눈이 쏟아지고 있었다.

언젠가 서진이 첫눈이 오면 같이 맞고 싶다고 했던 말이 떠올랐다. 하지만 그토록 기다리던 첫눈이 내리는 지금 그들은 가슴 아픈 이별을 한 채 각자 따로따로 서서 슬픈 첫눈을 맞고 있었다.

하얀 눈이 내리는데 눈이 멈출 생각을 안 하는데…… 몇 시간 동안 미련 곰퉁이처럼 가만히 서 있는 서진이었다. 까만 머리 위에도, 가냘픈 어깨 위에도, 까만 구두코 위에도 눈이 쌓여 갔다. 저러다 눈사람 되어 버리지 싶었다.

서진을 지켜보는 유환의 가슴은 시커멓게 타들어 가고 있었다.

당장이라도 달려가 교복 재킷을 벗어 그녀의 머리 위에 덮어 주며 차가운 눈을 막아 주고 싶었다. 그녀의 얼굴에 얼어붙은 눈물을 따스히 매만져 녹여 주며 미안하다고 잘못했다고 말하고 싶었다. 그녀의 새하얘진 차가운 입술을 그의 입술로 녹여 주고 싶었다.

그렇지만 아무것도 할 수 없이 그저 이 자리에 서서 지켜볼 수밖에 없는 그의 심정은 이루 말할 수 없이 아프기만 했다.

이제 어둠이 내려앉기 시작하는 운동장에는 서진 외에 다른 아이들의 모습은 아무도 찾아볼 수가 없었다. 하얀 눈만 운동장 위에 조용히 차곡차곡 쌓여 갔다.

하얀 눈사람처럼 얼어붙어 버린 서진을 뒤에서 지켜보는 유환은 애가 탔다.

머리를 옥죄어 오는 끔찍한 두통 속에서 애타게 서진을 지켜보던 유환은 시간이 흐르면서 차츰 차갑게 식어 버린 몸의 감각이 무뎌지는 걸 느꼈다. 이젠 서 있기조차 힘든 상황이었다. 하지만 서진을 운동장 한가운데 그대로 두고 돌아갈 생각은 결코 하지 못하는 유환이었다.

벽에 기대어 점차 혼미해지는 의식을 붙잡고 흐려지는 두 눈으로 서진을 지켜보던 유환은 기어이 그 자리에서 쓰러지고 말았다.

수술하기 전에 절대 무리하면 안 된다는 의사 선생님의 말씀이 그의 머릿속에 떠올랐다.

-학생 괜찮아?

마침 지나가던 아주머니가 119에 신고하여 급하게 온 구급차가 유환을 싣고 떠났다.

들것에 누워서 산소호흡기를 장착한 유환은 정신을 잃기 직전 마지막까지도 운동장에 홀로 남아 있는 서진을 걱정했다.

만약에, 만약에 말이야, 기적이 일어나서 내가 살 수 있다면 그때 너를 다시 찾아갈게. 그때 너를 다시 만나 용서를 빌게. 그리고 우리 다시 시작하자. 내가 만약 살 수 있다면.

기나긴 회상에서 깨어난 유환은 보기만 해도 지긋지긋한 병실 안을 우울한 시선으로 돌아보았다. 그에게 병실은 질리도록 익숙한 풍경이었다.

생과 사의 운명의 갈림길에서 그는 기적처럼 살아났다. 국내 의료진도 포기한 그를 미국의 한 병원에서 20퍼센트의 수술 성공 확률을 가지고 수술을 시도해 13시간이 넘는 긴 시간 끝에 결국 성공시켰다. 그는 죽음의 문턱 앞에서 기적처럼 삶을 새로이 선물 받았다.

8일간의 긴 혼수상태 끝에 깨어난 그가 가장 먼저 하고 싶은 건 다시 그녀를 만나는 일이었다. 다시 그녀를 만나서 사과하고 다시 그녀와 사랑을 하는 일이었다.

혼수상태 속에서도 그녀의 꿈만 꾸었다. 학교로 다시 돌아간 그는 그녀와 다시 만나서 행복하게 지내는 꿈을 꾸었던 것 같다.

수년간의 재활치료 끝에 그는 부모님의 반대에도 불구하고 다시 한국으로 돌아와 고등학생이 되었다. 미국에서 계속 지내며 공부하길 바라는 부모님을 극구 설득시켜 돌아온 한국이었다.

많은 시간이 지난 터라 그녀를 다시 만날 수 있을 거란 생각은 꿈에도 하지 못한 채 그저 학교로 돌아와 그녀와의 추억을 떠올리고 싶었다. 그녀와 함께 밟았던 교정을 다시 밟고 추억이 묻어 있는 교실과 책상에 앉아 하나하나 그녀를 느끼고 싶었다.

그렇게 천천히 다시 걸어 그녀에게 가고 싶었다. 늦었지만 천천히 그녀의 흔적을 따라 걷다 보면 결국 그녀를 만나게 되고 그녀와 다시 사랑하게 될 수 있을 것 같았다.

그래서 처음 시작은 반드시 태한고등학교여야만 했다.

그랬는데 어느 날 그녀가 왔다. 마치 다시 꼭 만나야 할 운명처럼.

-안녕하세요? 저는 오늘부터 한 달 동안 여러분의 수학 교생을 맡은 은서진이라고 합니다.

꿈에도 잊지 못했던 그녀의 목소리를 다시 듣는 그 순간, 그는 자신의 귀를 의심했고 이윽고 자신의 눈을 의심했다.

진정 바라는 일을 원하고 또 원하면 우주가 온 힘을 다해 이루어지게 해 준다는 말처럼 마침내 그녀와 만나게 된 것이다.

4년 전보다 한층 더 성숙해져 활짝 핀 꽃 같은 아름다움을 가진 서진은 완연한 여인이 되어 그의 두 눈 앞에 서 있었다.

그 순간, 머리에 벼락이라도 맞은 것 같은 충격적인 그 순간 심장이 어찌나 세차게 요동이 치던지 가슴 밖으로 튀어나갈까 봐 걱정이 될 정도였다.

그렇게 운명처럼 다시 만난 그녀를 유환은 무슨 일이 있어도 다시는 놓치고 싶지 않았다.

하지만 4년 전 그와의 이별로 인해 아직까지도 힘들어하고 있는 그녀의 깊은 상처를 마주한 유환은 더 이상 가까이 다가갈 수가 없었다. 그의 짐작보다 그녀의 상처가 훨씬 더 깊었던 것이다.

유환은 미치도록 괴로웠다. 그녀에게 그런 상처를 준 자기 자신이 너무나 싫고 원망스러워서 못 마시는 술을 진창 마시기도 하고 모르는 사람에게 시비를 걸어 실컷 얻어터져도 봤다. 쓰러질 때까지 밤거리를 숨차게 달려 보기도 하고 고함을 지르며 벽을 주먹으로 때리기도 했다.

아무것도 할 수 없었다. 그를 보면 예전의 상처가 되살아나 아파하는 그녀를 보고 그는 아무것도 할 수가 없었다.

그저 그녀의 눈앞에서 사라지는 일만이 그가 그녀에게 해 줄 수 있는 최선이었다.

힘겹게 얻은 새 삶인데 그녀와 조금도 가까워질 수가 없었다.

그랬는데 그녀가 그를 구하러 와 줬다.

그가 죽든 말든 상관 안 할 거라던 그녀가 위험을 무릅쓰고 그를 애타게 찾아 줬다.

-다행이다. 정말 다행이다.

상처 때문에 보이지 않았던 그녀의 마음을 온전히 마주한 순간 그의 가슴속엔 새 희망이 생겼다. 어쩌면 예전처럼 다시 돌아갈 수 있을지도 모른다는 가슴 뻐근한 희망감이 마음 한구석에서 움튼 것이다.

이젠 절대로 물러서지 않을 것이다. 그가 준 상처로 인해 그녀가 힘들어한 만큼 그도 벌을 달게 받을 것이다. 그녀의 상처가 서서히 치유될 때까지 그녀가 들어 주지 않아도 그녀가 믿어 주지 않아도, 그녀가 들어 주고 믿어 줄 때까지 노력하고 또 노력하기로 그렇게 결심했다.

4년 만에 안아 보는 그녀의 작고 부드러운 몸과 향기로운 숨결을 떠올리며 기분 좋게 입꼬리를 말아 올리던 유환은 부모님과 대화하고 있는 홍 박사를 향해 물었다.

“저 이제 퇴원해도 되죠? 박사님.”

유환은 기나긴 마음고생을 이겨 낸 부모님을 향해 씨익 웃으며 말했다.

“멀쩡한데 계속 병원에 있기 싫어요. 빨리 학교로 돌아가고 싶어요.”

새로이 선물 받은 삶이라는 소중한 선물을 하루빨리 그녀와 함께 쓰고 싶었다.

10장. 가장 궁금한 질문

병원에서 퇴원을 한 다음 날 나는 바로 학교에 출근을 했다. 달리 할 일도 없었고 학교가 궁금하기도 했다. 그렇게 가기 싫어했던 학교인데 아프다는 핑계로 며칠 더 쉬지 않고 바로 나오다니, 나조차 나의 이런 변덕을 알 수 없었다.

교무실에 나타난 내 모습을 보고 선생님들이 놀라서 다가오셨다. 마침 교무실에 계시던 교장 선생님이 놀란 음성으로 물으셨다.

"은 선생, 괜찮아요? 며칠 더 쉬지 왜 벌써 나왔어요?"

"저는 이제 괜찮습니다, 교장 선생님."

"아니, 거길 어쩌자고 뛰어들어요? 얼마나 놀랐는지 알아요?"

"심려 끼쳐 드려서 정말 죄송합니다."

어느덧 교무실 안에서 나에게로 쏠리는 수많은 시선들이 느껴졌다. 정말이지 부담스러워서 어서 빨리 여길 나가야겠다고 생각하고 있는데 교장 선생님의 감격에 찬 우렁찬 목소리가 들려왔다.

"하지만 우린 학생을 사랑하는 은 선생의 훌륭한 마음씨에 모두가 감명을 받았답니다. 은 선생 같은 사람이 꼭 우리 학교 교사가 되어야 해요."

"전 아무것도 한 게 없는……."

내가 말을 채 끝내기도 전에 교장 선생님은 격앙된 표정을 감추지 못하며 내 두 손을 덥석 붙잡으셨다. 으악! 하고 깜짝 놀란 내 눈에 진지하고 감격스럽게 두 눈을 빛내시며 흐뭇한 미소를 짓고 계신 교장 선생님의 얼굴이 보였다.

"은 선생! 꼭 교사가 돼서 우리 학교로 다시 오세요. 은 선생 같은 교사는 언제든지 환영입니다."

갑자기 울려 퍼지는 교무실 안의 부담스러운 박수 소리와 환호 소리에 어안이 벙벙하고 당황스러웠다. 교무실 안에 계신 선생님들은 너 나 할 것 없이 기특하다는 얼굴로 나를 바라보며 박수를 치고 계셨다. 특히나 배불뚝이 3학년 5반 담임선생님은 휘파람까지 불어 대며 열렬히 환호하고 있었다. 아마도 자기 반 학생들을 위해 내가 불길 속으로 뛰어든 줄 단단히 오해하고 있나 보다.

이게 아닌데, 나 정말 그런 사람이 아닌데? 이런 오해, 받아도 되나?

"알겠죠? 꼭 우리 학교로 다시 와 주세요, 은 선생."

"……네."

재차 부탁하는 교장 선생님의 간곡한 말씀에 나는 하는 수 없이 대답을 얼버무리고 서둘러 교무실을 빠져나왔다.

휴~ 얼떨결에 점수 딴 건 좋지만 진실이 아니잖아. 선생님들이 생각하는 것처럼 훌륭하고 고귀한 희생정신으로 불길 속에 뛰어든 게 아닌데 부담스러운 칭찬만 잔뜩 받아 체한 것처럼 속이 더부룩하고 거북했다.

교무실을 빠져나온 내 발길은 어느덧 3학년 5반 교실로 향하고 있었다.

그 반에 볼일이 있거나 수업이 있는 것도 아니지만, 그냥 유환이 등교했는지 궁금해서 도저히 못 견디겠다.

그냥 살짝 잘 있나 확인만 하고 와야지, 그냥 몰래 얼굴만 보고 와야지, 하는 생각에 나는 복도를 지나가다가 한창 수업 중인 3학년 5반 교실의 창가에 조심스럽게 붙어서 유환의 자리를 힐끔 쳐다보았다.

교실 맨 뒤 창가 자리인 유환의 자리만 텅 비어 있었다. 유독 그 자리만 쓸쓸하게 주인 없이 덩그러니 홀로 놓여 있었다.

오늘도 결석했나? 생각보다 입원을 꽤 오래 하네. 혹시 많이 다친 건 아닐까?

걱정스러운 마음에 한숨만 내쉬고 있는데 등 뒤로 누군가의 목소리가 들렸다.

"교생 선생님, 여기서 뭐 하세요?"

깜짝 놀라서 뒤돌아보니 내 등 뒤에서 유환이 밝게 웃으며 서 있었다.

그동안의 내 걱정을 무색하게 할 만큼 밝고 건강해 보이는 얼굴이었다. 그런 녀석이 걱정되어 여기까지 찾아온 내가 갑자기 너무 억울해질 정도였다.

"흠흠, 그게 여기 먼지가 묻어 있는 것 같아서."

나는 창문 밑을 괜히 손으로 닦아 내며 어색하게 말했다.

이런 바보, 바보 은서진. 그런 한심한 변명밖에 생각해 내질 못하다니. 역시 난 창의성이 부족해.

"나 보러 왔어?"

다 안다는 표정으로 유환이 나를 보며 싱긋 웃었다.

너무 티가 났나?

역시 귀신같은 그를 속이기엔 내 표정은 너무 정직했다.

"그런 거 아니야. 너는 학생이 수업 시간에 수업은 안 듣고 여기서 뭐 하는 거야?"

마음을 들킨 내가 화들짝 놀라 오히려 정색을 하며 묻자 유환은 빤히 나를 쳐다보며 빙긋이 웃는다.

왜 자꾸 웃는 거야. 마음 설레게. 나는 얼굴 근육을 풀지 않은 채 그런 녀석을 못마땅하게 쳐다보았다.

"그냥 나 보고 싶어서 왔다고, 그렇게 솔직히 말하면 안 되나?"

"누가? 정말 웃겨. 네가 좀 걱정된 건 사실이지만 그 이상은 아니니까 혼자서 멋대로 착각하지 마."

나는 내가 듣기에도 조금 오버스러운 격앙된 어조로 말하고 있다는 게 느껴졌다.

"나 걱정했구나?"

"뭐 교생으로서 학생이 다쳤는데 걱정이 조금 되는 게 당연한 거 아냐?"

"솔직하지 못하구나, 은서진?"

"이상한 말 하지 말고 빨리 교실로 들어가서 수업이나 들어. 나도 이제 수업하러 가 봐야 하니까."

나는 녀석과 더 이상 대화하다간 말려들겠다 싶어 손목시계를 내려다보고 바쁜 척을 했다. 그리고 유환을 지나쳐 복도를 또각또각 걸어갔다. 그런데 몇 발자국 걷지 않아 뒤에서 나를 부르는 유환의 목소리가 들려왔다.

"은서진."

심장을 두근거리게 할 만큼 애틋하게 부르는 그 목소리에 나는 짐짓 아무렇지도 않은 척하며 뒤를 돌아보았다.

교실 뒷문 앞에 서 있던 유환은 햇살처럼 환한 미소를 머금고 나를 쳐다보며 말했다.

"고마워."

"뭐가?"

"나를 구하러 와 줘서."

"그런 거 아냐. 나는 그냥 학생 한 명이 안 나왔다기에 넌 줄은 모르고……. 넌 줄 알았으면 안 들어갔지, 내가."

당황한 나는 눈알을 굴리는 것도 모자라 말까지 더듬으며 변명했다. 그러자 유환은 피식 웃으며 말했다.

"그런데 내 이름을 부른 네 목소리를 들은 것 같아서 말이야."

"자, 잘못 들었겠지."

나는 절대 아니라는 듯 고개를 강하게 저으며 부인했다.

그러자 유환이 짓궂게 키득거리며 말했다.

"은서진, 여전하구나. 거짓말하면 티가 나."

"아니래두! 절대 아니야!"

"알았어. 아니라고 치지 뭐. 근데 이제 나 네 앞에 나타나도 되는 거지? 너 피해 다니느라고 그동안 힘들어 죽는 줄 알았다고."

녀석의 투정 섞인 조심스러운 질문에 나는 이내 피식 웃으며 대답했다.

"마음대로 해."

그러자 녀석은 환하게 웃으며 아이처럼 좋아했다. 마치 아이스크림을 먹어도 된다고 허락받은 아이 같은 표정이었다. 그 순수하고 꾸밈없는 미소는 보는 사람을 무장해제시켰다.

"그래. 이제 나도 쿨해지기로 했어. 언젠가 했던 네 말처럼 사람이 사귀다 보면 헤어질 수도 있고 그런 건데 내가 너무 유난스럽게 굴었던 것 같아. 이제 안부 인사 정도는 하고 지내자. 그럼 난 이만."

나는 그 말을 마치고 쿨하게 돌아서서 또각또각 발소리를 내며 복도를 걸어갔다.

그런데 그와 거리가 멀어질수록 내 얼굴은 점점 벌겋게 달아올랐다.

휴, 거짓말을 할 때마다 난 왜 이렇게 티가 잘 나는 거야? 이놈의 눈알은 왜 저절로 돌아가고 말은 왜 더듬는지. 누가 봐도 눈치채기 쉽잖아, 참.

설마 오해하는 건 아니겠지? 자길 구하려고 내가 목숨까지 바쳤다고?

아악! 그건 아닌데. 내가 그때 왜 그랬을까? 뭐에 홀렸던 게 분명해.

"뭐 해? 얼굴까지 빨개져서."

갑자기 내 앞에 나타난 지윤이 나를 보며 그렇게 물었다.

"빨개? 지금 내 얼굴이?"

"응. 왜 그러는데?"

"아악, 미치겠네."

나는 머리를 쥐어뜯으며 절규했다.

"혹시 그런 학원 어디 없을까?"

"무슨 학원?"

"거짓말하고도 들키지 않는 법 가르쳐 주는 학원 말이야."

"엥? 그게 무슨 소리야?"

"아니야. 그냥 해 본 헛소리였어."

병원에 입원했던 탓에 며칠 만에 학교에 나오니 할 일이 많이 밀렸다. 4시 30분이 되면 칼같이 교생실을 빠져나가곤 했던 내가 오늘은 가장 늦게 퇴근을 하게 되었다.

밀린 일을 처리하고 학교를 나오는데 제법 시원한 바람이 불어왔다. 치열했던 낮의 열기를 식혀 주기라도 하듯 불어오는 바람이 그저 반갑기만 했다.

느릿한 걸음으로 버스 정류장으로 걸어가니 그곳엔 신유환이 서 있었다. 이 녀석과 또 마주쳐 버렸다. 본능처럼 피하고만 싶지만 이젠 쿨해지기로 했으니 도망갈 수도 없는 노릇이었다.

"오늘은 퇴근이 늦네."

녀석은 나를 바라보고 피식 웃으며 말을 건넸다.

"으응. 할 일이 조금 있어서."

아직 그와 이런 평범한 이야기를 나누기엔 어색했다.

이 녀석은 왜 아직도 집에 안 가고 여기 서 있는지 모르겠다. 그래도 될 수 있으면 안 마주쳤으면 좋겠는데 말이다.

나는 버스가 오는 쪽을 목을 길게 빼고 쳐다보았다. 버스라도 빨리 와서 이 어색한 자리를 벗어났으면 좋겠다.

"그런데 수학을 선택한 이유가 뭐야? 국어나 영어 같은 걸 더 잘했잖아."

녀석의 질문에 잠시 생각에 잠기던 나는 대답했다.

"언제나 명확한 답이 있으니까. 그게 매력 있게 느껴지더라고."

녀석은 아직 기억하고 있었다. 내가 무슨 과목을 잘했고 무슨 과목을 싫어했는지. 유달리 수학을 끔찍이 싫어하던 내가 수학교육학과에 진학한 것이 의외였나 보다. 하긴 나도 내가 이렇게 될 줄은 몰랐다.

녀석과 헤어진 후 나는 정신적으로 크나큰 혼란을 겪었고, 대학 전공을 선택하는 과정에서 정답이 정해진 수학이라는 학문에 갑자기 매력을 느껴 지원하게 되었다.

아직도 나에 대해서 사소한 것 하나까지도 기억하고 있는 건지, 아니면 문득 기억난 것인지는 모르겠지만 지난 얘기를 나누기엔 나는 아직 많이 불편한데 녀석은 아무렇지도 않은 것일까.

"그렇구나."

그럼 나도 말 나온 김에 물어보기로 했다.

"넌 왜 아직도 학생인 거야?"

"출석 일수가 모자라서 그때 졸업하지 못했거든."

나를 쳐다보며 대답하는 그 녀석의 얼굴이 문득 쓸쓸해 보인다고 느낀 건 나만의 착각일까. 뭔가 다른 할 말이 더 남아 있는 것 같은데, 그때 나는 우리 쪽을 향해 다가오고 있는 버스를 발견했다.

"버스 온다. 나 먼저 갈게."

"나도 이 버스 타고 가."

결국 우리는 같은 버스에 올라탔다.

불편하고 어색하게 왜 하필 또 같은 버스인 걸까.

우리는 사람 많은 버스 안에서 각자 손잡이를 잡고 나란히 섰다.

말을 걸어야 하나? 말아야 하나? 말을 하는 것도 어색하고, 그렇다고 침묵은 더 어색하고. 당최 어떻게 해야 하는지 하나도 모르겠다.

사귀는 사람이 있냐고 물어볼까?

있다면 어쩔 거고, 없다면 어쩔 건데?

그런 걸 왜 물어? 그게 지금 가장 궁금한 질문이야? 정신 차리자, 은서진.

그럼 내가 저 녀석한테 가장 궁금한 질문이 뭐지?

내가 가장 궁금한 질문은…….

그때 왜 내가 갑자기 싫어진 거야?

나는 내 옆에 서서 버스 창밖만을 물끄러미 바라보고 있는 녀석의 옆모습을 몰래 훔쳐보듯이 쳐다보았다. 그 녀석을 쳐다보는 내 눈매가 길고 서글퍼지는 걸 느낄 수가 있었다.

불길 속에 뛰어든 순간부터 녀석에 대한 원망과 미움은 많이 녹아 사라져 버렸지만 마음 한구석에 여전히 씁쓸하고 슬픈 마음은 남아 있다.

그땐 어렸지만 진심으로 온 마음을 다해 사랑했는데, 평생을 함께하려고 했는데, 너도 나와 마음이 같을 줄 알았는데. 나의 그런 믿음을 무참하게 깨 버리고 날 떠난 녀석.

갑자기 내가 왜 그토록 싫어진 걸까? 그렇게 내게 모진 상처를 주고 떠나갈 만큼. 나만큼 녀석도 날 사랑한다고 느꼈는데. 그게 나만의 바보 같은 착각이었다니.

젠장, 또다시 마음이 아파지려고 해.

괜찮았는데, 너만 무사히 살아 있어만 준다면 그런 건 다 괜찮다고 생각했는데.

이젠 다 괜찮아지니까 또 마음 깊숙한 곳이 아파. 아마 이렇게 평생 아플 것 같아.

점심을 먹고 수업이 없어 한가로운 나는 소화도 시킬 겸 운동장을 천천히 산책하듯 걷고 있었다. 운동장 위로 내리쬐는 따사로운 햇살을 받으며 광합성을 하듯 두 눈을 감고 느릿한 걸음으로 한동안 걸었다.

그러다 문득 체육을 하러 나온 듯 하늘색 운동복으로 산뜻하게 갈아입은 한 무리의 학생들이 눈에 띄었다. 그들은 피구라도 하려는 듯 운동장 한가운데에 날 일(日) 자의 네모난 선을 반듯하게 그리고 있었다.

"은 선생님! 은서진 교생 선생님!"

어디선가 나를 부르는 우렁찬 목소리가 들렸다. 고개를 돌려 보니 체육 교생이 손까지 흔들며 반갑게 소리치고 있었다.

무슨 일로 나를 저렇게 반갑게 부르지?

나는 일단 빙긋 웃으며 인사를 했다.

그러자 서글서글한 인상의 항상 에너지가 넘치는 타입인 훈훈한 훈남 체육 교생이 외쳤다.

"은 선생님 지금 수업 없으시죠?"

"네, 그런데요?"

운동장 한가운데 서 있는 체육 교생과 내가 있는 곳의 거리가 좀 있어서 나도 그를 따라 크게 소리를 쳐서 대답을 해야 했다.

"여기 지금 짝피구를 하려고 하는데 여학생 한 명이 모자라서요. 좀 도와주시겠어요?"

그러자 그의 뒤에 서 있던 남학생들은 기쁜 환호성을 질러 댔다.

자세히 보니 다들 익숙한 얼굴들인 게 3학년 5반 학생들이었다.

"아니요. 전 피구 못해요."

나는 딱 잘라 거절을 했지만, 체육 교생은 포기할 줄을 모르는 남자였다.

"선생님은 아무것도 안 하셔도 돼요. 여자는 그냥 뒤에 숨어 있기만 하면 되거든요."

짝피구가 뭔지도 모르지만 더군다나 3학년 5반이 하는 게임에 끼고 싶은 마음은 추호도 없었다. 나는 계속 그와 이렇게 큰 소리로 대화를 나눠야 하는 상황이 결코 마음에 들지 않았지만 어쩔 수 없이 큰 소리로 외쳤다.

"죄송하지만 저는 안 될 것 같아요."

"에이, 그러지 말고 이리 오셔서 애들 스트레스 좀 풀어 주세요. 오랜만에 재밌게 게임하려고 하는데 도와주실 거죠? 은 선생님."

체육 교생은 넉살 좋게 외치더니 옆에 있는 남학생들을 쳐다보며 한쪽 눈을 찡긋했다.

그러자 갑자기 3학년 5반 남학생들이 나를 향해 달려왔다. 덩치 큰 무리들은 버펄로 떼처럼 우르르 달려오더니 나를 막무가내로 끌고 가기 시작했다.

"쌤, 그냥 해 주세요. 남자끼리 파트너 하기 싫다고요."

"제발요, 샘. 우리랑 같이 해요."

"아니, 얘들아, 난 들어가서 할 일이 있어서……."

하지만 아이들은 여전히 막무가내였다. 내 팔을 양쪽에서 끌어당기며 나를 끌고 가는데 저항조차 할 수 없는 엄청난 힘들이었다. 나는 아이들의 등쌀에 하는 수 없이 도살장에 끌려온 소처럼 운동장 한가운데까지 오고 말았다.

"자, 우리를 도와주러 오신 은 선생님께 모두 박수!"

능청스러운 체육 교생의 한마디에 아이들은 모두 손뼉을 치며 좋아했다. 박수를 치는 아이들 사이에서 신유환의 빙긋 웃는 얼굴도 어렵지 않게 발견할 수 있었다.

나는 넉살 좋게 웃고 있는 체육 교생의 뒤통수를 잠시 흘겨보다가 이내 피식 웃으며 백기를 들 수밖에 없었다.

"알았어요. 할게요."

잠시 후, 운동화와 운동복으로 갈아입은 나는 하는 수 없이 3학년 5반의 짝피구 시합에 참여하게 되었다.

괜히 운동장은 어슬렁거려서 이런 귀찮은 일에 끼게 되다니 참으로 운도 없다 싶었다.

"자, 규칙을 설명하겠다. 짝피구는 이성 간에 짝을 이루어 함께 하는 일명 보디가드 피구 시합이야. 남자는 공에 맞아도 죽지 않는다. 하지만 여자가 공에 맞으면 아웃이다. 그러니까 무엇보다도 자신의 파트너를 철통같이 지켜야 하는 거다. 그 밖의 규칙은 다른 피구 시합과 같다."

짝피구, 말로만 들어 봤지 이런 거였다니. 낯간지러운 게임이 아닌가.

"자, 그럼 파트너를 정해 볼까? 가장 연장자이신 우리 은 선생님의 파트너부터 정해 보자."

하하하.

겉으로는 웃고 있지만 속으로는 정말 저 체육 교생의 뒤통수라도 한 대 치고 싶은 심정이었다. 나를 이런 귀찮은 짝피구에 끌어들이는 것도 모자라 연장자라고 놀려 대기까지 하다니 말이다. 그렇게 안 봤는데 은근 얄밉다.

"은 선생님이랑 파트너 할 남학생 있으면 어디 손들어 봐."

체육 교생의 그 말이 끝나자마자 어디선가 우렁찬 신유환의 목소리가 들려왔다.

"제가 할게요!"

주저 없이 앞으로 나서는 녀석을 보던 여학생들은 갑자기 귀 따가운 비명 소리들을 꽥꽥 질러 댔다.

"아악! 안 돼!"

"유환 오빠는 나랑 할 건데."

"아, 오빠 안 돼요! 나랑 해요!"

녀석은 여학생들의 이런 반응을 즐기듯 능청스럽게 윙크를 하며 내 옆에 섰다.

절대 파트너로 피하고 싶은 인물을 파트너로 맞이한 나는 표정 관리조차 잘 되지 않았다.

"왜 나랑 한다고 하는 거야? 난 너랑 하기 싫어."

나는 아이들한테는 들리지 않고 녀석에게만 간신히 들릴 정도로 작게 속삭여 화내듯 말했다.

그러자 녀석은 느물스럽게 웃으며 말했다.

"나만큼 잘하는 파트너 만나기도 힘들걸?"

"무슨 자신감이야? 어디 못하기만 해 봐라."

"걱정 마. 내가 잘 지켜 줄 테니."

드디어 파트너는 모두 정해졌고 반으로 팀을 갈라 시합이 시작되었다.

나는 금 안에 들어가서 녀석의 등 뒤에 선 채 앞을 노려보고만 있었다. 키가 크고 덩치 큰 녀석의 뒤에 서 있으니 앞조차 잘 보이지 않았다.

"내 옷 잡아. 허리 잡으면 더 좋고."

녀석은 슬쩍 뒤를 돌아보며 입꼬리를 말아 올린 채 그렇게 말했다.

"앞에 보고 똑바로 잘하기나 해."

나는 입술을 삐죽거리며 말했다.

체육 교생이 부는 휘슬 소리와 함께 짝피구 시합은 시작되었다.

시합이 시작되자 역동적으로 공이 오고 가고 아이들은 즐거운 비명을 지르며 여기저기 피해 다녔다. 처음엔 유환의 등에 숨어 건성건성 피해 다니던 나는 어느새 승부욕이 발동해 유환의 옷자락을 부여잡고 열심히 공을 피해 다니고 있었다.

아, 이 게임이 뭐라고 이렇게 빠져서는 열심히 뛰어다니고 있는 내가 마음에 들지 않았지만 처음 해 보는 이 게임이 꽤 재미가 있다는 사실만은 부정할 수가 없었다.

"잘하는데? 계속 그렇게 하면 돼."

유환은 여기저기서 날아오는 공을 열심히 막으며 그렇게 즐겁게 외쳤다.

내 다리에 맞을 뻔한 공을 유환의 손이 막아 내고, 내 등을 노리고 온 공을 유환의 팔이 내 허리를 감싸 안으며 뒤돌아서 자신의 가슴으로 대신 받아 내었다.

빈틈없이 나를 지켜 내며 그는 점점 게임의 중심에 우뚝 섰다. 탁월한 운동신경은 여전했다.

그와 게임을 하고 있는 동안, 난 그의 키가 예전보다 더 컸고 그의 어깨가 예전보다 더 넓어졌고 그의 팔이 예전보다 더 길어졌다는 사실을 깨달을 수 있었다.

4년이라는 시간 동안 그는 풋풋한 소년에서 단단한 성인 남자로 성장한 것이었다.

날아오는 공을 막아 내느라 의도치 않게 그의 몸이 나의 몸과 자주 닿았다. 어쩔 수 없는 스킨십들이었다. 그의 팔이 내 몸을 스치면 나도 모르게 심장이 두근거렸다. 그의 손이 내 몸을 감싸 안으면 심장이 빠르게 뛰었다.

미쳤나 봐. 내가 왜 이러지? 오랜만에 운동을 해서 그런가?

언제부턴가 주변이 휑해지고 있다 싶더니 어느새 양쪽 팀은 한 커플씩만 남게 되었다. 먼저 아웃된 아이들은 금 밖에 서서 우리를 열렬히 응원하고 있었다. 신유환의 이름을 외치는 아이들의 음성이 귀에 쩌렁쩌렁하게 들려왔다.

"자, 마지막이다."

공중에서 공을 낚아채 잡은 그는 제자리에서 높이 점프를 하더니 공을 던져 상대방의 등에 정확히 맞혔다.

“와아아아~”

“백팀 승리!”

백팀 아이들은 함성을 지르면서 손뼉을 치며 기뻐했고, 체육 교생은 종료 휘슬을 불며 우리 쪽을 향해 엄지손가락을 치켜들었다.

나는 나도 모르게 함박웃음을 지으며 기뻐했다.

그런 나를 유환이 뒤돌아 바라보며 환하게 웃었다.

강한 햇살 아래, 땀이 흐르는 건강한 얼굴이 유난히 섹시하게 느껴졌다.

섹시라니? 내가 지금 무슨 생각을 하는 거야? 더위에 실성했나 봐.

“잘했어. 은서진.”

그는 하이파이브를 하자는 듯 나를 바라보며 한 손을 활짝 펴고 치켜들었지만, 뒤로 주춤거리던 나는 등을 돌려 뛰어가 버렸다.

11장. 진실 게임

"서진아, 너 어제 신유환이랑 짝피구 했다며?"

어디서 소문을 듣고 왔는지 지윤이 흥분을 감추지 못한 채 내 옆자리에 와서 물었다.

"어? 어."

지도안을 들여다보고 있던 나는 어제 일을 떠올리며 얼떨떨하게 대답했다.

"왜 나한테 얘기 안 했어? 그런 대박 사건을."

"대박 사건은 무슨. 난 하기 싫었다고."

"에이, 내숭은. 너 어제 막 날아다녔다며? 체육 교생이 그러던데? 너희가 제일 마지막까지 남아 있었다고. 신유환 운동신경 대단하다고 칭찬하더라."

체육 교생은 저만치서 다른 교생들과 함께 수다를 떨고 있었다.

리액션이 큰 걸 보니 아마도 어제 일을 갖고 떠드는 것 같았다. 그렇게 안 봤는데 은근 입도 가벼운 사람인 것 같았다.

"신유환이랑 짝피구 파트너 하는 기분은 대체 어떻든? 생각만 해도 두근거리네. 나한테는 왜 그런 행운이 안 오는 거지? 정말 부럽다, 은서진."

"부러울 것도 많다."

고개를 저으며 책상 위의 서류를 뒤적거리던 나는 아까 반장이 가져왔던 상담 신청표를 이제야 들여다보고 기함을 했다.

점심시간에 신유환의 이름이 덩그러니 적혀 있었던 것이다.

"헉!"

"왜 그래?"

"아니, 아무것도 아냐."

나는 갑자기 머리가 지끈거리기 시작했다. 오다가다 가볍게 인사 정도 하는 것쯤은 괜찮다고 생각했는데 진지하게 둘이 마주 보고 앉아서 그 녀석과 무슨 말을 한단 말인가.

쿨해지기로 마음먹었지만 아직 그 정도까지는 아니었다. 어제 짝피구도 그렇고 그 녀석과 자꾸 엮이는 게 마음에 들지 않았다.

"점심 먹고 확 조퇴나 해 버릴까?"

"조퇴? 왜? 무슨 일 있어?"

"아, 무슨 일이라도 생겼으면 좋겠다."

나는 울상을 지으며 상담 신청표에 적힌 그 녀석의 이름을 노려보고 또 노려보았다.

유환과 마주 앉아 상담할 생각에 급식 밥도 제대로 먹지 못했다. 예민한 내 위는 음식물을 통 받아들이질 못했다. 밥알만 깨지락거리다가 결국 커피로 배를 채웠다.

시간을 단축시킬 요량으로 느긋하게 테라스에 가 보니 녀석은 벌써 자리를 잡고 앉아 있었다. 하는 수 없이 나는 녀석과 마주 보며 테이블 앞에 앉았다.

이렇게 녀석을 똑바로 마주 보게 되기까지 3주가 넘게 걸렸다. 그동안 많은 일들이 있었고 그래서 여기까지 올 수 있었다.

나는 담담하게 유환의 얼굴을 관찰하듯 쳐다보았다. 얼핏 보기엔 4년 전과 별로 다를 바 없지만 자세히 관찰해 보니 4년 전에 비해 전체적으로 남자답게 선이 굵어진 녀석이었다. 오뚝 솟은 콧날, 날렵한 턱선, 남자답게 벌어진 넓은 어깨선, 그리고 내가 한때 가장 좋아했던 녀석의 서늘할 정도로 길쭉한 눈매.

여자라면 누구라도 호감을 가지고 쳐다볼 만한 매혹적이고 섹시하기까지 한 남자로 성장해 있었다. 나도 만약 이 녀석을 처음 보는 여자였다면 정신없이 홀려서 쳐다보고 있었을지도 모른다.

하지만 녀석을 이미 한 번 충분히 겪어 본 나는 녀석의 속을 알 수 없는 고요하고 깊은 블랙홀 같은 눈동자를 바라보며 차분하게 말을 꺼냈다.

"대체 무슨 말이 하고 싶은 거야?"

나를 곤란하게 만든 녀석에 대한 충분한 원망을 담은 목소리로 물었다.

"고민이 있어서."

유환은 나의 말에 잠시 생각하다가 느릿한 말투로 대답했다.

"고민? 무슨 고민?"

그러자 녀석은 대답 대신 나를 물끄러미 쳐다보며 입을 열었다.

"볼 살이 많이 빠졌네."

녀석 역시 나를 샅샅이 관찰하고 있었던 것이다. 내가 그를 관찰하는 동안 녀석 역시 나에게 시선을 두고 있었다. 녀석의 깊은 시선은 나를 뚫어지게 훑으며 지나가고 있었다. 정수리를 지나 이마, 눈, 코, 입술, 목선, 어깨까지. 눈으로 어루만지듯 강렬한 눈동자로 섬세하게 훑고 있었다.

"왜 이렇게 말랐어? 예전엔 통통했는데. 다이어트라도 하는 거야? 넌 그런 거 안 해도 예쁜데……."

녀석의 시선이 불편한 나는 녀석의 말을 자르며 냉소적으로 말했다.

"이러면 우리가 마치 친구 사이 같잖아. 이젠 친구조차도 아닌데. 안 그래?"

그러자 녀석의 뜨거운 눈동자가 나의 눈동자 안으로 강렬히 와서 박혀들었다.

잠시였지만 숨을 쉴 수조차 없을 만큼 강렬한 시선이었다. 무언가 말로 형용할 수 없는 감정이 깊이 들어 있는 눈이었다. 마주친 눈을 피하려 했지만 그럴 수가 없었다. 녀석의 눈동자가 내 눈동자를 빨아들이고 있는 듯 좀처럼 다른 곳으로 시선을 돌릴 수가 없었다.

"나 없는 4년 동안 어떻게 지냈어?"

"……."

"나는 참 지루했는데. 네가 없어서."

녀석이 지금 무슨 말을 하고 있는 건지 모르겠다.

하지만 전처럼 맹렬히 싸우고 싶지 않은 나는 유환의 시선을 회

피하며 말했다.

"지난 얘긴 하고 싶지 않아. 상담할 얘기가 없다면 먼저 일어설게."

"있어."

그러자 유환이 나를 붙잡듯 빠르게 말했다.

"연애 상담이야."

"연애?"

"그래, 연애."

유환은 나를 의미 있게 쳐다보며 고개를 끄덕거렸다.

이상하게도 그 말에 가슴이 철렁하고 내려앉았다.

그렇구나. 이 녀석에게 사귀는 여자가 있었구나. 하긴 이렇게 잘난 녀석에게 여자가 없다는 게 더 믿기지 않는 얘기겠지.

"내가 어떤 여자한테 아주 큰 잘못을 저질렀는데 어떻게 사과를 해야 할지 모르겠어. 그 여자한테 사과하고 다시 그 여자랑 잘해 보고 싶은데 어떻게 말해야 용서해 줄지 모르겠어. 그 여자랑 다시 예전처럼 돌아가서 행복하게 지내고 싶은데 말이야."

듣다 보니 기가 막혔다. 기껏 상담 신청을 해 놓고 나한테 한다는 소리가 연애 상담이란 말인가.

이 녀석은 나를 얼마나 우습게 생각하는 건지. 내가 녀석에게 받았던 상처는 아랑곳없이 이렇게 무신경하게 다른 여자에 대해서 얘기하다니 말이다.

그러고 보니 이 녀석과 헤어질 당시 그가 연상의 여자랑 사귄다는 소문이 있었다. 그 여자한테 빠져서 결석이나 조퇴가 잦다고 애들이 수군대는 걸 들은 적이 있었다.

말도 안 되는 소리 하지 말라고 끝까지 믿지 않았었는데 이제와 생각해 보니 그랬을 수도 있겠다 싶었다.

순진하고 멍청하게 진심을 다해 사랑한 건 나뿐이지, 녀석은 아니었던 것이다.

“내가 어떻게 해야 할까? 네가 좀 가르쳐 줄래?”

진지한 눈동자로 나를 쳐다보며 답을 구하는 녀석의 얼굴이 가증스러웠다.

나는 속에서 불같은 화가 치미는 걸 느낄 수가 있었다. 마음이 찢어질 것 같은 아픔도.

“뭘 어떻게 해? 네가 알아서 해. 나 연애 따위에 소질 없는 거 몰라? 첫사랑이라고 믿었던 상대한테 그렇게 처참하게 차이고 여태껏 사랑 같은 거 제대로 못해 봤어. 그런 건 다른 사람한테 물어보지 그래? 난 하나도 도움이 안 될 테니까.”

눈물이 쏟아질 것 같았다. 눈시울이 뜨거워지는 걸 느낀 나는 자리를 박차고 일어섰다. 뒤돌아서 가려는 순간 뒤에서 녀석의 낮은 목소리가 들려왔다.

“그게 바로 너야, 바보야.”

나는 잠시 얼음이 되었다.

순간적으로 온몸이 얼어붙어 눈동자조차 정지한 채 미동 없이 한참을 서 있던 나는 잠시 후 겨우 뒤를 돌아 녀석을 쏘아보며 이 말을 내뱉을 수가 있었다.

“장난하지 마.”

“장난하는 거 아니야.”

나를 쳐다보는 녀석의 검정색 눈동자가 조금 더 짙어지는가 싶더니 녀석이 다시 입을 열었다.

"네 모든 것을…… 그리워했다면 믿어 줄래?"

숨이 막히듯 탁하게 내뱉는 목소리에 나는 잠시 얼어 버렸다.

나는 잠시 흔들리는 시선으로 녀석을 쳐다보다가 곧 냉정을 되찾고 녀석을 차갑게 쏘아보았다.

"지금 뭐 하자는 거야?"

"지금부터 진실을 말하면…… 믿어 줄래?"

나는 뜨겁게 쳐다보는 강렬한 검은 눈동자를 믿을 수 없는 눈으로 바라보았다. 그러다 입가에 옅은 비웃음을 머금고 통렬하게 쏘아붙였다.

"진실? 무슨 진실? 네가 날 버리고 떠났다는 거 외에 다른 진실이 또 뭐가 있어? 너한테 진실 같은 게 있어?"

내가 그 말을 하고 떠나려 하자 녀석은 움직이지 못하게 내 팔을 강하게 움켜쥐었다. 뿌리치려는 순간 녀석의 입에서 그 말이 터져 나왔다. 억눌린 신음같이 터져 나온 그 말.

"미치도록 보고 싶었다, 은서진."

순간, 가슴이 턱 막혀 왔다. 심장이 전기에 감전되기라도 한 것처럼 저릿저릿해졌다. 생각지도 못한 말을 들어서인지 당황해서 머릿속이 잠시 백지처럼 하얘졌다.

보고 싶었다고? 네가 나를? 왜? 싫다고 떠나가 버린 네가 왜?

잠시 후 가까스로 감정을 추스른 나는 마른 입술을 열었다.

"나 갖고 다시 장난치고 싶어져서 그래? 그때로 충분하지 않았어? 이런다고 내가 다시 넘어갈 것 같아? 말했잖아. 나 이제 사랑 같은 거 믿지 않는다고. 이런다고 달라질 건 아무것도 없어."

난 아랫입술을 아프게 깨물고 유환의 손을 냉정히 뿌리쳤다.

"나 이제 너한테 더 이상 화내고 싶지 않아. 지난 일 같은 거 잊어버리고 그냥 어른답게 쿨하게 지내고 싶다고. 그러니까 제발 나한테 더 이상 이러지 마."

나는 그에게 부탁하듯 간곡히 말했다.

더 이상 지나간 일로 에너지 낭비하며 싸우는 일 따위 이제 그만하고 싶었다.

하지만 그럼에도 불구하고 녀석은 포기하지 않고 나를 바라보며 말했다.

"사정이 있었다면 들어 줄래?"

나는 기가 차는 표정으로 녀석을 노려보았다.

"내가 싫어졌다며? 그것보다 분명한 이유가 또 뭐가 있어?"

젠장, 또 가슴 한구석이 아파지려고 한다. 이제 더 이상 이 녀석 때문에 아픈 건 싫은데.

"그건 사실이 아니야."

"거짓말하지 마."

나는 녀석을 지독히 쏘아보았다.

신유환이 고작 이런 사람이었어? 지난 일을 변명과 거짓 따위로 무마시키려는 그런 인간?

차라리 솔직하게 말하는 게 더 나을 텐데 왜 이제 와서 이런 말을 꺼내는 건지. 무슨 목적을 위해서 이러는 건지 도통 속을 알 수가 없었다.

"거짓말로 들리겠지만 거짓말이 아니야."

녀석은 진지한 까만 두 눈으로 날 바라보며 낮은 음성으로 말했지만 난 믿지 않았다.

"네가 지난 일에 대해서 뭐라고 하건 이제 와서 변하는 건 없어. 그만하자."

나는 그의 얼굴을 외면하며 뒤돌아섰다. 더 이상 그런 그의 얼굴을 보고 있다간 마음이 약해질 것 같아서 녀석의 변명과 핑계를 모두 들어 줄 것 같아서 모질게 외면하며 차갑게 돌아섰다.

하지만 그 어느 때보다도 마음이 무거웠다. 묵직한 돌덩이 하나가 심장에 매달린 것처럼 마음이 묵직하고 불편했다.

"어떻게 해야 내 말을 들어 주겠냐?"

뒤에서 녀석의 목소리가 애잔하게 들려왔지만 나는 빠르게 앞으로 걸어갔다.

머릿속이 복잡하고 가슴이 답답해서 미칠 것 같았다. 녀석에게서 들었던 말들이 하나도 정리되지도 이해되지도 않았다.

도대체 나한테 왜 이러는 거야? 널 향한 원망과 분노는 많이 수그러들었지만 여전히 널 보면 가슴 한구석이 많이 아파. 그러니 날 더 이상 괴롭히지 마. 부탁이야.

"오늘 수업은 여기까지 하고 이만 마치자. 반장."

"차렷, 경례. 감사합니다."

인사를 마치자마자 수업이 끝난 해방감에 와글와글 떠들며 교실 밖을 뛰어나가는 아이들을 보며 나도 교재와 출석부를 챙겨 들고 교실을 빠져나왔다.

휴, 아직까지 정신이 없긴 하지만 그래도 조금은 수업 진행에 익숙해졌다.

나같이 무뚝뚝한 얼음 교생이 뭐가 좋다고 쉬는 시간마다 찾아와 친근하게 달라붙는 귀여운 녀석들도 있고, 처음에 비하면 학교생활에 조금은 정까지 들려고 한다.

벌써 다음 주면 교생실습 4주차로 접어든다. 길고 멀게만 느껴졌던 한 달이 이렇게 지나가고 있었다.

수업을 하면서 느낀 건데, 정말 좋은 선생님이 되는 일이란 어렵고 힘든 길 같다.

매달 꼬박꼬박 봉급을 타 가며 별문제 없이 적당히 수업만 하고 나오는 어중간한 선생이 되기는 쉬워도, 진심으로 아이들의 마음을 이해하고 고민을 들어 주며 늘 꾸준히 연구하고 올바른 방향으로 아이들을 지도할 수 있는 선생님이 되기란 어려운 일이다.

한때는 그런 꿈을 갖고 사범대에 입학했지만 그 꿈을 이루기도 전에 어려운 취업난 속에서 치열한 교사 임용고시에 패스하여 안정적인 공무원 대열에 정착이나 하면 다행이라고 생각하는 현실에 안주하는 사람이 되고 말았다.

하루 수업이 다 끝나고 퇴근 시간이 되자 재빨리 교무실에 인사를 하고 나온 나는 혼자 터덜터덜 운동장을 걸었다.

하교를 하는 많은 학생들이 떼 지어 혹은 삼삼오오 모여서 걸어가고 있었다.

학창 시절엔 나도 혼자인 게 어색하고 싫었다. 항상 옆에 누구와 같이 있길 원했다.

하지만 어른이 된 지금 차라리 혼자가 더 익숙하고 편안했다. 외롭고 쓸쓸한 어른이 되어 버렸다.

그렇게 혼자서 터덜터덜 걸어가고 있는데 운동장 한가운데 서서 날 바라보고 있는 유환을 발견했다.

설마 여기서 날 기다리고 있었던 건가?

그를 발견하고 걸음을 멈추자 내 앞으로 유환이 걸어왔다. 그에게만 세월이 빗겨 나간 것처럼 짙은 남색 교복이 아직도 그렇게 잘 어울리는 유환은 모델처럼 유연한 긴 다리로 내 앞에 걸어와 우뚝 섰다.

"생각해 보니까 말이야."

먼저 말을 꺼낸 그는 넓은 운동장을 한 번 둘러보더니 이어서 말했다.

"여기서 용서를 비는 게 좋겠어."

그와 둘이서 운동장 위에 마주 보고 서 있자니 4년 전 운동장에서의 일이 떠오른다. 바로 어제 일처럼 생생히 떠오르는 내 인생에서 지우고 싶은 지독히도 싫은 기억이다.

"그럴 필요 없어."

그와 이 운동장은 트라우마처럼 피하고만 싶다. 상처로부터 도망치고만 싶다.

그저 연애 한 번 하다가 헤어졌을 뿐인데 지독한 병에 걸린 것처럼 이러는 내가 나도 싫었다.

그런 내 얼굴을 들여다보며 마치 내 마음을 빤히 아는 듯한 표정을 짓던 유환은 낮은 목소리로 나직하게 말했다.

"꼭 할 얘기가 있어. 들어 줄 때까지 기다릴게."

마음대로 하라지. 기다리건 말건 네 멋대로 하라지.

"마음대로 해. 난 안 올 테니까."

난 신유환을 뒤에 남겨 놓고 걸어갔다. 마치 4년 전의 신유환처럼. 울고 있는 나를 차갑게 지나쳐 걸어가던 신유환처럼.

"천천히 와도 돼. 나 벌 받아야 하니까. 널 아프게 한 벌."

교문 밖으로 걸어 나와 살짝 뒤를 돌아보자 유환은 아까 그 자세대로 우두커니 서 있었다. 나는 두 눈을 가늘게 뜨고 씁쓸한 미소를 머금으며 다시 돌아섰다.

내가 다시 돌아갈 줄 알았다면 그건 오산이야. 나도 매정했던 너처럼 다시 돌아가지 않을 거야. 그런 유치한 치기가 마음 한구석에서 일고 있었다.

학교 밖으로 걸어 나오자 막상 집에 일찍 들어가기가 싫어졌다.

이런 복잡하고 무거운 마음으로 집에 곧장 가기 싫었던 나는 휴대폰을 꺼내 오랜만에 고등학교 동창 친구들을 불러냈다. 근처 대학에 다니고 있는 친구들은 취업 준비로 바쁜 와중에도 내가 전화를 하자 반색을 하며 득달같이 달려 나왔다.

"야, 은서진! 교생실습 하느라 바쁘다고 코빼기도 안 비치더니 오늘은 어쩐 일이야?"

"그러게. 얼굴 까먹는 줄 알았어. 연락도 없고, 아주 잠수 타기 여왕님이셔."

"미안. 내가 요즘 좀 정신이 없었어. 대신 오늘 내가 맛있는 거 쏠 테니 말만 해."

나는 보기만 해도 편안한 고등학교 친구들인 미주와 희은을 만났다. 식성이 비슷한 우리 세 사람은 크게 고민할 필요도 없이 셋 다 좋아하는 파스타집으로 갔다. 맛있는 스파게티를 시켜서 바게트 빵과 같이 먹으며 밀린 이야기를 털어놓았다. 2차로 노래방에 가서 신 나게 노래를 부르고 3차로 술집에 들어가 회포를 풀었다.

이야기는 끝이 없이 이어졌다. 교생실습 이야기며 취업 준비 이야기, 또 면접에서 여러 번 낙방한 이야기 등 우리는 시간 가는 줄 모르고 자신이 경험한 이야기들을 즐겁게 이야기하며 웃고 떠들었다. 누구보다 서로를 잘 아는 고등학교 친구들이라 그런지 애써 잘 보일 필요도 없고 솔직하게 떠들 수 있어 마음이 편하고 푸근했다.

하지만 그런 떠들썩한 와중에도 나는 간간이 습관처럼 손목시계를 들여다보고 있었다. 그러지 않으려고 해도 자꾸 운동장에 서 있던 유환의 모습이 떠올랐다.

지금쯤이면 벌써 돌아갔겠지 뭐. 이 밤까지 기다리고 있을 리가 없잖아.

나는 씁쓸함을 입가에 머금고 맥주 한 모금을 들이켰다.

"참, 내가 건형이한테 신유환 소식을 들었는데."

유환의 고등학교 친구였던 건형과 아직까지도 사귀고 있는 미주가 갑작스레 그 말을 꺼냈다.

그러자 옆에 있던 희은이 내 눈치를 살피더니 미주의 옆구리를 푹 찌르며 핀잔을 줬다.

"야, 서진이 앞에서 갑자기 걔 얘기는 왜 꺼내?"

내 앞에서 신유환의 얘기를 안 하는 건 아직까지도 친구들 사이에서 암묵적인 규칙이 되어 있었다.

하지만 이미 술에 취한 미주는 꼬부라진 혀로 말했다.

"뭐 어때? 이제 이미 다 지난 일인데 상관없잖아. 괜찮지? 서진아."

"그래, 상관없어. 이제 그런 걸로 내 눈치 보지 마. 그러면 내가 더 불편해."

난 예전부터 친구들이 내 눈치를 보느라 가급적 고등학교 때 이야기를 피하는 등, 고등학교 때부터 사귀던 남자 친구 이야기를 피하는 등 불편해하는 게 싫었기에 이 기회에 솔직하게 터놓고 말했다.

그러자 미주는 안심하고 자연스레 말을 하기 시작했다.

"신유환이 그때 갑자기 친구들한테 소식 다 끊고 잠적했잖아. 그런데 이제야 돌아왔대."

"그동안 대체 뭐 하다가?"

희은이 역시 신유환의 소식이 궁금했던지 미주를 향해 관심 있게 물었다.

"아팠었다나 봐."

"아파? 어디가?"

말은 그렇게 쿨하게 했지만 역시 유환에 대한 얘기는 편치 않았던 나는 그냥 흘려듣는 척 맥주 마시는 데에만 집중하고 있다가 그가 아팠다는 그 말에 두 눈동자가 정지되었다.

"자세한 건 모르겠고, 미국까지 가서 수술을 할 정도였대. 한국에선 가망 없다고 해서. 거의 죽을 뻔하다가 살아났다던데? 독한 새끼라고 욕하더라, 건형이가. 하마터면 친구 죽은 줄도 모르고 살 뻔했다고."

"신유환이 아팠대? 어머, 웬일이니."

희은은 놀라면서 말하다가 가만히 내 눈치를 살폈다. 걸걸하고 쾌활한 성격의 미주와는 달리 섬세하고 속 깊은 성격의 희은은 나를 신경 쓰고 있었다.

나는 아무 말 없이 가만히 있었지만 맥주잔을 잡고 있는 손끝이 떨리며 차가워지고 있었다.

아팠다고? 신유환이…….

믿어지지 않았다. 그토록 건강해 보이기만 했던 유환이 그런 큰 수술까지 할 정도였다니.

설마 그게 우리의 이별과 상관이 있었을까? 아니, 그런 건 아니겠지. 그런 건 아닐 거야.

나도 모르게 신유환의 병을 우리의 이별과 연관시키며 생각하고 있는 내가 어이없었다.

"아무튼 사람 일은 모르는 거라고 그 잘난 신유환이 그런 병에 걸렸을 줄 누가 알았겠어?"

"이제 그 얘기는 그만하자, 미주야. 아무래도 서진이가 불편할 것 같은데."

희은은 술병을 붙잡고 주정을 부리듯 말하는 미주를 말리며 말했다.

나는 그런 미주를 바라보며 술에 취해 괜한 소리를 하는 거라고, 그럴 리가 없다고 고개를 저으며 스스로를 합리화시켰다.

"아무래도 미주 많이 취한 것 같은데 건형이 불러야겠다."

"그래, 그래야 할 것 같아. 잠깐만, 내가 부를게."

가방에서 휴대폰을 꺼내는 희은을 물끄러미 바라보던 나는 다시 한 번 손목시계를 습관처럼 내려다보았다. 시계는 벌써 12시를 가리키고 있었다. 설마, 아직까지 거기 있을 리는 없지만 초조하고 불안한 마음이 드는 건 왜일까.

"미안한데 희은아, 나 먼저 좀 가 봐야겠다."

"그럴래? 그래. 미주는 내가 건형이 올 때까지 기다렸다가 보낼 테니까 걱정 말고 먼저 가 봐."

"미안해. 내가 연락할게."

"그래. 조심히 잘 가."

"응, 너도."

술집에서 빠져나온 나는 부랴부랴 지나가는 택시 하나를 잡았다.

미터기를 켜는 택시기사님께 '태한고등학교'로 가 달라고 말씀드렸다. 자정이 가까워진 이 오밤중에 학교로 가 달라는 내 말이 이상했던지 내 얼굴을 다시 한 번 스윽 쳐다보던 기사님은 다행히 말없이 운전을 시작했다.

-궁금하지 않아? 내가 왜 아직도 여기 있는지.

-장난 아니었어. 나도 진심이었다고.

-그러니까 그때 내가 왜 그랬는지 이유를 말해 주면 되잖아.

-지금부터 진실을 말하면…… 믿어 줄래?

-미치도록 보고 싶었다, 은서진.

-어떻게 해야 내 말을 들어 주겠냐?

-꼭 할 얘기가 있어. 들어 줄 때까지 기다릴게.

녀석이 내게 했던 말 하나하나가 다시 머릿속에서 새록새록 떠오르고 있었다. 그때 내가 들었던 목소리와는 또 다른 목소리로 녀석은 분명히 말하고 있었다. 내가 화가 나서 듣지 않으려 했던 말들을, 외면했던 말들을 녀석은 다시 내 머릿속에서 진심인 것 같은 표정으로 되풀이해서 말하고 있었다.

도대체 하고 싶은 말이 뭐야? 네가 말하는 진실이라는 게 뭐야?

혹시 아직까지 거기 남아 있다면 한번 들어 보는 것도 나쁘지 않을 거라는 생각이 들었다. 혹시 아직까지 거기서 날 기다리고 있는 거라면.

그리고 궁금했다. 미주의 말이 사실인 건지. 정말 어디가 많이 아팠었던 건지.

택시 뒷좌석의 시트에 몸을 묻고 있던 나는 두 눈을 아프게 지그시 감았다.

12장. 용서 못 해

택시에서 내린 나는 교문을 지나 어둠이 내려앉은 컴컴한 운동장으로 걸어갔다.

사방엔 어둠이 짙게 내려앉아 있었다. 낮엔 활기로 가득 찼던 학교는 죽음 같은 고요함에 휩싸여 있었다. 모래알이 서걱거리는 학교 운동장을 밟으며 천천히 걸어가 보았지만 어디를 둘러봐도 적막한 어둠뿐이었다. 유환이 기다리고 있을 거라고 생각한 건 나만의 바보 같은 착각이었나 보다.

"역시 그럴 리가 없지."

몸을 돌려 뒤돌아가려던 나는 언뜻 어둠 속에서 무언가를 발견한 것 같았다. 눈을 가늘게 뜨고 쳐다보니 어둠 속에서 사람의 인영 비슷한 것이 하나 우두커니 서 있었다.

설마 하는 마음에 가까이 다가가 보니 운동장 한가운데 유환이

서 있었다. 한 번도 그곳을 벗어난 적 없는 듯 교복을 입은 채 아까 서 있던 그 자세 그대로 암흑 속에서 홀로 우두커니 서 있었다.

"너 아직까지 여기서 뭐 하는 거야? 설마 지금까지 날 기다린 거야?"

내 목소리를 듣고 돌아선 유환은 힘든 기색 하나 없이 나를 보고 환한 미소를 지었다. 달빛과 별빛밖에 없는 어둠 속에서 녀석의 작고 하얀 얼굴은 환하게 빛났다.

"와 줬구나."

그 따뜻한 음성을 듣자 왜 화부터 치밀어 오르는지 모르겠다. 내가 친구들과 함께 밖에서 밥을 먹고 노래를 부르고 술을 마시는 동안 녀석은 여기서 꼼짝도 안 하고 나를 기다리고 있었다니, 왠지 모르지만 그냥 화부터 났다.

"내가 안 왔으면 여기서 밤이라도 새려고 그랬어? 대체 병원에서 퇴원한 지 얼마나 됐다고……."

내가 화내며 말하는 동안 내 앞까지 가까이 다가온 유환은 주머니에서 두 손을 빼더니 갑자기 내 앞에서 천천히 무릎을 꿇었다.

"왜 이래? 너 갑자기 왜 이래?"

놀란 내 물음에도 아무런 대답 없이 그대로 무릎을 꿇고 주저앉은 유환은 천천히 고개를 들어 나를 올려다보았다. 순간 말문이 막힐 정도로 시리고 서늘한 검은색 눈동자가 나를 바라보고 있었다.

"야, 빨리 일어나. 누가 보면 어쩌려고."

시커먼 어둠이 내려앉은 운동장엔 우리를 제외한 어느 누구도 없었지만 나는 주위를 급하게 둘러보며 당황하여 말했다. 혹시라도 누군가에게 목격되어 구경거리라도 될까 봐 괴이한 행동을 하고 있는 유환을 빨리 일으키려고 팔을 잡았을 때였다. 유환이 나를 바라보며 입을 열었다.

"사과하려고 기다렸어. 4년 전에 널 울린 이 운동장에서 제대로 사과하고 싶었어."

유환의 진심 어린 목소리에 나는 잡고 있던 그의 팔을 놓쳐 버렸다.

그의 팔을 놓쳐 버린 내 두 손은 힘없이 아래로 떨어지고 내 두 눈동자는 허공 속에서 정지되었다.

"날 용서할 순 없겠지만 그래도 내 사과 받아 줄래? 서진아. 헤어지지 말자고 약속해 놓고 내가 먼저 헤어지자고 말해서 미안해. 울리지 않겠다고 약속해 놓고 널 그렇게 많이 울려서 미안해. 떠나지 않겠다고 약속해 놓고 내 멋대로 네 곁을 떠나서 미안해. 미안해, 상처만 줘서 널 아프게만 해서 미안해."

그의 말을 들은 나는 나도 모르게 얼굴에서 눈물이 뚝뚝 떨어지고 있다는 걸 뒤늦게 깨달았다. 고장 난 수도꼭지처럼 내 의지와는 상관없이 뚝뚝 떨어지는 눈물. 굵고 뜨거운 그것들이 내 두 눈에서 하염없이 쏟아지고 있었다.

4년 전 그날처럼 나는 또다시 이 운동장에서 이 녀석 때문에 눈물을 흘리고 있었다.

"그러게 미안할 거면서 왜 그랬어? 그땐 왜 그렇게 잔인했냐고, 이 나쁜 자식아!"

나는 유환을 향해 그동안 쌓여 있던 앙금을 터트리며 눈물 섞인 목소리로 소리를 질렀다.

이 조용하고 텅 빈 운동장에서 나의 원망 섞인 절규가 밤공기를 가르며 날카롭게 되돌아왔다.

조금 전까지만 하더라도 혹시 누가 보기라도 할까 봐 무릎 꿇은 그를 일으키려고 했던 나였는데, 지금은 누가 보든 말든 내 목소리를 듣든 말든 상관없어졌다. 그런 건 이미 내겐 모두 무의미해져 버렸다.

"이제 와서 이런 말 하는 거 변명 같아서 그래서 말하기 싫지만, 그땐 내가 좀 아팠어. 내 몸 하나 감당하기도 힘들어서 그래서 그랬어. 나 아픈 거 알고 너까지 옆에서 울면 그땐 나 정말 미쳐 버릴 것 같았거든. 너 걱정시키기 싫어서 그랬어. 너 가슴 아프게 하기 싫어서 그랬어. 그래서 그냥 차라리 내가 나쁜 놈이 되기로 하고 너한테 거짓말을 하고 떠났던 거야."

유환의 말을 듣고 갑자기 온몸에서 기운이 빠져 버린 나는 그대로 풀썩 바닥에 주저앉아 버렸다. 하이힐 한 짝이 발에서 벗겨지고 손에서 떨어진 가방이 흙바닥 위에서 뒹구는 것 따윈 신경 쓸 겨를이 없었다. 그저 멍하니 앉아서 유환에게서 들은 말을 곱씹고 또 곱씹어 보았다.

아까 술집에서 미주에게서 들었던 말들이 새삼스레 떠올랐다.

-자세한 건 모르겠고, 미국까지 가서 수술을 할 정도였대. 한국에선 가망 없다고 해서. 거의 죽을 뻔하다가 살아났다던데? 독한 새끼라고 욕하더라, 건형이가. 하마터면 친구 죽은 줄도 모르고 살 뻔했다고.

그 말들이 모두 사실이었구나. 미주의 말이 맞았구나.

무릎을 꿇은 유환의 앞에 아무렇게나 주저앉아 버린 나는 유환의 얼굴을 바라보며 도저히 믿어지지 않는 얼굴로 중얼거렸다.

"아팠어? 죽을 정도로 아팠어?"

"아니. 그 정도까지는 아니고."

"어디가 아팠는데?"

"머리."

"지금은?"

"보다시피 멀쩡해."

나를 보며 슬픈 미소를 짓고 있는 유환의 뺨을 나도 모르게 세게 때리고 말았다. 청량한 밤공기를 가르는 날카로운 마찰음이 주위의 깊은 정적을 깼다. '짝' 하는 소리가 내 가슴을 예리한 칼날처럼 찢어 놓고 지나갔다.

"왜 그렇게 이기적이야? 그런 것도 모르고 아무것도 모르고 덜컥 이별 통보 받아들인 내 마음의 상처는 어쩔 거야? 그런 것도 모르고 너 아픈 것도 모르고 그냥 너 원망만 하고 미워만 한 내 4년은 어쩔 거야?"

난 눈물이 가득 담긴 눈으로 그를 쏘아보며 아랫입술을 피가 나도록 아프게 깨물었다.

"그땐 내가 너무 어려서 그 방법밖에 몰랐어. 너한테 나 아픈 거 보여 주기 싫었어. 시간이 너무 없어서 그렇게밖에 할 수 없었어. 미안해. 내가 어리석었어. 미안해, 서진아."

심장이 너무 아파서 제대로 숨을 쉴 수가 없었다. 나는 두 손으로 입을 틀어막고 끊임없이 뜨거운 눈물만 흘리고 있었다. 아무 말도 할 수가 없었다. 숨도 쉴 수 없었다. 입을 열면 오열이 터져 나올까 봐 나는 아무것도 할 수가 없었다.

문득 내 머릿속에선 지난 일이 섬광처럼 스치고 지나갔다.

-유환아, 어디 아파?

-머리가 조금 아파서.

-어디 봐. 열은 안 나는데? 이 식은땀 좀 봐. 많이 아픈 거 아냐?

-편두통인가 봐. 걱정 마. 금방 괜찮아질 거야.

나는 머리가 어지러울 정도로 뜨거운 한숨을 토해 내며 안타까운 목소리로 울부짖었다.

"바보야, 그래도 그렇지. 나한테는 말을 했어야지. 혼자서 얼마나 괴로웠을 거야? 혼자서 얼마나 고통스러웠을 거야? 왜 사실대로 말하지 않았어? 왜?"

"그땐 그게 최선이라고 생각했어."

"바보야, 최선은 함께하는 거야. 어떤 일이 있어도 무슨 일이 생겨도 함께하는 거라고. 난 널 용서 못 해. 용서 못 한다고."

심장에서 붉은 피가 쏟아져 나오는 것 같았다. 뜨거운 붉은 피가 콸콸 쏟아져 내 가슴속을 가득 채우고 있는 것 같았다.

4년 전 이별의 진실을 알아 버린 이 순간, 내가 싫어져 떠난 게 아니라 그의 갑작스러운 병 때문에 나를 떠날 수밖에 없었다는 진실을 마주하는 이 순간, 내 속에서는 그에 대한 원망과 미움이 녹아내리는 대신 또 다른 이유로 그에 대한 원망과 미움이 가득 차 버렸다.

나는 유환을 원망스럽게 노려보며 끊임없이 눈물을 흘렸다. 내 속에 아직도 이렇게 많은 눈물이 남아 있었는지 몰랐다.

어느새 달빛이 비친 유환의 얼굴에서도 투명한 눈물이 끊임없이 흘러내리고 있었다.

"미안해. 미안해, 서진아……."

그의 물기 젖은 나직한 목소리가 내 귀에 아프게 들려왔다.

왜 처음부터 내게 알려 주지 않은 건지. 왜 그렇게 힘들고 아플 때 내겐 곁에 있을 기회조차 주지 않은 건지. 왜 날 떠날 생각만 했는지. 그가 너무나 원망스러웠다.

난 너에게 무슨 일이 있어도 끝까지 함께할 수 있었는데 나를 믿지 못했던 거니? 아니면 난 그렇게 쉽게 버릴 수 있는 가벼운 인연이었던 거니?

나에겐 네가 세상의 전부였는데…….

"날 때려. 화가 풀릴 때까지 때려."

유환은 내 손을 잡고 자신의 뺨을 때리기 시작했다. 찰싹거리는 소리가 연이어 들렸다. 그 소리가 내 심장을 더 찢어 놓는 것 같았다.

그의 손에서 손을 잡아 뺀 나는 이를 악물고 비틀거리며 자리에서 일어나 벗겨진 한쪽 하이힐을 신고 흙 묻은 가방을 들었다.

"서진아……."

"놔! 다신 꼴도 보기 싫어!"

난 나를 부축하는 유환의 손을 거칠게 뿌리쳤다.

그리고 교문을 향해 뛰어갔다. 마침 택시 한 대가 다가오고 있었다. 손을 들어 그 택시를 잡아탔다.

집주소를 말하고 뒷좌석 시트에 기대어 앉은 나는 백미러를 통해 유환이 어둠 속에 우두커니 혼자 서 있는 모습을 발견했다. 그의 모습은 어둠 속에서 점점 작은 점이 되어 사라져 버렸다.

나는 아직도 뜨거운 눈물이 흐르는 얼굴을 두 손으로 가려 버렸다.

집으로 돌아온 나는 침대 위에 쓰러지듯 누워 잠을 청했다. 흙이 잔뜩 묻어 있는 옷을 갈아입지도 않고 눈물범벅이 된 얼굴을 씻지도 않고 그저 죽은 듯이 조용히 잠을 잤다.

빨리 곯아떨어지지 않고서는 못 견딜 밤이었다.

지독히도 아픈 밤이었다.

다음 날 정오까지 나는 긴긴 잠을 잤다. 겨울잠을 자는 곰처럼 아주 긴 잠을.

영원히 깨고 싶지 않았지만 밝아 오는 햇살에 눈이 부셔 저절로 눈이 떠졌다.

나는 멍한 얼굴로 한참 동안 창밖만 바라보았다. 아침이 돌아온 게 원망스럽다는 듯이 한동안 차가운 눈길로 푸른 하늘과 밝은 태양을 바라보았다.

다행히 오늘은 토요일이었다. 퉁퉁 부은 눈으로 출근하지 않아도 되었다.

긴 잠을 잤어도 묵직한 머리를 붙잡고 자리에서 일어난 나는 일어나 욕실에서 샤워를 하고 돌아와 더러워진 침대 시트를 걷어 내어 빨았다. 그리고 내친김에 집안 대청소까지 했다. 빨래를 하고 청소를 하고 쓰레기를 갖다 버리고 정리를 하고 오랜만에 그렇게 집안 구석구석을 청소했다. 마치 다른 생각을 하지 않으려고 발버둥 치는 것처럼 가만히 있을 틈 없이 계속해서 움직이며 집안일을 했다.

그러던 중 지훈 씨에게서 연락이 와서 저녁에 만나 같이 밥을 먹기로 했다.

어느새 금세 저녁은 찾아왔고 가까운 레스토랑에서 만난 우리는 스테이크와 샐러드, 스파게티를 주문했다.

음식 냄새를 맡으니 갑자기 배가 엄청나게 고파지는 걸 느꼈다. 그러고 보니 하루 종일 한 끼의 식사도 하지 않았다는 걸 그때서야 깨달았다.

"천천히 먹어. 체하겠다."

지훈 씨는 음식이 나오자마자 허겁지겁 먹어 대는 나를 보고 염려스럽게 말했다.

그러나 나는 숨 쉴 틈도 없이 음식을 이것저것 마구 허겁지겁 집어먹었다. 마치 비어 있던 위장을 음식물로 가득 채우려는 것처럼 엄청난 식탐을 부렸다.

평소에는 입 짧던 내가 갑자기 엄청난 식욕을 보이며 접시를 비워 가는 걸 보던 지훈 씨는 크게 놀란 표정이었다.

"왜 그렇게 많이 먹어? 그러다 병나면 어쩌려고."

"그냥 자꾸자꾸 들어가네."

나는 와인까지 한잔 들이켜며 씨익 웃었다. 억지로 웃고 있는 내 모습이 불안해 보였는지 지훈 씨는 한숨을 내쉬며 물었다.

"무슨 일 있니?"

"아니, 무슨 일은. 그냥 속이 허한가 봐."

지훈 씨는 이런 내 불안해 보이는 모습에 식욕을 잃었는지 포크를 내려놓고는 와인만 조금씩 들이켜며 음식을 먹어치우는 나를 물끄러미 바라만 보았다.

나는 지금 주문한 것으로도 모자라 음식을 두 종류나 더 시키고 그것마저도 모두 싹싹 먹어치웠다.

이렇게 과식을 한 건 태어나 처음인 것 같았다. 먹깨비처럼 그

릇들을 혼자서 싹싹 비운 나는 뒤늦은 민망함에 지훈 씨를 바라보고 헤헤 웃었다.

"나 방금 먹깨비 같았지?"

"그래. 세상에서 제일 예쁜 먹깨비 같았다."

"헤헤헤."

"또 먹고 싶은 건 없어? 다 사 줄게. 뭐든 말해."

"아니. 내일까지 아무것도 안 먹어도 배부를 것 같아."

위장이 여러 가지 음식물들로 꽉 차오른 느낌이었다. 숨조차 쉬기 힘든 포만감을 느끼며 나는 미소를 지었다.

레스토랑에서 나온 우리는 근처를 산책하듯 걸었다.

주말이라 그런지 거리엔 연인으로 보이는 커플들이 꽤 많이 보였다. 모두들 즐거운 얼굴로 우리의 곁을 스쳐 지나가고 있었다.

그들의 눈에도 나는 행복한 사람처럼 보일까 문득 궁금해졌다.

걷다 보니 도로 한쪽에서 솜사탕 장수가 보였다. 그 앞을 지나가던 연인들은 행복한 표정으로 솜사탕을 하나씩 사고 있었다.

"솜사탕 사 줄까?"

물끄러미 그쪽을 바라보고 있던 나의 시선을 의식한 지훈 씨는 지갑을 꺼내며 물었다.

그에 나는 고개를 도리도리 저으며 대답했다.

"아니. 나 솜사탕 싫어해."

예전엔 세상에서 가장 좋아했는데 그날 이후로 솜사탕이 세상에서 제일 싫어져 버렸다.

내게 마지막 선물로 솜사탕을 사 주고 떠나가 버린 그 나쁜 녀석 때문에.

-시간이 영원히 멈춰 버렸으면 좋겠다.

그때 솜사탕을 먹는 내게 키스를 하기 전에 나지막하게 중얼거렸던 녀석의 쓸쓸한 목소리가 문득 떠올랐다.

그럼 그때부터 나를 떠날 준비를 했던 거니? 그래서 내게 마지막으로 선물을 사 주려고 했던 거니?

나쁜 녀석, 절대로 용서 못 해.

갑자기 속이 답답하고 메스껍게 느껴진 나는 주먹을 쥐고 가슴을 쾅쾅 내리쳤다. 과식을 한 탓인지 속이 더부룩하고 불편했다.

"왜 그래? 소화 안 돼?"

"응. 속이 조금 답답해서."

나는 소화되지 않는 음식물들을 보고 어서 내려가라는 듯 두 주먹으로 계속해서 가슴을 세게 내리쳤다.

"저런, 그러다 멍들겠다. 그만해."

지훈 씨는 그런 나의 팔을 잡고 말리며 걱정스러운 듯 물었다.

"약국 가서 소화제나 한 병 사 줄까? 아님 병원 갈래?"

"아니야. 그 정도는 아니야. 걱정 마. 금방 괜찮아질 거야."

-내가 만약에 죽으면 넌 어떻게 할 거야?

유환이 언젠가 내게 했던 말이 들려왔다. 마치 환청처럼 그가 예전에 했던 그 말이 세월을 거슬러 내 귀에 다시 들려왔다.

-만약에 말이야. 사람이 살다 보면 앞일을 모르는 거잖아. 갑자기 교통사고가 난다든가 병에 걸렸든가 해서 죽을 수도 있잖아.

나는 두 손으로 귀를 틀어막고 갑자기 걸음을 멈추었다.

소리를 지르며 그만하라고 외치고 싶었다. 마치 퍼즐의 조각이 맞춰지는 것처럼 문득문득 들려오는 과거의 목소리에서 벗어나고 싶었다.

"왜 그래?"

지훈 씨가 그런 내 행동을 보고 의아하게 물었다.

"아니야, 아무것도."

"너 오늘 좀 이상하다."

나도 내가 오늘 이상하다는 걸 안다.

하지만 이건 내가 스스로 제어할 수 있는 종류의 것이 아니었다.

극도의 심리적 스트레스는 내 몸에까지 영향을 끼치고 있었다.

"지훈 씨, 술 마시러 가자."

갑작스러운 나의 제안에 지훈 씨는 놀라며 물었다.

"응? 소화 안 된다며?"

"술은 괜찮을 것 같아. 마시러 가자."

나는 헤헤헤 웃으며 지훈 씨의 손을 잡고 가까운 술집으로 이끌었다.

그곳은 젊은 사람들이 많이 찾는 캐주얼 술집이었다. 구석진 자리에 자리 잡은 난 메뉴판을 제대로 보지도 않은 채 간단한 과일 안주와 소주를 시켰다.

"허이구, 술 들어갈 배는 따로 있어?"

"그럼, 그건 따로 있지."

"어련하시겠어? 어째 요즘 좀 잠잠하다 싶었지."

나는 지훈 씨의 농담에 피식 웃으며 직원이 가져온 술병을 반갑게 맞이하며 술잔에 따라 마셨다.

술을 마시고 다 잊어버렸으면 좋겠다. 그 녀석이 내게 했던 말들도, 그 녀석과의 몹쓸 추억도 모두 다 잊어버렸으면 좋겠다.

"천천히 마셔. 그러다 몸 상하겠다."

안주는 손도 대지 않은 채 연달아 술잔만 비우고 있는 나를 바라보고 있던 지훈 씨가 또다시 술잔을 채우려는 내 팔을 잡고 말렸다.

"오늘은 필름이 끊길 때까지 마실 거야. 나 말려도 소용없어."

나는 고집스럽게 또 술잔을 채우며 한 번에 들이마셨다.

"캬~ 맛있다. 오늘따라 술이 잘 넘어가네? 헤헤."

나는 실없이 웃으며 술잔을 비우고 또 비웠다. 독한 소주로 가슴속 아픔이 씻겨 내려가길 바라는 것처럼 그렇게 말없이 술만 들이켰다.

"도대체 왜 그러는 건지 나한테 말해 줄 순 없는 거야?"

어느새 지훈 씨는 쓰디쓴 담배를 입에 물고 물끄러미 나를 바라보고 있었다.

"미안해. 미안해, 지훈 씨."

"뭐가?"

"그냥 다. 지훈 씨한테는 미안한 일뿐이네."

문득 내가 지훈 씨한테는 너무 나쁜 사람이 아닐까 하는 생각이 들었다.

"그러지 않아도 돼."

나는 지훈 씨에게 너무 이기적인 사람이고 못된 사람인 것 같다는 생각이 들었다. 그래서 그런 내가 참을 수 없이 미워졌다.

"우리…… 이제 그만할까?"

"……뭘?"

"이런 거 말이야."

"……."

나를 가만히 쳐다보고 있는 지훈 씨를 뜨거운 눈시울로 마주 보던 나는 도리도리 고개를 저으며 말했다.

"아니야. 아무 말도 아니야. 그냥 마음이 너무 아파서 미칠 것 같아서, 술이라도 마시지 않으면 죽을 것 같아서 그래."

취기가 올라온다. 눈앞이 흐릿해지고 가슴이 울렁거리고 어지럽기 시작한다.

그래, 좋다. 이러다 확 필름이 끊겨 버렸으면 좋겠다. 그러면 이렇게 가슴이 아플 일도 없을 텐데.

어느새 혼자서 소주 한 병을 다 비운 나는 두 번째 술병을 따라 마시고 있었다.

흠뻑 취하고 싶은 나의 이런 마음을 아는지 지훈 씨도 더 이상 나를 말리지 않았다.

"지훈 씨, 죽는다는 게 어떤 거야? 고작 19살에 죽음의 위기를 겪는다는 건 어떤 거지?"

알코올에 중독된 내 혀는 형편없이 꼬인 말소리를 흘려보내고 있었다.

"송두리째 세상이 흔들리겠지."

지훈 씨는 이런 나의 형편없는 술주정에도 귀찮아하지 않고 여전히 친절하게 잘 받아 주고 있었다.

"그렇겠지? 정신도 차릴 수 없겠지?"

"왜? 아는 사람 얘기야?"

“내색 한 번 안 했어. 그 큰일을 겪으면서. 덕분에 모두가 속아 넘어갔지 뭐야. 자기 몸 하나 챙기기도 힘들 텐데 남겨질 날 위해 그런 연극까지 했어.”

나는 쓰디쓴 술을 목젖을 통해 흘러 넘기며 아프게 중얼거렸다.

“그런데 내가 어떻게 용서해? 그 녀석을 어떻게 용서해?”

내 얼굴을 타고 흘러내리는 뜨겁고 축축한 물기를 닦을 생각도 안 한 채 나는 그렇게 계속 멍하니 중얼거리기만 했다.

“죽어도, 죽어도 용서 못 해. 나쁜 자식.”

쿵 하고 테이블 위로 머리를 박은 서진은 눈물을 흘리며 정신을 잃고 말았다.

그렇게 술을 퍼마셔 대더니 기어이 자신의 말처럼 필름이 끊기고 만 것이었다.

그런 서진을 한동안 물끄러미 쳐다보며 담배만 태우던 지훈은 쓸쓸한 목소리로 혼자서 중얼거렸다.

“난 안 되는 거냐?”

지훈은 한 손을 뻗어 서진의 얼굴 위로 흘러내리는 머리카락을 부드럽게 뒤로 넘겨 주었다.

“네 예쁜 마음 난 죽어도 가질 수 없는 거야?”

처음 서진을 봤을 때부터 지훈은 그랬다. 그녀의 마음이 탐이 났다. 아무에게도 열지 않는 얼음 같은 그 마음이 갖고 싶었다. 다른 어떤 여자에게도 가진 적 없던 순수한 진심이었다.

그래서 기다리고 또 기다렸다. 그녀의 마음이 온전히 그에게 모두 열릴 때까지 하루하루 기쁘고 설레는 마음으로 기다렸다.

"하지만 네 마음은 점점 더 멀어져만 가네."

눈물을 흘리며 쓰러진 서진의 가냘픈 얼굴이 애처롭기만 해서 지훈은 커다란 손으로 그녀의 머리통을 부드럽게 쓰다듬어 주었다.

"널 이렇게 흔들어 놓는 그 사람이 대체 누구야?"

대체 어떤 괘씸한 녀석이기에 이렇게 서진을 아프게 하는지 모르겠다.

"참 부럽다, 그 녀석."

쓸쓸하게 혼잣말을 중얼거리던 지훈은 문득 낮은 음성으로 조용히 노래를 부르기 시작했다.

"내 사랑아 내 사랑아 나의 사랑 은서진, 늙은 아비 혼자 두고 영영 어디 갔느냐……."

꿈속에서만은 부디 아프지 않기를.

13장. 얼음땡

"으음."

힘겹게 눈을 뜬 난 깨질 듯한 두통이 느껴지는 머리를 부여잡고 얕은 신음을 흘렸다.

기억을 더듬어 보니 술집에서 마지막으로 정신을 잃은 것 같은데 눈을 뜬 곳은 그녀의 푹신한 침대 위였다. 아마도 지훈 씨가 그녀를 여기까지 곱게 데려다주고 간 것 같았다.

도대체 어제 술을 얼마나 마신 건지. 속이 말이 아니었다. 과식에 과음까지 했으니 그럴 만도 하겠지만 말이다.

침대에서 몸을 일으키니 갑자기 참을 수 없는 구역질이 올라왔다.

화장실로 뛰어 들어가 변기 뚜껑을 열고 웩웩대며 구토를 했다.

그러자 어제 먹은 것들이 몽땅 쏟아져 나오는 것 같았다.

차라리 속을 몽땅 비우고 나니 편해지는 기분이 든다. 명치끝을 누르고 있던 묵직하고 답답한 고통이 사라져 버렸다. 하지만 여전히 머리는 지끈지끈 아파 왔다.

옷을 훌렁 벗어 던지고 샤워를 했다. 차가운 물줄기를 맞으니 그제야 조금씩 정신이 돌아오는 것 같았다.

"하아."

무거운 한숨이 흘러나왔다.

나는 거울 속에 비친 젖은 내 얼굴을 가만히 들여다보았다.

금방이라도 울음이 터져 나올 것 같은 얼굴. 그 얼굴 속에서 4년 전 아무것도 모르고 이별 통보를 받아들이던 내 모습이 떠올랐다.

그때 알았더라면 어땠을까.

나는 감당할 수 있었을까.

나는 다시 머리 위로 차가운 물줄기를 뿌렸다. 아주 오랫동안.

샤워를 마치고 거실에 나와 멀거니 창밖만 바라보던 나는 갑자기 옷을 챙겨 입고 화장을 했다.

어디로 가야 할지 목적지도 정해 놓지 않은 채 그저 외출 채비를 하고 무작정 집에서 나와 버렸다. 그저 움직이지 않으면 안 될 것 같았다. 집에 가만히 있으면 미쳐 버릴 것 같았다.

정처 없이 거리를 걷던 내가 마침내 당도한 곳은 태한고등학교였다. 정신을 차리고 보니 나는 어느새 이곳 앞에 도착해 있었다.

나는 내가 왜 이곳으로 왔을까 하고 생각했다. 모르겠다. 다만 내 발길이 저절로 나를 이곳으로 이끌었다.

나는 뭐에 홀린 듯이 천천히 교문 안으로 걸어 들어갔다. 일요일 오후라 그런지 인적 드문 휑한 운동장에 걸어 들어간 나는 멍하니 한참을 서 있다가 갑자기 무언가를 찾기 시작했다.

교정에 심어진 나무들을 하나하나씩 살펴보며 다녔다.

그 나무가 아직도 있을까? 예전에 심었던 그 나무가 아직도 있을까?

식목일 행사라고 해서 유환과 함께 교정에 심었던 이팝나무. 5월에 꽃이 핀다는 이팝나무는 꽃의 모양이 송이송이 내리는 눈과 같아서 보고 있노라면 5월에 눈이 온 것 같은 느낌을 준다고 한다.

-5월에 내리는 눈이라, 상상만 해도 정말 아름답다.

-우리 둘이 심은 나무인데 튼튼하게 잘 자랐으면 좋겠다.

-유환아, 난 빨리 이 나무에서 꽃이 피는 모습을 보고 싶어.

-나도 그래. 우리 졸업하면 약속하지 않아도 5월이면 이 나무 앞에서 만나자.

-그래. 5월에 눈이 내리는 이 나무 앞에서 꼭 만나자.

잊고 있었는데. 그딴 나무 같은 건, 그딴 약속 따위 모두 까맣게 잊고 있었는데 갑자기 생각나 버렸다.

번개에 맞은 듯 갑자기 머릿속에 떠오른 그 나무가 궁금해진 나는 어렴풋한 기억을 더듬어 그 나무를 찾아다녔다.

이쯤인 것 같은데. 아니, 이쯤이던가? 하면서 이동하던 난 문득 어느 나무 밑에 기다랗게 서 있는 한 사람의 인영을 발견했다. 자세히 보지 않아도 나는 그가 유환이라는 걸 알 수 있었다.

그는 나무 밑에 우두커니 서서 그 나무를 바라보고 있었다. 그

나무가 바로 내가 찾는 나무라는 것을 단번에 알 수 있었다.

그 나무는 우리가 같이 심었을 땐 뼈대만 앙상한 작은 묘목이었는데 어느새 훌쩍 자라 싱싱한 초록색 잎사귀들로 뒤덮인 나무로 성장해 있었다. 그리고 하얀 꽃이 새하얀 눈처럼 가득 피어 있었다. 마치 5월에 내리는 눈처럼 말이다.

문득 먼발치에 서 있는 나를 발견한 유환은 나를 보고 희미한 미소를 지었다.

그러더니 다시 나무를 바라보며 말했다.

"이 나무 기억해? 우리가 직접 심은 거잖아."

왜 아직도 그는 여기 있는 건지. 그때부터 계속 이곳에 있었던 것일까.

나는 그를 향해, 아니 그 나무를 향해 조금씩 다가갔다. 한 발자국 한 발자국씩 조심스럽게.

"벌써 이만큼 자랐네. 그땐 진짜 작았는데."

왜 우리는 지금 이 나무 앞에 서 있는 건지 모르겠다.

길거리에서 흔히 보는 보잘것없는 나무일 뿐인데. 이 나무가 뭐라고. 대체 이 나무가 뭐라고 우린 다시 이 앞에서 만나게 되었을까.

"드디어 만났다. 5월에. 그렇지?"

나는 잊어버렸던 그 약속을 넌 아직도 기억하고 있었던 것일까?

그 순수하고 맑고 푸르던 시절에 아무런 의심 없이 했던 우리의 꿈같은 약속을.

"집에 안 가? 왜 아직도 여기서 이러고 있어?"

나는 아직도 교복 차림을 하고 있는 그를 보고 따지듯 물었다.

"밥은 먹었어? 잠은 잤어? 왜 피곤하게 아직도 여기서 이러고 있냐고?"

"그냥 네가 다시 올 것 같아서……."

녀석의 그 말을 들은 난 어이없는 표정을 지으며 녀석을 한참 노려다보다가 기어이 울음을 터트리고 말았다.

나는 아마도 내내 울고 싶었던 것 같다. 그래서 부지런히 청소를 하고 소화가 안 되도록 많이 먹고 술을 마시고 그랬던 것 같다. 울고 싶어서 그랬던 것 같다. 이 녀석을 보자마자 터지는 눈물이 그걸 말해 주는 것 같았다.

"이런다고 내가 널 용서할 것 같아? 절대 용서 못 해, 나쁜 자식아. 절대 용서 못 한다고."

손 내밀면 닿을 듯 가까운 거리에서 날 바라보고 있던 유환은 사라질 듯 희미한 미소를 지으며 슬프게 말했다.

"나 때문에 울지 마. 더 이상 널 울리기 싫어. 가슴 아파서 못 보겠다. 날 용서하지 않아도 좋으니까 더 이상 나 때문에 아프지 마."

날 가슴 아프게 바라보던 유환은 손을 뻗어 내 뺨을 타고 흐르는 뜨거운 눈물을 엄지로 가만히 닦아 주었다.

나는 그가 하는 대로 가만히 내버려 두며 그런 그를 물끄러미 쳐다보았다.

만약에 나라면 어땠을까? 유환과 반대로 내가 갑자기 그런 끔찍한 병에 걸렸다면? 그러면 유환에게 선뜻 알릴 수 있었을까? 곁에서 지켜 달라고 했을까?

모르겠다. 나약한 겁쟁이인 나라면 유환이 고통을 겪든 말든 상관 않고 그에게 곁에 있어 달라고 떼를 쓸 수도 있을 것이다. 하지만 유환은 그런 녀석이 아니었다. 나에게 조금의 고통을 주는 것도 꺼려할 것이다. 차라리 내게 실연의 고통을 겪게 하더라도 아픈 사람 곁을 지키는 그 초조함과 우울한 고통을 주진 않았을 것이다.

왜 지금 생각해 보니 그의 마음이 모두 이해가 되는지.

그럴 수밖에 없었던 그의 모든 행동이, 결국은 모두 다 그녀를 위한 것들이었다는 것임을 알 수 있다니.

4년 전 나는 이 자리에서 꼼짝없이 얼어붙어 버려 지금까지 한 발자국도 움직일 수 없었다. 하지만 그는 생과 사의 갈림길을 돌아 다시 이곳으로 왔다. 그리고 운명처럼 혹은 숙명처럼 우리는 여기에서 결국 다시 만났다.

우리가 이렇게 다시 만나게 된 건 우연이 아니라는 생각이 들었다. 나는 기다리고 있었던 것이다. 이 따스한 손길이 다시 닿기만을, 이 마음과 다시 만나기만을. 내내 마음을 닫고서 원망하면서도 기다리고 있었던 것이다.

갑자기 어렸을 때 하던 얼음땡 놀이가 생각났다. 얼음이 되어 버린 내게 유환이 먼 길을 돌아와 땡 해 준 것처럼, 유환의 따스한 손길이 내 얼굴에 닿자 마침내 얼어 있던 심장이 녹아내리고 뜨거운 심장이 출렁거렸다.

"얼마나 많이 아팠어?"

"……."

"얼마나 많이 힘들었어?"

숨을 쉴 수도 없을 만큼 뜨거운 눈물이 내 안에서 흘러넘친다.

"얼마나 많이 무서웠어?"

그를 원망스럽게 쳐다보며 그렇게 한마디씩 내뱉던 나는 결국 오열을 터트리며 두 팔을 뻗어 유환의 목을 끌어당겨 안아 버렸다. 그리고 그의 목에 매달려 펑펑 울어 버리고 말았다.

"유환아…… 미안해……. 내가 너무 미안해……. 아무것도 몰라서 너무 미안해……."

두통약을 자주 챙겨 먹는 너를 보고 편두통이라고만 여기며 대수롭지 않게 생각했던 나였다. 그렇게 사랑했으면서 바보같이 아무것도 몰랐던, 아무것도 눈치채지 못했던 내가 원망스러웠다.

안 그래도 아픈 너였는데 나 때문에 아픈 선택까지 하게 해 버렸다. 혼자서 몰래 이별을 준비하는 동안 얼마나 마음이 아팠을까 하는 생각에 나는 심장이 아리고 가슴이 저며 왔다.

유환은 가만히 우는 내 등을 따스한 손으로 쓰다듬어 주고 있었다. 예전에 내가 울 때면 늘 그랬듯 가만가만 토닥이며 쓰다듬어 주고 있었다.

그의 품에 안겨 우는 순간 나는 깨달아 버렸다. 내가 이 녀석을 4년 동안 그토록 미워하면서도 여전히 사랑해 오고 있었다는 사실을. 한 번도 이 녀석에 대한 내 사랑을 끝낸 적 없다는 사실을.

상처뿐이던 헤어짐의 진실을 알아 버린 나는 그동안 이유조차 묻지 않았던 내가 원망스러웠다. 외면하려고만 했던 내가 너무 후회스러웠다. 그리고 가슴이 너무 많이 아팠다. 가슴이 너무 아파서 노을이 뿌려진 운동장에 칠흑 같은 어둠이 내려올 때까지도 그의 목을 놓아주지 않았다.

어느새 운동장에는 고요한 어둠이 내려와 앉아 있었고, 달빛과 별빛만이 어둠 속에서 웅크리고 앉아 서로를 끌어안고 있는 우리 둘의 모습을 은은히 비춰 주고 있었다.

나는 두 팔로 끌어안고 있던 유환의 목을 천천히 놓아주었다.

내 팔에서 풀린 유환은 시린 눈빛으로 날 가만히 바라보며 말했다.

"네 눈, 꼭 붕어 같다."

예전에 내가 울 때마다 날 놀리며 웃기려고 그가 하던 말이었다.

"하지만 그래도 내 눈엔 제일 예뻐."

그 뒤에 어김없이 따라오던 그 말을 나도 그도 잊지 않고 있었다.

유환은 먼저 일어나 내 두 손을 잡고 일으켜 주었다. 오랫동안 쭈그리고 앉아 있었던 탓인지 갑자기 일어나려니 다리가 저리고 후들거렸다. 부축해 주는 든든한 유환의 팔이 없었으면 하마터면 넘어질 뻔했다.

벌써 밤이 되어 버렸다니, 믿을 수가 없었다. 우린 그동안의 밀린 이야기를 나누느라 시간이 가는 줄도 몰랐다.

자연스레 내 손을 잡고 걸어가기 시작하는 유환의 커다란 손을 느낀 나는 마음이 편안해졌다. 마치 둥지를 찾은 새처럼 마음이 안정되고 편안해지는 걸 느꼈다.

아름다운 달빛이 내려앉은 그의 귀밑까지 덮은, 조금은 긴 듯한 까만색 머리와 잘생기고 반듯한 옆모습이 그때와 조금도 변함이 없다. 아팠다더니 세월이 그한테만 비켜 나간 것 같다.

"지금은 정말 안 아픈 거지?"

"응. 보다시피 아주 멀쩡해."

유환은 지난 일에 대해서 재차 묻는 내게 견딜 만한 고통이었다고 아무렇지도 않은 척 태연하게 말했다. 하지만 이따금 먼 곳을 바라보며 회상하는 그의 옆얼굴이 너무 어둡고 쓸쓸해 보여서 심장이 저몄다. 내가 아파할까 봐 사실대로 모두 말하지 않는 그였다. 사실은 죽을 만큼 아팠던 거였으면서. 그래서 내게 이별까지 말했던 거였으면서.

헤어지기 며칠 전 그와 나누었던 대화가 문득 다시 떠올랐다.

-내가 만약에 죽으면 넌 어떻게 할 거야?

-네가 죽어? 왜?

-만약에 말이야. 교통사고가 난다든가 병에 걸렸든가 해서 갑자기 죽을 수도 있잖아.

-윽, 끔찍하게 왜 그런 상상을 해? 상상하기도 싫다 정말.

-그러니까 만약에, 만약에 말이야.

그 말을 하던 그의 표정이 새삼스레 떠올랐다. 깊은 우물처럼 속을 들여다볼 수 없던 그 까만 눈동자와 그늘진 슬픈 표정.

나는 그때 아무것도 눈치채지 못했다. 전혀 아무것도.

그런데 그는 그때 이미 죽음 후에 남겨질 내 걱정을 했던 것일까. 그 어린 나이에 그런 큰 병에 걸린 것만으로도 받아들이기 힘들고 고통스러웠을 텐데. 갑자기 또 눈시울이 뜨거워졌다.

내가 아프고 힘들 땐 유환이 곁에서 지켜 줬는데, 유환이 아프고 힘들 땐 나는 그의 곁에 없었다. 부모님의 이혼으로 힘들어하는 나를 위해 유환은 곁에서 날 위로해 주며 보살펴 줬는데, 유환이 그런 큰 병에 걸려 생과 사의 갈림길에서 힘겨워할 때 난 고작 그의 원망이나 하면서 그를 미워하고 있었던 것이다.

나에게 그런 기회조차 주지 않고 떠난 그에게 섭섭했다. 아무런 도움도 못 되어 준 내가 너무 미안했다.

"미안해. 난 그때 네가 졸업 못 한 줄도 몰랐어. 네 소식 궁금해하지도 않았어. 너한테 그런 일이 있는 줄도 모르고……."

"나한테 미안해하지 마. 그러라고 말한 거 아니야. 너는 나한테 미안할 게 하나도 없어. 다 나 혼자서 결정한 일이니까. 네가 그때 내 곁에 있었으면 나에겐 힘이 되었을 거야. 의지가 되었을 거야. 하지만 너까지 힘들게 하고 싶지 않았어. 아픈 사람 옆에서 지켜보는 게 얼마나 힘든 일인데. 난 너한테 그런 거 시키고 싶지 않았어."

푸르른 달빛 속에서 부서질 듯 입가에 머무는 작고 희미한 미소, 나를 보는 진실한 검은색 눈동자, 내가 좋아했던 나직하고 부드러운 목소리, 내 작은 손을 꽉 쥔 커다란 손.

다시 돌아왔다. 예전에 내가 사랑했던 신유환으로 다시 돌아왔다.

떨어져 있었던 4년이라는 시간이 무색할 만큼 우린 예쁘고 순수하게 서로를 사랑하던 예전의 모습으로 다시 돌아와 있었다.

나는 사실 아직도 꿈만 같다. 이상하게 현실감이 없다. 그래서 이것이 꿈이 아닐까 무섭기도 하다.

네가 다시 돌아와 나에게 사과하며 용서를 비는 꿈을 꿨었어.

사실은 그게 아니었다고 말하며 네가 다시 돌아오는 꿈을 꿔 왔어. 4년 동안 나는 매일 밤마다 그런 꿈을 꿔 왔던 것 같아.

하지만 이건 절대 꿈이 아니겠지. 이렇게 따스한 네 손이 느껴지잖아.

꿈이라면, 만약 이게 다 꿈이라면, 다시는 꿈에서 깨지 않고 계속 너와 함께 이 길을 걸었으면 좋겠어.

"돌아와 줘서 고마워."

"고마워, 서진아."

유환은 그 말을 마치고 내 손을 꽉 쥐고 말없이 걸었다. 가슴이 벅차서 더 이상 나도 아무런 말을 할 수가 없었다.

돌아와 줘서 고마워. 살아 있어 줘서 정말 고마워, 유환아.

아무 말 없이 걸어도 가슴이 꽉 차는 느낌.

늘 황량하고 춥기만 하던 가슴속이 따뜻하고 훈훈한 기운으로 꽉 차올랐다. 실로 오랜만에 가져 보는 느낌이었다.

우리는 두 손을 꼭 잡고 예전처럼 버스에 올라탔다.

누가 먼저랄 것도 없이 맨 뒷좌석으로 간 우리는 창가 옆에 나란히 붙어 앉았다.

버스가 출발하자 나는 유환의 든든한 어깨에 머리를 기댔다. 너무나 편안하고 좋은 기분. 둥지를 찾은 새처럼 나는 왠지 나른해져 잠이 밀려왔다.

갑자기 졸음이 쏟아져 버린 나는 유환의 어깨에 머리를 기대고 잠이 들어 버리고 말았다.

집 앞 버스 정류장에 도착할 때까지도 아주 깊고 달콤한 잠에 빠져 버리고 말았다.

"일어나요, 잠꾸러기 아가씨."

귓가를 간질이는 유환의 낮은 목소리에 나는 비로소 잠에서 깨어났다.

"벌써 다 온 거야?"

눈을 비비며 일어난 나는 잠이 덜 깬 목소리로 물었다.

"벌써라니, 우린 무려 세 바퀴나 돌았다고."

"세 바퀴?"

"응. 버스가 같은 노선을 세 번이나 순환했어."

유환의 말에 놀란 내가 손목시계를 들여다보니 시간은 벌써 자정을 향해 가고 있었다.

"마지막이니까 이번엔 내려야 해."

"말도 안 돼. 내가 그렇게 오래 잤단 말이야?"

어이없는 내 표정에 유환은 푸근한 미소를 지으며 내 머리를 쓰다듬어 주더니 내 손을 잡고 버스에서 내렸다. 언제나 나의 보호자처럼 의젓하게 행동하며 나를 든든하게 지켜 주는 유환의 행동을 보니 마치 고등학생 시절로 되돌아간 것 같은 착각이 들었다.

"깨우지. 지루했을 텐데."

아파트 단지 앞을 걸으며 나는 괜히 머쓱해져 중얼거렸다.

"하나도 안 지루했어."

"거짓말."

"너 자는 모습이 어떤 줄 알아?"

"내가 어떤데?"

혹시 흉하게 잤나? 침이라도 흘렸나? 아님 코라도 골았나?

걱정과 불안이 뒤섞여 우중충해진 나의 얼굴을 가만히 들여다보던 유환이 잠시 후에 말했다. 부드러운 미소와 함께 나직하고 꿈결 같은 목소리로.

"천사 같아."

그 네 글자가 따뜻한 바람과 함께 불어와 심장에 스며든다.

"그래서 네 자는 얼굴 보느라 하나도 안 지루했어."

나는 처음 들어 보는 말에 낯간지러워 '피.' 하고 쑥스런 대답을 했지만 웃는 모습이 예쁘다는 흔한 그 말보다는 자는 모습이 천사 같다는 그 말이 훨씬 더 좋아질 것 같았다.

어느새 우리는 내가 사는 아파트 12동 앞까지 걸어왔다.

이제 유환을 보내야 하는데, 막상 보내기가 쉽지 않다. 분명 내일 학교에서 또 보게 될 테고, 모레도 볼 테지만 왜 이렇게 보내고 싶지 않을까.

아마도 네가 사라지는 뒷모습을 다시는 보고 싶지 않아서이기 때문일 거야.

"지금은 괜찮은 거지? 다시는 재발하지 않는 거지?"

나는 오면서 벌써 몇 번이나 물었던 말을 또 하고 말았다.

"응. 걱정 마."

짧은 그 대답을 다시 한 번 확인하고 나서야 마음을 놓았다.

그런 나를 보던 유환은 우리 앞에 있는 아파트를 올려다보며 물었다.

"몇 층이야?"

"10층."

유환은 내 대답에 하늘을 올려다보더니 가벼운 휘파람을 불며 말했다.

"경치 좋은 데 사네."

싱거운 대답에 피식 웃어 버리는 내게 유환이 가까이 다가와 내 어깨를 조심스럽게 끌어안으며 말했다.

"은서진, 나랑 약속 한 가지만 할래?"

"뭐?"

유환은 속 깊은 눈동자로 나를 가만히 응시하며 말했다.

"이제부터는 내 앞에서 웃기만 하기."

잠시 코끝이 찡해지고 목구멍이 따가워서 나는 아무런 말도 할 수가 없었다.

그런 내 어깨를 더욱 강하게 끌어안으며 유환은 짓궂게 말했다.

"빨리 약속 안 해 주면 안 보내 준다."

"너도 나랑 한 가지만 약속해."

나만 약속하는 건 너무 억울하잖아. 나는 이거 하나면 돼.

"다신 아프지 않기. 절대로 아프지 않기."

그런 나를 보고 유환은 천천히 고개를 끄덕이며 안아 주었다. 이렇게 안아 줘서 자꾸 눈물이 나오려는 내 얼굴을 들키지 않아 다행이라고 생각했다.

"그래."

유환의 나지막한 목소리가 귀에 들려오자 나는 그제야 미소를 지으며 대답했다.

"그럼 나도 약속할게."

유환은 내 대답에 만족한 듯 환한 미소를 지으며 나를 바라보더니 내 이마에 입을 맞췄다.

차가운 이마에 닿는 소중하고 따뜻한 입맞춤.

지그시 내 이마를 누르던 유환의 입술이 떨어지자마자 누군가가 뒤에서 혀를 차는 소리가 들렸다.

돌아보니 큼지막한 쓰레기봉투를 손에 들고 나온 뽀글뽀글 파마머리의 아주머니 한 분이 우리를 지켜보며 혀를 차고 계셨다.

“시상에, 한밤중에 학생이랑 저게 뭔 짓이래.”

‘시상에, 낯 뜨거워라. 망측스러워라.’를 연신 중얼거리며 쓰레기장으로 향하고 있는 아주머니를 보고 우리는 마주 보며 웃었다.

교복을 입고 있는 유환과 사복 차림의 나를 보면 오해를 할 만도 했지만 그래도 우린 동갑인데 나만 늙게 보다니 이거 왠지 좀 억울했다.

“그럼 내일 봐요, 선생님.”

한술 더 떠서 유환은 나를 보고 큰 목소리로 외치며 손을 흔들었다.

눈을 부릅뜨며 주먹을 불끈 쥐는 나를 보고 환하게 웃으며 뒤돌아 가는 유환이.

나는 가슴이 너무 짠해서 한참 동안 그 자리에서 움직일 수가 없었다.

다음 날, 나는 어느 때보다도 일찍 학교로 출근을 했다. 첫날부터 지각이나 하던 불량 교생이 출근 시간보다 1시간이나 일찍 오다니 놀라운 발전이 아닐 수 없었다. 첫날부터 지각을 했던 것도 지금 이렇게 일찍 온 것도 모두 신유환 때문이었다. 아직까지도 내 인생에 이렇게 막강한 영향력을 끼치는 사람은 세상에서 오직 신유환밖에 없었다.

학교에 도착한 내 시선은 오로지 신유환의 모습만을 찾고 있었다. 도착하기엔 아직 이른 시간이라 안 왔을 거라 짐작했지만 그래도 혹시나 하는 마음이 들어 그의 교실까지 슬그머니 가 보았다.

그런데 이게 웬걸. 신유환은 벌써 도착해서 자신의 자리에 앉아 있었다. 바지 주머니 속에 두 손을 찔러 넣고 창밖만을 하염없이 바라보는 옆모습이 보였다.

복도에 서서 창문을 통해 교실 안을 들여다보고 있던 나는 그만 반가워서 창문을 톡톡 두드리고 말았다. 그러자 유환을 비롯해 교실 안에 일찍 등교한 두 명 정도의 학생이 나를 돌아보았다. 유환의 모습만 보였던 나는 뒤늦게 나를 향해 인사하는 다른 학생들에게 손을 흔들어 주며 어색하게 인사를 했다.

유환은 나를 보자마자 환한 미소를 지으며 밖으로 나오려고 하였다. 그에 나는 손을 내저으며 나오지 말라는 뜻을 나타냈다. 복도엔 학생들이 하나둘씩 오가고 있었다. 유환이 밖으로 나온다고 하더라도 다른 시선들 때문에 신경이 쓰여 제대로 된 대화를 나눌 수가 없을 것 같았다.

대신 나는 창문을 통해 그에게 시선을 보내며 손으로 밥을 떠먹는 시늉을 하며 그에게 말을 건넸다.

'밥은 먹었어?'

그러자 그가 알아듣고는 고개를 끄덕였다.

'응.'

그의 목소리가 내 귓가에 나직이 들려오는 것 같았다.

나는 조용히 미소를 보내며 속으로 말했다.

'잘했어.'

그러자 유환이 두 개의 검지로 자신의 입술 꼬리를 위로 치켜 올리며 장난스런 미소를 지었다.

'웃으니까 예쁘다.'

유환은 마지막으로 엄지 한 개를 치켜 올리고 달콤한 윙크를 하며 내게 이렇게 말하는 것 같았다.

나는 그 의미를 알아듣고는 '풋' 하고 웃어 버렸다.

내게서 웃음을 빼앗아 가 버리더니, 이젠 다시 내게 웃음을 찾아 준 녀석.

어떻게 사랑하지 않을 수가 있을까. 이렇게 내 모든 것을 지배하는 녀석인데.

녀석을 이곳에서 다시 본 순간부터 나는 녀석에게 속수무책으로 끌리고 있었다는 것을 이제야 깨달았다. 그래서 그렇게 흔들렸고 그렇게 신경이 쓰였던 것이다.

첫사랑을 다시 사랑할 수 있을까? 다시 이 녀석을 사랑해도 될까?

그러나 그 질문은 이미 틀렸다는 것을 깨달았다.

나는 이 녀석에 대한 사랑을 끝낸 적이 없었다. 미움과 원망도 사랑의 일부분이었음을 난 이제야 깨닫게 되었다.

은은한 오렌지빛 조명과 재즈 음악이 흐르고 있는 바에 앉아서 나는 지훈 씨를 기다리고 있었다. 우리가 자주 오던 술집, 이곳에서 나는 약속 시간 1시간 전부터 와서 핑크빛 칵테일을 한 잔 시켜 놓고 앉아 이별을 준비하고 있었다.

나에게 이별은 언제나 쉬웠다. 첫사랑 이후 나를 스쳐 지나갔던 남자들과의 이별은 언제나 쿨하고 가볍게 이루어졌다. 마음이 가지 않은 연애의 끝은 정말 시시할 정도로 빨리 끝났다.

그런데 지금 지훈 씨와의 이별 준비는 많이 어려웠다. 그래서 나는 쿨한 은서진으로의 변신을 위해 1시간째 앉아서 노력 중이다.

"미안, 내가 늦었지? 회의가 길어져서."

넥타이를 느슨하게 풀며 내 옆에 앉은 지훈 씨는 뛰어왔는지 가쁜 숨을 내쉬고 있었다.

"천천히 와도 되는데."

괜스레 미안해진 나는 기다란 빨대로 애꿎은 칵테일만 휘저으며 말했다.

"같은 걸로 한 잔 주세요."

익숙한 웨이터와 친근하게 눈인사를 나누고 주문을 한 지훈 씨는 나를 보며 말했다.

"교생실습은 이제 일주일도 안 남은 건가? 시간 참 빨리 간다."

"그러게."

"어때? 적성엔 맞는 것 같아?"

"글쎄."

헤어질 땐 누구보다 쿨하고 쉬운 나였는데, 왠지 쉽게 입이 떨어지지 않았다.

내게 너무나 잘해 주던 사람, 그러나 이젠 보내야 할 사람.

그가 주는 편안함이 좋아서 너무 오래 끌어 왔다고, 내심 그렇게 생각하고 있었다.

"어서 말해. 할 말 있어서 불렀잖아. 난 괜찮으니까 하고 싶은 말 해."

망설이는 내 얼굴을 보고 이미 눈치 빠른 지훈 씨는 모든 걸 알아차린 듯했다.

웨이터가 내어 준 칵테일을 들이켜며 갈증을 가시고 있는 그를 보며 나는 준비하고 있던 말을 꺼내기 시작했다.

"못 속이겠다, 지훈 씨는."

나는 그의 얼굴을 담담히 바라보며 이어서 말했다.

"고마웠어. 이런 말 들으면 참 재수 없을 것 같은데, 그래도 내가 지훈 씨한테 마지막으로 가장 해 주고 싶은 말은 이 말이야. 그동안 잘해 줘서 진심으로 고마워. 엄마처럼 따뜻하게 보살펴 주고 잔소리해 줘서 고마워. 지훈 씨는 좋은 사람이니까 꼭 좋은 여자 만날 거야. 나 같은 여자 말고."

이미 빈 잔이 되어 버린 칵테일 잔을 들고 어딘가를 잠시 물끄러미 응시하던 그는 입가에 부드러운 미소를 지으며 나를 바라보고 물었다.

"좋은 사람 만났니?"

"……응."

나는 여전히 따뜻한 눈동자로 나를 바라보고 있는 지훈 씨를 보고 망설임 없이 고개를 끄덕이며 대답했다.

어쩐지 눈시울이 뜨거워졌다. 나를 보고 화내고 욕해도 좋은데 지훈 씨는 처음과 같은 눈동자로 한결같이 나를 바라보고 있었다.

"그런 것 같아. 너 밝아 보여."

"미안해, 지훈 씨. 내가 생각해도 나 너무 못된 것 같은데 차라리 속 시원하게 나한테 욕하고 화냈으면 좋겠어. 따귀라도 한 대 맞았으면 좋겠어."

하지만 지훈 씨는 그런 나를 보고 잔잔히 미소를 지을 뿐이었다. 내겐 그 미소를 보는 것마저도 가슴이 아팠다.

"솔직히 너 보내기 싫다. 너보다 더 좋은 여자는 다시 찾기 힘들 테니까."

바보 같은 지훈 씨. 이런 나쁘고 이기적인 여자도 세상에 없을 텐데.

"그런데 행복해 보여서 보기 좋아. 행복하러 가는데 내가 어떻게 널 잡겠냐?"

지훈 씨의 진심 어린 눈빛과 마주친 나는 살짝 눈물이 고인 눈으로 헤헤, 하고 웃어 버리고 말았다.

"근데 축하까지는 바라지 마. 나 그만큼 쿨한 남자는 아니니까."

진짜 쿨한 남자, 김지훈.

헤어짐을 말하는 나를 끝까지 배려해 주는 멋진 남자, 김지훈.

"그렇게 웃지 마. 정 떼기 힘들잖아."

바보같이 눈물 고인 눈으로 웃는 나를 보고 핀잔을 주는 지훈 씨였다.

"그러면 그냥 울까?"

내 말에 피식 웃던 지훈 씨는 손사래를 치며 너스레를 떨었다.

"아서라. 그건 사양이다."

나중에 지훈 씨가 천천히 입을 열었다.

"행복해라, 은서진. 나중에 청첩장 같은 거 보낼 생각은 말고."

"지훈 씨도 어서 빨리 좋은 여자 만나서 행복하길 바라."

우린 서로 마주 보고 웃었다.

지훈 씨와의 이별은 철없이 방황했던 나약했던 나의 한 시절에 대한 종말을 고하는 의식과도 같았다.

14장. 데이트

"이건 지난 수능에서 A형, B형을 통틀어서 가장 낮은 정답률을 기록한 문항인데 어려워도 참 잘 만든 문항이라 꼭 한 번 짚고 넘어가는 게 좋아. 이 문제에서 사용되는 몇 가지 문제 해결 전략만 완벽하게 습득하더라도 수학 영역에서 등급이 최소한 하나 이상 상승할 거야. 내가 칠판에 문제를 적을 동안 어디 한번 풀어 보자."

칠판에 분필로 열심히 문제를 적고 도형을 그린 후 뒤를 돌아보았다.

역시나 풀고 있는 학생은 몇 명뿐, 대부분 멍한 표정이거나 딴짓을 하고 앉아 있었다.

고3쯤 되면 수학은 반 이상이 포기한다더니 여태 열심히 수업하고 있었던 게 무색해졌다. 허탈한 한숨을 짓고 있던 나는 은근한 오기가 생겨났다.

"그럼 이 문제 누가 한번 나와서 풀어 볼까?"

갑작스러운 나의 질문에 시선을 회피하며 고개를 푹 숙이는 아이들을 보니 나도 모르게 '풋' 하고 웃음이 나왔다.

나도 학생 시절엔 저랬는데 이 자리에 서고 보니 이것도 은근히 재미있단 말이야.

목도 아파 오고 이쯤에서 말하는 걸 좀 쉬고 싶기도 한데 마침 잘됐다 싶었다.

교실을 빙 둘러보던 나는 유환의 얼굴에서 시선을 멈췄다.

아까부터 햇빛에 샤워하듯 환한 햇살을 한 몸에 받으며 창문 밖만 바라보고 있던 유환이.

감히 내 수업 시간인데 내 얼굴을 안 쳐다보고 딴 데를 본다 이거지? 괘씸해진 마음에 난 그를 지목하며 말했다.

"거기 신유환, 나와서 풀어 볼까?"

사악한 미소를 날리는 나는 속으로는 혀를 내밀어 메롱을 하고 싶은 마음이 굴뚝같았다.

자기가 안 걸려서 다행이라며 안도의 숨을 내쉬던 아이들의 시선이 유환에게로 향했다.

유환은 내 표정을 보고 마치 다 안다는 듯 피식 웃으며 칠판 앞으로 천천히 걸어 나왔다.

쉽게 못 풀 거라는 내 기대와는 달리 분필을 쥐고 거침없이 칠판 위에 문제를 풀고 있는 유환을 보고 있자니 너무 시시해져 버렸다.

피, 문제가 너무 쉬웠나?

그런 건 아닌데, 나도 한참 동안 머리를 싸매고 끙끙 앓으면서 풀었던 문제인데 말이다.

그런 걸 너무나 간단히 풀어 버린 유환은 나를 보고 의미 있게 씨익 웃으며 자기 자리로 돌아갔다.

다음번에는 결코 풀기 힘든 어려운 문제를 내고 말겠어, 하고 속으로 다짐하는 사악한 나였다.

운동장에서 그 일이 있은 그날 이후, 우리는 마치 기다리고 있었다는 듯 예전처럼 돌아왔다. 4년이라는 긴 시간이 무색할 만큼 우리는 헤어지기 전처럼 편하고 친근한 사이로 돌아와 있었다. 마치 늘어났던 용수철이 제자리를 찾은 것처럼 금세 익숙해져 버렸다.

교생과 학생이라는 신분으로 위치는 조금 바뀌어 있었지만 서로를 향한 마음만큼은 전혀 변함이 없었다. 아니, 애타게 그리워했던 4년이라는 시간을 보상받으려는 듯 서로에게 더욱 애틋하기만 했다.

유환이 푼 문제에 몇 분 설명을 보탰더니 벌써 종이 쳤다.

인사를 받고 교실을 나서며 복도를 걸어가고 있는데 맞은편에서 유환이 씨익 웃으며 걸어오고 있었다.

짐짓 아무렇지도 않은 척 딴청을 피우며 걷고 있는데, 그 녀석은 내 곁을 지나치며 내 손에 작은 쪽지 하나를 쥐여 주고 멀어져 갔다.

교생실로 돌아온 나는 의자에 앉자마자 유환이 쥐여 준 구겨진 쪽지를 펴 보았다.

[이젠 내가 복수할 차례야. 각오해, 은서진. 이따 정문 앞에서 기다릴게.]

푸흡, 유환의 삐뚤빼뚤한 글씨를 보니 웃음이 터져 나왔다.

진짜 글씨 되게 못 쓰네. 초등학생도 이것보단 낫겠다.

천하의 악필인 유환의 글씨마저 다시 보게 되어 반가운 나는 그 쪽지를 버리지 않고 곱게 접어서 다이어리 속에 소중히 넣어 두었다.

"그게 뭐야? 연애편지라도 받았어?"

"아이, 깜짝이야."

불쑥 끼어든 지윤이 때문에 나는 놀란 가슴을 쓸어내렸다.

"남학생들한테 받았나 보구나. 하긴 나도 그런 쪽지 몇 장이나 받았는데. 그래도 그렇게 소중히 보관하다니, 은서진 보기보다 속정이 깊은걸?"

지윤은 가재미눈을 뜨고 나를 쳐다보며 내 옆구리를 은근히 찔렀다.

이건 유환이 준 거니까 그렇지.

나는 하고 싶은 말은 못하고 대신 두 눈을 깜빡거렸다.

"그나저나 이제 교생실습도 거의 끝나 가는데 신유환이랑은 전혀 진전이 안 되고 어떡하지?"

지윤은 내 옆에 의자를 끌어당겨 앉으며 억울하다는 듯 한숨을 내쉬며 중얼거렸다.

그만하면 포기하고 물러날 때도 되었는데 지윤은 좀처럼 지칠 줄을 모르는 오기와 끈기를 보여 주고 있었다.

"나 그냥 확 미친 척하고 신유환한테 고백이나 하고 가 버릴까?"

"아서, 관둬."

나는 깜짝 놀라 소스라치며 그녀를 말렸다.

"왜? 네가 먼저 고백하려고?"

"얘는 무슨."

나는 시치미를 뚝 떼며 퇴근 준비를 서둘렀다. 이대로 계속 있다가는 또 지윤이 수다의 제물이 될 것 같았다.

"나 정말 놓치기 싫단 말이야. 이대로 떠나 버리기엔 너무 아까워."

머리를 쥐어뜯으며 절규하는 지윤을 가만히 바라보던 나는 아무래도 그녀를 빨리 단념시키는 편이 낫다고 결론내리고 말을 꺼냈다.

"신유환, 여자 있대."

"뭐? 정말?"

나는 의미심장한 미소를 지으며 고개를 끄덕거리고는 속삭이듯 말했다.

"응. 첫사랑 여자가 있대. 그러니까 그만 포기하는 게 좋을 거야."

"첫사랑? 그게 누군데? 어떤 여잔데? 나보다 이쁘대? 키 크대? 글래머래? 근데 참, 넌 그거 어디서 들은 거야?"

"지나가다가 애들이 하는 얘기 들었어."

나는 대충 얼버무리며 대답했다. 그러고는 지나친 자신감에 휩싸여 있는 지윤의 몸매를 슬쩍 관찰하듯 바라보다가 비교하듯 내 몸매를 내려다보았다. 글래머러스한 지윤의 몸매에 비해 많이 말라서 보잘것없는 내 몸매를 내려다보던 나는 내일부터는 운동을 열심히 해야겠다는 압박감이 생겼다.

"어쩐지 나한테 관심도 안 주는 게 이상하다고 생각했어. 첫사랑이라니, 젠장. 남자들은 첫사랑이라면 환장하는데."

지윤은 그동안 유환의 무관심을 그제야 납득한 듯 중얼거렸다.

사실 그런 게 아니고 예전부터 여자들한테 인기가 많았던 유환은 먼저 다가오는 여자들에게 관심이 없었다. 어려서부터 자신을 향한 여자들의 관심과 호감을 한 몸에 받아 오면서 살아온 탓에 그쪽 부분에 있어 무감각하고 무관심했다. 특히 시끄럽고 부산스러운 여자는 더욱 싫어했다.

그런 건 꿈에도 모를 지윤은 그저 첫사랑은 이길 수 없다며 낙담하듯 중얼거리고 있었다.

나는 포기와 단념은 이를수록 좋다고 지윤을 위로해 주었다. 그리고 그 녀석보다 더 괜찮은 남자들이 그녀의 앞에 곧 나타날 거라며 용기와 희망도 불어넣어 주었다.

드디어 고단했던 하루 일과가 모두 끝나고, 퇴근 준비를 마친 나는 유환이 기다리고 있을 정문을 향해 힘차게 뛰어갔다.

교문 앞에 기대어 서서 나를 기다리고 있던 유환은 나를 보고 빙그레 웃으며 다가왔다.

"많이 기다렸어? 하아, 하아."

뛰어와서 숨이 찬 나는 가쁘게 숨을 내쉬며 물었다.

"아니. 너한테 복수할 생각에 즐거웠어."

유환은 '킥' 하고 웃으며 나에게 쇼핑백 하나를 건넸다.

"이게 뭐야?"

"열어 봐."

유환의 말에 쇼핑백을 열어 보니 그 안에는 태한고등학교 여자 교복이 들어 있었다.

"이건 뭐야?"

영문을 알 수 없는 나는 유환을 어리둥절하게 쳐다보았다.

"그걸로 갈아입어."

"뭐? 이걸?"

"오늘은 교복 입고 데이트하는 거다?"

황당해서 입이 벌어진 나를 보고 유환은 아까 수업 시간의 나처럼 사악한 미소를 지었다. 씨익.

결국 난 유환에게 등 떠밀려 울며 겨자 먹기로 교복으로 갈아입었다.

4년 만에 다시 입어 보는 교복은 정말로 어색했다. 교복에 어울리게 화장을 지워 보고 머리도 양 갈래로 묶어 봤지만 어딜 봐도 풋풋한 여고생의 느낌은 온데간데없이 사라지고 세상에 조금 찌든 날라리 여고생의 필이 났다.

쇼윈도에 비친 내 모습을 보고 한숨을 내쉬는데 유환이 내 손을 잡아끌며 짓궂게 웃으며 말했다.

"쿡, 가자."

난 그런 유환을 바라보며 걱정스러운 얼굴로 물었다.

"나 어때? 이상하지 않아?"

"예뻐. 잘 어울려."

유환의 긍정적인 대답에도 안심은커녕 걱정만 되었다.

"나 정말 이러고 다녀야 돼? 누가 알아보기라도 하면 어떡해?"

"예전으로 돌아간 것 같아서 좋잖아."

유환의 말대로 이렇게 나란히 교복을 입고 손을 잡으며 걷고 있는 우리들은 타임머신을 타고 4년 전으로 돌아간 것만 같았다.

교복 속에 숨어 있을 때가 가장 행복할 거라는 예전 은사님의 말씀이 문득 떠올랐다. 그저 옷만 바꿔 입었을 뿐인데 이렇게 자유롭고 홀가분한 기분을 느끼다니. 이런 기분을 학생 때 깨달았으면 얼마나 좋았을까. 그땐 복에 겨운 줄도 모르고 속박당하고 구속당하는 것 같아 반항심만 가득했었다. 교복 속에 숨어 있을 때가 가장 좋은 줄도 모르고.

교복을 입고 거리를 걷는 우리를 이상하게 쳐다보는 사람은 없었다. 하지만 난 오랜만에 입어 보는 교복이 어색해서 자꾸만 쇼윈도를 쳐다보며 나의 모습을 점검해 보고 있었다.

"괜찮아. 잘 어울린다니까."

유환은 그런 나를 쳐다보고 피식 웃으며 위로해 주었다. 그래도 그 말은 그다지 도움이 되지 않았다.

너는 그대로인데, 그때랑 하나도 안 변했는데 나만 왜 이렇게 상한 달걀처럼 변해 버린 것일까.

나는 '후우' 하며 한숨을 내쉬고는 여전히 싱싱하고 파릇파릇한 녀석을 얄밉게 노려보며 물었다.

"도대체 변하지 않는 비결이 뭐야? 나도 너처럼 안 늙는 방법 좀 가르쳐 달라고."

"지금은 안 가르쳐 줄래. 나중에 말해 줄게."

"피, 치사해. 왕치사쟁이 신유환."

혼자만 젊게 살아 보겠다 이거지. 흥.

"지금도 충분해, 은서진. 그때는 그때대로 풋풋하고 귀여워서 예뻤고, 지금은 지금대로 성숙해지고 여성스러워져서 예뻐. 아줌마가 돼서도 할머니가 돼서도 그 모습 그대로 넌 예쁠 거야."

그를 잠시 흘겨보고 있던 가느다란 내 눈이 다시 반달로 변했다. 말 한마디로 나를 들었다 놨다 하는 그의 재주는 여전했다.

"정말? 정말 그렇게 생각해?"

그의 팔에 매달려 어리광 부리듯이 묻는 날 보며 녀석은 환하게 웃어 준다.

정말 죽여주는 백만 불짜리 미소라니까.

내가 이 미소를 얼마나 그리워했었는지 이제야 깨달았다.

"그래. 내가 사랑하는 넌 온 우주에서 하나뿐인 은서진이니까. 세상에 상처받아도 혼자라는 외로움과 절망 속에 빠져도 이거 하나만은 기억해. 넌 온 우주를 통틀어 하나뿐인 소중하고 특별한 존재라는 것을. 그 사실만큼은 결코 변하지 않는다는 것을."

유환의 말들이 나약했던 내 심장 깊숙한 한구석에 별처럼 박혀왔다.

"응."

후회하고 있다. 흔들리며 살아왔던 내 지난 세월을. 나약하고 불완전한 마음에 스스로를 상처 내며 살던 하루하루는 내 인생을 삭막하고 피폐해지게 만들었다.

미안해, 유환아. 사실, 너 때문이라는 건 핑계였어. 상처받아서 그랬던 게 아냐. 나의 나약하고 어리석었던 마음 때문에 그랬던 거지. 너에게 모든 원망을 돌리고 스스로를 합리화시키며 자신을 사랑하지 않고 살아왔던 나를 용서해 줘.

마치 이런 내 마음을 말하지 않아도 다 안다는 듯이 유환은 내 손을 힘주어 쥐며 말했다.

"우리 오늘은 이렇게 입고 옛날에 못했던 거 다 해 보자."

"응."

"옛날에 하고 싶었던 거 다 해 보자."

"응."

왠지 울컥해서 말을 더 하면 눈물이 나올 것 같아 짧게 대답하고는 입을 조개처럼 꾹 다물었다.

너도 그리웠니, 그때가. 너도 아쉬웠니, 그 시절이.

나만 그렇다고 내내 생각해 왔는데, 나만 불쌍하다고 내내 생각해 왔는데.

얼마나 힘들었을까, 혼자서. 지금은 아무렇지도 않은 척 웃고 있지만 내가 모르는 고통이 얼마나 많았을까.

녀석은 갑자기 생각난 듯 말했다.

"우리 먼저 놀이공원부터 가 볼까?"

생각해 보니까 억울하게도 우린 그런 데도 한 번을 안 가 본 것 같다. 바쁜 고3이라는 이유도 있고 해서 모든 것을 뒤로 미룬 채 집과 학교만을 오가는 아이들다운 평범한 연애만 했었다.

"그래, 좋아."

나는 눈빛을 빛내며 밝은 목소리로 대답했다.

가까운 실내 놀이공원으로 놀러 간 우리는 바이킹, 후룸라이드, 자이로드롭 등의 놀이기구들을 정신없이 타면서 즐거운 비명을 지르고 웃고 장난치면서 하루를 보냈다.

간식을 사 먹기도 하고 머리에 미키마우스 머리띠를 착용해 보기도 하며 정말 다시 10대로 돌아간 듯이 한바탕 신 나게 놀았다.

이렇게 즐겁고 신 나게 놀아 보는 건 아주 오랜만이었다. 정신없이 웃고 떠들다 보니 시간이 후딱 지나가 버렸다.

마지막으로 회전목마를 두 번이나 타고 놀이공원을 나오려는데 마침 우리 옆으로 우리 학교 교복을 입은 아이들이 한 무리 지나갔다.

난 흠칫 놀라서 유환의 등 뒤로 자연스레 숨으며 그들의 눈에 띄지 않길 마음속으로 간절히 바라고 있는데, 그중에 한 여학생이 유환을 알아보고서 걸음을 멈추고 소리쳤다.

"엇? 유환이 오빠다."

그러자 한 무리의 아이들이 모두 걸음을 멈추고 유환과 나를 빤히 쳐다보았다. 대부분 여학생인 아이들이었는데 그중에는 수업 시간에 봐서 얼굴이 익숙한 아이들도 몇 명 눈에 띄었다.

"유환 오빠, 누구예요?"

유환과 나를 번갈아 쳐다보던 한 여학생이 유환에게 당돌하게 물었다.

그러자 유환은 자신의 등 뒤에 자꾸만 숨으려는 내 손을 끌어내며 당당하고 간결하게 소개했다.

"내 애인. 예쁘지?"

"헐, 대박, 대박 사건! 우리 학교 최고의 철벽남이 드디어 연애를 하다니."

"단체 카톡 돌려. 이건 정말 특종이다."

그러자 갑자기 아이들은 소란해지기 시작하며 우리를 쳐다보며 호들갑을 떨어 댔다.

하지만 나는 등 뒤로 식은땀이 날 지경이었다. 설마 내가 누군지 알아차리는 건 아니겠지? 화장도 다 지우고 머리 스타일도 다르게 했으니 아마 모르겠지? 들키면 이건 특종 정도를 넘어선 커다란 스캔들감일 텐데 생각만 해도 아찔했다.

그러나 유환은 이 모든 것을 즐기는 듯 빙글거리는 얼굴이었다.

"근데 누구지? 어디서 많이 본 것 같은 얼굴인데."

"그러게. 나도 낯이 익어."

자신들과 같은 태한고등학교 교복을 입고 있는 나를 살펴보며 아이들은 의아하게 서로를 쳐다보며 쑥덕거렸다.

드디어 위기가 왔다. 아이들이 나라는 걸 떠올리면 어떡하지? 젠장, 이 위기를 어떻게 타파할 것인가?

당황한 나는 들키지 않으려고 일부러 여고생처럼 머리카락을 손가락으로 배배 꼬며 최대한 앳된 목소리를 흉내 내어 말했다.

"내가 전학 온 지 얼마 안 돼서 너희들은 아마 날 잘 모를 거야."

내가 들어도 해괴망측한 목소리에 나를 쳐다보는 아이들의 표정이 기괴해졌다.

"우리 늦었어. 빨리 가자, 유환아."

다급해진 나는 아이들에게 들키기 전에 자리를 떠나려고 유환의 팔을 붙잡고 출구 쪽으로 잡아끌었다.

뒤에 남겨진 아이들은 머리를 갸웃거리며 우리의 뒷모습을 한참 쳐다보더니 이내 가 버렸다. 다행히 교실 맨 뒤쪽에 앉아 딴청만 피우며 수업에는 관심 없던 아이들인지라 날 못 알아보는 것 같았다.

"푸하하하."

"하하하하."

놀이공원 출구 밖으로 나온 우리는 서로의 얼굴을 쳐다보며 눈물이 날 정도로 웃어 댔다.

나의 어설픈 연기 실력과 아이들의 기괴한 표정이 생각나 우리 둘은 배꼽을 움켜쥐며 배가 아플 정도로 웃음을 터트렸다. 이렇게 웃어 보는 건 몇 년 만에 처음인 것 같았다. 얼음 교생이라는 별명이 붙을 정도로 싸늘하고 표정 없던 내가 유환을 만나자마자 신기하게도 본래의 천진난만하고 해맑던 모습으로 금세 되돌아왔다.

"너무 웃긴다. 어떻게 널 못 알아보지?"

"그야 내 연기력이 죽이니까."

한바탕 크게 웃고 난 우리는 다시 다정하게 손을 마주 잡고 거리를 걸었다.

"우리 이제 뭐 할까?"

유환이 내 손을 잡고 흔들면서 눈빛을 빛내며 물었다.

그렇게 신 나게 놀았는데도 우리 둘 다 이대로 헤어지긴 아쉬워서 조금 더 같이 있고 싶은 기분이었다.

곰곰이 생각하던 나는 문득 떠오른 듯 말했다.

"음, 영화관 갈래? 영화 못 본 지도 오래됐는데."

"좋아. 영화 보러 가자."

우린 그렇게 근처의 영화관으로 이동했다.

다정하게 서서 영화 상영 시간표를 들여다보던 우리는 약속이라도 한 듯이 장난스레 웃으며 19세 영화를 손가락으로 동시에 가리켰다. 서로 마음이 통한 것에 놀란 우리는 하이파이브를 하며 기쁘게 웃었다. 교복을 입고 19세 관람 불가 영화를 보는 짜릿한 기분을 우린 느껴 보고 싶었던 것이었다.

유환이 표를 사러 매표소에 간 사이 나는 홀로 남아 영화 포스터를 뒤적거리고 있었다. 요즘 바쁘다고 문화생활을 게을리한 탓에 온통 모르는 영화들투성이였다. 그래서 우리가 보는 영화에 대한 정보를 미리 알까 해서 영화 포스터를 바라보고 있는데 옆에 다가온 누군가의 인기척이 느껴졌다.

"저기."

나에게 말을 거는 낯선 목소리에 문득 고개를 들고 쳐다보니 교복을 입은 웬 남학생 세 명이 거기 서 있었다.

"안녕?"

가운데 선 남학생은 조금 긴장된 얼굴로 웃으며 내게 말을 건넸다.

안녕? 이라니. 어른한테 말이 짧은데?

나는 눈썹 하나를 들어 올리고 말없이 그들을 쳐다보았다. 세 명 다 훤칠하게 키가 크고 준수한 외모를 가지고 있었다. 그런데 왜 내게 인사하지? 아는 아이들이 아닌데.

"나는 영운고등학교 3학년 김대한이라고 해. 그쪽은 몇 학년?"

아, 이 아이들 눈에는 내가 지금 고등학생으로 보이는구나.

교복을 입고 있다고 하더라도 이 나이의 나를 아직도 고등학생으로 봐 주는 아이들이 있다는 게 그리 싫지 않은 기분이었다.

왠지 신기하고 생경한 기분에 나는 말없이 손가락 3개를 들어 올렸다.

"아, 3학년 맞구나. 우리랑 동갑이네?"

나는 서로를 쳐다보며 기쁘게 웃고 있는 녀석들을 바라보며 물었다.

"근데 왜?"

내가 의아하게 묻자 가운데 있는 녀석이 머리를 긁적이며 쑥스러운 듯 말했다.

"지나가다 보니 그쪽이 내 스타일이어서 말 걸었어. 혹시 혼자 왔어?"

"아니."

뭐 이런 일이 다 있담? 나는 조금 얼떨떨했다.

"아, 그래? 그럼 연락처 좀 알 수 있을까?"

"그건 좀 곤란한데?"

그러자 녀석은 쪽지에 자신의 휴대폰 번호와 이름을 적어서 내게 건네주었다.

"이거 내 연락처야. 다음에 꼭 연락 줘. 알았지?"

나를 쳐다보며 신신당부하던 녀석은 양옆에 있는 친구들의 야유와 장난을 받으며 저쪽으로 사라졌다.

녀석이 건네준 쪽지를 바라보며 피식 웃고 있는데 팝콘과 콜라를 양손에 들고 유환이 다가와 물었다.

"그건 뭐야?"

"요즘 애들 귀엽다."

나는 유환에게 손에 들고 있는 쪽지를 보여 주며 말했다.

장난스레 웃고 있는 나와는 달리 쪽지를 바라보는 유환의 표정은 까칠하게 일그러졌다.

"이게 귀여워?"

유환은 음산하게 말하며 내 손에서 쪽지를 뺏더니 순식간에 갈기갈기 찢어 버렸다. 그러더니 갑자기 고개를 이리저리 두리번거리며 언성을 높여 물었다.

"어느 쪽으로 갔어? 그 자식."

"나도 아직 죽지 않았나 봐. 그치?"

나는 유환의 손에 있던 콜라를 가지고 룰루랄라 상영관을 향해 걸었다.

"은서진, 너 그 자식한테 남자 친구 있다고 말 했어? 안 했어?"

나는 질투의 화신으로 변해서 뒤쫓아 오는 유환에게 메롱을 날리며 빠르게 걸어갔다.

폭신한 카펫이 깔린 긴 복도를 걸어 상영관을 찾아 들어간 우리는 맨 뒷좌석에 나란히 앉아 영화를 관람했다.

교복을 입고 19세 관람 불가 영화를 관람하는 건 생각처럼 짜릿했지만, 영화가 시작하자마자 곧 후회를 했다. 낯 뜨거운 장면이 계속해서 이어져 나왔기 때문에 우린 시선을 어디다 둬야 할지 몰랐다.

야릇한 신음 소리와 뜨거운 정사 장면들이 커다란 스크린을 꽉 채우고 있었다. 19금 중에서도 너무 19금을 골랐다는 생각이 들었다. 유환도 이럴 줄은 몰랐는지 좌석이 불편한 것처럼 이리저리 자세를 바꾸고 있었다.

애꿎은 콜라만 들이켜고 있던 나와 손가락으로 눈을 가리고 있던 유환은 어쩌다 서로 눈이 마주쳤다. 우린 민망함과 불편함이 역력한 서로의 얼굴을 쳐다보다 웃음을 터트렸다.

"나갈까?"

"응, 나가자."

한시라도 빨리 자리를 뜨고 싶었던 우리는 손을 잡고 부리나케 상영관을 빠져나갔다.

밖으로 나오니 비로소 살 것 같았다. 제대로 숨 쉴 수가 있었다. 우리는 민망했던 방금 전의 상황이 떠올라 서로의 얼굴을 쳐다보며 웃음을 터트렸다. 즐거운 추억이 많이 생긴 하루였다.

밖은 어느새 어둠이 짙게 깔린 밤이 되어 있었다.

"이제 집에 가자. 늦었어."

"하루가 너무 짧다, 젠장."

유환은 어두워진 밤하늘을 쳐다보며 불만스럽게 말했다.

"이제 우리에게 시간은 많잖아. 천천히 하나둘씩 해 보면 되지 뭐."

"그래, 조급해하지 말아야지. 너랑 이렇게 데이트하는 거 너무 오랫동안 염원했던 일이라 나도 모르게 조급해졌나 봐."

나는 가만히 유환의 손을 잡아 주었다.

그러자 유환은 밤하늘의 별빛처럼 시린 눈동자로 나를 한동안 쳐다보았다.

그러던 그는 내 머리를 살포시 잡더니 이마 위에 지그시 입을 맞추었다. 아주 소중하듯 아껴 주는 그 입맞춤에 가슴이 떨리고 벅찼다.

서로를 쳐다보며 피식 웃던 우린 다시 두 손을 마주 잡고 밤거리를 걸었다.

싸늘해진 밤공기에 어깨를 움츠리자 유환의 팔이 내 어깨를 감싸 안았다.

지나가던 한 커플이 그런 우리의 모습을 보고 '좋을 때다.' 하고 서로의 얼굴을 보고 웃으면서 지나갔다.

다시 교복을 입고 데이트하는 이 기분, 처음 생각보다 과히 나쁘지 않았다. 아니, 신선하고 즐거운 경험이었다. 앞으로도 종종 그리워질 것 같았다. 간 떨려서 앞으로 다시는 못할 것 같으니 말이다.

"나랑 해 보고 싶은 데이트 없었어? 말해 봐."

내 어깨를 감싸 안고 걸어가던 유환이 문득 고개를 숙이며 물었다.

"말해 주면 다 들어줄 건가?"

"응, 다 들어줄게."

"정말?"

"응."

그렇게 자신 있게 말했다 이거지? 그런데 후회하게 될걸? 내 꿈은 절대 소박하지 않으니까.

"영화에서처럼 고급스럽고 값비싼 뚜껑 열린 외제차를 타고 서울 시내를 드라이브하는 거야. 그리고 명품관에 들러서 잔뜩 쇼핑을 하고 무궁화 다섯 개짜리 호텔 레스토랑을 통째로 빌려서 우리끼리만 우아하게 식사를 하는 거지."

유환은 내 말에 어이없다는 듯이 피식 웃었다.

"그게 끝이야?"

"아니, 한참 더 남았어. 그러고 바다로 가는 거야. 우리가 밤바다에 도착해서 두 손을 잡고 아무도 없는 해변을 걸어. 그때 밤하늘에 불꽃이 터지면서 「서진아 사랑해」라는 글귀가 하늘에 수놓이는 거야. 그럼 너무 감격해서 키스하고 엔딩. 어때, 낭만적이지?"

결코 현실 가능성 없는 영화에서만 가능한 일이기도 하고 말이야.

"나랑 영화 찍고 싶어? 은서진."

황당해진 유환의 얼굴을 보니 웃음이 나왔다.

"푭, 여자라면 누구나 다 그런 상상쯤은 한 번씩 해 본다고 뭐."

"지금 당장은 마지막 엔딩만 가능한데 말이야. 우리 그것부터 해 볼까?"

유환은 짓궂게 웃으며 내게 얼굴을 들이밀었다. 그에 나는 까르르 웃으며 유환의 가슴팍을 밀어내며 단호히 외쳤다.

"그건 안 돼! 뒤에서부터 하는 건 절대 안 된다고!"

"음, 그럼 일단 그건 뒤로 패스. 그다음에 해 보고 싶은 데이트는 또 없어?"

"또? 있지, 당연히. 이번엔 소박한 거야."

나는 잠시 말을 멈추고 숨을 골랐다.

"첫눈이 오면 너랑 같이 맞고 싶어."

4년 전, 그와 함께 맞는 첫눈을 얼마나 기다렸는지 모른다. 하지만 우리는 첫눈이 내리던 날 이별을 하고 말았다. 그래서 나에게 있어서나 그에게 있어서나 첫눈의 기억이란 가슴 아프고 씁쓸한 상처뿐인 기억이다. 하지만 이제 첫눈에 대한 기억을 아름답고 행복한 기억으로 바꾸고 싶었다.

"근데 지금이 5월이니까 눈이 오려면 아직 한참은 기다려야겠다. 그치? 헤헤."

유환은 대답 대신 내 어깨를 말없이 꽉 끌어안았다.

말하지 않아도 서로 마음이 통하는 것 같은 이런 기분, 오래되고 익숙한 이 느낌이 좋았다.

나는 한 팔을 그의 등 뒤로 뻗어 그의 단단한 허리를 감싸 안았다.

사실, 너와 함께 있으면 그 어디에 있든 그 무엇을 하든 내겐 최고의 데이트야.

언제까지나 이렇게 내 곁에 있어 줄 거지?

하루에도 수십 번은 이 말을 묻고 싶지만 차마 무서워서 못 물어보겠다.

왠지 이 말을 하면 이 꿈같은 행복이 날아가 버릴까 봐.

누군가가 듣고 또다시 우리 사이를 질투해 갈라놓을까 봐.

그래서 매일 마음속으로만 물어봐.

언제까지나 내 곁에 있어 줄 거지? 유환아.

15장. 나를 웃게 해 주는 천사

어느새 우리는 내가 사는 아파트 앞에 도착했다.

우리 집이 좀 더 멀었으면 좋았을걸. 많은 시간을 함께 보냈음에도 불구하고 여전히 아쉬움이 남는다.

나를 집까지 데려다준 유환은 '잘 자.'라는 말과 함께 이마에 따뜻한 입맞춤을 하며 뒤돌아섰다. 내게서 멀어지려는 그 뒷모습을 바라보니 못 견디게 마음이 쓸쓸했다. 갑자기 참을 수 없는 외로움이 밀려들어 왔다.

울컥하는 마음에 나는 뛰어가서 어둠 속으로 사라지려는 그의 뒷모습을 잡으며 말했다.

"가지 마. 가지 마, 유환아."

그의 등을 끌어안은 나는 간절하게 중얼거렸다.

"서진아……."

"오늘은 그냥 우리 집에서 자고 가면 안 돼? 아무 짓 안 할게. 늦었는데 그냥 자고 가면 안 돼?"

유환의 입에서 어이없는 한숨 소리가 흘러나왔다.

유환아, 이게 못났지만 나야. 사랑에 굶주린 어린아이처럼 투정 부리는 나약한 나야. 꿈결처럼 달콤하고 행복한 시간 뒤에 홀로 맞을 외로움에 두려운 나야.

"컴컴하고 썰렁한 빈집에 혼자 들어가는 거 싫어. 네 뒷모습 보며 혼자 남겨지는 거 싫다구. 너 못됐어. 만날 나한테 뒷모습이나 보여 주고 정말 못됐어."

오늘은 내가 너무 외로울 것 같아, 유환아.

자존심이고 뭐고 모두 다 내동댕이치고 너한테 매달리고 싶을 만큼 혼자 있는 게 죽어도 싫어.

"은서진……."

그는 자신의 등을 끌어안은 내 손을 앞으로 모아 큰 손으로 따뜻하게 쥐어 주며 말을 시작했다.

"너와 함께 있고 싶은 마음, 그건 아마 너보다 내가 더 클 거야. 그런데도 너를 혼자 두고 돌아서는 내 마음 모르겠어?"

알지. 왜 몰라. 그렇게 눈물 나게 나를 아껴 주고 있다는 걸.

네가 그런 사람이기 때문에 내가 이렇게 붙잡을 수 있는 거야.

"그래도 난 네 뒷모습 같은 건 보기 싫단 말이야."

"뭐야, 다 큰 척하더니 아직도 어리광쟁이네. 은서진 교생 선생님은 어디로 갔나?"

유환은 몸을 돌려 그윽한 눈으로 나를 쳐다보며 말했다.

"사랑하는 사람의 뒷모습에 익숙해져야 해. 언젠가는 모두가 떠

나. 그걸 받아들여야 해, 서진아. 인간은 어차피 혼자라는 걸 인정해야 해. 아무리 내가 널 사랑해도 넌 문득 이렇게 외로움을 느낄 거야. 그때마다 이렇게 아기처럼 투정부릴 거야?"

이른 나이에 죽음의 문턱을 한 번 넘은 탓인지 일찍 철들어 버린 유환은 누구보다 어른스럽게 말하고 있었다. 하지만 머리로는 알아도 가슴으로 받아들이기는 어려웠다. 나는 도리도리 고개를 저으며 말했다.

"싫어. 네가 다시 날 떠난다는 건 상상하기도 싫어."

어린애 같은 투정. 결국 모두 다 혼자라는 걸 뼛속 시리도록 잘 알고 있으면서도 이러는 이유는 무얼까.

계절이 바뀌듯 낙엽이 지고 다시 꽃이 피듯 너도 언젠간 다시 내 곁을 떠나겠지?

우리가 지금은 이렇게 다시 만나 좋게 지내지만 언젠가 사랑이 식어 떠날 수도 있고, 마지막까지 함께 간다고 하더라도 죽음이 우리를 갈라놓을 수도 있고 말이다.

당연한 이치지만 그래도 난 생각만 해도 서러운데 넌 아무렇지도 않은 것일까.

그동안 누구보다도 이별에 쿨했던 은서진은 사실은 또다시 상처받기 싫어 마음을 못 여는 나약한 겁쟁이였던 것이다.

"혼자인 시간을 견뎌, 은서진. 그래야 더욱 강해질 수 있어. 난 네가 강해졌으면 좋겠어. 외로움 따위는 즐길 수 있을 정도로 강해지면 좋겠다."

"그래도 오늘 하루만 봐주면 안 돼?"

유환의 말이 못나고 나약한 나를 부끄럽게 했지만 오늘따라 이상하게도 그를 놓아주기가 싫었다. 그를 놓아주면 그는 새처럼 금방이라도 내 곁을 훌쩍 떠나가 버릴 것만 같아서 이대로 보내 줄 수가 없었다.

말없이 눈물을 글썽이는 내 눈을 잠시 들여다보던 유환은 한숨을 내쉬며 내게 조용히 백기를 들었다.

"알았어. 오늘만이야. 하지만 내가 한 말은 잊지 마."

"응."

나는 기쁘게 웃으며 고개를 끄덕이며 대답했다.

우리는 나란히 엘리베이터에 올랐다. 나는 재빨리 손을 뻗어 10층 버튼을 누르고 유환을 쳐다보며 배시시 웃었다. 정말 좋았다. 유환과 밤새도록 함께 있을 수 있다는 사실에 무척 기쁘고 설레었다.

유환은 큰 손으로 내 머리를 쓰다듬어 주며 말했다.

"바보야, 내 앞에서 자꾸 그렇게 웃지 마. 너는 나한테 아무 짓 안 할 수 있겠지만, 난 장담할 수 없다고."

짓궂게 말하는 유환의 입꼬리가 보기 좋게 하늘로 올라갔다.

그의 그런 장난에도 그저 바보처럼 헤헤 웃으면서도 눈물이 고이는 나였다. 다시 찾은 이 녀석은 내게 눈물 날 만큼 소중하고 애틋한 사람이었다.

엘리베이터 문이 열리자 먼저 밖으로 나간 나는 현관문의 번호를 눌러 문을 열었다.

"들어오시죠."

나는 환하게 웃으며 도어맨처럼 정중히 유환을 안으로 안내했다.

유환은 처음으로 와 보는 나의 집을 호기심 있게 둘러보며 긴

다리를 휘젓고 돌아다녔다.

생각해 보니 그에게 나의 공간을 처음으로 보여 주는 건데, 아무런 준비도 없이 충동적으로 오픈한 거라 조금 부끄럽기도 했다. 다행히 얼마 전에 미친 듯이 대청소를 한 뒤라 평소보다 조금 깨끗하긴 했다. 그래도 바닥에 떨어진 잡동사니들이 눈에 띄었다.

나는 유환이 보기 전에 그것들을 주섬주섬 치우고 다니며 그에게 물었다.

"차라도 줄까? 커피 마실래?"

막상 집 안에 단둘만 있으려니 어색했다.

밖에선 아무렇지도 않았는데, 그렇게 함께 있길 간절히 원했는데 밀폐된 공간에 함께 있게 된 지금은 어색해서 자연스럽게 행동할 수가 없었다. 내 집임에도 불구하고 처음 온 손님처럼 불편하기만 했다.

더군다나 아까 본 19세 관람 불가의 영화가 떠오른 탓에 온몸이 후끈거리고 덥고 답답한 느낌마저 들었다.

아까 잡지 말고 그냥 보낼 걸 그랬나? 그런 후회가 다시 밀려드는 변덕스러운 내 마음을 나도 도무지 알 수 없었다.

"아니, 됐어. 난 구경하고 있을 테니까 넌 가서 씻어."

유환은 거실 한쪽 벽에 걸려 있는 내가 시장에서 충동적으로 구입한 싸구려 액자에 관심을 기울이고 있었다. 내 집 안에 있는 평범한 물건들을 사소하게 보아 넘기지 않고 하나하나 관심을 기울이며 살펴보는 유환은 어색해서 부산을 떠는 나와는 달리 아무렇지도 않아 보였다. 어찌 보면 유환이 이 집의 주인 같고 내가 손님 같은 기분이 들었다.

"그래. 그럼 난 먼저 씻을게. 먹고 싶은 거 있음 냉장고에서 꺼내 먹어."

난 갈아입을 옷을 챙기고 후다닥 욕실 안으로 뛰어 들어갔다.

그렇게 욕실 안으로 들어온 나는 씻을 생각은 하지도 못하고 욕조 위에 멍하니 앉아만 있었다. 갑자기 심장이 두근두근 뛰어서 아무것도 못하겠다.

촌스럽게 왜 이러니, 은서진.

머리를 헝클어뜨리며 자리에서 일어난 나는 욕실 거울에 비친 내 얼굴을 바라보았다.

수줍은 소녀처럼 두 볼이 빨갛게 물들어 있는 낯선 내 얼굴이 보였다. 그 얼굴이 웃겨서 '풋' 하고 웃어 버리다가 다시 낯선 그 얼굴을 바라보고 또 웃어 버리고.

유환을 다시 만나니 19살의 순수한 소녀로 다시 돌아간 기분이었다.

두근두근 설레는 마음과 알 수 없는 긴장감 탓에 아마 한 시간은 욕실에서 아무것도 못하고 그러고 있었나 보다.

뒤늦게 샤워를 마치고 수건으로 머리에 물기를 닦아 내며 나왔는데 어쩐지 집 안이 잠잠했다. 고요하고 적막한 분위기 속에서 내 눈은 유환을 찾아 헤맸다. 한참 동안 그를 찾아 헤매던 내 눈동자는 거실 어느 한 곳에 고정되었다.

거실 소파 위에서 기다랗게 모로 누워 곤히 잠들어 있는 유환의 모습.

어느새 지쳐서 잠들어 버렸나 보다.

제집처럼 편안히 잠들어 있는 유환의 모습을 보니 살며시 미소가 배어 나왔다.

나는 발소리를 죽이고 그에게 가까이 다가가 바닥에 무릎을 꿇고 앉아 말갛게 잠든 그의 얼굴을 한동안 들여다보았다.

깨끗한 피부, 굵고 짙은 눈썹 아래 여느 여자보다 기다랗고 숱 많은 속눈썹, 정갈하게 뻗은 오뚝한 코, 좋은 꿈을 꾸는지 가끔은 기분 좋게 꿈틀거리는 얇은 입술.

잠자는 모습을 바라보는 게 이렇게 즐거울 수 있다니, 내가 보기엔 너도 꼭 천사 같아. 나를 웃게 해 주는 천사.

한참을 그렇게 그를 바라보던 나도 나른한 피곤함이 몰려왔다. 오늘 하루 너무 신 나게 논 탓인지 졸음이 쏟아졌다. 나는 조심스레 소파 위로 올라가 그의 등을 끌어안고 누웠다.

그의 등에서 나는 좋은 향기를 맡으며 나는 깊고 달콤한 잠에 빠졌다.

나는 교재와 출석부를 들고 학교 복도를 걷고 있었다. 아이들에게 인사를 받으며 걸어가는 나는 구름 위를 걷는 것처럼 발걸음이 가볍고 설레었다. 길 잃은 아이처럼 늘 외롭고 불안했던 내 마음은 충만함으로 가득 채워져 있었다.

학교에 오면 유환을 만날 수 있다는 생각 하나만으로 행복하고 뿌듯했다. 그저 한 사람을 다시 만났을 뿐인데 온 세상이 이전과는 다르게 이토록 아름답게 느껴지다니 정말 놀랍고 신비한 일이었다.

나는 부지런히 3학년 5반 교실을 향해 걸었다. 언제든 내가 원할 때면 그를 볼 수 있다는 사실이 날 설레게 만들었다. 교생실습이 조금 더 길었으면 좋겠다는 생각까지 들었다.

3학년 5반 푯말 아래 도착한 나는 조심스레 열린 앞문 사이로 교실 안을 둘러보았다. 내 눈은 단번에 유환의 자리를 찾았다. 하지만 창가 맨 뒷자리인 유환의 자리엔 다른 남학생이 대신 앉아 있었다. 교실 안을 둘러보았지만 유환은 없었다.

이상하다. 어디 간 걸까?

나는 문밖으로 나오는 한 남학생을 붙잡고 말을 물었다.

[저기 혹시 신유환 어디 갔는지 아니?]

[네? 누구요?]

[신유환 말이야. 저기 창가 맨 뒷자리에 앉아 있던 남학생.]

남학생은 대답 대신 이상한 표정을 짓더니 모르겠다는 대답을 하고는 나가 버렸다.

나는 하는 수 없이 다른 남학생을 붙잡고 똑같은 말을 물었다. 하지만 그 남학생도 날 보는 표정이 이상했다.

[신유환이 누구예요? 우리 반엔 그런 애 없는데요?]

나는 황당한 표정으로 그 남학생을 쳐다보다가 다른 학생들을 붙잡고 똑같이 물었다. 하지만 매번 돌아오는 답변은 똑같았다. 신유환이라는 이름조차 처음 들어 본다는 반응들이었다.

애들이 단체로 장난이라도 치는 것 같았다. 오늘이 만우절도 아닌데 왜들 그러지?

나는 할 수 없이 직접 찾아 나서기로 하고 학교 이곳저곳을 살피며 돌아다녔다.

마침 복도를 지나가다 지윤을 만났다. 나를 보고 반갑게 인사하는 지윤에게 난 혹시나 싶어서 유환의 행방을 물었다.

[혹시 신유환 어디 있는지 봤어?]

[신유환? 걔가 누구야?]

[너까지 정말 왜 그래? 또 장난치는 거야?]

나는 예전에 병원에서 지윤이 한 장난을 기억해 내고는 짐짓 화난 척 정색을 하며 말했다.

[무슨 말이야? 난 그런 애 모르는데.]

[박지윤, 장난은 한 번이나 통하지 두 번은 안 통한다고.]

[얘가 정말 생사람 잡네. 나 그런 이름 처음 들어 봤다니까.]

[휴, 말을 말자, 말을 마.]

나는 지윤이 또다시 나한테 장난치는 거라고 생각하고는 고개를 절레절레 저으며 그녀를 뒤로하고 복도를 걸었다. 하지만 정말 이상했다. 지윤뿐만 아니라 아이들까지도 모두 유환을 모른다고 했다.

정말 황당하고 어이없는 일이었다. 마치 약속이라도 한 듯이 하나같이 모른다고 하니 말이다. 어떻게 어제까지도 멀쩡히 있었던 사람을 모두 모른다고 하다니, 이건 말이 되지 않는 상황이었다.

그런 생각이 들수록 내 마음은 더 조급하고 초조해졌다. 어서 빨리 유환을 찾아내어 증명해 보이고 싶었다. 왜 다들 유환을 모른다고 하냐고, 유환을 보여 주며 여기 이렇게 멀쩡히 있는데 왜 모른다고 했냐고 따지고 싶었다.

내가 어떻게 다시 만난 사람인데, 내가 어떻게 다시 찾은 첫사랑인데.

하지만 어디를 찾아봐도 유환의 모습은 찾아볼 수 없었다. 그래도 나는 포기하지 않고 학교 구석구석을 이 잡듯 뒤지며 다녔다. 종이 쳐도 수업에 들어갈 생각은 하지 않고 눈에 불을 켜고 여기

저기를 두리번거리며 미친 사람처럼 유환만 찾아 다녔다. 아무도 못 봤다는, 아무도 모른다는 유환을.

[선생님, 신유환 오늘 결석했어요? 혹시 연락처 알아요?]

교무실에 들어간 나는 3학년 5반 담임선생님을 붙잡고 애타게 물었다.

[신유환이 누구야? 처음 들어 보는 이름인데.]

아이들로도 모자라 선생님까지도 거짓말을 하고 있었다.

너무하다. 이건 정말이지 너무하다.

[왜 신유환을 몰라요? 선생님까지 거짓말하시는 거예요?]

[허허, 은 선생이 뭔가 단단히 착각하는 것 같구먼. 우리 반에 그런 이름은 없어.]

너무 답답하고 억울해서 눈물까지 나올 지경이었다. 딱 몰래카메라에 걸린 주인공의 심정이 이랬을 것 같다.

누가 지금 관찰카메라로 날 몰래 찍고 있는 거야?

그만해. 이제 그만하라고 제발. 이런 장난은 정말 재미없으니까.

[내가 찾을 거예요. 내가 찾을 거라고요. 유환이 내가 꼭 찾아낼 거라고요.]

나는 미친 사람처럼 사람들에게 그렇게 외치며 교무실을 빠져나왔다.

사람들은 어리둥절한 표정으로 나를 쳐다보며 서로 귓속말로 뭐라고 수군거리고 있었다.

지금 누가 나를 보고 뭐라고 하든지 상관이 없었다. 유환만 찾는다면, 유환만 찾을 수 있다면 그런 것쯤은 정말 아무 일도 아니었다.

교실을 하나하나 뒤지며 다니다가 마침내 음악실 문을 벌컥 열고 들어갔는데, 창문에 걸린 하얀색 긴 커튼이 바람에 나부끼는 게 보였다. 그리고 그 펄럭거리는 하얀색 커튼 뒤에 키 큰 누군가가 서 있다는 걸 알아차렸다.

커튼에 가려 얼굴이 보이지 않았지만 나는 그게 유환이라는 것을 단번에 알 수 있었다. 어떻게 알 수 있는지는 모르겠지만 내 직감이 그랬다. 커튼 밑에 드러난 건 두 발뿐이지만 전체적인 실루엣이 유환의 것이라는 것에 확신했다.

[유환아…….]

내가 조심스레 부르자 마치 마법이 풀리듯 스르르 하얀색 커튼이 걷어지며 유환의 잘생긴 얼굴이 드러났다. 구김 하나 없는 교복을 입고 모델처럼 늘씬하게 서 있는 그는 바지 주머니에 두 손을 넣은 채 창가에 기대어 서서 나를 바라보며 햇살처럼 눈부시게 웃고 있었다.

마치 그곳에서 오랫동안 나를 기다리고 있었던 것처럼.

나는 홀린 듯이 그런 그를 멍하니 바라보다 벅차도록 반가운 마음에 그의 앞으로 뛰어갔다.

[유환아, 여기 있었구나. 내가 얼마나 찾았는데.]

그는 마치 다 알고 있다는 듯 미소를 지으며 두 팔을 벌려 나를 안아 주었다.

먹구름이 잔뜩 낀 것 같은 불안했던 마음이 가시고 비로소 안도한 나는 그의 품에 안겨 크게 한숨을 내쉬었다.

다행이다. 찾아내서 참 다행이다.

그렇게 한숨 돌린 나는 억울하다는 듯 방금 전의 일을 털어놓았다.

[글쎄, 방금 무슨 일이 있었는지 알아? 아이들이 널 모른대. 네 이름도 네 얼굴도 모른대. 선생님도 그렇고 다 똑같이 널 모른 척하는 거야. 이게 말이 돼? 이제 금방 떠날 교생이라고 단체로 나한테 장난치나 봐. 나 너무 화나. 우리 같이 가서 혼내 주자.]

그러나 그는 아무런 말도 없이 커다란 손으로 내 머리통을 부드럽게 쓰다듬어 주기만 했다.

[넌 화도 안 나? 난 화나 죽겠는데. 뭐라고 좀 해 봐. 응?]

그러자 내 머리 위로 그의 슬픈 음성 하나가 떨어졌다.

[서진아, 이제 난 가 봐야 돼.]

[어딜?]

나는 고개를 들어 유환의 얼굴을 빼꼼히 올려다보았다. 현실감 없는 얼굴. 눈앞에 있지만 눈앞에 없는 것 같은 이질감이 드는 이유는 무엇일까.

[너를 위해 잠시 내려온 거야. 이제 시간이 다 됐어.]

[내려오다니? 그게 무슨?]

나는 영문을 알 수 없는 얼굴로 유환을 바라보았다. 도통 이해하기 힘든 말만 하는 유환이 이상했다.

그러자 유환은 슬픈 얼굴로 나를 내려다보았다. 나는 불안한 예감에 휩싸여 그런 그를 초조하게 마주 보았다.

날 그렇게 한동안 바라보던 그는 어렵게 말문을 열었다.

[사실 난 그때 죽었거든. 4년 전에.]

순간 온몸에 소름이 쫙 끼치더니 나는 그대로 얼어 버렸다.

충격과 공포에 휩싸여 한참을 넋 놓고 있다가 도저히 믿을 수 없는 얼굴로 그를 바라보았다.

[장난치지 마. 너까지 왜 그래?]

나는 금방이라도 울음을 터트릴 것처럼 말했다. 유환까지 나를 놀리다니 이럴 수는 없다.

다른 사람들은 모두 다 그래도 너는 나한테 이러면 안 되잖아.

나는 너무 섭섭해서 주먹을 꽉 쥐고 그의 가슴을 때리기 시작했다.

그만해. 제발 이런 재미없는 장난은 관두라고. 나 정말 화내기 전에.

[미안해, 서진아. 이젠 여기까지야.]

그의 입에서 장난이라고 놀려서 미안하다는 말이 나오기를 기다렸다. 하지만 그는 여전히 슬픈 표정으로 날 바라보며 말했다. 꼭 진실인 것 같은 그런 눈빛으로, 농담기 하나 없는 진지한 음성으로 그렇게.

[다시 만나서 행복했어.]

[유환아…….]

[다시 만나도 사랑할 거야. 사랑해, 서진아.]

그는 넋이 나간 듯 멍하니 서 있는 나에게 마지막 인사를 했다.

그의 입술이 내 이마 위에 살포시 와 닿았다. 그런데 너무나 차가웠다. 마치 얼음처럼 차디찼다.

내 이마 위에 짧은 입맞춤을 마친 그는 슬픈 표정으로 나를 한없이 바라보았다. 그런 그의 몸이 갑자기 투명해지며 내 앞에서 금방이라도 사라질 것 같았다.

깜짝 놀란 나는 두 팔을 뻗어 그의 몸을 꽉 끌어안았다.

[아니, 안 돼!]

아무 데도 가지 못하게 유환의 몸을 끌어안고 있는데 유환의 몸이 빛처럼 환하게 빛나더니 곧 부서져 버렸다. 빛처럼 투명하게 산산이 흩어져 버리고 말았다.

그의 몸을 껴안은 내 두 팔은 아무것도 붙잡지 못한 채 허무하게 허공에서 허우적거렸다.

[안 돼! 가지 마, 유환아! 가지 마!]

"유환아!"

나는 외마디 비명을 지르며 잠에서 깨어났다.

소파 위에서 눈을 뜬 나는 어느새 아침이 왔다는 것을 깨달았다.

휴, 꿈이었구나.

너무나 생생해서 마치 현실 같았던 꿈이었다. 이토록 소름 끼치게 현실적이었던 꿈은 처음이었다. 나는 꿈속에서처럼 두 팔로 무언가를 끌어안으려고 한 듯 허공을 감싸 안고 있었다.

그러고 보니 어젯밤 난 분명히 유환의 등을 끌어안고 자고 있었는데 깨어나 보니 유환은 없었다. 소파에는 나 혼자 누워 있었던 것이다.

그래서 그런 꿈을 꾼 건가? 갑자기 팔 안이 허전해져서 그런 것일 수도 있겠다 싶었다.

아무리 그래도 그렇지. 유환이 유령이었다는 그런 끔찍한 악몽을 꾸다니. 다시 생각해 봐도 오소소 소름이 돋았다. 아무튼 다시는 떠올리기조차 싫은 악몽이었다.

나는 끔찍한 악몽을 기억 속에서 떨쳐 내듯 도리도리 고개를 저으며 소파에서 일어나 유환을 찾기 시작했다.

"유환아."

그러나 화장실에 가 보고 주방을 가 봐도 유환은 없었다. 현관에 가지런히 놓여 있었던 그의 신발도 사라졌다. 마치 처음부터 아무도 없었던 것처럼 그의 흔적은 좀처럼 찾아볼 수가 없었다.

"어딜 간 거야? 집에 갔나?"

아직 꿈의 여운이 남아 있어서인지 그의 모습이 안 보이자 안개가 낀 것처럼 불안한 마음이 가득했다.

"나한테 말도 없이 가 버린 건가?"

나는 괜스레 불안해서 거실을 서성거렸다.

유환이한테 연락을 해 봐야겠다고 생각했지만 그러고 보니 아직 그의 휴대폰 번호조차 모르고 있었다.

"나도 참, 여태까지 연락처 교환도 안 하고 있었다니."

난 멍청한 나의 머리를 쥐어박으며 중얼거렸다.

그러던 중 뭔가가 내 눈에 띄었다. 내가 어제 입었던 교복을 세탁 바구니에서 발견한 것이다. 유환이 장난스레 선물해 준 그 교복을 보니 그제야 비로소 안심할 수가 있었다.

"휴우."

나의 먹구름 같던 마음이 환하게 걷히는 걸 느낄 수가 있었다.

바보같이 유환을 다시 만나고 일어난 모든 일들이 내겐 아직도 꿈만 같은가 보다. 꿈만 같아서 자꾸만 확인을 하고 그래야지만 안심이 되는 나이다.

"내일 학교 가면 당장 번호부터 따고 말겠어. 연애의 기본은 문자와 통화인데 말이야."

구시렁거리며 샤워를 하러 막 욕실로 들어가려던 참이었다.
그때 '딩동' 하는 벨소리가 울렸다.
유환이 다시 왔나 싶어서 반가운 마음에 맨발로 달려 나가 문을 열어 보니 웬 낯선 아저씨가 문 앞에 서 있었다.
"누구세요?"
"배달 왔습니다."
슈퍼마켓 모자를 쓴 아저씨가 친절하게 인사를 하며 말했다.
"배달이요?"
"네. 받으세요."
슈퍼 아저씨는 쌀이며 라면, 과일, 통조림, 과자, 음료수 등 여러 가지 식료품들을 연이어 집 안으로 날랐다.
"이게 다 뭐예요?"
나는 어안이 벙벙한 얼굴로 집 안 가득 쌓이는 물건들을 쳐다보며 물었다.
"어떤 분이 이 주소로 시키셔서요."
"네?"
"아 참, 그리고 이거."
슈퍼 아저씨는 조끼 주머니 속에서 쪽지 하나를 꺼내 나에게 건네주었다.
쪽지를 펼쳐 보니 누가 보냈는지는 안 써 있어도 한눈에 누구의 글씨인지 알 수 있었다.
[무슨 여자가 사는 집에 먹을 게 하나도 없냐? 냉장고에 소주만 있고. 그래서 나중에 나한테 시집올 수 있겠어?]
나는 쪽지에 담겨진 삐뚤삐뚤한 악필을 다 읽자마자 '풋' 하고

웃음을 터트렸다. 그리고 이내 '하하하' 하고 혼자 웃어 버렸다.
슈퍼 아저씨가 미친 여자 바라보듯 그런 나를 갸우뚱하며 바라보았다.
슈퍼 아저씨가 모든 짐을 다 옮기고서 돌아가자 나는 거실 가득 수북이 산처럼 쌓인 식료품들을 쳐다보며 한숨을 지었다. 슈퍼 하나를 통째로 옮겨다 놓은 것 같았다.
이걸 대체 나 혼자서 다 어떻게 먹으라고.
나는 고개를 절레절레 저으며 식료품들을 냉장고 안으로 정리하기 시작했다.

16장. 세상에서 제일 좋아

이른 아침의 출근길, 평소보다 공들여 화장을 하고 옷장을 뒤져 예쁜 옷을 고르다 시간을 많이 낭비한 나는 하이힐을 신고 허겁지겁 아파트 현관을 뛰쳐나왔다.

버스를 타고 가면 지각할 것 같아서 택시를 잡아타야겠다고 생각하며 부지런히 아파트 입구를 향해 걷던 길이었다.

눈에 띄는 어느 빨간색 스포츠카 한 대가 천천히 다가오더니 내 앞에서 멈춰 섰다. 짙게 선팅된 조수석 창문이 조금 열리더니 안에서 휘파람 소리가 흘러나왔다.

"휘익~ 예쁜데?"

바빠 죽겠는데 아침부터 웬 똥파리야?

나는 인상을 잔뜩 쓰고 안을 노려보다 다시 앞만 보고 발걸음을 재게 놀렸다. 상대해 줄 시간조차 없었던 것이다. 그러자 그 빨간색 스포츠카는 내가 가는 방향을 막고 서 버렸다.

"뭐야?"

황당하고 어이가 없어 그 스포츠카 안을 노려보는데 짙게 선팅된 조수석 창문이 미끄러지듯 밑으로 내려가더니 익숙한 얼굴이 보였다.

"유환이?"

나는 깜짝 놀라서 인상 쓴 얼굴을 활짝 피며 말했다. 그러자 유환이 '쿡' 하고 웃으며 긴 팔을 뻗어 조수석 차문을 열어 주며 말했다.

"어서 타."

"뭐야? 놀랐잖아. 이 차는 또 뭐고."

나는 조수석에 올라타 안전벨트를 착용하며 고급스러운 실내를 두리번거리며 말했다. 차에 대해서는 잘 모르지만 꽤나 값비싼 수입 브랜드의 차종이라는 것을 금방 파악할 수 있었다.

그러다 내 눈은 교복을 입고 운전석에 앉아 있는 유환을 발견하고 경악하듯 말했다.

"너 이러고 운전한 거야?"

"그럼, 학생이 학교 가야지."

"경찰한테 잡히지 않았어?"

"잡히면 어때? 운전면허증 보여 주면 되지."

유환은 너무나 당당하게 말하며 능숙하게 핸들을 돌리더니 차를 출발시켰다.

"그나저나 이 차는 어디서 난 거야?"

"얼마 전 생일에 부모님이 선물해 주신 차야."

역시 부잣집이라 스케일이 크구나. 아들 생일에 이런 값비싼 차를 선물해 주는 재력이라니, 서민인 그녀로서는 상상도 못 할 스케일이었다.

"평소에 탈 일이 없었는데 앞으로 너 출퇴근시켜 주는 걸로 이용해야겠다."

"아서라. 교생이 학생 꼬셨다고 소문나기 전에."

나는 손사래를 치며 거절했다. 일반 도로에서도 보기 힘든 이런 비싼 차를 타고 요란스럽게 등장하면 학교에서 어떤 주목을 받을지 상상하기도 싫었다. 교생 생활도 며칠 남지 않았는데 그사이 스캔들이라도 터지면 큰일이었다.

하지만 이런 나의 마음과는 달리 유환은 여유롭기 그지없었다. 언제 어디서나 솔직하고 당당한 그의 성격으로 보아 남들 앞에서 대놓고 내 남자 친구 행세를 못하는 게 답답해 보였다. 고등학교 시절에도 전교생이 모두 다 알 만큼 나를 서슴없이 마누라라고 부르며 다니던 유환이었기 때문이다.

어느덧 유환의 차는 8차선 도로에 진입해 있었다. 유환은 능숙하게 차선을 바꿔 가며 여유롭게 핸들을 돌리며 운전하고 있었다.

교복을 입고 차를 운전하는 운전자의 모습을 보는 건 우리나라에선 흔치 않은 광경일 것이다. 그래서 특이하면서도 신선해 보이는 그 모습에 자꾸만 눈길이 갔다.

"너 운전 잘한다."

내 칭찬에 피식 웃는 녀석의 옆모습이 은근히 섹시해 보였다. 아침 햇살에 반사되어 더욱 새하얗게 빛나는 하얀색 셔츠와 적당히 풀어헤쳐진 타이, 핸들 위에 얹어진 손목을 감싸고 있는 크고 투박한 손목시계까지 모든 게 완벽하게 잘 어울리는 녀석이었다.

나는 넋을 놓고 멍하니 운전하는 녀석의 옆모습을 본격적으로 자세하게 관찰하기 시작했다.

귀밑까지 내려오는 까만 머리카락 아래 깎아지른 듯한 샤프한 옆얼굴, 몇 번 걷어 올린 소매 밑으로 드러난 울퉁불퉁한 근육과 힘줄이 그대로 튀어나온 남자다운 팔뚝. 녀석에게서 풍기는 향수와 숨결마저도 모두 섹시하게 느껴졌다. 수컷의 페로몬을 물신 풍기고 있는 녀석을 보고 있자니 현기증까지 날 정도였다.

“졸리면 자. 학교까지 안전하게 모셔다 줄 테니까.”

“으응.”

녀석의 옆모습을 침 흘리며 관찰하느라 말이 없는 나를 보고 녀석은 졸려서 그런 거라 판단한 듯했다.

나는 이런 나의 주책 맞은 모습을 감추려고 일부러 시트에 등을 깊숙이 파묻고 자는 척했다. 하지만 이내 실눈을 뜨고는 녀석의 모습을 가는 내내 넋을 잃고 지켜보았다.

이러다 내가 먼저 녀석을 덮치는 건 아닌지 살포시 걱정이 되기도 했다. 좁은 공간에서 풍겨 나오는 녀석의 남성다운 매력에 압도당한 나는 정신이 혼미해질 지경이었다.

이런 나의 흥분을 진정시키려고 차창 문을 조금 열고 신선한 공기를 들이마셨다. 선선한 아침 공기를 들이마시니 조금 살 것 같았다.

그러는 사이 차는 학교 앞에 도착했고 유환은 학교 주차장에 능숙하게 차를 주차시켰다.

“이따가 퇴근하면 집에 데려다줄 테니까 여기로 와.”

“아냐, 됐어. 승차는 한 번이면 충분해. 누구 눈에라도 띌까 봐

도저히 불안해서 못 타겠다고."

교문을 통과하는 동안 누구 눈에라도 띌까 봐 몸을 숙이고 숨어 있던 나는 불안한 한숨을 내쉬며 말했다.

"서울 시내 드라이브 한번 해야지. 안 그래?"

"뭐?"

"네 꿈이 그거잖아. 뚜껑 달린 외제차 타고 서울 시내 드라이브 하기. 또 명품관에 들러서 쇼핑하고 무궁화 다섯 개짜리 호텔 레스토랑 통째로 빌려서 저녁 식사 하고."

"그걸 아직도 다 기억하고 있어?"

"까짓 거 오늘 안에 다 하지 뭐. 우리 마누라 꿈이라는데."

"농담을 못 하겠다, 정말."

나는 피식 웃으며 말했다.

그러자 유환은 내 손을 다정하게 잡고 나직한 음성으로 말했다.

"다 해 줄게, 나중에. 네가 원하는 건 뭐든지 다 해 줄 테니 조금만 기다려."

"난 너만 내 곁에 있으면 언제나 최고의 데이트야."

그의 말을 가만히 듣던 나는 이렇게 속삭이듯 말했다.

유환과 나는 서로를 바라보며 따뜻한 미소를 지었다. 언제까지 이렇게 같이 있고 싶지만 그럴 수가 없었다.

"나 먼저 내릴 테니까 넌 조금 있다가 나와. 알았지?"

밖의 동정을 살피던 나는 마침 주차장에 아무도 없는 걸 확인하고는 유환에게 그렇게 말했다.

그러자 유환이 급하게 내리려는 내 손목을 붙잡았다. 그리고 자신의 볼을 한쪽 내게 내밀며 말했다.

"차비가 빠지면 섭섭하지."

그 말의 의미를 파악한 나는 짓궂은 그를 잠시 곱게 흘겨보고는 주위를 돌아보며 단호하게 말했다.

"여기서는 안 돼. 섭섭해도 참아."

나는 이렇게 말하고는 누가 볼세라 후다닥 그의 차에서 내렸다.

하지만 마침 그때 건물 벽 코너를 돌아 주차장으로 어슬렁거리며 걸어오고 있던 교장 선생님과 3학년 5반 담임선생님이 나를 발견했다.

"은 선생?"

나는 범죄 현장을 들킨 사람처럼 아연한 표정을 짓다가 그들을 향해 꾸벅 인사했다.

"안녕하세요?"

그들은 내가 빨간색 스포츠카에서 내린 걸 봤는지 금세 차에 흥미를 가졌다.

"오, 이건 누구 차예요?"

"뚜껑도 열리는 차네."

"애인이 태워 줬나?"

두 선생님들은 금방 모여들어 고급 스포츠카의 주인을 궁금해하며 차를 구경하고 있었다.

짙게 선팅된 운전석의 창가 근처까지 가서 운전자의 모습을 구경하려고 코를 가까이 대고 구경하고 있는 두 선생님들이었다. 우리나라 사람들은 나이를 떠나 왜 이렇게 남의 일에 호기심이 많을까. 운전석에 앉아 있는 사람을 확인하기 전까지는 비켜 주지 않을 기세였다.

그러자 유환이 운전석 문을 열고 태연히 걸어 나왔다.

그의 모습을 보자 두 선생님은 놀라서 입을 떡하니 벌렸다.

"신유환?"

"너 이 자식, 네가 운전하고 온 거야?"

"네. 면허증 보여 드려요?"

당당한 유환의 태도에 아무 말 못하는 두 분 선생님들이었다.

"근데 은 선생은 왜 이 차에?"

3학년 5반 선생님은 의아한 표정으로 신유환과 나를 번갈아 보며 물었다.

나는 드디어 올 게 왔구나 하고 긴장하고 있는데 유환이 순간 기지를 발휘했다.

"지나가는 길에 교생 선생님이 보여서 태워 드렸어요."

"아."

그제야 3학년 5반 선생님과 교장 선생님은 납득이 되는 듯 고개를 끄덕거렸다.

"그나저나 이게 얼마짜리야? 외제 맞지?"

"이거 뚜껑도 열리는 차냐?"

다시 두 분 선생님은 차에 지대한 관심을 기울이기 시작했다. 호기심과 부러움 반으로 차를 구경하던 선생님들은 혀를 쯧쯧 차며 얘기했다.

"학생이 교사보다 더 좋은 차를 끌고 다니다니 세상 말세네요. 교직 생활을 30년간 해도 이런 차 하나 장만 못 했는데."

"교장인 나보다도 학생이 더 좋은 차를 끌고 다니는구먼. 허허."

선생님들은 이런 말들을 주고받으며 정신없이 차를 구경하고 계셨다. 나이를 불구하고 남자들의 로망인 자동차라 그런지 진귀한 구경을 하는 듯 유환의 차에서 떨어질 생각을 안 하고 계셨다.

나는 그 틈을 타서 유환에게 작게 입모양으로 '들어가'라고 말하고 교무실로 향하려는데 갑자기 유환이 내 팔을 잡아 끌어당기더니 어디론가로 향했다.

다행히 차에만 관심이 쏠려 있는 두 분 선생님은 그런 우리 둘의 모습을 보지 못했고 그사이 유환은 나를 순식간에 벽 뒤로 끌어갔다.

깜짝 놀란 나는 주위를 두리번거리며 작게 속삭이듯 말했다.

"야! 누가 보면 어쩌려고."

"나보고 참을 걸 참으라고 해야지."

유환은 내 얼굴을 두 손으로 붙잡고 잘생긴 얼굴을 비스듬히 기울이더니 내 입술 위에 자신의 입술을 순식간에 덮었다.

나는 갑작스러운 그의 키스에 당황했지만 이내 달콤하고 짜릿한 기분을 느끼며 두 눈을 감았다. 생각지도 못한 장소에서 생각지도 못한 타이밍에 불시에 하는 키스는 나를 당황스럽게 만들었지만, 또 한편으로 황홀하고 짜릿한 기분을 들게 했다.

하지만 누가 볼까 봐 불안한 마음에 금세 눈을 뜨고 유환의 가슴을 두 손으로 가만히 밀어내었다. 그러자 유환은 짧게 끝나 버린 키스에 아쉬움이 역력한 눈으로 날 바라보며 말했다.

"아까 차에서부터 키스하고 싶은 걸 참느라 혼났다고."

나만 그런 생각 했던 게 아니었구나. 같은 마음이었다는 걸 확인하고 기뻤지만 짐짓 안 그런 척 점잖게 타일렀다.

"그래도 학교에서 이러면 안 되잖아."

"안 들키면 되잖아. 안 그래?"

자신감이 넘치는 당당한 유환은 짓궂게 웃으며 나를 보고 한쪽 눈을 찡긋했다.

"신유환!"

나는 장난기 넘치는 그를 꾸짖듯 불렀다.

그러자 유환은 무척 아쉬운 듯 내 입술을 빤히 쳐다보다가 이내 내 귀에 속삭이듯 말했다.

"그럼 나머지는 이따가 기회를 봐서 틈틈이 마저 하자고."

유환은 그 말을 남겨 놓고 내게 뒷모습을 보이며 머리 위로 손을 흔들고는 사라져 버렸다.

나는 어이가 없어 그런 유환의 뒷모습을 피식 웃으며 쳐다보았다.

유환의 모습이 시야에서 완전히 사라지고 나서도 한참 동안 그 자리에 머물러 서 있었다. 내 입술에는 아직도 그의 입술이 머물렀던 흔적이 느껴졌다. 달콤하고 짜릿했던 강렬한 그 느낌이 여운처럼 남겨져 있는 내 입술은 저절로 화끈거렸다.

심장이 두근거리고 얼굴이 달아올랐다. 그저 짧은 키스 하나에도 이렇게 온몸의 신경 세포들이 살아나고 나도 모르게 들떠 버리다니. 저 녀석을 향해 미친 듯이 치닫고 있는 내 온몸과 마음이 새삼 두려울 정도였다.

"서진아, 여기서 뭐 해?"

"깜짝이야."

나는 뒤에서 갑자기 나타난 지윤을 발견하고 깜짝 놀라 가슴을 쓸어내렸다.

"너 요즘 나만 보면 자주 놀라더라?"

"그건 네가 인기척도 안 내고 갑자기 나타나니까 그렇지."

나는 마치 도둑질을 하다가 현장을 들킨 사람처럼 쿵쾅거리는 심장을 진정시키며 말했다. 지윤은 그런 나를 빤히 쳐다보다가 갑자기 눈을 동그랗게 뜨고 수선을 떨며 물었다.

"어머, 너 어디 아픈 거 아냐? 얼굴이 빨개. 열나나 봐."

지윤의 말에 나는 두 손으로 내 얼굴을 만져 보았다. 아닌 게 아니라 뜨끈한 게 열이 나고 있었다. 어느 영화에서 사랑과 기침, 가난은 숨길 수가 없다고 하던데 이러다 눈치 빠른 지윤에게 들켜 버리는 건 아닌지 모르겠다.

"아니야. 더워서 그래. 날씨 참 더워졌다. 그렇지?"

나는 하늘을 올려다보고 두 손으로 팔랑팔랑 부채질을 하며 말했다.

지윤은 그런 내 모습이 이상하다는 듯 고개를 갸우뚱거리며 말했다.

"비가 올 것같이 잔뜩 흐렸는데."

"근데 난 왜 이렇게 덥지? 하하하."

나는 얼굴에 손부채질을 연신 해 대며 실없이 웃었다.

아슬아슬해서 못 살겠다 정말.

급식 시간, 나는 지윤과 나란히 앉아 밥을 먹고 있었다. 지윤은 오전 내내 겪은 일을 쉬지도 않고 열변을 토해 가며 수다를 떨고 있는 중이었다. 난 그런 지윤의 수다에 간간이 대답을 하며 밥을 먹고 있었다. 지윤은 말을 하느라 식판의 3분의 1도 채 비우지 못

하고 있었다. 나는 시원한 토란국을 떠먹으며 이번 점심시간도 역시 지윤의 수다와 함께 짧게 끝나 버릴 것 같은 예감에 한숨을 내쉬었다.

그런데 우리의 건너편 테이블에 앉아서 밥을 먹고 있는 유환이 자꾸 나를 쳐다보고 있는 게 느껴졌다. 처음엔 눈짓으로 그만 쳐다보라는 신호를 보냈지만 유환은 슬쩍 웃으며 고개를 저었다. 그는 세상에서 가장 진귀한 구경거리를 보듯 내가 밥을 먹는 모습을 뚫어져라 지켜보고 있었다. 나는 하는 수 없이 그의 시선을 피해 딴청을 피우며 밥만 열심히 떠먹었다.

그런데 어느새 지윤마저도 유환의 그런 시선을 느낀 듯했다.

"어머, 웬일이니?"

폭풍 수다를 멈춘 지윤은 갑자기 나를 쳐다보며 눈을 동그랗게 뜨고 말했다.

"저쪽에 있는 신유환이 자꾸 나를 쳐다보는 것 같아."

유환의 시선을 어떻게 또 그렇게 느꼈을까 하고 신기해하던 나는 고개를 저으며 대답했다.

"설마, 아니겠지."

"아니야. 아까부터 자꾸 내 쪽을 쳐다보는 시선이 느껴지잖아. 이제야 내 미모를 알아봤나?"

지윤은 갑자기 얼굴에 화색을 띠고는 요조숙녀처럼 다소곳한 태도로 밥을 먹기 시작했다. 기다란 머리카락을 한쪽으로 모아 밑으로 내리고는 새 모이처럼 조금씩 떠서 작게 벌린 입에 넣으며 여성스러운 미소를 짓고 있었다. 유환이 그녀를 쳐다보는 게 확실하다고 믿는 눈치였다.

나는 그런 그녀를 지켜보며 고개를 도리도리 젓고는 한숨을 내쉬고 건너편 테이블에 앉아 있는 유환을 잠시 흘겨보았다. 그러자 유환은 밥을 먹다 말고 나를 보고 환하게 웃었다.

지윤도 그걸 봤는지 내 옆구리를 쿡쿡 찌르며 자지러질 듯한 목소리로 수선을 떨었다.

"어머, 나 보고 웃는다. 어쩜 좋아?"

나는 착각에 빠진 지윤을 더 이상 말리지 못하고 고개를 도리도리 저으며 한숨을 내쉬었다.

그렇게 믿고 싶어 하는 걸 내가 무슨 수로 말릴 수 있으랴.

그렇게 급식실에서의 점심 식사를 끝내고 지윤과 헤어져 홀로 복도를 걷고 있는 길이었다. 그때 문득 음악실 문 사이로 손 하나가 불쑥 튀어나오더니 내 팔을 잡고 안으로 끌어당겼다.

나는 순식간에 음악실 안으로 끌려 들어와 유환과 마주 보고 섰다. 아무도 없는 음악실에 있던 그는 나를 벽에 기대게 하고는 맞은편에 가까이 서서 나를 쳐다보고 빙그레 웃으며 물었다.

"밥은 맛있게 먹었어?"

나는 대답 대신 그를 흘겨보며 말했다.

"너 자꾸 티 나게 그러지 마. 누가 눈치라도 챌까 봐 무섭다고."

"자꾸 눈이 가는 걸 어떡하냐?"

피시식 웃으며 내 머리카락을 가만히 쓰다듬어 주는 그에게 나는 싫지 않은 미소를 지었지만 이내 곤란하다는 듯 말했다.

"그래도 조심하라고. 지윤이가 얼마나 눈치가 빠른데. 걔가 알면 골치 아파져. 아마 학교 안에 소문 퍼지는 건 순식간일 거야. 교생실습 전까지는 무슨 일이 있어도 절대로 들키지 말아야 한다고."

그러자 유환은 나를 바라보며 모르겠다는 표정으로 물었다.

"지윤이가 누군데?"

"몰라? 내 옆에서 같이 밥 먹던 음악 교생."

"글쎄, 네 옆에 누가 있었나? 난 너밖에 안 보여서."

나는 경악한 표정으로 유환을 바라보며 말했다.

"지윤이가 그렇게 네 앞에서 꼬리를 쳤는데 어떻게 모를 수가 있지? 너 정말 심각하다."

"알아야 할 필요가 있나? 너 하나만 쳐다보기도 바쁜데."

이 얘기를 만약 지윤이 듣는다면 어떤 표정을 지을까? 그토록 유환이 앞에서 살랑거리며 친해지기 위해 노력했던 일들이 아무런 소용없었던 물거품 같은 일이었다는 걸 알면 지윤은 아마 억울해서 방방 뛸 것이다.

나를 제외한 다른 여자들에게는 너무하다 싶을 정도로 무심하기만 한 녀석. 그래서 나를 더 특별하다고 느끼게 만들어 주고, 나를 더 사랑스럽다고 느끼게 만들어 주는 녀석.

이런 녀석이니까 그가 없는 4년 동안 그토록 방황을 했는지도 모른다. 세상에서 다시 찾을 수 없는 이런 녀석이니까.

"내가 그렇게 예뻐? 다른 여자는 모두 눈에 안 보일 정도로?"

나는 그의 두 손을 잡고 흔들며 장난스런 미소를 지으며 물었다. 그러자 유환은 응답하듯 장난스레 웃음 띤 얼굴로 한쪽 눈을 찡긋하며 대답했다.

"두말하면 잔소리."

내 두 손을 뒤로 살짝 끌어당긴 유환은 비스듬히 기울인 얼굴로 내 얼굴 가까이에 다가왔다. 또다시 입술을 부딪칠 기회만을 호시

탐탐 노리고 있었음에 분명했다.

난 그런 유환을 보고 고개를 가로저으며 말했다.

"안 돼. 이제 나 가서 수업 준비 해야 돼."

"키스 안 하면 안 보내 줘."

유환은 어린아이같이 투정부리듯 말했다. 그리고 내 두 팔을 자신의 허리 위를 감싸듯 둘러놓았다.

"우리 학교에서는 이러지 말자."

"며칠 후면 이러고 싶어도 못하잖아. 너무 아쉽다고."

벌써 교생실습 기간이 거의 끝나 가고 있었다. 유환과 같이 학교를 다닐 수 있는 게 이게 마지막이라고 생각하니 나는 갑자기 마음이 약해졌다. 내가 떠나고 남아 있을 유환은 어떨까? 얼마나 쓸쓸할까 하는 생각에 나는 얕은 한숨을 내쉬며 말했다.

"이번 한 번만이야."

나는 기뻐하는 유환의 목에 두 팔을 두르고서 까치발을 세우고는 짧지만 온 마음을 다하여 키스를 해 주었다.

손 내밀면 닿을 수 있는 곳에 언제나 가까이 있고 이렇게 끌어안을 수 있고 키스할 수 있어 행복했다. 언제나 그리워했고 끝나지 않은 마음에 고통스러웠던 나는 지금 이 순간들이 모두 아직도 기적 같고 꿈만 같았다. 애틋하고 사랑스러운 마음이 가슴속에서 꽉 차오른다. 신을 믿지 않지만 만약 우리를 이렇게 만나게 해 준 신이 있다면 내가 가진 모든 것을 바치고 싶을 만큼 감사할 것이다.

유환은 자연스럽게 두 팔로 내 허리를 감싸 안으며 나를 끌어안았다. 덕분에 우리 둘의 몸은 더욱 가까이 밀착했다. 두근거리는 서로의 심장이 닿을 듯 가까워졌다. 무엇 하나 비집고 들어올 틈

없이 밀착해 있는 우리들은 이대로 계속 함께 있고 싶었다. 떨어지기 싫었다.

"수업 들어가기 싫다."

"나도."

"우리 같이 수업 짼까?"

유환의 제안에 귀가 솔깃해졌지만 이내 나는 한숨을 지으며 말했다.

"나도 그러고 싶지만 난 이제 35명의 한 시간을 책임져야 하는 교생이라고."

"기특하네, 우리 마누라. 책임감도 강하고."

유환은 내 머리카락을 사랑스럽다는 듯 부드럽게 쓰다듬어 주며 말해 주었다.

유환의 칭찬에 기분이 좋아졌다. 칭찬은 고래도 춤을 추게 한다는 말이 딱 들어맞았다.

"앞으로도 계속 그렇게 칭찬해 줘. 그럼 나는 앞으로도 계속 괜찮은 사람이 될 것 같으니까."

"그래, 알았어. 내 칭찬이 그 정도로 약발이 잘 받는단 말이지?"

"물론이지. 세상에서 제일 좋아."

나는 유환의 뺨에 마지막으로 뽀뽀를 하고 아쉽지만 그의 넓고 따뜻한 품에서 벗어났다.

달콤한 밀회를 끝낸 우리는 이제 각자의 교실로 가기 위해 음악실을 나오려던 참이었다. 내가 먼저 음악실 문을 살짝 열고 밖의 동태를 살피는데 마침 지윤이 음악실 쪽으로 룰루랄라 걸어오고 있는 게 보였다.

"지윤이다. 숨어!"

나는 화들짝 놀라 문을 닫고 유환을 향해 말했다. 그러고 보니 이곳은 음악실이었다. 음악 교생인 지윤이 수업을 준비하려고 먼저 오고 있는 것이다.

나는 당황해서 이리저리 숨을 곳을 찾고 있었다. 그러자 유환은 재빨리 커튼 뒤로 숨더니 나를 향해 손짓했다.

"이리 와."

하얀색 커튼 뒤에 숨은 유환을 발견한 나는 갑자기 전기에 감전이라도 된 듯 굳어 버렸다.

갑자기 얼마 전 꿈속의 장면이 생각나서였다. 커튼 뒤에서 나타난 유환이 갑자기 내 품 안에서 빛처럼 산산이 부서져 사라져 버리는 그 장면이 떠오른 나는 무서워서 꼼짝도 할 수가 없었다.

"뭐 해? 얼른 이리 와."

재차 나를 향해 손짓하고 있는 유환을 바라보던 나는 급기야 그런 유환을 끌어내고 말았다.

"왜 그래?"

"싫어. 거긴 안 돼."

유환은 황당하다는 듯 나를 바라보며 말했다.

"누가 온다고 숨어야 한다며?"

"그래도 거긴 안 돼. 이리 나와."

커튼 뒤에 있던 유환을 끌어내려던 나는 그만 커튼 밑단을 잘못 밟아서 갑자기 중심을 잃고 허공에서 두 팔을 버둥거렸다. 두 팔을 크게 휘저으며 뒤로 자빠지려는 찰나 유환이 순간적으로 팔을 뻗어 그런 나의 허리를 받쳐 주었다.

그래서 나는 유환의 팔에 안겨 무사히 안착할 수 있었다.

그와 동시에 음악실 문이 벌컥 열렸다.

유환의 팔에 안겨 안도의 한숨을 내쉬고 있던 나는 놀라서 커다래진 지윤의 눈과 정면으로 마주쳤다.

"뭐, 뭐니? 너희들."

어쩌면 이렇게 딱 걸릴 수가 있을까. 그것도 제발 눈에 띄면 안 되는 요주의 인물 1위인 사람에게.

"뭐, 뭐 해? 여기서?"

지윤의 부들부들 떨리는 손가락 하나가 빈 음악실에서 야릇한 포즈를 취하고 있는 유환과 나를 번갈아 가리키고 있었다.

어떤 변명으로도 빼도 박도 못 하는 상황이 되고 말았다.

"그러니까 서진이 네가 신유환의 첫사랑이다 이거지?"

퇴근 후 학교 근처의 패밀리 레스토랑으로 지윤을 데리고 간 우리는 그간의 일을 설명하며 지윤을 이해시키는 자리를 가졌다. 사실 지윤에게 맛있는 음식을 대접하며 입단속을 부탁하는 게 우리의 주목적이었지만 말이다.

처음엔 어떤 설명도 흥분한 지윤에겐 먹히지 않았지만 차차 맛있는 음식들이 나오면서 분위기는 부드러워졌다. 유환은 이 레스토랑에 있는 메뉴들은 전부 다 시킬 기세인지 계속해서 메뉴판을 들여다보며 하나씩 추가로 주문하고 있었다.

덕분에 식탐 많은 지윤은 입이 귀까지 찢어져 다양한 음식들을 하나씩 맛보느라 정신이 없었다. 나의 얘기를 들으면서도 그녀는 계속해서 입속으로 스파게티 면발을 후루룩 빨아 대고 있었다.

“나 이러다 살찌겠다. 여기 음식들 전부 다 맛있어.”

“모자라면 더 시켜 드릴 테니 마음껏 드세요.”

“아니, 아니에요. 나 이렇게 많이 안 먹어요. 내가 원래 양이 적어서.”

유환의 말에 갑자기 조신한 척 입가를 냅킨으로 닦는 지윤은 내 남자 친구로 밝혀진 유환에게 존댓말을 해야 할지 반말을 해야 할지 헷갈리는 표정이었다. 그녀는 묘하게 존댓말과 반말이 섞인 말투를 쓰며 난처한 듯 나를 바라보았다.

그토록 염원하고 동경하던 신유환 앞이라 그런지 그녀는 나한테 대놓고 화도 못 내고 이미지 관리를 하고 있었다.

“휴, 그러니까 서로 오해가 있었고 4년 만에 다시 만났다는 거 아냐? 오해가 풀린 건 얼마 되지 않고.”

우리의 복잡했던 그간의 사정을 오해라는 두 글자로 줄여 전했다. 다행히 지윤은 무슨 오해였는지에 대해서는 자세히 캐묻지 않았다. 그녀의 관심사는 지나간 과거의 오해가 아니라 오직 현재의 우리 둘 사이에만 있는 듯했다.

“그래. 그래서 처음부터 말 못 했던 거야. 그러다가 오해가 풀렸을 땐 정작 타이밍이 안 맞았고. 그러니까 일부러 널 속인 건 아냐. 교생실습이 끝나면 소개해 주려고 했다고.”

나는 지윤이 우리 둘의 관계를 알고 마음이 상했을까 봐 조심스레 말했다. 그녀가 유환한테 관심이 있는 걸 알면서도 내내 모른 척해 왔던 나를 어떻게 생각할까 조바심이 났다. 화를 낸다고 해도 뭐라 할 말이 없는 상황이었다.

“미안해. 나한테 많이 섭섭하지?”

나는 진심으로 지윤에게 사과를 했다.

하지만 지윤은 나의 이런 진심 어린 사과를 들으면서도 집중하지 않고 어이없는 듯 혀를 차며 황당한 표정을 짓고 있었다. 왜 그러나 했더니 내 옆에 앉은 유환이 때문이었다. 그는 한 손으로 턱을 괴고 앉아 이런 나를 관찰하듯이 바라보며 미소를 짓고 있었다. 누가 보기에도 영락없이 두 눈에 하트가 가득한 그는 사랑스러워 못 견디겠다는 얼굴로 나를 내내 쳐다보고 있었던 것이다.

"그만 좀 쳐다봐."

나는 지윤의 시선뿐 아니라 주위를 의식하며 민망해서 유환의 옆구리를 한 손가락으로 푹 찌르며 말했다.

"왜? 우리 마누라 얼굴 좀 쳐다보겠다는데."

"사람들이 이상하게 쳐다보잖아."

유환의 눈에는 주위 사람들의 따가운 시선이 느껴지지 않나 보다.

"마누라라고 불러? 애칭이 그거야? 헐,"

지윤은 나의 사과를 들었는지 말았는지 오로지 현재 눈앞에 있는 우리 두 사람에게만 관심이 있는 것 같았다.

"응. 고등학교 때부터 그랬어."

"그럼 서진이 너는 뭐라고 불러? 서방? 남편?"

"무슨~ 난 그런 거 닭살 돋아서 안 해."

그러자 유환이 심통 난 것 같은 표정으로 나를 쳐다보며 말했다.

"맞아. 그러고 보니 나만 애칭이 없네. 앞으론 서방님이라고 불러. 그게 좋겠다."

"무슨 말도 안 되는 소리를. 난 그런 거 못 해. 안 해."

그러자 유환이 한 팔로 내 목을 감싸고 장난스레 협박하듯 짓궂게 말했다.

"이래도? 응? 마누라?"

"응. 죽어도. 절대."

우리는 개구쟁이 아이들처럼 한바탕 장난을 치며 즐겁게 웃었다. 스스럼없이 장난을 치는 우리의 모습을 바라보던 지윤이 부러운 듯 한숨을 지으며 말했다.

"이제 보니 너희들 정말 잘 어울린다. 질투 날 만큼 부러워."

"지윤 씨도 곧 좋은 인연 만날 수 있을 거예요. 사적인 자리니 지윤 씨라고 불러도 되죠?"

"네, 그럼요. 이제야 제 이름을 기억해 줬네요. 이거 울어야 하나 웃어야 하나."

그러자 유환은 영문을 모르겠다는 얼굴로 갸우뚱거렸다. 내가 이 여자를 언제 어디서 봤더라 하는 표정이었다. 나는 그런 유환의 얼굴을 쳐다보며 한숨을 길게 내쉬고는 지윤을 위로해 주듯 말했다.

"네가 이해해. 유환이가 원래 여자 얼굴이랑 이름 잘 기억 못 해."

"서진이 너는 좋겠다. 바람피울까 봐 걱정할 필요도 없잖아."

"글쎄, 그건 앞으로 두고 봐야 알겠지."

나는 팔짱을 끼고는 유환을 흘끔 쳐다보며 말했다. 그러자 유환이 내 어깨를 한 손으로 감싸 안으며 말했다.

"마누라, 아직도 날 못 믿어? 나한텐 너밖에 없다는 거 알잖아."

그러더니 유환은 포크를 들고 접시 한가운데 있는 코코넛 슈림프 한 개를 찍고는 내 입에 갖다 대며 말했다.

"왜 이렇게 안 먹어? 자, 아~ 해. 너 이거 제일 좋아하잖아."

"아직도 기억하고 있네."

"그럼, 우리 마누라에 관한 건 하나도 잊을 수가 없지."

입을 벌리자 고소한 코코넛 가루를 입혀 바삭바삭하게 튀긴 새우가 내 입안으로 들어와 달콤하게 사르르 녹아내렸다.

사소한 것 하나하나까지도 잊지 않고 기억해 주고 계속 나를 신경 써 주고 챙겨 주는 유환이 고마웠다.

"맛있어?"

"응. 정말 맛있다."

유환은 맛있게 먹는 나를 보고 흐뭇하게 쳐다보며 계속해서 포크로 코코넛 슈림프를 찍어 내게 내밀었다. 고소한 코코넛 슈림프 맛에 취한 나는 기분 좋은 얼굴로 야금야금 계속 받아먹었다.

"으~ 정말 닭살 돋아 못 봐주겠다. 니들 정말 내 앞에서 이럴래?"

우리는 그만 앞에 지윤이 있다는 사실조차 망각하고 있었던 것이다.

우리의 이런 애정 행각을 지켜보고 있던 지윤은 눈꼴셔서 도저히 못 봐주겠다는 듯 말했다.

"안 되겠다. 이 사실을 나만 알 수 없어. 당장 단체 카톡 돌려야겠다."

지윤은 가방에서 스마트폰을 꺼내더니 전투적인 자세로 무언가를 열심히 누르기 시작했다.

순간 화들짝 놀란 나는 재빨리 지윤의 팔을 붙잡으며 말렸다.

"지윤아, 제발 좀 참아 줘라."

"왜? 이 핫뉴스를?"

"나는 지금 교생 신분이잖아. 유환이는 아직 학생이고. 이런 스캔들이 알려져서 나나 유환이한테 좋을 게 없다고."

"하긴, 그건 그렇지."

"비밀로 해 줄 거지?"

"글쎄."

지윤은 아직도 스마트폰을 손에서 내려놓지 않은 채 우리를 번갈아 쳐다보며 아쉬운 듯 생각에 잠겼다. 수다스러운 그녀에게 이런 엄청난 스캔들을 혼자만 알고 있는 건 너무나 참기 어려운 일인 것 같았다.

그러자 유환이 나를 보며 한마디 불쑥 끼어들었다.

"지윤 씨한테는 어떤 남자가 어울릴까?"

유환은 이번엔 지윤을 쳐다보며 넌지시 말했다.

"제 친구 녀석들 중에서 한번 골라 볼래요? 스타일별로 다 지윤 씨 앞에 줄 세워 줄 수 있는데."

"어머, 정말요?"

지윤은 별안간 얼굴에 화색을 띠며 반기듯 말했다.

"그럼요. 언제든 말만 하세요. 소개시켜 줄게요."

그러자 지윤은 입에 경련이 날 정도로 '호호호' 하며 푼수처럼 웃어 대더니 들뜬 표정으로 내게 말했다.

"나 입 무거운 거 알지? 걱정 마. 원한다면 무덤까지 비밀로 해 줄 수도 있다고."

우리의 연애 사실 폭로를 빌미로 원하는 걸 얻어 낸 지윤은 기분 좋은 얼굴로 스마트폰을 내려놓더니 다시 포크를 들고 음식들을 맛있게 먹기 시작했다.

나는 유환과 마주 보며 빙그레 웃었다.

지윤과 헤어진 우리는 가까운 호수 주변을 산책하듯 천천히 걸었다.

동그랗게 뜬 보름달 아래 두 손을 잡고 나란히 걷고 있는 우리 주위로 시원한 밤공기가 불어왔다. 지윤에게 모든 사실을 털어놔서 그런지 마음이 후련하고도 상쾌한 밤이었다.

"그런데 아까는 왜 그런 거야?"

"응?"

"아까 음악실에서 말이야. 왜 나더러 커튼 뒤에서 나오라고 했어?"

유환이 문득 생각난 듯 그렇게 묻자 나는 잠시 당황했다. 뭐라고 말을 해야 할까 곰곰이 생각하던 나는 한숨을 내쉬며 사실대로 대답했다.

"실은 얼마 전에 악몽을 꿔서 그랬어."

"악몽? 무슨 악몽인데 그래?"

그에 나는 입술을 조개처럼 꾹 다물고 있다가 대답하기 싫은 듯 고개를 흔들며 말했다.

"말하기조차 싫은 끔찍한 악몽."

"뭐야? 내가 뭐 귀신으로라도 나타난 거야?"

유환의 장난스러운 말에 화들짝 놀란 나는 두 눈이 동그래져 중얼거리듯 대답했다.

"비슷한 건데."

"푸하하하!"

내 말을 듣고 유환은 커다랗게 웃기 시작했다.

"왜 웃어? 비웃는 거야?"

"다 큰 줄 알았더니 아직도 애구나, 우리 마누라."

세모눈으로 흘겨보는 나를 보고 유환이 활짝 웃으며 말했다. 그는 어린애한테 하듯 내 머리를 쓰다듬으면서 나를 한없이 어리게만 쳐다보았다. 그에 발끈한 나는 억울하다는 듯 말했다.

"하지만 진짜 리얼했다고. 네가 갑자기 빛처럼 부서져 사라지는데 내가 얼마나 놀랐다고."

그런 나를 까만 눈동자로 가만히 들여다보던 유환이 문득 물었다.

"빛처럼 부서져?"

"으응. 유령처럼 말이야."

"으음."

유환은 잠시 뭔가 생각에 잠기는 듯했다.

"왜?"

"실은 나도 전에 비슷한 꿈을 꾼 적이 있어서."

"정말? 언제?"

"수술하고 깨어나기 전에 그런 비슷한 꿈을 꾼 것 같아."

"어떤 꿈이었는데? 자세히 말해 봐."

"지금은 잘 기억이 안 나. 근데 그 꿈속에서 널 만났던 것 같아. 학교에 돌아와 다시 널 만나는 꿈이었어. 그러다 내 몸이 빛처럼 산산이 부서져 깨어 버리고 말았지만."

나는 놀라서 입을 다물 수가 없었다.

"신기하다. 설마 우리 같은 꿈을 꾼 건가?"

"그럴지도 모르지. 세상엔 우리가 이해할 수 없는 일들도 많으니까."

우린 밤하늘에 떠 있는 수많은 별들을 바라보며 말없이 생각에 잠겼다.

"내가 떠나 버릴까 봐 불안해?"

유환의 갑작스러운 그 질문에 나는 마음을 들킨 것처럼 가슴 한 구석이 찔끔했다.

"아마도 그런가 봐."

나는 곧 사실을 인정하고 씁쓸하게 말했다.

"그런 걱정을 왜 해? 난 이렇게 네 옆에 꼭 붙어 있는데."

"한 번 헤어져 봤으니까. 그래서 그 고통이 얼마나 큰지 잘 아니까."

비단 그 꿈뿐만이 아니더라도 내 무의식 속엔 그런 불안한 심리 상태가 작용하고 있어 은연중에 걱정을 하고 있는 것 같았다. 너무나 힘들게 다시 찾은 소중하고 애틋한 사람이라 다시는 잃어버리고 싶지 않다는 간절한 마음이 그렇게 커다랗게 있는 것 같았다.

"우리 과거에 얽매이지 말자."

유환은 마치 말하지 않아도 이런 나의 마음을 모두 안다는 듯 말했다.

"그리고 미래를 미리부터 걱정하지도 말자."

유환은 내 손에 깍지를 끼고 힘주어 잡으며 그렇게 말했다.

"그냥 지금 함께하는 이 순간을 최대한 즐기며 살자. 그걸로 충분하지 않아?"

나를 바라보는 진실한 까만 두 눈동자. 내 손을 맞잡은 따뜻하고 커다란 손. 살짝 두근거리는 묘한 열기와 편안한 안락감.

그래. 지금은 이걸로 충분하니까 더 이상 근심이나 걱정 따윈 하지 말자. 지금 우리들을 위해서.

"응, 충분해."

나는 유환과 마주 잡은 손을 경쾌하게 앞뒤로 흔들며 걸었다.

언제까지나 이 순간이 계속되길 바라면서.

17장. 첫눈이 내리면

드디어 한 달간의 교생실습이 종지부를 찍는 날이 되었다.

첫날은 그렇게도 가기 싫어 출근하는 발걸음이 무겁더니, 마지막 날이 되자 이번엔 떠나기 아쉬워 출근하는 발걸음이 내내 무거웠다.

너무나 길 것만 같았던 한 달이 벌써 이렇게 끝나 버리고 말았다. 내 예상과는 달리 너무도 짧게.

그동안 많은 일들이 있었다. 그중에서도 유환을 이곳에서 다시 만난 건 내 인생을 뒤바꿔 버릴 만한 큰 사건이기도 했다.

처음엔 저주라고 생각하고 원망만 하고 빨리 끝나 버리기만을 바랐지만 유환을 다시 만나게 해 준 이 학교에, 그리고 교생실습에 나는 지금 너무나 감사한다.

그 외에도 많은 아이들 속에서 여러 가지 다양한 일들이 있었다. 즐거웠던 일, 힘들었던 일, 기뻤던 일, 화났던 일. 다양하게 일어났던 그 많은 일들도 이젠 모두 다 추억이 되어 버렸다.

나는 어느 날보다도 일찍 출근해서 학교 이곳저곳을 다니며 구석구석 모두 둘러보았다. 교문을 통과해 운동장부터 시작해서 1학년 교실, 2학년 교실, 3학년 교실, 도서실, 음악실, 옥상까지 머릿속에 사진을 찍어 넣는 것처럼 모두 한참을 들여다보고는 교생실로 돌아왔다.

나는 과연 좋은 교생 선생님이었을까.

마지막 날에 가장 먼저 떠오른 건 이 질문이었다.

선뜻 자신 있게 대답할 수 없었다. 그래서 후회가 많이 남았다.

처음부터 다시 시작할 수 있다면 이번엔 정말 잘해 볼 수 있을 것 같은데. 더 많이 웃고 더 많이 가르치고 더 열심히 아이들과 친해지려고 노력했을 텐데. 모든 것이 너무나 아쉬웠다. 어리석은 인간은 이토록 후회만 하게 된다.

텅 비어 있던 교생실엔 어느새 교생들이 하나둘씩 도착했다. 첫날의 들뜨고 활기찼던 분위기와는 달리 마지막 날이 되자 어딘지 모르게 마지막의 숙연한 분위기가 풍겼다. 모두들 시원섭섭한 표정들이었다.

난 일찍부터 아이들이 교생실로 찾아와 내게 주고 간 선물과 편지들을 하나씩 뜯어보고 있었다. 살뜰하게 잘해 주지도 않은 교생인데 아이들은 한없이 수수하고 사랑스러운 마음을 담아 정성껏 전해 주었다. 헤어지기 아쉬운 마음과 동경하는 마음, 친해지고 싶은 마음을 담아 정성스럽게 써 내려간 편지들을 나는 뭉클거리는 마음으로 한 글자 한 글자 놓치기 싫은 듯 집중해서 읽고 있었다.

뒤늦게 도착한 지윤은 수선스럽게 다가오더니 내 뒤에서 말을 걸었다.

"어떡해? 서진아. 나 이따 울 것 같아. 애들하고 헤어지기 너무 섭섭해서."

지윤은 내 옆자리에 비어 있는 의자를 끌어당겨 앉으며 말을 이었다.

"추하게 울면 안 될 텐데. 참, 아침에 워터프루프 마스카라를 하긴 했는데 안 지워지겠지?"

핸드백에서 거울을 꺼내 들여다보던 지윤은 문득 눈물을 닦아내는 내 모습을 발견하고는 호들갑을 떨며 물었다.

"어머, 서진아, 너 지금 우니?"

어느새 나도 모르게 흐르는 눈물에 나조차도 당황스러웠다.

지윤은 얼른 핸드백에서 휴지를 꺼내 건네주었다.

교생실습의 마지막 날 눈물 따위를 흘릴 줄은 상상도 못 했었다. 교생실습이 어서 끝나기만을 바라던 나였는데 지윤보다 먼저 눈물을 흘리다니. 이걸 보니 세상일이란 참 한 치 앞을 내다볼 수 없는 것 같다.

"하긴 서진이 너에겐 특별한 추억이 더 있는 학교니까."

지윤은 내게 눈 한쪽을 찡긋하며 소곤거리듯 말했다. 그리고 누가 들었을세라 주위를 돌아보며 나를 향해 의미 있게 웃었다.

지윤은 우리의 비밀을 철석같이 지켜 주고 있었다. 매일 유환의 친구들을 소개받으며 행복한 비명을 지르고 있는 지윤은 나보다 더 철저하게 우리들의 관계에 보안을 지키고 있었다. 스스로 망봐주기까지 자처하며 우리 둘의 연애 지킴이 역할을 톡톡히 하고 있는 그녀가 이렇게까지 된 건 다 유환이 친구들의 힘 때문이었다.

"그나저나 나 그저께 만난 태일이도 마음에 들고 어제 만난 준수도 마음에 들어. 누굴 골라야 할까? 미치겠네 정말. 유환이 친구들은 왜 하나같이 다 멋있는 남자들만 있는 거야?"

유환은 매일 자신의 친구들을 하나씩 지윤에게 소개시켜 주며 지윤의 입단속은 물론이거니와 그녀를 우리들의 충성스러운 연애 지킴이로 변모시켰다. 그녀를 이렇게 만든 유환의 잔머리에 혀를 내두를 지경이었다.

"일단 오늘 만날 사람부터 만나 보고 결정해야겠어."

난 그런 지윤의 호들갑을 듣다가 그만 웃음이 터져 나와 버렸다. 울다가 웃어 버린 나를 보고 지윤도 웃고 그렇게 우린 교생실습의 마지막 날을 맞이했다.

하루의 모든 수업이 끝나고 마침내 3학년 5반 교실에서의 마지막 종례가 기다리고 있었다. 아쉬운 마음에 천천히 걸어 교실로 들어가자 아이들은 칠판에 색색의 풍선을 잔뜩 매달아 놓고 나를 기다리고 있었다. 그리고 교탁 위에는 큼지막한 케이크가 하나 올려져 있었다.

내가 환하게 웃자 아이들은 저마다 들고 있던 폭죽을 터트리며 나를 환영해 주었다. 마치 마지막 파티를 하는 분위기였다.

"고마워, 얘들아."

나는 아이들이 나를 위해 준비해 준 정성에 감동하여 뭉클해진 목소리로 말했다.

"이제 이 교실에서 너희들과 함께하는 것도 마지막이네. 내가 이럴 줄은 몰랐는데 너무 많이 아쉽고 또 아쉽다. 너희들과 만나서 수업하는 하루하루가 얼마나 큰 행운인지 처음엔 몰랐었어. 그런데 지나 보니까 알겠더라. 너희들과 함께하는 이 경험이 내 인생에서 얼마나 소중한지 말이야."

처음에 왔을 때 호기심 어린 눈길로 나를 바라보던 아이들, 짓궂게 장난치고 말을 안 들을 때면 속상하기도 했었지만 수업 시간에 내 설명을 귀 기울여 들어 주면 얼마나 기쁘고 뿌듯하던지. 학원이나 과외에서 했던 경험과는 또 다른 특별한 경험이었다.

한 명 한 명 상담을 하며 아이들의 속내도 알게 되고 쉬는 시간 스스럼없이 다가오는 아이들과 어울리며 친해지기도 했었다.

내 과거에 묶여 도망치고만 싶었던 나에게 아이들은 먼저 마음을 활짝 열고 다가와 주었던 것이다.

"영원히 잊지 못할 것 같아. 정말 고맙고 사랑해. 아프지 말고 건강하게 무럭무럭 커라."

그러자 아이들은 따뜻한 박수로 나를 격려해 주더니 이내 한 명씩 차례대로 일어나 장미꽃을 하나씩 손에 들고 앞으로 나왔다.

"선생님, 고맙습니다."

아이들은 붉고 화사한 장미꽃을 한 송이씩 나에게 건네주며 한마디씩 했다.

"덕분에 수학에 자신이 생겼어요."

"선생님, 사랑해요."

"보고 싶을 거예요, 선생님."

아이들이 차례차례 나와서 한마디씩 하며 나에게 장미꽃 한 송이씩을 선물하는데 정말 꿈만 같은 기분이었다. 생각지도 못한 뜻

깊은 선물에 감격스럽고 가슴이 너무 뭉클해져서 아무런 대답도 못 하고 눈물만 흘렸다.

내가 해 준 것보다 훨씬 더 큰 사랑을 보답해 주는 아이들에게 한없이 미안하고 고마운 마음뿐이었다.

마지막으로 유환이 장미꽃 한 송이를 들고 천천히 걸어 나왔다.

나는 시간이 멈춘 듯 그의 모습을 물끄러미 바라보았다. 다시는 이 공간에서 다시는 이 모습으로 만날 수 없는 그를 아쉬운 듯 바라보고 또 바라보았다.

유환은 입가에 미소를 띤 채 멋진 모습으로 내 앞으로 걸어와 내게 붉은 장미꽃 한 송이를 건네주며 진심을 담은 따뜻한 목소리로 말했다.

"세상에 태어나 줘서 고맙습니다."

유환의 말을 들은 나는 울다가 웃다가 또 울어 버렸다.

세상에 태어난 건 내 의지가 아니었지만, 세상에 태어나길 잘했다는 생각이 들게 해 주는 날이었다. 힘든 날도 많았고 슬픈 날도 많았고 어쩔 땐 죽고 싶을 만큼 외로운 나날들도 많았지만, 살아 있다 보니 이런 좋은 날도 생기는 걸 보니 말이다.

어느덧 내 손에는 35개의 장미꽃 송이가 모두 모여 장미꽃 한 다발을 이루고 있었다. 세상에서 가장 멋진 선물을 받았다. 마음이 따뜻하게 목 끝까지 꽉 차올랐다.

"선생님, 울지 마세요."

"선생님, 우리들 잊지 말아요."

"사랑해요, 선생님."

"울지 마! 울지 마!"

아이들은 교탁 앞에서 우는 나를 보고 이렇게 외치고 있었다.

아이들에게 무슨 말을 해 줘야 하는데 울먹이는 목소리가 나올까 봐 쉽게 입을 열지 못했다. 대신 나는 분필 하나를 집어 들고 칠판에 글씨를 쓰기 시작했다.

[너희들은 내 인생에 있어서 최고의 선물이야.]

그렇게 나의 교생실습은 행복하게 끝을 내렸다.

난 처음으로 진심으로 온 마음을 다해 좋은 선생님이 되고 싶다고 생각했다. 그리고 이제부터는 그 꿈을 위해 열심히 노력하기로 결심했다. 새로운 꿈과 희망에 가슴이 부풀어 올랐다.

나는 다시 대학교로 돌아왔다. 교생이 아닌 대학생의 신분으로 돌아온 난 교재와 출석부 대신 전공 서적을 한 아름 안아 들고 캠퍼스 안을 이리저리 분주하게 누비고 다녔다.

졸업을 앞두고 여간 바쁜 게 아니었다. 졸업 논문을 준비하랴 임용고시를 준비하랴 또 과외 알바까지. 몸이 두 개라도 모자랄 지경이었다. 그 와중에도 틈틈이 유환을 만나 데이트를 했지만 유환은 항상 날 보는 시간이 너무 부족하다며 불평을 해 댔다. 그래도 나의 꿈과 목표를 이해해 주고 한껏 지지해 주며 용기를 주었다. 유환 덕분에 난 힘든 생활 속에서도 웃음을 잃지 않고 견딜 수 있었다.

어느새 계절은 봄에서 여름으로, 여름에서 가을로 바뀌어 있었다.

이제 곧 겨울이 오려는지 교정 안을 아름답게 물들인 단풍잎들이 매서운 바람을 이기지 못하고 하나둘씩 떨어져 내리고 있었다. 빨간색, 노란색, 주황색 단풍잎들이 비단 카펫처럼 깔린 길을 사각

사각 밟으며 도서관에서 나오던 나는 익숙한 차 한 대를 발견했다. 울긋불긋한 단풍나무 아래 마치 그림처럼 서 있는 그 새빨간 스포츠카는 내가 알던 차와 아주 비슷했다.

차문이 열리더니 유환이 걸어 나왔다. 교복이 아닌 사복 차림의 그는 말쑥한 대학생 느낌이 물씬 풍겼다.

"유환아."

그를 향해 뛰어가자 그는 두 팔을 벌려 나를 안아 주었다.

그의 품에 안긴 나는 그의 재킷 안의 스웨터의 포근한 감촉을 느끼다가 고개를 들어 물었다.

"이 시간에 여긴 어쩐 일이야?"

"보고 싶어서 견딜 수가 있어야지."

"학교는 어쩌고?"

"이제 수능도 끝났는데 뭐. 땡땡이쳐도 학교에서 신경도 안 써."

"이런 날라리 같으니라고."

나는 주먹을 쥐고 그의 배를 때리는 시늉을 내며 장난을 치다가 문득 그의 모습을 눈부신 듯 쳐다보았다.

조금 두께감 있는 검정색 재킷과 그 안의 아이보리색 스웨터가 잘 어울렸다. 그리고 그의 긴 다리를 돋보이게 만들어 주는 고급스러운 일자 스키니진까지. 마치 런웨이에 있던 모델이 막 걸어 나온 듯한 모습이었다. 주위에 있는 여자들이 흘끔거리며 유환을 쳐다보는 시선이 느껴졌다. 옆에 나라는 여자만 없었어도 말이라도 한 번 걸어 올 기세인 여자들도 적지 않았다.

나도 모르게 한숨이 나왔다. 내년부터 대학생이 될 유환이 걱정되었다. 숱한 여학생들의 대시는 불 보듯 뻔하니 말이다. 아무리 유환이 다른 여자들한테 관심이 없다고는 하지만 여자 친구로서 걱정되고 질투가 나는 건 사실이었다. 우리나라엔 왜 여자 대학교는 있으면서 남자 대학교는 없는 것일까? 여자가 없는 그런 곳으로 유환을 보내 버리고 싶은 그런 마음뿐이었다.

난 누구와도 공유하고 싶지 않은 유환의 팔짱을 끼고 교정을 거닐었다.

"이제 어디로 갈 차례야? 바쁜 우리 마누라."

"교양 수업이 하나 남았어."

"그래? 그럼 같이 가자."

"뭐? 너도 들으려고?"

"응. 우리 마누라랑 같이 수업 들어야지."

"너 도강하다가 걸리면 쫓겨난다. 교수님 되게 깐깐하셔."

"쫓아내면 쫓겨나지 뭐."

자신만만한 유환의 대답에 나는 피식 웃으며 어깨를 으쓱거렸다. 뭐, 걸리지만 않는다면 유환과 함께 대학에서 강의를 들어 보는 경험도 나쁘지 않다고 생각했다.

그렇게 해서 우리는 교양 수업을 들으러 종합강의동으로 이동했다. 다행히 인기 많은 수업이라 강의실도 크고 학생들도 많아서 외부인 한 명쯤 섞여 있어도 아무도 눈치 못 챌 듯싶었다.

유환이 좋아하는 창가 맨 뒷자리로 자리를 잡은 우리는 한 쌍의 사이좋은 바퀴벌레들처럼 나란히 앉아 강의를 들었다. 이렇게 앉아 있으니 우린 다른 평범한 대학생 커플과 다름없어 보였다.

서로를 바라보며 장난을 치기도 하며 정답게 속닥거리던 우리도 어느새 강의에 빠져 집중해서 듣게 되었다.

'리더십과 의사소통'이라는 교양 과목이었는데 남녀의 생각 차이와 소통 방법, 행복과 자신의 가치관, 그리고 리더십에 대해서 많은 사람들과 생각을 나누는 수업이었다.

문득 유환은 노트에 필기를 하고 있던 내게 말했다.

"같은 대학에 가고 싶었어."

유환은 아련한 미소를 지으며 말을 이었다.

"그래서 이렇게 강의도 같이 듣고, 밥도 같이 먹고, 도서관에서 시험공부도 같이 하고. 그랬으면 좋겠다고 생각했었어."

같은 마음이었다. 언제나 내 미래 속에도 유환이 있었다.

하지만 우리의 운명은 이렇게 정해져 있었던 것이다. 이제 와 생각해 보니 그건 모두 우리가 어쩔 수 없는 것들이었다.

그럼에도 불구하고 우린 다시 만났다.

그러니까 우린 결국엔 시련을 극복한 승리자인 것이다.

"혼자 있게 해서 미안해. 앞으로 내가 더 잘할게."

"지금만으로도 충분해,"

우리는 책상 밑으로 손을 내려 서로의 손을 마주 잡았다. 손의 온기를 타고 따뜻한 마음이 심장까지 전해져 왔다. 이 마음 하나면 충분했다. 아무것도 가진 게 없지만 세상 전부를 가진 것처럼 든든하고 풍요로웠다. 세상을 살면서 앞으로 어떤 시련이 와도 모두 이겨 낼 수 있을 것 같은 자신이 생겼다. 이 마음 하나면 나는 다시는 외롭지 않을 것이다. 이 마음 하나면.

사각사각.

노트에 필기를 하며 열심히 전공 서적을 들춰보던 나는 어깨가 뻐근한 걸 느끼고 한쪽 어깨를 주물렀다. 새벽부터 지금까지 너무 오랜 시간을 공부에 집중한 탓인지 눈도 아파 왔다. 두 손으로 검정색 뿔테 안경 안의 눈을 문지르던 나는 기지개를 펴며 상체를 뒤로 젖혔다. 열람실 안의 분위기는 공부하는 열의로 뜨거웠다. 지금까지 세대 중에서 가장 공부를 많이 한 세대임에도 불구하고 미래는 불투명하다. 고학력에 빵빵한 스펙들에도 불구하고 이전 세대보다 더 잘 살 가능성이 적은 불확실성 때문에 더욱더 공부에 매달리는 건 아닐까 하는 생각이 든다.

뻑뻑해진 고개를 이리저리 돌리며 몸을 풀던 나는 무심코 창밖으로 시선을 던졌다. 아침부터 희뿌옇던 하늘에선 어느덧 하얀 눈이 펑펑 쏟아져 내리고 있었다.

'첫눈이다!'

나는 하마터면 무심코 이렇게 크게 소리를 지를 뻔했다.

그렇게 기다리던 첫눈이 내리고 있었다. 갑자기 심장이 벅차게 뛰어오르기 시작했다.

유환을 다시 만나고부터 그렇게 기다리던 눈이었다. 첫눈이 오는 날 가슴 아프게 헤어졌기 때문일까. 다시 만나서 첫눈을 같이 맞고 싶다는 간절한 소망을 가슴속 깊이 품고 있었다. 그러면 우리의 아팠던 기억들마저 깨끗하게 씻어 줄 것 같았다.

더 이상 자리에 앉아 있을 수가 없었다. 나는 자리에서 벌떡 일어나 허겁지겁 가방을 챙겨 들고 열람실 밖으로 뛰쳐나갔다.

도서관 밖으로 빠져나온 나는 망설일 필요 없이 택시를 잡아타고 태한고등학교를 향해서 달렸다.

지금 당장 유환을 만나러 간다.

태한고등학교 운동장으로 달려간다.

그 시각, 교실에서 수업을 듣고 있던 유환 역시 교실 창문 밖으로 내리는 첫눈을 발견하고 두 눈이 커다래졌다.

4년 전 그때처럼 하얀 눈송이들이 커다랗게 뭉쳐 아롱아롱 떨어져 내리고 있었다. 눈송이처럼 환하게 떠오른 서진의 얼굴이 아른거리자 유환의 얼굴엔 행복의 빛이 어렸다.

그는 교복 바지 주머니 속에 손을 집어넣고 무언가를 만지작거렸다. 내내 소중하게 품고 다니던 이것을 드디어 전해 줄 때가 온 것이다.

유환은 눈빛을 빛내며 주위를 두리번거렸다. 아직 수업이 끝나려면 20분이나 남아 있었다. 이대로 앉아서 수업이 끝날 때까지 기다릴 수가 없었다. 마음이 조급해서 일분일초라도 더 지체할 수가 없었다. 화장실에 간다고 할까? 아니야. 그보다 더 빠른 방법이 있지. 다행히 그의 자리는 창가 바로 옆자리라는 것을 깨달은 유환은 피식 웃었다.

선생님이 무언가를 설명하고 판서를 하려고 칠판으로 돌아서는 순간, 유환은 벌떡 일어나서는 순식간에 창문 밖으로 뛰어내렸다. 1층이라 다행이었다.

화단에 무사히 착지한 그는 교문을 향해 전속력으로 달렸다.

지금 당장 서진을 만나러 간다.

서진이 다니는 대학 캠퍼스로 달려간다.

태한고등학교 운동장에 도착한 나는 드문드문 하나 혹은 둘씩 짝지어 하교하는 학생들을 바라보았다. 수업이 일찍 끝난 건지 학교와 운동장은 오늘따라 한산했다. 혹시나 나를 알아보는 학생들이 있으면 어쩌나 하고 걱정했지만 화장기 없는 말간 얼굴에 검정색 뿔테 안경을 쓰고 헐렁한 티셔츠 위에 보이시한 점퍼를 걸치고 청바지를 입고 있는 그녀를 알아보는 학생은 한 명도 없었다.

유환이 나올 거라고 기대하며 나는 운동장 위에 서서 마냥 기다리고 있었다.

서로 약속을 하진 않았지만 이 첫눈을 보면 당장 달려 나올 거라고 그렇게 굳게 믿고 있었다.

그러나 시간이 계속 흘러도 유환의 모습은 보이지 않았다.

전화를 해 보려고 했지만 그만 급하게 나오다가 휴대폰을 안 가지고 온 걸 깨달았다.

난 할 수 없이 망연히 운동장 위에 서서 4년 전 그때처럼 내리는 첫눈을 홀로 맞고 있었다.

서진이 다니는 대학 캠퍼스 안을 헤매고 있는 유환은 계속해서 휴대폰으로 서진에게 전화를 하고 있었다. 하지만 서진은 받지 않았다.

'도대체 어디 있는 걸까? 왜 전화를 안 받지?'

고등학교와는 비교도 되지 않는 넓은 캠퍼스 안에서 서진을 찾기란 막막했다.

고등학교 교복을 입고 대학 캠퍼스 안을 종횡무진 누비고 있는 유환을 쳐다보는 시선이 따가웠다. 하지만 유환은 개의치 않고 학교 안 구석구석을 뒤지며 서진을 찾아다니고 있었다. 강의실 안,

도서관, 식당까지 모두 찾아다녔지만 서진의 모습은 그 어디에서도 찾아볼 수가 없었다.

지금 이 첫눈이 멈춰 버리기 전에 서진을 만나야 하는데. 만나서 꼭 전해 줘야 할 것도, 전해 줄 이야기도 있는데 서진의 모습은 보이지 않고 연락도 되지 않으니 유환은 애가 타들어 가 미칠 것만 같았다.

그러던 중 유환은 갑자기 뒤통수를 망치로 맞은 것 같은 둔탁한 충격을 느끼며 걸음을 멈췄다.

서진이 있는 곳을 이제야 비로소 알 것만 같았다. 첫눈을 본 순간 그녀의 마음도 그와 같았을 것이다. 그렇다면 그녀는 지금 그와 같이 그를 향해 달려가 있을 것이다.

뒤늦게 그런 생각이 든 유환은 늦지 않기만을 바라며 급하게 태한고등학교로 되돌아갔다.

택시를 타고 태한고등학교 정문 앞에서 내리자 이미 밖은 어둑어둑한 어둠이 내려와 있었다. 모두가 하교하고 텅 빈 어두운 운동장엔 깨끗한 첫눈이 소복하게 쌓여 있었다.

그때처럼 어슴푸레한 어둠이 고요히 깔린 운동장 위에서 홀로 서서 눈을 맞고 있는 서진을 발견한 유환은 한달음에 달려가 자신의 교복 재킷을 벗어서 서진의 머리 위에 덮어 주었다.

"늦어서 미안해."

4년 전 그때, 그토록 하고 싶었던 말이었다. 그토록 하고 싶었던 일이었다.

그는 천천히 추위에 얼어붙었을 서진의 가녀린 몸을 등 뒤에서 포근히 안아 주었다. 자신의 체온으로 따뜻하게 녹여 주었다.

그러자 몸을 뒤로 돌린 서진은 유환의 얼굴을 쳐다보며 눈부시게 환한 미소를 지으며 대답했다.

"아니야. 이제라도 와 줘서 고마워."

유환은 서진의 손을 잡아 주었다. 차갑게 식은 그녀의 두 손을 잡아 입김을 호호 불어 주었다. 그녀의 두 손을 비벼 녹여 주고 그녀의 언 볼을 커다란 손바닥으로 감싸 안아 녹여 주었다. 또다시 그녀를 추위 속에서 홀로 운동장 위에 있게 했다는 사실에 가슴이 아팠다.

하지만 서진은 그런 내색 하나 없이 유환을 보자마자 마음이 놓인 듯 기쁘게 웃으며 하늘을 쳐다보며 말했다.

"첫눈이야. 첫눈이 내려."

"그래. 나도 보자마자 너한테 달려갔었어."

"나도 그랬는데. 우리 서로 엇갈렸나 봐. 그래도 이제라도 만나서 참 다행이다. 그렇지?"

"그래, 정말 다행이다."

어렵게 돌아서 다시 만난 우리처럼 오늘 하루도 어렵게 돌아 돌아 다시 만났다.

하지만 이제는 걱정하지 않는다. 언젠가 이렇게 만나게 될 걸 아니까. 엇갈리고 잠시 헤어진다고 하더라도 이렇게 결국 다시 만나게 된다는 걸 아니까. 이제는 슬퍼하지 않고 설렘과 행복 속에서 마냥 기다릴 수 있다.

우리는 마주 보고 웃다가 즐겁게 눈을 맞기 시작했다. 아무도 없는 텅 빈 운동장이라 더 좋았다. 아이로 돌아간 듯 두 팔을 벌리고 빙글빙글 돌며 첫눈을 마음껏 만끽했다.

이상하게 유환이 오자마자 하나도 춥지 않았다. 유환과 같이 눈을 맞고 있다는 게 꿈만 같았다.

우리는 곳곳에 쌓인 눈을 뭉쳐서 던지며 개구쟁이들처럼 놀았다. 즐거운 기억이 하나둘씩 쌓여 갔다. 지난 4년간 첫눈에 대한 기억은 끔찍한 상처와 고통뿐이었는데 이제 눈만 보면 오늘의 즐거운 기억이 머릿속을 스쳐 지나가 행복할 것 같았다.

내게 등을 보이며 주저앉아 한참을 꾸물거리며 무언가를 만들던 유환은 하트 모양으로 완성된 눈덩이를 나에게 내밀며 기대에 찬 표정으로 말했다.

"내 마음이야. 받아 줘."

뭘 그렇게 만드나 했더니 내게 이걸 주려고 그랬구나.

풋 하고 웃으며 받으려고 하자 아쉽게도 하트는 금방 부서지며 바닥에 떨어져 버렸다. 유환이 열심히 만든 눈 하트가 그렇게 쉽게 부서지자 나는 아쉬운 마음에 그것을 한동안 쳐다보았다.

그런데 그 눈 조각 사이에서 나는 무언가를 하나 발견했다. 그건 정사각형 모양의 작은 케이스였다. 흰 눈 사이로 삐죽 드러나 보였다.

나는 의아한 마음에 그 사각 케이스를 주워서 유환에게 내밀었다.

"이게 뭐야?"

그러자 유환은 의미 있는 미소를 지으며 대답했다.

"열어 봐. 그게 진짜 내 마음이야."

나는 천천히 고급스러운 케이스의 뚜껑을 열어 보았다. 그러자 그 안에는 눈부시게 반짝거리는 다이아몬드 반지 하나가 고이 담겨 있었다.

놀라서 아무 말 못하고 있는데 유환이 케이스 안에서 반지를 꺼내 나의 손가락에 끼워 주며 말했다.

"결혼하자, 은서진."

"뭐?"

나는 깜짝 놀라서 소리쳤다.

"아직 이르다는 거 알아. 하지만 난 어차피 너랑 결혼할 건데 뒤로 미룰 필요 없을 것 같아서 그래. 내가 이 프러포즈를 하려고 얼마나 첫눈을 기다렸는지 넌 아마 모를 거다."

나는 생각지도 못했던 프러포즈에 놀라서 두 눈만 끔뻑거렸다.

"그래도 우린 아직 준비가 하나도 안 되어 있잖아."

그녀는 아직 임용고시를 보지도 않았고 유환은 아직 대학교에 입학도 하지 않았다. 우리는 이제야 갓 인생을 시작하는 사회 초년생들이었던 것이다. 예상치 못한 프러포즈에 감격스럽고 기분은 더할 나위 없이 행복했지만 현실적으로 생각해 보면 너무 불가능한 프러포즈라고 생각했다.

"서로 사랑하는 마음 하나면 된 거지, 뭐가 더 필요해?"

"하지만 유환아……."

그녀 역시 나중에 결혼을 해야 한다면 꼭 유환과 하고 싶지만 아직은 때가 아닌 것 같다. 이대로 계속 연애를 하다가 한 5년이나 7년쯤 후면 몰라도.

"나도 언젠가는 너와 결혼하고 싶고 지금 프러포즈를 받아서 무척 행복하고 감격스럽지만, 아직은 너무 이른 것 같아. 우린 아직

경제적으로 자립할 능력이 없으니까. 그리고 요즘 겨우 23살에 결혼하는 커플이 어디 있어? 대부분 서른 넘어서야 한다고."

그나저나 이런 초라한 차림으로 일생일대의 중요한 프러포즈를 받다니. 이럴 줄 알았으면 안경이나 벗고 화장이라도 하고 오는 건데.

내가 이런 쓸데없는 생각에 휩싸여 있을 때, 유환은 어느 때보다도 진지한 두 눈으로 곧고 바르게 나를 쳐다보며 말했다.

"난 그렇게 생각 안 해. 결혼 적령기란 따로 있는 게 아니라 서로 사랑하는 사람을 만났을 때라고 생각해. 그때가 바로 지금이야. 물론 무작정 결혼해서 같이 살자는 게 아니야. 일단 결혼식부터 올리고 나머진 천천히 준비해 가는 거야."

유환은 그동안 많이 고민해 온 듯 굳은 의지가 담긴 얼굴로 나를 똑바로 쳐다보며 이어서 말했다.

"우리가 살 집, 우리가 같이 잘 침대, 식탁, 소파 그런 것들 말이야. 그런 건 우리가 천천히 하나씩 준비해서 채워 놓자. 우리 힘으로 말이야. 그리고 모두 채워졌을 때 그때부터 함께 살면 되지. 그러면 난 하루라도 빨리 너와 함께 살고 싶은 생각에 더 열심히 하루하루를 살아갈 거야."

유환이 이런 생각을 하고 있는 줄은 꿈에도 몰랐다. 나는 기껏해야 몇 달 후 대학에 들어갈 유환이 받을 여자들의 관심에 질투나 느끼고 있었는데 그는 이렇게 진지하게 우리 둘의 미래에 대해서 생각하고 있었다니 가슴이 뭉클해졌다.

"그렇게 빨리 유부남이 되고 싶어?"

"응. 가능한 한 빨리 은서진의 남편이 되고 싶어."

결혼, 살면서 미처 생각해 보지 못했던 그 낱말을 들으니 갑자기 코끝이 찡해지고 눈물이 솟아나는 걸 느꼈다. 나도 어쩔 수 없는 여자였구나. 이런 일에 감동받는 건 나와는 상관없는 남의 일인 줄만 알았는데.

미래를 함께할 이가 있다는 것, 그건 너무나 든든하고 가슴 따뜻한 일이었다. 서로를 평생 지켜 주겠다는 너무나 따뜻한 약속이었다.

유환의 말을 들으니 나도 어서 빨리 유환과 그런 약속을 하고 싶어졌다. 처음엔 불가능하다고만 생각했는데 유환의 생각을 가만히 곱씹어 보니 그것도 제법 그럴듯해 보였다. 더군다나 인생은 타이밍이라고 하지 않는가. 이것저것 재고 생각할 필요 없이 서로 사랑하는 마음 하나만으로 결혼식을 미리 올려 두는 것도 괜찮을 것 같았다. 내 마음을 손바닥 뒤집듯 쉽게 바꿔 버리게 하는 유환에게는 정말 못 당하겠다니까.

"대부분 이럴 땐 약혼식을 먼저 하잖아. 그럼 우리 약혼식을 할까?"

"아니. 난 결혼식을 하고 싶어. 우리 사랑에 이제 약속 같은 건 필요 없으니까."

날 똑바로 쳐다보며 말하는 그 진실한 눈동자가 무척이나 사랑스럽고 믿음직스러웠다.

누구보다 함께 있고 싶은 사람, 평생을 함께하고 싶은 사람, 이 세상에서 사라지는 그날까지 곁에 있고 싶은 사람이 바로 이 남자라는 걸 나는 다시 한 번 온몸으로 깨달았다.

"나랑 결혼해 줄래? 서진아."

나는 글썽거리는 두 눈으로 유환을 바라보았다.

생각할 시간 따윈 필요도 없었다. 나의 대답은 오로지 하나뿐이었다.

"응."

나는 그 약속의 의미를 받아들였다. 너무나 기쁘게 활짝 웃으며 기꺼이 고개를 끄덕였다. 두 눈에 행복한 눈물이 살짝 고였다.

우리를 축복해 주듯이 우리 둘의 머리 위로는 흰 눈이 천천히 춤을 추듯 내려와 앉았다.

첫눈의 기억은 이제 첫사랑의 청혼으로 영원히 머릿속에 새겨질 것 같았다.

올해 처음 내리는 이 눈은 우리에게 새로운 시작을 의미하고 있었다.

에필로그

철썩철썩.

끼룩끼룩.

사방이 탁 트여 벽이 없고 파란 하늘빛과 푸른 바다빛, 모래사장의 하얀빛이 아름답게 조화된 이곳은 바로 우리의 결혼식장이다. 굳이 비싼 돈을 들여 식장을 빌리지 않아도 아름다운 자연이 우리를 빛내 주었고 굳이 음악을 틀지 않아도 자연의 소리가 우리들의 귀를 즐겁게 해 주었다.

우리들의 결혼식에 초대된 하객들은 아름다운 바닷가에서 파도에 발을 적시기도 하고 서로 사진을 찍기도 하면서 이 신성하고 아름다운 축제를 즐기고 있었다.

눈부시게 빛나는 하얀색 웨딩드레스를 입은 신부가 된 나의 주위로 사람들이 모여 한마디씩 했다.

"정말 예쁘다, 서진아. 하늘에서 천사가 내려온 것 같아."

대기업 취업에 성공한 희은은 다소곳이 앉아 있는 나를 보고 감탄하듯 한마디 했다.

"고마워, 희은아."

"너희들은 진짜 운명인가 보다. 그렇게 큰 시련이 있었는데 결국은 다시 만나서 결혼까지 하는 걸 보니 말이야."

건형과 함께 팔짱을 끼고 나타난 미주는 부러운 듯 그렇게 말했다.

"고등학교 때부터 지금까지 무탈하게 사귀고 있는 장수 커플인 너희들이 더 부러운걸? 와 줘서들 고마워."

그렇게 고등학교 친구들과 덕담을 나누고 있는데 시끌벅적한 지윤이 나타났다.

"요즘 시대에 사고도 안 쳤는데 23살에 결혼하는 애들은 아마 너희들뿐일 거다."

유환의 친구들 중에서 고르고 골라 드디어 연애를 시작한 지윤은 활짝 핀 꽃처럼 얼굴에 웃음을 머금고 새로운 남자 친구 진우와 함께 등장했다. 둘은 보자마자 서로에게 한눈에 반해 연애를 시작했단다. 반대가 끌린다더니 수다스러운 지윤과 진중한 진우가 만나 보기 좋은 커플이 되었다.

"너희들 신혼살림도 아직 안 차렸다며? 당장 같이 살 것도 아니면서 뭐가 그렇게 급해서 결혼을 서둘러? 유부녀 유부남 되는 게 그렇게 좋니? 깔깔깔."

역시 수다 하면 어디 가서 빠지지 않는 지윤은 수다스럽게 말했다. 그러자 옆에서 지윤의 남자 친구인 진우가 끼어들었다.

"4년 만에 다시 만났으니 얼마나 애틋했겠어? 난 유환의 심정 백분 이해한다고. 다시는 놓치기 싫었을 거야."

유환의 친구라서 그런지 유환의 상황과 심정을 잘 이해하고 있는 진우였다.

"어머, 자기야, 사실 나도 그렇게 생각해."

지윤은 자신의 남자 친구의 말에 맞장구를 치며 말했다. 자신의 남자 친구를 바라보는 지윤의 눈에는 하트로 가득했다. 지윤을 바라보는 진우의 두 눈 역시 마찬가지였다.

서로를 바라보며 하트를 날리던 지윤 커플이 사라지자 유환의 부모님이 다가오셨다.

나는 예의를 갖추기 위해 웨딩드레스를 부여잡고 의자에서 일어섰다.

"앉아 있어라, 아가야. 힘들 텐데."

"아니에요, 아버님."

유환과 눈매가 똑 닮은 유환의 아버지는 인자한 인상으로 하나뿐인 며느리를 흐뭇하게 바라보셨다. 처음부터 지금까지 한결같이 그런 따뜻한 눈으로 나를 바라봐 주시는 아버님이시다.

정갈한 올림머리와 한복이 너무나 곱게 잘 어울리시는 유환의 어머님은 나의 두 손을 가만히 잡으며 말씀하셨다.

"고맙다. 참 고맙다."

어머님의 손이 참 따뜻하게 느껴졌다.

두 분 모두 처음부터 나를 이리 따뜻하게 대해 주셨다. 내게 황송할 정도로 잘해 주시며 정을 주시는 분들이다. 어려운 시부모가 아닌 정 가득한 친부모처럼 대해 주시는 분들이라 난 뵐 때마다 뭉클한 감동을 느낀다.

"무슨 말씀을요. 제가 더 감사하죠."

나는 진심을 담아 그렇게 말씀드렸다.

유환을 낳아 주시고 반듯하게 키워 주시고 무사히 지켜 주신 끝에 이렇게 내게 보내 주신 두 분께 진심으로 감사드리는 마음이었다.

하지만 어머님은 여전히 따스하게 웃음 띤 얼굴로 나를 바라보며 말씀하셨다.

"아가, 우리 유환이와 결혼해 줘서 고맙다."

세상에서 누구보다 잘난 아들을 두신 분이 그렇게 겸손하게 말씀하시니 나는 어찌해야 할지 모르겠다.

하지만 세상에 어떤 말보다 따뜻한 말이었다. 결혼식장에서 시어머님께 이런 말을 듣는 나는 참 행복한 며느리라는 생각이 들었다.

유환의 부모님께 처음 인사드리러 가던 날, 떨리고 긴장된 마음으로 두 분을 뵈었는데 두 분은 그녀를 누구보다 따뜻하고 반갑게 맞아 주셨다. 유환이 병을 견딜 수 있었던 게 다 그녀 덕분이라고 생각하는 듯하셨다. 정작 그녀가 한 건 아무것도 없는데 그녀가 있어서 유환이 살 수 있었던 거라고 굳게 믿고 계셨다.

-고맙다. 네 덕분에 우리 유환이가 살았다. 네가 우리 하나뿐인 아들의 목숨을 살린 거야.

유환이 무슨 얘기를 어떻게 그의 부모님께 했는지는 모르겠지만 그 따뜻한 믿음은 절대 변함이 없으셨다.

좋은 분들이었다. 유환을 만남으로써 그들의 부모님까지 만나

인연을 맺게 된 것이 너무나 감사하다는 생각이 들었다.

"얘, 서진아, 어서 준비해라. 곧 식 시작한다니까."

부지런히 손님을 맞고 있던 친정어머니가 다가와 재촉했다. 저쪽에선 누군가와 악수를 나누고 있는 친정아버지의 모습도 보였다.

오래전에 이혼을 하긴 했지만 그래도 딸의 결혼식이라고 한껏 치장을 하고 와서 제 역할을 해 주시는 부모님께 감사드렸다. 서로 보기 껄끄러우실 텐데도 그런 내색 하나 없이 딸의 결혼식에서 최선을 다해 주고 계셨다.

인생에 있어서 가장 중요하다는 식의 한가운데 서 있으려니 막상 만감이 교차하고 여러 가지 생각이 많이 들었다. 이렇게 인간은 인생에 한 차례씩 큰일을 겪으면서 조금씩 성숙해지고 철이 드나 보다.

이 결혼식의 또 다른 주인공인 유환이 나에게 다가와 손을 내밀었다.

검정색 예복을 근사하게 차려입은 유환은 숨이 막히도록 멋있었다. 어느 화보의 패션모델 부럽지 않았다. 스크린 속의 멋진 배우 못지않았다. 숨죽이고 자꾸만 쳐다보고 싶은 내 남자, 아니 내 남편이었다.

"세상에서 가장 아름다운 내 신부님, 준비됐나요?"

"네, 세상에서 제일 멋진 내 신랑님."

우린 그렇게 닭살스러운 멘트를 날려 가며 서로를 쳐다보았다.

주위에서 야유 소리들이 쏟아졌지만 개의치 않았다. 우린 지금 최고의 순간을 맞이하고 있으니까. 이런 닭살스러운 멘트쯤이야 참아 줘야 하는 거 아닌가.

나는 유환의 손에 이끌려 천천히 행진하는 입구 쪽으로 걸어갔다. 예쁘고 화려한 꽃들로 장식된 아치형의 문 아래 나란히 손을 잡고 선 우리는 서로를 바라보며 싱긋 웃었다.

이런 날을 꿈꿔 왔지만 이런 날이 정말로 올 줄은 몰랐다. 신기하고 황홀하고 뭉클한 경험이었다.

"우리 이제부터 시작이야."

나는 그의 귀에만 들릴 정도로 조용히 속삭였다.

결혼은 사랑의 완성이 아니라 동반자와 함께하는 인생의 시작이었다. 우린 아직 신혼집도 마련하지 않았고 신혼살림도 준비 못 했다. 유환의 부모님이 모두 준비해 주신다고 걱정 말라고 하시는 걸 우리는 극구 사양하고 말렸다. 우리 힘으로 스스로 준비하겠다고, 동기 부여가 있으니 더 열심히 살아갈 수 있을 것이라는 우리의 말을 결국 들어주셨다.

친구들은 부잣집에 시집가면서 뭐하러 그런 고생을 사서 하냐고 말하지만 우린 모든 삶의 과정을 우리 힘으로 우리 두 발로 차근차근 하나하나 밟아 나가고 싶었다. 한 번뿐인 삶에서 누군가의 도움으로 모든 걸 쉽게 얻어 내기는 싫었다. 아직은 젊어서 그런지 몰라도 열정과 용기, 희망으로 가득한 우리들이었다.

"그래, 진짜 시작이야."

유환이 부드러운 목소리로 대답했다. 그의 표정은 한없이 다정하고 온화했다.

"잘 해낼 수 있을까?"

아직은 어린 우리 부부 앞에 놓인 길을 보니 문득 두려움이 앞섰다. 우리를 지켜보는 많은 하객들의 눈에 부담스러운 기분도 들었다. 몸이 저절로 긴장되고 살포시 떨리는 게 느껴졌다.

하지만 유환은 한 치의 흔들림도 없이 든든하게 말해 주었다.

"당연하지. 함께하는데."

나는 누구보다 든든하고 사랑스러운 나의 동반자의 팔에 팔짱을 끼었다.

그때 익숙한 웨딩곡이 우리의 식장인 푸른 바닷가에 널리 울려 퍼졌다.

우린 웨딩 행진곡에 맞춰 천천히 앞을 향해 나아갔다. 흔들림 없이 당당하게 한 발 한 발 앞으로 나아갔다.

하객들의 환호 소리와 축하 소리가 양쪽에서 들려왔다.

이 기쁘고 행복한 결혼식장의 한가운데 선 우린 서로의 얼굴을 쳐다보며 빙긋이 웃었다.

우리 행복하게 살자.

사랑해. 평생 함께하자.

5년 후.

"주말이라고 시내 돌아다니면서 활개 칠 생각 말고 집에서 푹 쉬고 재충전들이나 해. 알았지?"

나의 말이 끝나자마자 교실 안에 있던 아이들은 한목소리로 크게 대답했다.

"네."

"하여간 대답은 잘해."

피식 웃으며 종례를 마친 나는 교무실을 향해 빠르게 발걸음을 옮겼다.

결혼 5주년이기도 한 오늘은 우리 부부에게 있어서 아주 중요하고 특별한 날이었다. 따라서 퇴근을 서둘러야 했다.

교무실로 돌아온 나는 책상에 앉아서 여러 가지 서류들을 정리하며 퇴근 준비를 시작했다.

대학 졸업 후 도서관에 하루 종일 앉아서 엉덩이에 땀띠가 날 만큼 열심히 공부한 끝에 태한고등학교의 공채 시험에 당당히 합격하여 정교사가 되었다. 원래는 임용고시를 봐서 공립학교에 들어갈 생각이었지만 교생실습을 했던 추억과 모교라는 것에 이끌려 사립인 태한고등학교에서 시험을 치르게 되었다.

나에게 딱 맞는 자리를 찾은 것처럼 이 일이 좋았다. 가끔, 아주 가끔 힘겨운 날이 올 때도 있었지만 그건 일부에 불과했다. 처음부터 이 자리가 내 자리였던 것처럼 느껴졌다. 마치 운명처럼 이 학교에 정착한 나로서는 다른 일을 한다는 건 상상도 할 수가 없었다.

"은 선생, 오늘 뭐 좋은 일 있나? 기분이 좋아 보이는데?"

교생실습 때 담당 선생님이었던 3학년 5반 선생님이 나에게 다가와 물으셨다. 지금은 우리 반 옆 반인 2학년 3반 담임을 맡고 계신 박 선생님은 교생실습 때의 인연으로 나를 유독 많이 챙겨 주시며 다정하고 친근하게 대해 주시고 계셨다. 덕분에 많이 친해져서 모든 일을 스스럼없이 털어놓고 얘기하는 사이가 되었다.

"역시 박 선생님은 못 속이겠어요. 오늘이 바로 그날이거든요.

우리 부부 입주식이요."

"오호, 오늘이 바로 그날이구먼. 드디어 한 살림을 차리는구먼. 축하해, 은 선생."

"고맙습니다. 후훗."

"얼굴이 폈네, 폈어. 서방님이랑 이제 함께 살게 되니 그렇게 좋아?"

"그럼요. 얼마나 기다렸던 일인데요."

"유환이 녀석도 신이 났겠군. 언제 한번 집들이해야지?"

"당연하죠. 정리되면 곧 초대할게요."

그러자 어디선가 나타난 교감 선생님도 한 말씀을 하시며 끼어드셨다.

"집들이? 그거 나도 불러 주는 거지?"

"그럼요, 당연하죠. 우리 부부 은사님이신데 제일 먼저 초대해야죠."

"그럼, 내가 주례도 섰는데 말이야. 어디 얼마나 잘해 놓고 사는지 내가 한번 가서 구경해 봐야지."

"네. 조만간 꼭 초대할게요."

"응. 얼른 가 봐야지. 좋은 날인데."

"네. 그럼 먼저 퇴근하겠습니다."

선생님들과 인사를 나누고 퇴근하는 발걸음이 가벼웠다.

드디어 우리 부부가 그토록 고대하던 날이 왔다.

이날을 위해 우리 부부는 지난 5년 동안 정말 열심히 살았다. 아끼고 저축하고 열심히 일하고 공부하고. 부부가 아니라 연인들처럼 주말에만 겨우 만날 정도로 바쁘게 지내 왔다. 그 덕분에 결혼

5년 차 부부지만 아직도 신혼부부 같은 기분으로 알콩달콩 살고 있었다.

나는 교사로 취업에 성공했고 유환 역시 대학을 졸업하자마자 아버지의 회사로 입사했다. 대학 생활 틈틈이 아르바이트를 하면서 경험을 쌓다가 평사원부터 시작해서 지금은 과장으로 승진했다. 그래서 우리 둘은 그동안 번 돈을 합쳐서 아파트를 장만했고 살림살이도 하나둘씩 장만했다.

그리고 드디어 오늘 모든 살림이 완비되어 입주를 하게 되는 것이다. 우리들만의 첫 보금자리를 우리 스스로 만들어 낸 역사적인 이날을 기념하기 위해 둘만의 입주 파티를 열기로 했다.

우리가 마련한 아파트는 학교에서 걸어서 5분 거리에 위치해 있었다. 내가 편히 출퇴근할 수 있게 한 유환의 배려였다.

근처 마트에 들러서 장을 봐서 가려는데 휴대폰이 울렸다. 휴대폰 액정에 떠오른 환하게 웃고 있는 유환의 사진을 보자마자 나는 기쁜 표정으로 전화를 받았다.

“응, 자기야.”

[우리 마누라, 일 다 끝났어?]

“응. 지금 집에 가는 길이야.”

[나는 아직 한 시간 정도 더 있어야 퇴근할 것 같은데 먼저 가서 쉬고 있어. 내가 퇴근하고 다 준비해 갈 테니까.]

“아니야. 내가 마트에 들러서 장 볼게. 준비하고 있을 테니 천천히 와.”

[오늘은 나한테 다 맡기라고 했잖아. 마누라는 아무것도 하지 말고 쉬고 있으라니까. 알았지?]

유환의 강요에 못 이긴 나는 하는 수 없이 웃으며 대답했다.

"알았어."

이럴 땐 적당히 대답하고 뒤로 빠지는 게 최고였다.

[그럼 이따 봐. 사랑해.]

"나도 사랑해."

통화를 마친 나는 눈빛을 빛내며 마트 안으로 들어갔다. 아무리 말려도 소용없었다. 나는 쉬고 싶은 마음보다 우리의 입주 파티를 준비하고 싶은 마음이 크니까.

마트에서 장을 봐서 우리의 집으로 왔다. 유환의 생일과 내 생일을 합친 비밀번호를 눌러 집 안으로 들어온 나는 말로 설명할 수 없는 감격스러움에 가슴이 벅찼다.

5년 만에 우리 힘으로 스스로 마련한 집과 살림살이였다.

그리 크지도 화려하지도 않지만 환한 햇살이 따스하게 들어오는 작고 깨끗한 새집이었다.

우리 두 사람이 직접 발품을 팔아 가며 쇼핑한 살림살이 하나하나마다 작은 추억들이 새겨져 있었다. 무조건 TV는 큰 걸 사야 한다며 우기던 유환과 가구는 무조건 화이트로 통일시켜야 한다고 주장하던 나. 우리는 그렇게 가벼운 티격태격 말다툼 속에서 아파트 살림살이들을 하나둘씩 장만하며 즐거운 데이트를 했다.

어제 마지막으로 침대가 들어왔고 오늘부터 드디어 우리는 이 집에서 함께 산다.

사실 이 아파트를 계약한 그 순간부터 함께 살고 싶은 마음이 굴뚝같았지만 우리 둘 다 완벽주의적 성향이 있어서인지 모든 게 다 준비가 되었을 때 들어오자는 데 의견이 일치했다.

같이 벽지를 골라 도배를 하고 장판을 깔고, 이런 모든 과정들이 우리들에겐 재미있고 의미 있는 일들이었다.

우리의 첫 보금자리라서 그런지 애정이 남다르게 느껴지는 집이었다.

주방 식탁 위에 장바구니를 올려놓은 난 천천히 집 안 구석구석을 다니며 들여다보았다. 혼자서 세를 얻어 이 집 저 집 옮겨 다니며 살 때와는 차원이 달랐다. 이게 진짜 우리 집이라는 생각이 드니 설레고 벅찬 마음으로 가득했다. 침대와 스탠드가 놓인 안방을 지나 TV와 소파가 있는 거실, 그리고 알록달록하고 아기자기하게 꾸며진 아기용품으로 가득한 작은방을 보니 기분이 남달랐다.

나는 슬그머니 두 손을 내려 내 배를 만져 보았다. 내 배 속에는 3개월째 아기가 자라고 있다. 이 아기가 태어나서 자라날 방이라고 생각하니 뭉클한 감동이 밀려왔다.

"안녕? 까꿍아. 이제부터 우리 여기서 살 거야. 이 방은 네 방이고. 어때? 마음에 드니?"

내 임신 사실을 알고 온 세상을 다 가진 것처럼 환하게 웃으며 기뻐하던 유환은 태명을 까꿍이라고 지으며 온갖 태교에 힘쓰고 있었다.

나보다 더 육아 서적을 열심히 읽고 틈날 때마다 좋은 태교 음악을 들려주는 등 벌써부터 팔불출 아버지의 모습이 보였다.

이제 직장을 얻고 자리를 잡은 우리는 홀로서기에 성공한 엄연한 성인이 되었다. 누구의 도움 없이 우리 스스로 모든 걸 해낼 수 있었다. 그래서 우린 아기를 가졌고 새로운 식구를 맞아들일 준비를 하고 있다.

"아차, 이러고 있다가 우리 자기 오겠네."

나는 서둘러 주방으로 돌아가서 짐을 정리하고 앞치마를 두른 채 요리를 시작했다.

요리엔 유독 소질이 없어서 잘은 못하지만 까꿍이를 포함한 우리 세 식구가 먹을 거니 열심히 정성스레 준비했다. 단호박해물찜과 된장찌개, 무쌈말이 등 나름 자신 있는 요리들로 식탁 위를 채워 갔다.

그렇게 거의 저녁 준비가 다 끝났을 무렵 현관문이 열리는 소리가 들리더니 유환이 들어왔다.

"어라? 이게 무슨 냄새야?"

양손 가득 장을 봐 온 유환은 주방으로 걸어와 식탁 위에 차려진 음식들을 보고 미안한 표정을 지었다.

"이런, 내가 준비하려고 장 잔뜩 봐 왔는데."

"미안. 내가 선수쳤지롱."

나는 장난스레 웃으며 손가락으로 브이를 그렸다.

"좀 쉬고 있으라니까. 말도 안 듣고 우리 마누라."

"가슴이 설레서 쉴 수가 있어야지. 오늘이 우리 입주 첫날인데."

"할 수 없다. 이건 내일 해 줄게."

"좋지. 헤헤."

우린 식탁 앞에 마주 앉아 저녁 식사를 시작했다.

퇴근한 부부가 함께하는 평범하고 별다를 거 없는 저녁 식사였지만 우리의 보금자리에서의 첫 번째 식사라서 그런지 유난히 즐겁게 느껴졌다.

"나날이 요리 솜씨가 느는데?"

된장찌개를 한 숟갈 떠먹은 유환이 빙긋이 웃으며 말했다.

"그럼, 내가 뭐든지 노력하면 다 잘하는 스타일이거든."

"맞아. 나는 타고난 천재 스타일이고."

"그래. 자기가 더 요리 잘한다. 이 칭찬이 듣고 싶었어?"

"응. 내 마음을 잘 알아주는 건 역시 우리 마누라밖에 없어."

그렇게 우리는 담소를 나누며 즐거운 식사를 배불리 마쳤다.

유환이 설거지를 하는 동안 나는 욕실에서 씻고 나와 과일을 준비했다. 그리고 유환을 위해 와인도 준비했다.

거실 테이블로 자리를 잡은 우리는 좋은 향기가 나는 캔들을 켜고 분위기 좋은 음악을 틀어 놓고 과일을 먹으며 유환은 와인을 나는 오렌지주스를 마셨다.

특별할 것 없는 우리 둘만의 단출한 입주 파티였지만 소소한 행복이 가득 느껴지는 달콤한 밤이었다.

"네가 내 옆에 있어서 좋아."

나는 결혼 이후로 종종 이렇게 내 마음을 솔직하게 표현하곤 한다. 한때는 얼음 같았던 내가 많이도 녹아 이젠 따뜻한 물이 흘러넘치는 온천 같은 여자가 되었다. 뜨거운 온천 같은 여자, 그건 유환이 언젠가 내게 했던 말이었다. 난 그 말이 마음에 든다.

"나도 지금 이 시간이 꿈만 같다."

유환은 푹신한 러그가 깔린 테이블 앞에 앉아 그의 어깨에 기댄 나의 머리를 가만히 쓰다듬어 주며 말했다.

"우리 아주 오랫동안 이렇게 살자. 이렇게 같이 밥 먹고 자고 늙어 가면서."

"응, 그러자."

유환과 함께, 그리고 앞으로 태어날 우리의 아이와 함께 이렇게 평범한 나날들을 보내며 오래도록 사는 것보다 더 큰 행복이나 행운은 바라지 않는다. 그저 우리의 이런 날들이 깨어지지 않고 오래도록 이어지는 것만이 가장 큰 바람이었다.

"아기가 태어나기 전에 아기 방을 만들어 줄 수 있어서 다행이야."

나는 우리가 직접 공들여 꾸민 아기 방을 바라보고는 미소 지으며 말했다.

"설렌다. 우리 까꿍이를 만날 생각만 하면."

유환은 가만히 내 배를 만지며 나직한 음성으로 말했다.

"벌써부터 설레? 아직 7개월이나 남았는데."

"누굴 닮았을까? 뭘 좋아할까? 이름은 뭐로 지을까? 나는 매일 매일 우리 아기를 만날 생각에 가슴이 떨려."

"못 말리는 예비 아빠네."

"이렇게 나도 팔불출이 되어 가나 봐. 마누라 팔불출에 이어 자식 팔불출까지."

"우리 유환이 어쩌다 이렇게 됐지?"

"널 만나고부터."

유환은 가만히 내 입술 위로 자신의 입술을 맞춰 왔다. 처음부터 하나였던 것처럼 우리의 두 입술은 하나의 꽃봉오리처럼 붉게 피어올랐다.

그저 흔한 입맞춤 하나에도 영혼의 진동이 느껴진다. 우리의 만

남은 그저 흔한 우연이 아니라 필연과 운명이라는 영혼의 진동과 떨림이.

그렇게 우리의 첫 보금자리에서 달콤한 밤은 깊어만 갔다.

외전-4년 전 봄

고통의 3중주라고 하는 고3이 되었다.

자식의 대학 진학을 위해 고3 학부모들은 TV도 제대로 보지 못하고 영양식만 챙겨 주는 등 민감한 고3 수험생인 자식의 눈치를 본다는데 서진의 부모님들은 그녀가 고3이 되었든 말든 아랑곳없이 매일 언성을 높여 싸우기만 했다. 싸움의 강도는 날이 갈수록 점점 높아져만 갔다. 그런 집안 분위기가 싫어서 집에는 아예 들어가기조차 싫었다.

어서 이 지긋지긋한 고3 생활을 끝내고 집에서 나와 대학교 기숙사로 들어가서 독립하고 싶은 마음뿐이었다. 그래서 그녀는 고3이 되자마자 공부에만 열심히 매달렸다.

서진은 어차피 아침 식사도 챙겨 주지 않는 집에서 부리나케 나와 일찍 등교하는 게 습관이 되었다. 차라리 일찍 등교해서 교과서

한 쪽이라도 더 보는 게 나았다. 지긋지긋한 부모님의 싸움을 보는 것보다는.

"꺄아, 신유환 왔다."

"아침에도 어쩜 저렇게 멋있을까?"

"신유환이랑 한 반이 되어서 얼마나 행운인지 몰라."

"1년 동안 내 눈이 호강을 하겠잖아? 크크."

그녀의 신성한 아침 자습을 깨우는 건 늘 저 녀석의 등장 이후부터였다.

어쩌다 저런 녀석하고 한 반이 되어서 이렇게 어수선한 반 분위기 속에서 고3을 보내야 하는지 모르겠다.

그녀의 반뿐만 아니라 전교생 여자아이들에게 연예인 급 인기를 얻고 있는 저 녀석은 멀리서도 눈에 띄는 기생오라비같이 생긴 번지르르한 외모를 가지고 있었다. 듣자 하니 집도 부자고 성적도 꽤 좋은 편이라고 한다. 그리고 운동도 잘하고 친구도 많고 뭐 하나 빠지는 게 없는 녀석이었다. 무슨 기막힌 팔자를 타고난 건지 모든 걸 다 가진 녀석이었다.

하지만 서진은 녀석에게 열광하는 수많은 여자애들 속에서 희귀하게도, 타고난 번지르르한 외모로 여자애들이나 홀리고 다니는 저 녀석이 마음에 들지 않았다. 모든 걸 다 가진, 불행이라는 것은 모를 것만 같은 저 녀석이 그냥 재수가 없게 느껴졌다. 앞으로 1년 동안 절대로 마주치고 싶지 않은 부류였다.

그러던 어느 날이었다. 서진은 하필이면 저 녀석과 같이 청소 당번이 되고 말았다.

1년 동안 근처에 앉고 싶지도 않고 전혀 말도 섞고 싶지 않은 부류의 저런 녀석하고 같은 당번이 되다니, 이게 무슨 운명의 장난인지 모르겠다.

쉬는 시간마다 앞에 나가서 칠판을 지우는 건 당번의 일이었다. 하지만 녀석은 늘 쉬는 시간마다 친구들이나 여학생들에게 둘러싸여 농땡이나 피우고 있었다. 따라서 매 시간마다 칠판을 지우는 건 자연히 그녀의 몫이 되어 버리고 말았다. 그뿐만이 아니었다. 휴지통을 비우는 것도 당번의 임무인데 녀석은 휴지통이 꽉 차 가도 전혀 신경도 쓰지 않았다.

당번이라는 자신의 의무를 잊고 있는 건지 아니면 일부러 안 하고 있는 건지 도통 모를 일이었다.

보다 못한 서진은 아이들에게 둘러싸여 농담이나 하고 있는 녀석에게 다가가 이렇게 말했다.

"야, 신유환, 너 오늘 당번인 거 잊었어?"

그러자 그의 주위를 둘러싸고 있는 아이들은 갑자기 즐거운 분위기를 깬다는 표정으로 그녀를 삭막하게 쳐다보았다. 하지만 그녀는 아랑곳없이 녀석을 노려보았다.

녀석은 뻔뻔한 얼굴로 영문을 모르겠다는 듯 그녀를 쳐다보았다. 그녀에겐 아이들에게 인기 있다고 자만에 가득 찬 얼굴로 보였다.

"저기 쓰레기통 꽉 찬 거 안 보여? 내가 오늘 쉬는 시간마다 칠판 다 지웠으니까 쓰레기통은 네가 갖다 버려."

서진은 꽉 차다 못해 흘러넘치고 있는 교실 뒤편의 쓰레기통을 한 손가락으로 가리키며 강하게 말했다. 녀석이 만일 주위에 있는 애들을 믿고 그녀의 말에 딴지를 건다면 그녀도 가만히 있지 않을

작정이었다.

"알았어."

하지만 녀석은 부아가 끓어오르는 그녀를 바라보며 아주 태평스럽게 대답했다.

순간 최대치까지 올라갔던 전투력이 다시 제로로 돌아온 허무한 기분이 들었다. 녀석의 순순한 대답을 들은 그녀는 다시 자리로 돌아와 앉을 수밖에 없었다.

그런데 뒤통수가 따끔거리는 것 같았다. 아마도 그녀를 노려보는 녀석 주위의 여자애들의 시선 때문이겠지. 하필 저런 녀석이랑 같이 당번이 되어서 쓸데없는 일에 신경을 쓰고 에너지를 낭비하게 되는지. 안 그래도 머릿속이 복잡하다 못해 터질 지경인데 말이다.

서진은 며칠 전에 우연히 목격한 장면이 머릿속에 떠올랐다.

문제집을 사러 서점에 갔는데 도로변에 주차하는 아빠의 차가 보였다. 그래도 밖에서 생각지 않게 본 식구라 반가운 마음에 뛰어가려고 했는데 아빠의 차에서 웬 젊은 여자가 한 명 내리는 걸 보았다. 두 사람은 다정하게 팔짱을 끼고 근처 찻집으로 들어갔다. 누가 봐도 영락없는 커플의 모습이었다.

그녀는 기가 막히고 화가 났다. 매일 일 때문에 바쁘다고 늦게 오던 아빠가 밖에서는 저런 여자랑 데이트나 하고 다녔다는 사실에 배신감이 느껴졌다. 아빠의 외도를 의심하며 싸우는 엄마를 보며 의부증이 아닌가 하고 의심했던 그녀 자신에게 화가 났다. 아빠는 정말로 젊은 여자랑 바람을 피우고 있었던 것이다.

충격을 받았다. 그래도 매일같이 싸우는 부모님을 보면서 언젠가 나아지겠지, 하고 자신도 모르게 조금은 기대했었는데 아빠의 외도를 목격하고선 그 서글픈 희망마저 산산이 부서져 버리고 말았다.

책을 펼쳤지만 머릿속에서 계속해서 그 장면이 떠올라 공부에 집중이 되지 않았다. 머리는 복잡하고 가슴은 답답하고, 어디 가서 소리 내어 엉엉 울고만 싶은 기분이었다.

그랬는데 그 녀석이 다가왔다. 까만 눈동자로 그녀를 똑바로 쳐다보며 그녀에게 다가와 말을 건넸다.

"쓰레기통 비우러 같이 가자."

서진은 어이가 없는 얼굴로 녀석을 쳐다보았다.

"그건 네가 비우기로 한 거잖아."

그러자 녀석은 빙긋 웃으며 말했다.

"나 혼자 들기 무거워서 그래. 대신 오후에 칠판은 내가 다 지울게. 그러면 되지?"

서진은 어이가 없어서 할 말을 잃었다. 허우대는 멀쩡해서 쓰레기통 하나 혼자 못 든다고 같이 들자고 하니 말이다. 부잣집 아들 녀석이라고 하더니 겉보기와 달리 허약하고 비리비리한 체질인가 싶었다.

그녀는 하는 수 없이 녀석과 같이 쓰레기통을 들고 소각장으로 걸어갔다.

그런데 그녀보다 20센티 이상은 키가 큰 유환과 나란히 쓰레기통을 들으니 균형이 유환 쪽으로 훌쩍 올라가 그녀는 거의 무게도 느껴지지 않았다.

이럴 걸 뭐하러 같이 들자고 하는지, 어차피 자기 혼자 다 들고 가는 것이나 마찬가지인데 말이다.

"사실은 이런 거 혼자 들고 가기 쪽팔려서."

마치 그녀의 마음을 읽은 것처럼 녀석이 '킥' 하고 웃으며 말했다.

"이런 거 같이 들자고 하면 같이 들어 줄 여자애들이 천지일 텐데 왜."

"걔들은 당번이 아니잖아."

그나마 양심은 있는 녀석이군. 서진은 그렇게 생각하며 걸었다.

가까이 선 녀석은 보기보다 키가 컸고 어깨도 넓었다. 그리고 녀석의 손은 그녀의 손의 두 배는 될 정도로 컸다. 이런 게 남자구나 싶었다. 아빠 외에 다른 이성을 관심 있게 관찰한 건 이 녀석이 아마 처음인 것 같았다. 그러고 보니 이 녀석이 그토록 여자들에게 인기가 있는 것도 무리가 아니다 싶었다.

그런데 서진보다 20센티나 키가 큰 유환은 그녀보다 두 배는 긴 다리로 보폭을 넓게 걸으니 그녀로서는 점점 따라가기가 벅찼다.

"천천히. 조금 천천히 걸으라고."

종종걸음으로 뛰다시피 걷던 그녀가 참다못해 말하자 그제야 눈치챈 유환이 멈춰 서서 그녀의 다리 쪽을 물끄러미 내려다보며 말했다.

"아, 미안. 다리가 짧다는 걸 미처 깜빡했네."

"뭐야?"

녀석의 뻔뻔스러운 말에 발끈한 서진은 세모눈을 뜨고 유환을 노려보았다.

"아, 콤플렉스를 자극했다면 미안."

"말은 번드르르하면서 사람 열 받게 하는 재주가 있다, 너?"

"내가 그런 재주가 있었나? 몰랐네."

"야, 신유환! 너 이거 혼자 들고 갈래?"

"아니. 같이 들자. 다시는 그런 말 안 할게. 됐지?"

"나 참, 살다 살다 그런 말은 처음 듣는다. 비율 좋다는 말은 많이 들어 봤어도."

"풉."

"너 지금 비웃었어?"

"비웃으라고 한 말 아냐?"

"우씨, 너!"

같은 반이 된 이후로 처음으로 말을 섞은 그 녀석과 그런 식으로 토닥토닥 싸우며 소각장을 향해 걸어갔다.

덕분에 머릿속을 어지럽히던 불편한 생각들은 모두 말끔히 날아가 버리고 말았다. 이상하게도 녀석은 계속해서 대화가 끊이지 않는 스타일이었다. 그게 비록 그녀를 놀리는 말이 대부분이었지만 말이다. 그렇지만 전혀 기분 나쁘게 들리지 않고 탁구공을 주고받는 것처럼 그 녀석과 말을 주고받는 게 재미있게 느껴지기까지 했다.

그 후로 그들은 서로 보기만 하면 토닥토닥 싸우는 앙숙 관계가 되었다.

그때까지만 해도 서로가 서로에게 있어 인생의 어떤 존재가 될지 아무것도 알지 못했다. 그저 어린 그들에겐 이상하게 신경이 쓰이는 새로운 느낌의 사람을 만났다고 어렴풋이 인식할 뿐이었다.

밤 10시가 넘은 시각, 학교에서 야간자율학습을 마친 서진은 또 다시 독서실로 가기 위해 밤거리를 걷는 중이었다.

피곤하고 졸음이 몰려왔지만 경쟁에서 이기기 위해선 어쩔 수 없었다. 남들보다 덜 자고 더 많이 공부해도 원하는 대학에 갈 수 있을까 말까 한 게 바로 한국 교육의 현실이었다.

인적이 드문 밤거리를 걸어 독서실로 향하고 있는데 문득 어두운 골목 쪽에서 그 목소리가 들려왔다.

"네가 신유환이냐?"

평소라면 그냥 지나쳤을 텐데 그 익숙한 이름을 듣자 서진은 자신도 모르게 걸음을 우뚝 멈춰 섰다.

"어디 그 잘난 면상 좀 보자. 그것도 오늘이 마지막이겠지만. 크크큭."

기분 나쁜 웃음소리들이 들려오는 컴컴한 골목 안을 조심스레 살펴보던 서진은 신유환의 뒷모습을 발견하고 두 눈이 커다래졌다. 그도 서진과 마찬가지로 야간자율학습을 마치고 가는 길인 듯싶었다.

그런데 그의 주위를 에워싸고 있는 네댓 명의 불량한 무리들은 대체 뭔지. 어쩌다 저런 녀석들과 마주친 건지는 모르겠지만 위험한 분위기가 풍겨 왔다.

"비켜라. 너희들하고 놀아 줄 시간 없으니까."

한눈에 보기에도 위험해 보이는 불량배들 속에 둘러싸여서도 신유환 저 녀석은 뻔뻔한 여유를 잃지 않고 있었다. 빨리 도망쳐 나와도 모자랄 판에.

서진은 괜히 노심초사해서 그런 신유환을 지켜보았다. 가끔 얼굴을 마주치면 토닥거리며 싸우기만 할 뿐 신유환이랑 친구라고 하기에도 뭣한 사이지만 가까운 사람의 일처럼 그냥 지나칠 수가 없었다. 여기에 서 있다가 들키면 그녀 자신도 위험해질지도 모르는 상황인데 굳은 듯 자리에서 움직일 수가 없었다.

"듣던 대로 시건방지고 재수가 없구나."

"그 뻔뻔한 얼굴에 스크래치가 좀 생겨 봐야 정신을 차리려나? 킬킬."

"여자들한테 인기 많은 이 얼굴 걸레조각으로 만들어 줘야겠네. 큭큭."

불량배들은 저마다 한마디씩 하며 신유환을 위협하고 있었다. 비겁하게 여럿이서 한 사람을 가운데 몰아넣고 위협하고 있는 것도 모자라 그를 가까이 에워싼 그들은 신유환을 툭툭 치며 금방이라도 폭력을 행사할 듯 보였다.

이러다 큰일 나지 싶었다. 저 녀석 허우대만 멀쩡했지 귀하게 자란 부잣집 아들 녀석이라 허약해서 싸움도 못할 텐데 이 위기에서 어떻게 탈출하나 하는 걱정이 들었다. 그녀가 끼어들지 않으면 크게 다칠 것만 같았다.

지금 경찰에 신고를 한다고 해도 너무 늦을 것 같은데 어쩌나?

남의 일에 끼어들 정도로 오지랖 넓은 성격도 아니고 정의로운 성격도 아닌데, 이건 도저히 모른 척할 수가 없었다.

안절부절못하고 고민하던 서진은 자신도 모르게 갑자기 골목 안을 향하여 소리를 꽥 질렀다.

"경찰이야! 경찰이 온다! 경찰 아저씨, 여기예요, 여기!"

난데없는 그녀의 비명 같은 목소리에 깜짝 놀란 골목 안 불량배들은 황급히 주위를 살피며 어수선해하고 있었다.

"어디야? 어디?"

"경찰이라고?"

서진은 그 틈을 타서 골목 안으로 힘껏 달려들어 유환의 손을 붙잡고 골목 밖으로 끌고 나왔다.

"뭐야, 너?"

서진의 손에 이끌려 나온 유환이 황당하다는 듯 물었다.

"빨리 뛰어. 쟤들한테 붙잡히기 전에."

서진은 뒤에서 쫓아오기 시작하는 불량배들을 돌아보며 숨이 넘어갈 듯 다급하게 외쳤다.

그러나 서진의 손에 끌려오는 유환은 정작 급한 기색 하나 없이 어이없다는 얼굴로 서진을 바라보며 되물었다.

"뭐?"

"이럴 땐 도망가는 게 최고야."

황당한 얼굴로 서진의 손에 이끌려 달려가던 유환은 멍하니 물었다.

"어디로?"

서진은 유환의 손을 잡고 달리다가 마침 눈에 띈 근처 파출소로 들어갔다.

파출소로 뛰어 들어간 서진은 경찰을 보고 다급하게 말했다.

"경찰 아저씨, 우리를 보호해 주세요."

서진의 손에 붙잡혀 파출소까지 와 버린 유환은 머쓱한 얼굴로 파출소 내부를 두리번거리며 둘러보았다. 결코 자신의 의지는 아니었지만 고작 서너 명의 양아치 같은 녀석들에게 쫓겨 파출소까지 들어왔다는 게 도저히 믿겨지지 않았다.

"지금 밖에 불량배들이 쫓아와요."

서진이 밖을 가리키며 말하자 경찰 둘은 자리에서 일어나며 말했다.

"알았어. 우리가 나가 볼 테니 너흰 거기 앉아 있어."

그제야 안심한 서진은 아직도 붙잡고 있는 유환의 손을 끌고 가긴 의자에 앉았다.

긴장했는지 그녀의 손안은 땀으로 가득 차 있었다. 축축한 열기가 느껴졌지만 유환은 굳이 그녀의 손에서 자신의 손을 빼지 않았다.

크게 한숨을 내쉬며 한참을 넋 놓고 멍하니 앉아 있던 서진은 뒤늦게야 아직도 유환의 손을 잡고 있다는 걸 깨닫고 그의 손을 놓아주며 말했다.

"여기 있으면 안전할 거야."

서진은 마치 유환의 보호자인 것처럼 그를 안심시켰다.

"어디 다친 덴 없지?"

유환의 몸을 살펴보며 묻던 서진은 갑자기 정색을 하며 대뜸 화를 냈다.

"너도 참, 그러게 왜 그런 어두운 골목길을 다녀. 위험하게."

"……."

"내가 만약 지나가다 못 봤다면 어떻게 됐을 거야?"

"……."

"휴, 그래도 하늘이 도왔나 보다. 다행스럽게도 파출소가 가까이 있었으니 말이야. 경찰 아저씨들이 지금 혼내 주러 갔으니 이젠 걱정하지 마."

유환은 그런 서진의 말을 말없이 들으며 시시각각 변하는 그녀의 얼굴을 물끄러미 쳐다보다 갑자기 환한 웃음을 터트렸다.

어이가 없었다. 살면서 이런 일은 처음이었다. 어린 새처럼 작고 힘없는 여자애에게 구출되어(?) 파출소까지 오게 되다니 말이다. 자신이 그렇게도 약해 보였나 하는 생각에 웃기기도 하고 어이가 없었다.

어려서부터 각종 도장에서 무술로 단련한 덕에 살면서 싸움으로 져 본 적은 손꼽을 정도라는 것을 모르는 이 순진한 여자애는 난데없이 나타나 그의 보호자 행세를 하고 있었다. 귀찮은 불량배들하고 싸우기 싫어서 적당히 하고 보내 주려고 했는데 파출소까지 와 버리게 되다니 기가 찰 노릇이었다.

"앞으로는 큰길로만 다녀. 정말 큰일 날 뻔했잖아."

귀여운 새처럼 종알거리는 잔소리쟁이를 가만히 바라보던 유환은 싱긋 웃으며 물었다.

"근데 네 이름이 뭐지?"

"뭐?"

서진은 기가 막혔다. 아직도 그녀의 이름을 모르고 있었다니. 그렇게 많이 마주쳐 놓고 볼 때마다 앙숙처럼 토닥거리며 싸워 놓고 말이다. 더구나 얼마 전에는 같이 당번까지 했는데.

"정말 내 이름 몰라?"

그러자 유환은 고개를 끄덕거렸다.

그녀의 존재감이 겨우 그 정도였다니, 하는 생각에 서진은 길게 한숨을 내쉬며 말했다.

"은서진."

"은서진? 이름도 예쁘네."

유환은 두 눈을 반짝이며 그렇게 말했다.

서진은 자신의 이름을 듣고 두 눈을 예쁘게 반짝거리는 녀석의 얼굴을 보니 슬며시 입가에 미소가 번져 나왔다.

"이상하게 이름이 입에 착 달라붙는다. 앞으로 자주 부르게 될 것 같다, 은서진."

한 번 들은 이름이 이상하게도 머릿속이 아니라 가슴속에 새겨지는 것 같았다.

유환은 환하게 웃으며 서진의 얼굴을 바라보고 또 바라보았다. 눈도 코도 입술도 왜 그렇게 예쁜지. 더구나 자신을 바라보며 웃는 그녀의 얼굴은 천사같이 예뻤다.

다시 그녀의 손을 잡고 싶었다. 다시 그녀와 손을 잡고 달리고 싶었다.

서진은 자신을 바라보며 환하게 웃는 유환의 얼굴을 보고 가슴이 두근거리는 걸 느꼈다.

남자가 왜 저렇게 예쁘게 웃는 거야? 가슴 설레게.

두 사람의 사랑은 그렇게 작은 움직임 속에서 서서히 싹을 틔웠다.

야간자율학습이 끝나고 독서실로 이동하려고 하는데 운동장엔 비가 쏟아지고 있었다. 예고치 않은 기습 폭우였다.

옆에 있던 친구들은 부모님들이 우산을 들고 마중을 와서 하나 둘씩 떠나고 서진만 멍하니 하늘에서 쏟아지는 세찬 비를 쳐다보고 있었다.

오지도 않을 부모님을 기다리는 것이 아니었다. 그저 빗소리가 듣기 좋아서 그렇게 한참을 서 있었다.

좀처럼 그칠 생각을 안 하고 있는 비를 현관에 서서 마냥 쳐다보던 서진은 독서실에 늦겠다는 생각이 들어 그냥 젖어도 뛰어갈까? 하고 망설이고 있는데 뒤에서 문득 그녀의 이름을 부르는 목소리가 들렸다.

"은서진."

이렇게 달콤하고 그윽한 울림으로 그녀의 이름을 불러 주는 건 그 녀석밖에 없을 것이다.

뒤를 돌아보지 않아도 누구인지 알 수 있었다. 그녀가 이름을 알려 준 후로 그렇게 종종 그녀의 이름을 불러 주는 녀석이 딱 한 명 있기 때문에.

서진이 등을 돌리자마자 녀석은 그녀의 손에 우산 한 개를 쥐여 주었다.

그리고 그녀의 옆을 스쳐 지나가며 말했다.

"잠깐만 맡아 줘."

"뭐?"

서진은 예상치 못한 녀석의 말에 당황해 되물었다.

그러자 녀석은 한쪽 입꼬리를 살짝 올린 옆모습으로 그녀의 옆을 스쳐 지나가더니 뒤에 있는 그녀를 향해 말했다.

"내일 돌려받을 거야."

현관 앞에 우뚝 선 녀석은 비가 세차게 쏟아지는 운동장을 향해 묵묵히 걸어 나갔다. 다른 아이들처럼 뛰지도 않고 두 손으로 머리를 가리지도 않고 흔들리지 않는 바위처럼 묵묵한 모습으로 비를 맞으며 천천히 걸어갔다. 자신의 멀쩡한 우산은 그녀에게 맡겨 둔 채 그렇게 비를 맞으며 걷던 유환은 그를 마중 나온 까만색 승용차에 올라탔다.

서진은 그 차가 출발해 시야에서 사라지고 나서야 자신의 손에 쥐여진 노란색 우산을 내려다보았다.

왜 이 우산을 그녀에게 맡기고 자신은 비를 맞으며 가는지 모르겠다. 도대체 모를 녀석이었다.

뒤에서 그녀를 두고 쑥덕쑥덕거리는 소리들이 들려왔다. 그만큼 신유환이 학교에서 유명 인사라는 증거였다.

서진은 노란색 우산을 쫙 펼쳤다. 기분까지 좋아지는 노란색이었다.

비 내리는 까만 밤하늘 아래 서진은 태양처럼 밝고 따스한 노란색 우산을 쓰고 운동장을 걸었다.

질퍽질퍽한 운동장 흙을 밟으며 걷는데 자기도 모르게 슬며시 미소가 삐져나오는 게 느껴졌다.

이상한 녀석. 정말 이상한 녀석.

다음 날 서진은 밤새도록 바짝 말리고 곱게 접은 노란 우산을 유환에게 건네주었다.

"고마웠어."

"뭐가?"

유환은 우산을 받으며 의아하듯 물었다.

"어제 이거 빌려 줘서 고마웠다고."
"난 빌려 준 거 아닌데."
"뭐?"
서진은 당황하여 물었다.
그러자 유환은 피식 웃으며 말했다.
"네가 내 물건 맡아 준 거잖아. 그러니까 내가 고마워해야지."
그렇게 된 건가?
서진이 고개를 살짝 갸우뚱하는데 녀석이 말했다.
"아, 이 은혜를 어떻게 갚나? 역시 말로만 하는 건 안 되겠지?"
두 손가락으로 턱을 매만지며 곰곰이 생각하던 유환이 입가에 슬며시 미소를 지으며 말했다.
"매점 가자. 내가 떡볶이 쏠게."
"뭐?"
유환은 놀란 서진의 손을 무작정 잡고 끌고 나갔다.
그러자 교실 안은 한바탕 소란이 일어났다. 둘을 유심히 지켜보고 있던 반 아이들은 유환이 서진의 손을 잡고 나가자 소리를 지르며 난리를 쳤다. 남자아이들은 짓궂은 웃음과 환호를, 여자아이들은 시기와 질투가 담긴 야유를 쏟아 냈다.
그들이 나간 교실은 한바탕 토네이도가 휩쓸고 지나간 것처럼 아수라장이 되어 버렸다. 옆 반 아이들까지도 굉장한 소란에 놀라서 복도로 뛰어 나올 정도였다.
"이거 놔. 애들이 쳐다보잖아."
서진은 민망하고 쑥스러운 기분에 유환의 손에서 손을 빼내려

했다.

하지만 유환은 그럴수록 서진의 손을 더 세게 잡으며 짓궂게 말했다.

"왜? 너 손잡는 거 좋아하잖아."

"내가?"

"그래. 전에도 이렇게 내 손잡고 끌고 다녔잖아."

서진은 얼마 전 불량배들로부터 그를 구해 주려고 그의 손을 붙잡고 달리던 일이 떠올라 얼굴이 빨개졌다. 그땐 급박한 마음에 정신이 없어 몰랐는데 지금 생각해 보니 그의 손을 잡고 다녔던 게 부끄럽게 느껴졌다.

"그땐 상황이 급하니까!"

서진은 얼굴이 빨개져 소리쳤다.

"지금도 급해. 빨리 뛰어가서 줄 서지 않으면 시간 안에 다 먹지 못한다고."

유환은 장난스럽게 씨익 웃으며 서진의 손을 잡고 내달렸다.

그의 손에 끌려 달려가는 서진은 마치 롤러코스터를 타는 것처럼 아슬아슬하고 짜릿한 기분에 저절로 비명을 질렀다.

"꺄아~"

유환은 아이들 사이를 헤치고 지나가며 빠르게 달렸다. 그러면서 문득 뒤를 돌아 서진의 표정을 쳐다보며 환하게 웃었다.

서진도 자꾸만 웃음이 나왔다.

왜 그런지는 모르겠지만 자꾸자꾸 웃음이 나왔다.

그냥 이 녀석의 손에 잡혀 달려가고 있을 뿐인데 왜 이렇게 기분이 날아갈 듯 좋은지 모르겠다. 왜 이렇게 자꾸만 웃음이 삐져나오는지 모르겠다.

나 어쩌면 말이야…….

네가 많이 좋아질 것 같아, 신유환.

아주 많이많이.

-마침-

작가 후기

컴퓨터 하드 디스크 속에서 무려 10년 동안이나 잠들어 있었던 이야기가 드디어 세상의 빛을 보게 되었습니다. 오래 잠들어 있던 서진과 유환이 어느 날 갑자기 떠올라, 파일을 다시 찾아서 조금씩 살을 보태고 색을 입혀서 한 줄 한 줄 써 내려가기 시작했습니다. 10년 전 새파랗게 젊었던 순수한 나와 다시 만나는 즐거운 시간이기도 했습니다.

그렇게 서진과 유환이 세상 밖으로 걸어 나오게 되었습니다.

아련한 첫사랑의 추억을 떠올리며 입가에 미소가 피어오르게 만드는 그런 이야기가 되었으면 하는 바람입니다.

무사히 책이 나올 수 있게 도와준 내 오래된 지인 H와 출판에 힘써 주신 와이엠북스 관계자 여러분들께 감사드립니다.

그리고 세상에서 가장 사랑하는 우리 가족들, 언제나 웃음이 끊이지 않고 행복했으면 좋겠습니다.

다들 건강하세요.